처음이라 몰랐던 것들

처음이라
몰랐던 것들 4

이보라 장편소설

초판 1쇄 찍은 날 | 2025년 5월 23일
초판 1쇄 펴낸 날 | 2025년 5월 30일

지은이 | 이보라
발행인 | 권기수, 장윤중
펴낸이 | 박정서

기획 | 정수민
편집 | 손유리

펴낸곳 | 주시히사 카카오엔터테인먼트
등록번호 | 제2015-000037호
등록일자 | 2010년 8월 16일
주소 | 경기도 성남시 분당구 판교역로 235, 에이치스퀘어 N동 8, 9, 10층 (삼평동)

제작·감수 | KW북스
E-mail | paperbook@kwbooks.co.kr

ⓒ 이보라, 2021

ISBN 979-11-385-1714-0 04810
　　　979-11-385-1710-2 (set)

※ 파본은 구입하신 서점에서 교환하여 드립니다.
※ 저자와 협의하여 인지를 붙이지 않습니다.
※ 이 책은 저작권법의 보호를 받는 저작물입니다. 무단 전재 및 유포, 공유를 금합니다.

처음이라 몰랐던 것들

본편

 에이샤와 니콜라우스에게 전화를 하고 나서, 스칼렛은 마지막으로 왕실경찰 본청에 전화를 걸었다. 그리고 자신이 사람들에게 건 전화에 관하여 담담하게 털어놓았다.
 "만약 책임질 일이 생긴다면 내가 질 거예요. 나를 잡아가면 돼요."
 그렇게 전달한 후 전화를 끊고, 더 서 있을 힘이 없어 자리에 주저앉았다. 그러자 전화실 앞에 서 있던 안드레이가 서둘러 달려와 그녀를 부축했다. 몸이 불덩이였다.
 "이제 정말 가서 누우시죠? 열이 많이 나는데."
 "본청에 가 봐야 돼."
 스칼렛은 고개조차 제대로 가누지 못하면서도 말을 듣지 않았다. 결국 안드레이가 강제로 그녀를 침대에 데려다 눕혔다.
 정작 눕고 나니 제힘으로 다시 일어나지 못하는 스칼렛에게, 안드레이가 말했다.
 "시계 가게 다녀올 테니까 꼼짝도 말고 계세요."
 "……응."
 스칼렛이 마지못해 대답했다. 그녀는 지독한 불안감에 휩싸인 상태로 눈을 감으며 중얼거렸다.

"누워 있을 때가 아닌데."

자신이 한 행동 때문에 또 누가 다칠지도 모른다고 생각했다. 게다가 일반 경찰들을 부추긴 죄로 제가 왕실경찰들에게 끌려갈 수도 있었다. 그러니 정신을 바짝 차리고 싶었지만, 그녀는 마지막 남은 손가락 하나 까딱일 힘까지 전부 써 버린 후였으므로, 더 이상 버티지 못하고 정신을 잃었다. 그녀가 혼절한 것을 안 안드레이와 사용인들이 주변에서 큰 소란을 일으켰지만 그녀는 전혀 알지 못했다.

―――◆◆◆―――

울리카 길핀은 살란티에 수도 인근 지역에서 가장 낙후된 곳 중 하나인 북동서, 론드 지역의 한 지구대에서 근무하는 일반 경찰이었다.

울리카 길핀은 유능한 경찰이었고, 언젠가는 지구대장 자리에 앉을 수 있을 거라는 꿈을 키우며 목숨을 걸고 지역의 범죄자들을 소탕했다. 그런데도 그 자리에 앉는 것은 매번 왕실경찰들이었다.

작년 여름, 은퇴가 얼마 남지 않은 그녀는 이제 자신을 진급시키지 않을 변명거리도 다 떨어졌으리라 확신했으나, 여전히 지구대장으로 임명된 것은 그녀보다 스무 살이나 어린 귀족 가문의 애송이였다.

그게 열 받아서 그 애송이에게 주먹을 날렸다가 이 범죄자조차 없을 정도로 사람이 적은 지역으로 밀려나 있던 차였다.

오늘 그녀는 근방에 딱 하나 있는 지구대의 전화를 받자마자 자리에서 벌떡 일어섰다. 해군 1함대에서 온 전화였다. 전화를 건 것은 에이샤라는 해군 장교였다. 내용은 이번에 3호기의 영웅으로 더욱 유명해진 니콜라우스에 이어 또다시, 해군 내에서 귀족 가문의 출신이 아닌 이들이 장교에 임관되었다는 것이었다.

범죄자 중에는 해적섬 출신들이 태반이었다. 늘 '쓰레기 같은 해적 놈들'이라는 말을 달고 살았는데, 그 망할 해적 놈이 먼저 장교가 되다니!

안 그래도 군사 기밀을 적국에 팔아먹었다는 이유로 송사 중인 율리 이렌을 경찰 수장으로 앉힌다는 것에 치밀었던 분노가 이 전화 한 통에 폭발했다.

그녀가 성질을 내며 지구대를 박차고 나가자 마을 사람들이 허허 웃으며 물었다.

"울리카 씨는 또 무슨 일로 화가 났어?"

"화날 일이 있으니까 화를 내지!"

"이 동네에 화낼 일이 뭐 있다구, 저렇게 늘 화가 나 있을까."

"화낼 일이 없는 것도 화가 난다고! 내가 농사 도와주러 경찰이 된 건 줄 알아!"

울리카 길핀은 성질을 내는 도중에도 빠른 손으로 잽싸게 과일 바구니 싣는 할머니를 도와준 후 기차역으로 달려갔다.

그녀는 수도에 도착하자마자 평소 자신과 같은 불만을 가지고 있던 경찰들을 찾아갔다.

"어, 길핀."

"자네도 전화 받았어? 받았냔 말이야!"

"받았어, 받았어."

"젠장, 해군은 해적 놈도 장교가 되는데 경찰은 왜 안 되는 거야!"

울리카 길핀은 동료들을 만나자마자 소리를 쳤다. 열여섯 살부터 시작해 삼십 년 가까이 경찰 생활을 해 온 울리카 길핀의 인맥은 경찰계 전반에 뻗어 있었다.

모처럼 울리카가 돌아왔다는 소식에 그녀와 친한 경찰들이 모여들었다. 그들 사이에 첫 번째 화제는 단연 율리 이렌이었다.

그녀의 가장 친한 친구인 토마스가 역성을 냈다.

"왕세손을 청장으로 올린다는 게 말이 돼? 결국 왕실경찰청장이 경찰계의 모든 걸 결정하잖아. 그런데 어떻게 매국 행위를 한 놈이 경찰들의 수장이 되냔 말이야!"

"맞는 말입니다!"

옆에서 동조해 주는 앳된 경찰에게 보여 주려 울리카가 소매를 걷었다. 칼로 길게 찢긴 흉터가 있었다.

"이거 보여? 몸이 이 모양이 되도록 범죄자들을 소탕했는데, 동네 노인들이랑 과일이나 따고 있단 말이야, 내가!"

"그래도 과일 많이 먹어서 좋다고, 길핀 씨가……."

"아, 그건 그거고!"

울리카는 소리친 후, 경찰들과 함께 모여든 왕실경찰 본청 앞 광장을 둘러보았다.

워래도 일반 경찰들이 가지고 있던 진급에 대한 불만에, 왕세손에 대한 분노가 불을 붙여 광장에는 경찰력이 마비될 정도로 많은 경찰들이 모여 있었다. 울리카가 본청 앞에 털썩 앉았다.

"날 지구대장 자리에 앉혀 주기 전엔 물러날 생각이 없다, 이거야."

그러자 옆에 토마스도 털썩 앉으며 말했다.

"나도 왕세손을 경찰 수장 자리에 앉힌다는 걸 철회하기 전에는 한 발짝도 못 움직여!"

"좋지!"

경찰들이 자리에 앉자, 수도에 남아 있던 해군들과 잠시 후 도착한 1함대의 해군들이 이들을 보호하듯 둘러쌌다.

해군들을 지휘하는 에번 라이트가 경찰들과 인사하고 온 에이샤를 자랑스러운 자식 보듯이 바라보며 물었다.

"일반 경찰들을 동원할 생각은 어떻게 했어?"

"아, 스칼렛이 시켰어!"

"역시 그렇군."

에번이 호탕하게 웃었다.

"잘했어, 에이샤."

"알아."

에이샤가 씩 웃으며 대답했다.

에번은 커튼을 조금 열어 창문 밖으로 광장을 확인하는 왕실경찰을 올려다보며 중얼거렸다.

"겁먹었군."

에번의 말대로, 광장에 가득한 해군과 경찰들에 왕실경찰들은 두려움을 느끼고 있었다.

머릿수로 따졌을 때, 일반 경찰은 왕실경찰과 비교할 수 없을 정도로 많았다. 만에 하나 무력 충돌이라도 일어난다면, 아무리 왕실경찰들이 좋은 무기를 가지고 있더라도 제압하기 어려웠다.

왕실경찰의 실질적 권력을 쥐고 있던 휴건 한터가 광인이 된 후, 그를 대신하여 이 상황을 해결해야 하는 것은 또 다른 경무관인 필립 하비였다.
 그는 우왕좌왕하는 왕실경찰들을 보다 못해 왕실로 연락해 도움을 요청했다. 왕과 연락이 닿은 필립 하비가 말했다.
 "이대로는 무력 충돌이 일어날 수도 있습니다, 폐하."
 ─그걸 해결하는 게 왕실경찰 아니오.
 "왕세손 전하께서 왕실경찰의 수장이 되신다는 발언을 철회해 주십시오. 그리고 빅토르 덤펠트를 내보내 주면 일시적으로는 이들을 달랠 수 있을 겁니다."
 ─그렇게 바로 내뱉은 말을 철회하면, 왕실이 우습게 보일 것 아닌가?
 "폐하."
 ─약한 소리 하기 전에, 주동자부터 찾아서 본보기로 처벌하는 게 좋겠소. 누군지는 파악이 되었소?
 안 그래도 필립 하비는 광장에 모여드는 저 인파가 스칼렛 크림슨의 생각에서 비롯되었다는 것을 전달받았다.
 그는 그녀가 왕실경찰에게 분노하고 있을 수밖에 없다는 사실을 알고 있었다. 그녀의 부모, 그리고 본인까지 겪어 온 아픔이 여전히 남아 있었다.
 필립 하비가 말했다.
 "……스칼렛 크림슨 양입니다."
 그의 말에 왕이 놀라운 일도 아니라는 듯이 혀를 찼다.
 ─그 계집은 매번 문제만 일으키는군. 반역죄로 체포해도 이상할 것이 없지 않소?
 "그랬다가는 일반 경찰은 물론이고, 시민들의 반발도 클 겁니다. 스칼렛 양은 목숨을 걸고 수도를 지킨 영웅입니다."

―그렇다고 해서, 반역자가 되지 않는다는 법도 없소.

그러더니 전화가 끊어졌다.

필립 하비가 한숨을 쉴 때, 광장 쪽의 동향을 살피던 왕실경찰이 말했다.

"경무관님, 1함대의 장교들은 대부분 무기를 들고 있습니다."

"……."

휴건 한터가 제가 한 일을 뒤집어씌울 정도로 권력 다툼에서 밀려나 있던 필립 하비는 진작 왕실경찰을 떠나지 않은 것을 후회했다. 그나마 그 휴건 한터의 뒷배라고 생각했던 왕실은 그들을 구제할 생각도, 힘도 없었다.

그렇게 판단한 필립 하비는 급한 불부터 끄기로 마음먹었다.

"내가 책임질 테니, 왕세손을 수장 자리에 앉히는 걸 왕실경찰에서 거부하겠다고 발표하고 빅토르 경을 풀어 드려."

그의 결정이 떨어진 후, 채 20분도 지나지 않아 빅토르 덤펠트가 독방에서 나왔다.

───•◦•◦•───

빅토르는 수갑을 푸는 왕실경찰을 내려다보았다. 마치 가뒀던 맹수라도 풀어 주듯이 그의 눈치를 보며 떨고 있는 모습에, 대충 밖의 상황이 왕실경찰에게 매우 불리하다는 것을 짐작했다.

압수되었던 물건들을 돌려받은 빅토르는 본청 건물을 나섰다. 그는 앞에 가득한 해군과 경찰들을 발견하고, 무심한 얼굴로 해군들을 향해 걸어갔다.

그가 밖으로 나오자마자 해군들이 환호하는 소리가 수도 전체에 쩌렁쩌렁 울렸다.
에번이 그에게 말했다.
"다행히 금방 나오셨군요. 재범인데도 말이죠."
왕실경찰에 두 번째 들어갔다가 나온 걸로 에번이 농담을 건넸다. 그러나 그것도 잠시뿐, 에번이 어두운 얼굴로 말을 이었다.
"아까 안드레이 해밀턴에게 전달받기를 스칼렛 양께서 위중하시다는 모양입니다. 게다가……."
"게다가?"
스칼렛이 위중한 것보다도 심각한 문제가 있다는 듯한 에번의 무거운 얼굴에 빅토르의 표정이 굳었다.
에번이 말을 이었다.
"여기 모인 일반 경찰들은 사실상 스칼렛 양께서 모으신 것과 다름없습니다. 직접 왕실경찰에 연락해 본인이 책임지겠다고 하셨구요."
"……."
언제 왕실에서 스칼렛을 잡아들이라 할지 모른다는 의미였다.
빅토르는 크림슨가루 보낼 인원을 추린 후 말을 이었다.
"나머지는 일반 경찰들을 엄호해."
"예, 함장님."
빅토르는 지시가 끝나자마자 급한 걸음으로 마차에 올랐다.

자수를 하겠다고 아무리 말해도 경찰서에서 받아 주질 않아, 무작

정 버티고 있던 아이작 역시 그곳까지 달려온 크림슨가의 사용인으로부터 스칼렛의 상태가 위독하다는 소식을 전달받았다.

그는 뒷일을 프랜에게 맡겨 놓고, 급하게 크림슨가로 되돌아갔다. 그리고 머리가 새하얘져 정신없이 그녀의 침대로 달려갔다.

"스칼렛!"

침대에 누워 있는 스칼렛의 숨소리가 심상치 않았다. 두 번에 걸친 심각한 부상 후에 제대로 쉬지 못한 데다, 그동안 있었던 마음고생이 전부 병이 되어 돌아왔다. 심각한 열병이었다.

스칼렛은 눈도 뜨지 못한 채 앓았고, 아이작이 할 수 있는 것은 그녀의 손을 붙잡고 사과하는 일뿐이었다.

"미안해, 스칼렛. 미안해……. 미안해……."

계속, 미안하다는 말밖에 나오지 않았다. 그녀가 아픈 게 전부 제 탓 같았다.

겨우 눈을 뜬 스칼렛이 열에 바짝 말라 버린 입술을 억지로 열었다가, 소리를 내지 못하고 가늘게 숨만 내쉬었다.

마음의 짐이 병상에 누워 있는 그녀의 몸을 짓누르고 있었다. 오늘 경찰들이 모이게 한 일에 있어서도 그랬다. 왕실경찰에 대한 자신의 분노가 사람들을 위험하게 만들고 있는 건 아닌가, 하고.

스칼렛은 갑자기 전장 한복판에서 마주해야 했던 수많은 죽음을 떠올렸다.

지금까지 그녀는 무거운 책임에 대한 부담감에 무심하려 노력해 왔다. 그것이 그녀가 살아온 방식이었으나, 이제 막 그 한계를 넘어 버린 듯했다.

스칼렛이 아이작을 멍하니 바라보다, 겨우 말을 걸었다.

"나는 죽어도, 부모님과 같은 곳에 못 갈 것 같아."
"왜 그런 말을 해……."
"그냥. 그런 생각이 들어서."
스칼렛의 숨이 점점 가늘어졌다. 그녀는 아이작이 다시 의사를 부르라고 소리치는 것을 어렴풋이 들으며 눈을 감았다.
그러자 아이작이 급하게 그녀를 흔들었다.
"스칼렛, 눈 감지 마. 정신 차려야 돼."
"피곤한데……."
"안 돼. 절대로 안 돼. 아, 무슨 생각 할까. 뭐가 좋지. 나 어릴 때 기억이 좀 돌아왔거든. 시계 이야기를 하자면, 얼마든지 할 수 있어. 어쩌면 나도 7번 부품을 만드는 데 도움이 될지도 몰라. 그 이야기하자. 응?"
아이작의 말에 스칼렛이 희미하게 웃었다. 그러고는 작게 소곤거렸다.
"나 있지, 빅토르가 옆에 있을 때."
"응? 응."
"자유로운 기분이 들어. 이제는."
"……."
"음, 원래 크림슨가 사람들은 살란티에 땅을 벗어나지 않기로 왕과 약속했잖아."
"응. 뭐, 아무도 안 지키지만."
아이작이 애써 밝은 얼굴로 말하자 스칼렛이 웃으며 말을 이었다.
"빅토르가 비행기를 만들 여건도 만들어 주고, 늘 옆에서 지켜 주고. 그리고 나중에 쇄빙선도 만들어서 극지방에 가는 이야기도 했어.

그러다 보면 나도 멀리, 멀리 가 볼 수도 있겠다는 생각이 들게 해."
"아, 좋네."
"어릴 땐, 이 저택만큼이 내 세상이었는데. 세상이 점점 더 넓어져. 아는 것도 많아지고, 아는 사람도 많아지고. 실컷 울고, 실컷 웃고……."
"응."
"그 자유로움이, 나는 참 좋아."
그녀는 그렇게 중얼거리다가 결국 정신을 잃었다. 아이작이 다급하게 깨워 봤지만, 이번에는 그녀를 깨울 수 없었다.

―――◆―――

저녁 즈음, 크림슨가에 마차 한 대가 들어섰다. 거기서 내린 빅토르가 저택으로 들어서자 마차 소리에 나온 아이작이 굳은 얼굴로 그를 보았다.
빅토르가 잠시 자리에 서서 생각하다, 그에게 물었다.
"내가 없는 것이 스칼렛에게 낫다면, 밖에서 기다리도록 하지. 그래도 돌아갈 수는 없소. 왕이 경찰들이 모인 일의 주동자로 스칼렛을 지목하였으니."
"……."
"스칼렛의 상태는 백작이 더 잘 알 테니. 결정하시오."
아이작은 빅토르가 스칼렛에게 말을 할 때와 그 외 세상의 모든 사람을 대하는 태도가 다르다는 것을 알고 있었다. 그리고 그것은 자신도 마찬가지라, 그 사실에 대하여 더더욱 경계했다.
아이작이 스칼렛에게 가지고 있는 마음은 고마움과 미안함, 단순히 두 가지만이 있는 것은 아니었다. 때로는 어둡기까지 한 복잡한 마음이 있었다. 스칼렛은 그의 생애에서 유아독존의 존재였다. 그러므로 그는 스칼렛에 관하여, 제 마음대로 무언가를 결정할 생각이 없었다. 그저 그녀에게 안전한 상황을, 그녀가 행복한 순간을 바랐다.

아이작은 고개를 한쪽으로 조금 기울이고 빅토르를 훑어보았다. 빅토르 역시 아이작이 스칼렛을 아끼는 마음을 알고 있었으므로, 그 시선을 그리 이상하게 여기지 않았다.

한동안 관찰한 아이작이 입을 열었다.

"경찰이 다시 불러서 나는 그곳으로 가 볼 생각이니, 스칼렛의 곁에 있어 주세요."

"의외의 대답이군."

"경과 있으면 자유롭다고 하니까."

"……."

"경과 있으면, 억지로 세상만사가 다 기쁘다는 듯이 굴지 않으니까. 저 애가 아플 때는 내가 있는 것보다 경께서 옆에 있는 게 나을 것 같습니다."

그는 그렇게 말한 후, 뒤를 돌아보지 않고 걸음을 옮겨 저택을 나갔다.

빅토르는 계단을 올라 스칼렛의 침실로 향했다. 그녀의 몸이 혹독한 열병에 울긋불긋했다. 하녀들이 그녀의 열을 얼음으로 식히려 했으나, 스칼렛이 춥다고 거부해 곤란을 겪고 있었다.

의사가 다급하게 말했다.

"열이 심하게 오르니 매번 식혀 드려야 합니다."

"내가 하지."

"아가씨께서 열이 너무 올라 헛것까지 보십니다. 춥다고 하셔도 하셔야 합니다."

빅토르가 고개를 한 번 끄덕이자 방에는 두 사람만이 남았다.

빅토르는 스칼렛의 얼굴을 잠시 바라보았다. 그리고 이불을 걷고 얼음주머니로 그녀의 열을 식혔다. 그러자 스칼렛이 이불을 끌어당겼다.

"추워."

"안 돼."

그가 단호하게 말하고 스칼렛의 팔을 힘으로 움켜쥐었다. 그리고 그녀에게 말을 걸었다.

"한 번만 식히고, 금방 이불 줄게. 응?"

"너무 추워서 그래……."

스칼렛이 괴로워하며 밀어내는 것에 빅토르는 무너져 내릴 것 같은 기분이 들었으나 그녀의 열을 내리는 것을 우선할 수밖에 없었다.

빅토르가 말했다.

"이것만 하게 해 주면, 당신이 하고 싶은 거 다 하게 해 줄게. 하고 싶은 거 생각해 봐."

그의 나지막한 목소리에 바둥거리던 그녀의 몸이 잠깐 멈췄다. 그리고 고개를 들어 빅토르를 보았다.

그녀가 잠시 멈춘 사이에 빅토르는 스칼렛의 얇고 하얀 잠옷 위로 얼음주머니를 움직여 가며 열을 식혔다. 날씨가 따듯해 금방 녹아 버린 얼음물로 잠옷이 완전히 젖었다. 그는 하녀들이 미리 쌓아 놓은 잠옷을 가져와 침대에 두고 말했다.

"옷 갈아입자. 차가우니까."

스칼렛이 숨을 몰아쉬며 고개를 끄덕였다.

빅토르는 부드러운 손길로 젖어서 몸에 달라붙어 있던 잠옷을 벗기고 마른 새 잠옷으로 갈아입혔다. 겨우 옷을 갈아입히고 침대에 눕힌 그녀의 열을 재 보니 다행히 아주 미약하게나마 열이 떨어져 있었다.

그제야 스칼렛은 몽롱한 눈으로 주변을 살폈다. 그러다 시선이 빅토르에게 닿았다. 당신이 어떻게 여기 있느냐고 묻는 듯한 눈빛이었다.

그것에 오히려 안도한 빅토르가 중얼거렸다.

"어지간히 애를 먹이는군."

스칼렛이 좀 낫긴 한지 그의 말에 살짝 인상을 썼다. 그러자 빅토르가 금방 픽 웃어 버리며 말했다.

"그러게 누가 아프래?"

스칼렛이 그를 흘기고 돌아누워 버리자 빅토르가 시계를 보며 말했다.

"두 시간 간격으로는 식히라는군."

"너무 추운데."

"누구 당신 괴롭히고 싶어서 이러고 있는 줄 알아?"

"……."

"이야기 좀 하려고 했더니."

빅토르가 스칼렛의 머리칼을 쓸어 넘겼다. 그리고 그녀의 귀에 입을 맞추자 스칼렛의 몸이 움찔거렸다. 스칼렛이 손으로 귀를 감싸며 말했다.

"차가워."

"잘됐네."

그의 못된 말에 스칼렛이 한숨을 쉬었다. 그리고 다시 눈을 감으려 하자 빅토르가 말했다.

"왜 그랬어."

"……뭘?"

"왜 그런 소리를 했어. 내가 당신에게 특별하다는 말을."

그의 말에 스칼렛이 다시 눈을 떴다. 그리고 한 번 더 감았다가 뜨는 사이 그가 말을 이었다.

"그런 말을 들었으니, 난 일생 죽을 때까지 당신에게 사랑을 갈구할 거야."

"……."

"어쩌나. 귀찮겠네."

그의 짓궂은 말씨에 계속 죄책감과 열에 짓눌려 있던 스칼렛이 저도 모르게 조금 웃고 말았다.

빅토르는 그녀의 몸을 제 쪽을 향하게 다시 돌리고 스칼렛을 보았다. 금방이라도 멀리 가 버릴 것처럼, 그녀의 생명력이 약하게 느껴졌다.

빅토르는 그 불안감을 감추는 일이 고통스럽게 느껴졌으나, 그녀 앞에서는 아무 일도 없다는 듯 덤덤한 표정을 짓고 있었다.

"스칼렛."

"응."

"스칼렛 크림슨."

"왜 불러?"

"당신 이름이 좋아서."

스칼렛이 희미하게 웃었다. 그리고 중얼거리듯 말했다.

"하고 싶은 말 있으면 해. 돌리지 말고."
"열 좀 더 내리고."
"지금 좀 괜찮아서 그래."
그녀가 말하자 빅토르가 이윽고 나직이 물었다.
"정말로. 아직 나에게 남은 마음이 있나?"
그러자 스칼렛이 작게 대답했다.
"응."
그녀의 대답에 빅토르는 한동안 말없이 스칼렛을 바라보았다. 그를 마주 보려 애쓰던 스칼렛의 눈이 피로를 못 견뎌 파르르 떨리다 감겼다. 그녀의 얼굴을 바라보던 빅토르는 숨소리가 들리지 않으니 순간 심장이 철렁해 그녀의 숨을 확인했다.
그녀의 가느다란 숨이 느껴지자 빅토르가 제 얼굴을 손으로 감싸쥐며 중얼거렸다.
"……널 사랑하려면 심장이 여러 개여도 모자라겠어."
아니면 네가 나설 전쟁이 없는 시대를 살거나.
그가 나지막이 말하고 나서, 다시 스칼렛의 얼굴을 바라보았다.
열이 올라 헛것까지 본다는 말을 들었으니, 어쩌면 지금 자신이 와 있다는 것조차 나중에 기억하지 못할지도 몰랐다. 그러나 그는 이제 그녀의 말을 의심할 생각이 없었다.
제가 마음에 남았다면 남은 것이다. 그는 취한 이들을 믿지 않았으나, 그녀의 말은 만취해서 꼬인 혀로 내뱉더라도 전부 믿을 생각이었다.
그러고 나니 이전과는 비교할 수 없는 두려움이 그를 덮쳤다. 차라리 믿지 않을 때가, 제 스스로 고독을 선택했을 때가 덜 외로웠고, 덜 아팠다.

※

빅토르가 꼼짝하지 않고 스칼렛의 침대에 붙어 있노라니, 해군 하나가 상황을 보고 하기 위해 밖에서 열어 둔 침실 문을 두드렸다.
빅토르가 손가락을 까딱이자 해군이 인사한 후 안으로 들어왔다.
"부함장님께서 우리 해군들을 이끌고 왕성으로 향하셨습니다."
"경찰들의 해산 조건은."
"여기 있습니다."
해군이 가져 온 보고문을 내밀었다.

[1. 경찰 간부의 10%를 일반 경찰에게 할당한다.]
[1. 군사 기밀을 판 왕세손을 왕실경찰 본청의 청장으로 임명하는 것을 취소한다.]
[1. 왕실경찰은 살란티에의 영웅, 스칼렛 크림슨에게 공식적으로 사과한다.]

"그리고 이건, 일반 경찰들의 사과 편지입니다."
"……."
"왕실경찰들이 스칼렛 양께 약을 먹인 것을, 일반 경찰들 중에도 알고 있는 자들이 있었을 겁니다. 원하는 걸 얻으려면 본인들이 먼저 사과해야 한다고 생각했겠죠."
그는 편지를 확인한 후, 다시 봉투에 넣고 그것을 눌러 놓으려 그녀의 협탁에 놓인 문진을 들었다. 그러자 그 아래 겹쳐진 작은 종잇조각이 보였다.

그 종잇조각 사이에 끼워 둔 것을 본 빅토르는 그대로 굳었다.

"네 잎 클로버로군요?"

해군이 반갑다는 듯이 하는 말이 들리지 않는 듯, 빅토르는 그것을 바라보고만 있을 뿐이었다.

스칼렛이 그의 생일이면 늘 선물하던 클로버를, 그녀가 직접 찾는다는 걸 알게 된 건 이혼 후의 일이었다. 그전에는 당연히 사용인들을 시켜서 찾는 건 줄 알았다. 그가 아는 모든 귀족에게는 그것이 당연했으니.

이혼 후에야 그녀가 이걸 직접 찾아다 제 손에 쥐여 주고 있었다는 걸 알았다. 귀부인께서 클로버 군락을 헤매고 다녔으리라 생각하면 기분이 묘해졌다.

부하가 보고서를 놓고 떠난 후, 빅토르는 제 손바닥 위에 그녀의 클로버를 놓아 보았다.

처음에 그는 그녀가 이걸 왜 자신에게 주는지 이해하지 못했다. 꽃말이 좋은 꽃이라면 얼마든지 있었다. 전하고 싶은 게 사랑이라면, 사랑이 꽃말인 꽃을 사다 주면 되는 것 아닌가.

그는 네 잎 클로버를 건네던 스칼렛의 얼굴을 떠올렸다. 그녀가 자신을 사랑해 어쩔 줄 몰라 하던 때, 선물을 쥐여 준 스칼렛이 행복해 보이는 얼굴로 말했다.

"내 행복까지 다 당신에게 줄게. 두 배로 행복하게."

그녀는 네 잎 클로버를 찾아내면, 그가 행복해질 거라고 믿었던 것 같다. 아니면 그 노력이 따듯한 사랑이 되어 돌아오리라 믿었던 것일 수도 있고. 혹은 그녀가 결혼 생활 2년 내내 그랬듯이, 그냥 남편에게 제가 줄 수 있는 것은 무엇이든 다 안겨다 주고 싶어 했기 때문에 찾아다닌 걸 수도 있다.

어느 쪽이든 분명한 건, 여기에 그녀의 관심과 마음이 담겨 있었다는 것이다.

"내 거였으면 좋겠는데."

그녀의 행복을 빼앗아, 제 행복에 더했던 건지도 모른다. 그래서 자신에게만 좋은 사랑이었던 건지도.

그는 네 잎 클로버를 다시 종이에 끼워 문진으로 눌러 놓았다. 그러고 나서 그는 얼음을 손으로 쥐고 차게 식혔다. 그 후 손을 스칼렛의 이마에 올리자 그녀가 눈을 떴다.

"……"

이번에는 아주 차갑지 않아서인지, 그를 밀어내지 않았다.

빅토르가 손으로 그녀의 이마와 뺨의 열을 식히며 말했다.

"더 잘 수 있으면 자."

"……아이작은?"

이제 상황을 살필 정도로 정신이 든 모양이었다.

빅토르가 무덤덤한 얼굴로 대답했다.

"나와 교대하고 이제 막 잠들었어."

그의 거짓말을 믿지 않는지, 스칼렛이 표정 없는 얼굴로 그를 바라보았다.

빅토르가 말을 이었다.

"2년 이내 가택연금으로 끝낼 거야. 무슨 수를 써서라도."
"그럴 수 있어?"
"그것도 싫으면, 바로 네 옆에 데려다주고."
"……."
"말해. 당신이 원하면 왕의 목이라도 가져다줄 테니까."
 스칼렛이 그렇게 말하는 빅토르의 얼굴을 가만히 바라보았다. 그리고 입을 열었다.
"2년 가택연금이면 될 것 같아."
"그래?"
"응. 난 가족이니까 만날 수 있잖아."
"그건 그렇군."
 가택연금이라고 해도 두 사람은 남매이고, 스칼렛이 이 집에 살고 있다는 걸 증명할 수 있으니 계속 이 집에 살아도 문제가 없다.
 반대로, 빅토르가 가택연금이 된다면 더 이상 그의 아내가 아닌 스칼렛은 덤펠트가에 들어갈 수 없다. 그 차이를 생각하며 스칼렛이 물었다.
"왜 그랬어?"
"응?"
"왜 아이작 대신……."
 그녀가 말끝을 흐렸다. 그러나 뒷말을 알아듣고, 빅토르는 대답했다.
"당신이 또 쓸데없이 자책할까 봐. 잘못한 것도 없이."
"……겨우 그거야?"
"응."

"내가……."

"슬플까 봐."

빅토르는 그때, 저에게 네 잎 클로버를 건네던 스칼렛의 얼굴을 떠올렸다. 그리고 조용한 목소리로 말을 이었다.

"그쪽이, 당신에게 좀 더 행복할까 해서."

빅토르는 고개를 떨구며 생각했다. 온전히 그의 행복만을 바랄 만큼 그녀가 한때 자신을 사랑했음을 알았다.

그때 당신은 나를, 정말로 많이 사랑했구나.

정말로, 정말로 많이 사랑했구나.

스칼렛은 저도 모르게 그런 빅토르의 얼굴로 손을 뻗었다. 손을 드는 것도 그녀의 힘을 다 끌어다 쓴지라 금방 다시 떨어지려 해 빅토르가 그녀의 손을 제 손으로 덮었다. 그리고 그녀를 보며 물었다.

"왜?"

"울 것 같은 표정이라서. 그런 표정 처음 봐."

그녀가 다정한 목소리로 말을 이었다.

"나도 사실은…… 당신이 행복했으면 해."

"……응."

빅토르가 고개를 끄덕였다.

"알고 있었어."

그때, 침실 안으로 사용인 하나가 급하게 달려 들어왔다.

"왕실에서…… 함장님을 찾는 전화가 왔습니다."

그러자 스칼렛이 다녀오라는 듯, 그의 손에서 제 손을 빼고 다시 잠을 청했다.

빅토르는 별수 없이 몸을 일으켰다. 느린 걸음으로 계단을 내려온 그는 전화실로 들어가 전화를 받았다. 잠시 후 왕의 목소리가 들렸다.
 -빅토르.
 "……."
 -스칼렛 양이 지금 경찰들의 시위를 주도했다고 들었다. 지금 왕실이 두려움에 떨고 있어.
 빅토르는 듣고만 있을 뿐 대답이 없었다.
 곧이어 알버트 이렌이 말을 이었다.
 -왕실경찰이 널 체포한 건, 다 그럴 만한 이유가 있었지 않니. 하지만 스칼렛 양은 다르지. 스칼렛 양이 한 행동은 반역 행위다.
 "……."
 -곧 호위들이 갈 테니 내보내렴. 만약 그게 싫다면.
 "해군들을 해산하라고 하시겠군요."
 -그래. 그리고 해군력이라면 일반 경찰들도 해산시키는 건 어렵지 않겠지.
 빅토르는 잠시 생각하다 별다른 대답을 하지 않고 전화를 끊었다.

―――◆―――

 스칼렛은 다시 열이 끓어 올랐다. 그녀는 제가 보고 있는 모든 것들이 환상인지, 현실인지 정확하게 파악할 수 없었다.
 그래도 밤새도록 그녀의 열을 내리느라 몇 번이고 얼음을 가져다 식히고, 옷을 갈아 입히던 것이 빅토르라는 것은 알고 있었다. 그녀의 몸을 한 팔로 가볍게 안아 들던 강한 팔이나, 차갑다고 서러워하는 그녀에게 미안하다고 사과하던 목소리는 강렬함을 지녀 순간 그녀가 정신을 차릴 수 있게 만들었다.

그녀가 완전히 정신을 차린 것은 이틀 뒤 새벽, 아직 해가 뜨지 않은 시간이었다.

너무 누워만 있으니 답답해서, 그녀는 슬리퍼를 신고 몸을 일으켰다. 소파에 어린 하녀 하나가 곤히 잠들어 있어, 걸어가 담요부터 끌어다 덮어 주었다.

스칼렛은 몸의 열로 뜨거워진 숨을 색색거리며 침실을 나섰다. 계단을 내려가는 길에 해군들이 있었고, 미소를 지으며 고개를 조금 숙여 그녀에게 인사했다.

스칼렛은 1층, 포치를 향해 열린 문 너머에서 빅토르의 등을 발견했다. 언제나 뒷모습만으로도 알아볼 수 있는 그 사내는 새하얀 해군 제복 차림으로 정면을 바라보고 있었다.

그에게 한 걸음씩 다가갈수록 저 멀리 보이는 달도 가까워지는 듯했다. 스칼렛이 하얀 손으로 그의 팔을 잡자 빅토르가 그녀를 돌아보았다. 그리고 몸을 숙이며 물었다.

"왜 일어났어?"

"답답해서."

세상은 더없이 고요했으나, 묘한 경계심이 느껴졌다.

스칼렛이 그의 등 뒤를 보려 하자 빅토르가 고개를 저었다.

"다시 들어가자."

스칼렛은 제 팔을 감싸 잡는 그를 올려다보았다. 빅토르가 한 손으로 그녀의 턱을 조금 들어 올려 얼굴을 훑어보았다.

"달빛 같다. 너무 창백해서."

"……."

"아침이 되면 사라지는 거 아닌가."
그의 말에 스칼렛이 살짝 인상을 썼다.
"그거 농담이야?"
"안 웃겨?"
"전혀."
"그럼 농담이 아니라서 그렇겠지?"
"……."
"진짜로 없어질까 봐 걱정돼서 그래."
그가 말하며 스칼렛을 안아 들고 어린아이 달래듯이 등을 토닥이며 말했다.
"눈 감고 있어."
스칼렛은 그의 어깨 너머, 무릎이 꿇려진 사내들과 눈이 마주쳤다. 왕가의 문장이 있는 마차가 보이고, 빅토르가 밟고 서 있던 자리에는 왕의 서명과 왕가의 문장이 그려진 권자본이 펼쳐져 있었다.
스칼렛이 물었다.
"저기…… 뭐라고 쓰여 있어?"
"너 데려오라고 왕실로."
"그래서?"
"다른 군이 와서 왕을 도와주지 못하게, 철도 운행을 중지시켰지."
"……."
"더 자. 신경 쓸 거 없어."
그가 다정히 말한 후, 그녀를 다시 침실로 데려가려 계단을 올랐다.
그러나 스칼렛의 입장에서는 도저히 듣고 무시할 수 있는 말이 아니었다.

철도 운행이 중지되었다니?

스칼렛이 힘겹게 입을 열어 물었다.

"지금 뭐가……."

"시민들이 왕성을 둘러싸고 있고, 왕실이 육군과 베스티나군에까지 도움을 요청해서 운행을 차단했어. 다른 문제가 있나?"

"음……."

"오늘 하원의장이 의회를 찾아갔다더군. 다 같이 합의점을 찾겠지."

스칼렛은 잠깐 잠들었다가 깰 때마다 세상이 변하고 있다는 생각을 어렴풋이 했으나, 더 깊은 생각을 할 체력이 없었다.

빅토르가 계단을 오르며 화제를 전환하려는 듯 물었다.

"몸은?"

"이제 좀 괜찮아."

"다행이네."

실제로도 만질 때마다 심장이 철렁하던 뜨거운 몸의 열이 약간은 내려가 있었다.

그는 스칼렛을 데려다 침대에 눕혔다. 잠들어 있던 하녀가 놀라서 벌떡 일어나자 빅토르가 조용히 해 달라고 손짓했다. 하녀가 크게 고개를 끄덕이고 나간 후, 침실은 고요해졌다.

스칼렛은 밖에 저렇게 많은 사람들이 있는데도 이렇게 조용하다는 것이 기묘하게 느껴졌다. 빅토르가 다시 옆으로 돌아오자 스칼렛이 표정을 찡그렸다.

"……담배 냄새."

그러자 빅토르가 대답했다.

"안 피웠어."

"그럼?"

"다른 놈들이 피워서 그래. 옷에 밴 거야."

빅토르가 해명했으나 스칼렛은 믿지 않는 눈치였다.

빅토르가 혀를 차더니 별수 없다는 듯 몸을 숙이고 누워 있는 그녀에게 입을 맞췄다. 스칼렛은 놀라서 눈을 질끈 감았으나, 그 이상은 반응할 힘이 없어 꼼짝을 하지 않았다.

빅토르는 그런 그녀의 목을 손으로 감싸 엄지로 스칼렛의 턱을 문지르며 키스를 한 후 떨어졌다. 그리고 자신을 경계의 눈으로 바라보는 스칼렛에게 물었다.

"피웠어?"

"……아니."

키스는 마냥 달기만 했다. 그녀가 손가락 끝으로 제 입술을 만지며 말했다.

"서늘해."

"싫어?"

그가 계속 그녀의 몸을 식히려 얼음을 가져오는 게 너무 차고, 무섭기까지 했다. 자신에게 필요해서 하는 행동이라는 걸 머리로는 안다 해도, 몸은 일시적인 고통에 반응하며 그것을 거부했다. 그래도, 그의 입술이 닿을 때는 좋았다.

스칼렛이 말이 없으니 빅토르는 빈 잔에 얼음을 넣고 위스키를 채웠다. 그리고 그것을 차게 식힌 후 들이켜고, 그녀에게 돌아왔다. 스칼렛이 무엇을 하는 건가 바라보고 있던 중에, 빅토르가 그녀의 이마에 입을 맞췄다.

차가운 숨이 피부에 닿자 스칼렛이 침대 시트를 두 손으로 꽉 움켜쥐었다. 빅토르는 그녀의 눈가며 코, 뺨에 입을 맞췄다. 스칼렛의 손이 바르르 떨렸다.
 빅토르가 그런 그녀의 손을 꽉 껴 잡고, 손가락에 입을 맞춘 후 눈을 마주치며 물었다.
 "싫었냐고 물었는데."
 "……."
 스칼렛의 두 눈이 빅토르를 보았다. 그녀의 눈동자가 야릇하게 느껴지는 것이 받아들이는 제 문제인지, 그녀의 의도인지 구분할 수 없었다.
 빅토르는 그녀를 일으켜 제 무릎에 앉히고, 그녀의 몸 여기저기에 입을 맞췄다. 내내 조용하던 스칼렛이 그의 어깨에 얼굴을 묻고 작게 말했다.
 "그만해야 돼."
 "열 식혀야 한다잖아, 의사가."
 "더 더워진단 말이야……."
 울 것 같은 스칼렛의 말에 빅토르의 동작이 멈췄다. 그는 스칼렛을 두 팔로 끌어안으며 괴로운 표정으로 한숨을 쉬었다.
 "그래."
 그가 말하고 위스키잔의 냉기가 남은 손으로 그녀의 머리칼을 쓰다듬었다. 이제는 그 서늘함이 좋은지 스칼렛은 별말 않고 가만히 잠이 들었다.
 빅토르는 최대한 조심해서 그녀를 침대에 눕혔다. 덥다는 말 한마디에 잠깐 정신이 아득해졌다.
 아픈 사람이 하는 말인데, 거기 휘둘리는 것이 말이 되나.

빅토르는 제가 입 맞출 때마다 스칼렛이 움찔거리며 움켜쥐던 제복을 바로 입었다. 거울을 보며 스스로의 복장을 점검하던 빅토르가 한번 더 한숨을 깊게 쉬었다. 얼음은 자신에게도 필요했다.

———◆◆◆———

스칼렛은 다음 날 그럭저럭 몸을 일으켰다. 그녀가 일어나자마자 빅토르는 의사에게 스칼렛이 외출을 해도 되는지에 관하여 물었고, 의사는 가벼운 산책 정도는 하는 편이 낫다고 대답했다.
그 대답이 떨어지기 무섭게 스칼렛이 외출 준비를 하자 빅토르가 핀잔했다.
"의사의 말을 악용하는군."
"나가도 된다잖아?"
"그게 경찰서를 찾아가서 마음고생하고 와도 된다는 뜻은 아니잖아."
어쩐지 약도 꼬박꼬박 잘 받아먹고, 심심해하면서도 열심히 쉬더라니. 빨리 회복해서 아이작을 만나러 가고 싶어서 그랬던 모양이다.
빅토르가 힘이 없어서 구두를 신는 것도 버거워하는 스칼렛을 의자에 앉히고, 바닥에 무릎을 꿇은 채 구두를 손으로 들며 말했다.
"도중에 쓰러지기만 해."
스칼렛은 빅토르가 제 발꿈치를 손으로 감싸는 것을 보며 놀라 멈칫했다.
빅토르는 구두를 신기고 그 덕에 우그러진 흰색 스타킹을 허벅지 안쪽까지 끌어 올려 주었다. 그의 손이 스타킹이 반듯한 걸 확인하겠다는 듯이 다리를 쓸어내리자, 스칼렛은 눈을 질끈 감았다가 빅토르의 어깨를 탁 때렸다.

"고의로 그러는 거지?"

"응. 만지고 싶어서."

"……."

몸이 아픈 사람한테 저럴 남자가 아닌데 지금 저러는 걸 보니, 스칼렛은 회복하고 나서가 좀 염려스러웠다.

빅토르는 스칼렛의 손을 에스코트해 잡고 의자에서 일으켰다. 스칼렛이 살아오는 동안 그녀를 에스코트해 온 모든 사내가 그녀의 몸을 한 손으로 지탱해 들어 올릴 수 있을 만큼 강했으므로, 그 손의 힘을 의심해 본 적이 없었다.

스칼렛은 완전히 빅토르의 손에 의지해 반듯하게 서서 걸음을 옮겼다.

스칼렛이 계단을 내려가다 살짝 비틀거리기 무섭게 빅토르가 그녀를 안아 들었다. 스칼렛은 그 과보호에 억울한 표정이었지만 걸을 수 있다고 말해 봤자, 자기 없을 때 걸으라고 말할 게 뻔해 그냥 말도 꺼내지 않았다.

스칼렛을 먼저 마차에 태우고 빅토르가 그 앞에 즐비한 해군들에게 무언가를 지시했다. 스칼렛은 그들이 무슨 이야기를 하고 있는지 조금도 추측할 수 없었고, 그제야 자신이 누워 있는 동안 신문을 읽지 못해 주변 상황을 전혀 모르고 있었다는 것을 깨달았다.

마차가 출발하며 스칼렛은 모처럼 크림슨가를 나섰다. 세상이 어떻게 돌아가고 있을까. 궁금증과 염려가 다시 긴장으로 돌아와 몸을 조이는 듯해, 그녀는 생각을 지우려 애썼다.

그녀가 창밖을 내다보니 경비가 삼엄하기 짝이 없었다. 마차가 움직이자 그 주변을 호위들이 감쌌다. 그 모습에 스칼렛은 자신이 한 전화와 행동들이 위험했었다는 것을 알았다.

철도 운행을 중지시켰다는 말에 초조해하던 스칼렛의 마음이 무색하게도 밖으로 보이는 시민들의 표정은 밝았다. 그들은 창문으로 내다보는 스칼렛과 눈이 마주치면 화들짝 놀라서 마차를 따라 달려왔다.

"스칼렛 아가씨! 몸은 괜찮으세요?"

"어쩌면 좋아, 얼굴에 핏기가 하나도 없네……."

스칼렛은 그 말에 멈칫하고 손으로 제 얼굴을 감싸 보았다. 아직도 환자 같아 보이는 모양이었다.

아이작이 걱정하겠구나, 생각하며 좀 생기가 있어 보일 방법을 고민하는데 멀리 대충 그린 왕실 문장 위에 검은 물감이 뿌려져 있는 모습이 보였다.

스칼렛은 그것에 대하여 빅토르에게 물어보고 싶었지만, 어떤 대답이 돌아올지 무서워 묻지 못했다.

어차피 곧 제 눈으로 보고 상황을 알게 될 테니 그때까지 잠시 궁금증을 누르기로 했다.

---※---

빅토르를 내보낸 후, 다시 경찰서로 돌아온 아이작에 대한 처우는 이전과 달랐다.

스칼렛을 위해 자신이 살인 행위를 뒤집어쓸 정도로 빅토르 덤펠트에게는 그녀가 소중했고, 그만큼 스칼렛 크림슨에게는 아이작이 소중했다. 그들의 관계를 뒤흔들 중요한 인질이 아이작 크림슨이라고 왕실에서는 생각하는 듯했다.

왕실경찰과 친화적인 서장이 있는 곳으로 이관된 아이작은 담담한 태도로 조사에 응했다. 그리고 그를 유치장으로 옮기려 하자 변호사인 프랜이 급하게 말했다.

"독방은 없어요?"

"없습니다."

"해적들이잖아요."

"그래서요? 귀족이니 편의를 봐주기라도 하라는 겁니까?"

경찰이 툴툴거리며 아이작을 유치장 안으로 밀어 넣었다.

유치장 안, 해적들을 보고 선 아이작은 등 뒤에서 프랜이 당황해 안절부절못하는 것을 느꼈으나 굳이 돌아보지 않았다.

경찰이 나가지 않으려는 프랜을 반강제로 끌고 나가며, 유치장이 있는 복도 문이 닫혔다.

처음에는 괜히 귀족을 건드려 귀찮아질 필요 없다고 생각해 본체만체하던 해적 중 하나가 그의 얼굴을 확인하더니 말했다.

"……크림슨가 사람 아냐?"

그 말에 아이작이 고개를 돌려 해적을 보았다. 그는 한쪽 눈에 금색의 의안을 사용하고 있었다. 해적선에서 붙잡혔다는 뜻이었다.

그때 해적 중 하나가 아이작의 뒤에서 주먹을 날렸다. 그 순간 그가 돌아보고 팔을 붙잡자, 주먹을 날린 해적의 표정이 일그러졌다.

"네놈이구나. 우리 눈을 낫게 해야 할 약을 쓸어 간 귀족 여자의 오빠가."

해롤드의 무리처럼 해군과 비교적 친화적으로 변한 해적 무리도 있었지만, 오히려 더 반발하는 해적도 있었다.

아이작은 자신의 목을 움켜쥐는 해적을 물끄러미 바라보았다. 해적이 아이작의 눈으로 손을 가져가며 말했다.

"가만히 있으면 덜 아플 거야. 그 눈만 빼 가면 되니까. 원래 우리들의 약을 쓴 거니까, 사실 우리 거잖아?"

"……."

손이 눈으로 다가오는 것을 바라보던 아이작이 그 팔을 쳐 내고, 주먹으로 얼굴을 갈겼다.

갑자기 날아온 주먹이 의안을 끼지 않은 왼쪽 눈을 잠깐 보이지 않게 만들어 해적이 손으로 눈을 감싸 쥐었다.

아이작은 해적의 얼굴을 손으로 움켜쥐어 유치장 벽에 처박았다. 벽에 피가 흐르고 해적이 신음하며 주저앉자, 아이작이 그의 눈에 손을 가져가 금색 의안을 뽑았다. 그리고 그것을 던져 유치장의 가스등을 깨뜨려 불을 껐다. 창문이 없는 곳이라 순식간에 그곳이 어두워졌다.

그 후 해적들이 달려들었으나, 그들의 인원이 아무리 많아도 어둠 속에서 벌어지는 싸움에는 아이작 하나를 이길 방법이 없었다.

순식간에 유치장이 아수라장이 되었고, 비명과 피가 난무했다.

그때 아이작이 동작을 멈췄다. 프랜의 목소리가 들렸다.

"저렇게 소리 지르는 게 들리는데, 당장 문을 열어야 하지 않겠습니까? 경찰이 무슨 일인지 확인은 해야 할 것 아닙니까."

"시간이 너무 늦었습니다. 내일……."

"이제 오후 두 시인데 늦었다니요?"

그리고 그 사이로, 문을 두드리는 소리와 스칼렛의 목소리가 들렸다.

"아이작!"

그 순간 아이작은 서둘러 피 냄새를 찾아갔다. 그리고 신음하는 해적의 얼굴에서 흐르는 피를 손에 묻혀 제 입술에 발랐다.

잠시 후, 문이 열리고 빛이 새어 들어오며 스칼렛이 달려왔다.

"아이작, 어디……."

그녀는 하얀 옷에 피가 튀어 있고, 입술에서 피가 흐르는 아이작을 발견했다.

"스칼렛……."

스칼렛의 눈빛이 분노로 끓어올랐다. 그녀가 몸이 아픈 것도 잊고 다시 나가 그를 꺼내 달라고 경찰에게 화를 내는 사이, 아이작은 한숨을 쉬었다.

―――◆―――

스칼렛은 잠깐 열린 유치장 안에서 나는 피 냄새에 이성을 잃었다. 그녀는 자신의 부족한 체력을 생각하지 않고 화를 내며 당장 아이작을 내보내 줄 것을 요구했다.

그 사이 빅토르가 바로 유치장에 들어가려 하자 경찰이 막아섰다.

"위험합니다, 해적들의 원한이……."

빅토르는 무시하며 유치장으로 들어선 후 덤덤한 얼굴로 철창 안 아이작에게 말했다.

"뭐. 이것 외에 방법이 없었겠지."

"……."

언뜻 보았을 때는 제대로 몰랐으나 가까이서 보니 가관이었다. 해적들은 마치 한밤중에 산짐승에게 물어뜯긴 것 처럼 보였다.

아이작이 철창 쪽으로 가까이 와서 물었다.

"스칼렛은요? 여기 나와도 될 만큼 회복했습니까?"

"다시 데려가 재울 테니 염려할 것 없소."

그리고 상황을 설명하라는 듯이 빅토르가 턱짓하자 아이작이 제 눈을 감싸며 중얼거리듯 말했다.

"내 눈을 뺏으려 했어요. 스칼렛이 준 건데."

"화낼 만하군."

잠시 후 압박에 못 이긴 경찰 하나가 와서 철창을 열었다. 안에서 아이작이 나온 후 반대로 빅토르가 철창 안으로 들어갔다. 그리고 한쪽 무릎을 굽혀 쓰러져 있는 해적 중 하나의 목을 한 손으로 움켜쥐어 일으켰다.

"하, 함장님!"

해적들의 가장 큰 적, 가장 마주치고 싶어 하지 않는 존재가 바로 앞에 보이자 해적의 몸이 덜덜 떨렸다.

빅토르가 이안을 손가락으로 따따 때리며 말했다.

"너희가 예뻐서 이걸로 봐준 건 줄 알아?"

빅토르가 눈앞에 없을 때는, 그를 다시 만나면 잔혹하게 죽이겠노라 호기롭게 말할 수 있었다. 그러나 정작 그와 마주하니 바다에서 보았던 빅토르 덤펠트가 떠올랐고, 두려움에 손가락 하나 까딱할 수가 없었다.

빅토르가 아이 타이르듯이 말을 이었다.

"널 벌준 게 아니라 법망 안에 넣어 준 거야. 이해가 안 가니?"

해적은 목이 졸린 상태로 최선을 다해 대답했다.

"이, 이해 갑니다. 죄송합니다."

빅토르가 손을 놓자 해적이 픽 쓰러져 헉헉거렸다. 빅토르가 몸을 일으켜 얼굴을 구두 끝으로 툭 밀어 놓고, 아이작이 곤죽으로 만들어 놓은 해적들에게 말했다.

"주동자들만 해군 법원에서 처벌하는 걸로 하지."

해군 법원으로 이관되면 여기서 받게 될 처벌과는 비교도 안 될 가혹한 형량이 내려질 것이 분명했다. 빅토르의 말이 떨어지기 무섭게 안 그래도 겁에 질려 있던 유치장 안 해적들이 주동자 둘을 가리켰다. 나름 그들 무리에서 힘을 쓰던 해적들이었다.

"끌고 나와."

빅토르가 밖에서 기다리던 부하들에게 말하자, 그들이 들어와 지목받은 후 절망으로 늘어져 있는 해적 둘을 끌어냈다.

―――◆◆◆―――

유치장에서 나온 아이작은 스칼렛이 사색이 되어 다가오자 황급히 뒤로 물러섰다.

"옷이 더러워."

"얼마나 다친 거야? 빨리 병원부터 가자!"

"응. 안 그래도 바로 보내 준대."

아이작이 말하고 수갑을 찬 피 묻은 손으로 제 얼굴을 감쌌다. 아이작은 경찰에게 둘러싸여, 먼저 마차에 태워져 병원으로 옮겨졌다.

처음에 피범벅이 된 아이작을 보고 놀라던 의사는 그의 피를 닦아

내도 상처 하나 없는 것을 알고 인상을 썼다.

"상처가…… 없군요."

"손은……."

아이작이 작은 상처라도 찾아 달라는 듯, 제 손가락을 들어 보였다. 주먹질을 하느라 작은 생채기들이 나 있기는 했다.

아이작이 의사 쪽을 보며 말했다.

"나도 맞았다고 해 주세요. 동생이 걱정하니까."

"……반대 아닌가요?"

"하나도 안 다치면 이상하잖아요."

아이작은 영문 모를 소리를 했지만, 의사는 왠지 모를 섬뜩함에 일단 그가 원하는 대로 해 주기로 했다. 다치지도 않은 데다 뭘 바르면 오히려 손상이 될 것처럼 깨끗한 피부에 무명천을 붙여 주고, 손에도 굳이 붕대를 감았다.

아이작은 자기 얼굴을 거울로 확인해 보더니 말했다.

"고마워요."

아이작은 그렇게 인사하고 진료실을 나왔다.

밖에서 긴장하고 기다리던 스칼렛은 여기저기 치료를 한 아이작의 얼굴을 살피며 울 것 같은 얼굴로 말했다.

"애초에 왜 해적들이 득실거리는 곳에! 더 크게 다치기라도 하면 어떡하려고 그런 거야, 경찰들은!"

"위에서 그렇게 하라고 명령이 내려왔나 봐."

해 달라고 우기니 치료해 주고 나서도 알 수 없는 위압감을 못 참고 잠깐 밖을 내다본 의사는 언제 그랬냐는 듯이, 제 동생과 똑같이 말간 눈으로 아프다며 칭얼거리고 있는 아이작을 발견했다. 자신보다 키도, 체구도 한참 작은 스칼렛에게 맞춰 몸을 숙이고 있는 아이작 크림슨의 모습에 오싹해졌다.
　스칼렛이 가만 안 있겠다는 듯이 소매를 걷으며 씩씩거렸다.
　"그 경찰들 다 고소할 거야."
　그러자 아이작이 고개를 저었다.
　"그건 내가 할게. 넌 더 쉬어야겠어."
　그리고는 걱정스러워하며 스칼렛의 얼굴을 살폈다.
　"아직도 얼굴이 창백해."
　"그래도 열은 많이 내렸어."
　그녀의 말에 아이작이 스칼렛의 이마에 제 이마를 대보고 고개를 갸우뚱하더니 이내 배시시 웃었다.
　"응. 조금은 내렸네."
　"그거 봐. 그러니까 본인 걱정이나 해."
　"내 걱정은 네가 해 주잖아."
　아이작이 핀잔하듯 말했다. 아닌 게 아니라, 스칼렛은 붕대를 감은 아이작의 오른손을 염려스럽게 만져 보고 있었다. 그녀가 너무 걱정을 하니 아이작이 솔직하게 말했다.
　"그냥 작은 상처야. 잘 보이지도 않아. 진짜 쬐끄매."
　아이작이 강조해서 말하자 스칼렛은 믿지는 않아도 희미하게 웃고 고개를 끄덕였다.
　곧 아이작이 자신을 데리러 온 경찰들과 병원을 나서려다, 스칼렛을 돌아보며 말했다.
　"재판일에 올 거지?"
　"당연하지."

"응."
아이작은 안심했는지 햇살처럼 웃고 그곳을 떠났다.
얼굴에서 피가 흐르는 아이작의 모습을 봤을 때 심장이 철렁했다가, 생각보다는 말짱한 모습을 보니 마음이 놓였다. 너무 긴장해서 몸이 아픈 것도 잊고 있었는데, 이제 다시 삭신이 아팠다.
스칼렛이 의자에 앉아 몸을 웅크리고 쉬고 있으니 빅토르가 돌아왔다. 그는 스칼렛의 상태를 확인하고, 의사를 나오게 해 그 자리에서 스칼렛의 진료를 하게 했다.
아까 본 아이작 크림슨과 여기 서 있는 빅토르 덤펠트의 시선이 스칼렛을 향하는 걸 보니, 이 드센 사내들의 관심 속에 있는 여자가 위태롭게까지 느껴졌다.
그러므로 의사는 더더욱 강조해 말했다.
"일단 많이 드시고, 기력을 회복하는 게 우선입니다."
"……그렇군."
빅토르가 약간의 죄책감을 느끼며 혀를 찼다.
본인도 그렇게까지 식사를 즐겨 하는 편이 아니라, 스칼렛이 앓는 동안 아무것도 먹기 싫다고 밀어내면 굳이 억지로 먹이려 하시 않았다. 열을 식히는 작업도 아픈 사람 괴롭히는 것 같아 가슴 아픈데, 식사로까지 힘들게 하고 싶지 않았다.
그런데 많이 먹여야 했다니.
빅토르가 인상을 쓰자 그의 손을 잡고 일어선 스칼렛이 물었다.
"왜 그래?"
"뭐 좀 먹자. 많이."
"배 안 고파."

"당신 의견 묻는 거 아닌데."

빅토르가 잘라 말하자 스칼렛은 한숨을 쉬었다. 의사가 '많이 드시고'라고 한 걸, 인간 야전교범인 저 남자가 들었으니 결과는 뻔했다.

빅토르는 경찰서와 가까운 7번가 타운하우스로 스칼렛을 데려왔고, 곧이어 불필요하게 많은 식재료가 주방을 채우기 시작했다.

스칼렛이 난처한 얼굴로 그것을 바라보며 빅토르에게 말했다.

"나 피곤해."

"자. 식사 시간에 깨울 테니까."

빅토르가 대답하고 그녀를 재우려는 듯, 침실로 걸음을 옮겼다. 그러자 스칼렛이 그를 따라 계단을 오르며 말했다.

"많이 먹는 대신 그냥 많이 잘게."

"많이 자는 건 당연한……. 아니면 뭐. 지금 그 몸으로 일이라도 하려고 했어?"

빅토르가 믿기지 않는다는 듯이 묻자 스칼렛이 움찔거리고는 변명하듯이 말했다.

"이제 좀 낫기도 했고, 일이 밀리면 나중에……."

"제대로 안 쉬니까 덧나서 또 그렇게 앓았잖아. 장기적으로 보면 그게 더 손해 아닌가?"

"……."

"당신이 그렇게 세상에 순응하는 사람이 아닌 건 알지만, 그래도 의사 말은 들어야지."

"내 생각에는……."

"본인 생각이 의사와 반대라면, 재고해."

"……."

몸이 좀 낫기 시작한 직후부터 7번 부품을 완성해야 한다는 생각에 초조해진 것은 사실이었다. 빅토르가 이건 조금도 양보할 생각이 없다는 듯이 하는 말에 한 마디도 제대로 대꾸를 못 한 스칼렛이 마지못해 고개를 끄덕였다.

빅토르가 그녀를 침대에 눕히고 말했다.

"당신 손에 펜이나, 종이가 쥐여져 있는 게 보이면 사용인들 시켜서 바로 뺏게 할 테니 그런 줄 알아."

"지루해."

"좋겠네, 지루할 여유도 있고. 나는 당신 열이 오를 때마다 천국과 지옥을 오가는데."

"……."

한마디도 이길 수 없는 걸 보니, 억지를 부리는 게 제 쪽이긴 한 모양이었다.

그걸 머리로는 알아도 마음으로는 영 억울해서 스칼렛이 휙 돌아누우며 한 소리했다.

"……아픈 사람이 죄인이지, 아주."

그녀의 혼잣말에 순간, 저도 모르게 웃을 뻔한 빅토르가 이를 악물었다. 그리고 그녀가 돌아누운 쪽으로 걸어가서, 눈을 감아 버린 스칼렛을 살폈다.

불만이 많다는 듯이 주름이 잡히던 미간은 금방, 언제 그랬냐는 듯 펴지며 평온한 얼굴로 돌아왔다. 본인 걱정 때문이라는 걸 알아서, 욱했다가도 금방 풀리고 마는 모습이 귀여워서 그는 자꾸만 웃음이 나왔다.

빅토르가 그녀의 머리칼을 쓰다듬고 입을 맞췄다. 그리고 다시 잠을 청하려는 그녀를 저도 모르게 불렀다.
"스칼렛."
"왜?"
"……아니. 다시 자."
스칼렛이 실눈을 뜨고 보니 빅토르가 그녀를 내려다보고 있었다.
"왜 불렀는데."
"나도 모르겠네."
빅토르가 헛웃음을 짓고 말을 이었다.
"이상하게 자꾸 당신을 부르고 싶어. 왜 그러지."
스칼렛이 결국 상체를 일으키고, 고개를 들어 그를 올려다보았다. 그러자 빅토르가 나지막이 중얼거렸다.
"아, 그렇군."
"왜 불렀는지 알았어?"
"응."
"왜 불렀어?"
"나 봐 달라고."
"……."
"옆에 있으니까, 나 좀 보라고. 당신 관심 끌고 싶어서."
빅토르가 실없이 웃으며 말을 이었다.
"내가 나 여기에 있다고 알려 주지 않으면, 당신이 날 잊어버릴까 봐 무서워서."
스칼렛이 다시 인상을 썼다.
"당신을 어떻게 잊어버려?"

스칼렛의 말에 빅토르가 대답이 없으니, 그녀가 사용인들이 챙겨다 준 자기 가방을 가리켰다.
"저거 가져다줘."
빅토르가 가방을 가져다 침대에 올려 주자 스칼렛이 그것을 열었다. 그리고 거기서 스케치를 한 노트를 꺼냈다.
"봐. 이런 걸 할 시간이 없는데, 자꾸 생각이 나. 고작 당신이 극지방에 가 보고 싶었다는 말을 들었을 뿐인데도."
빅토르가 상체를 그녀 쪽으로 기울였다.
시계의 스케치가 있는 노트 중간에 쇄빙선이 그려져 있었다. 스칼렛이 손으로 배를 가리키며 말했다.
"여기로 얼음을 깨고, 이 프로펠러로 물을 끌어당기는 거야."
그러자 그것을 홀린 듯이 바라보던 빅토르가 곁에 걸터앉으며 대답했다.
"아주 강한 뱃머리와 동력이 필요하겠군."
"응. 동력은 내가 어떻게든 만들어 볼게. 뱃머리는 당신이 해결해."
"그러지."
"우린 정말 좋은 동료가 될 거야."
동료라는 말에 빅토르의 입매가 굳었으나, 애써 대답했다.
"아, 동료."
"응."
스칼렛이 고개를 끄덕이고, 조금 길게 뜸을 들이다 말을 이었다.
"우리 부모님처럼."
"……선대 크림슨 가주 부부처럼?"
"응. 두 분은 좋은 부부인 동시에 최고의 동료였거든."

"……."

"아무튼."

그렇게 말하고 스케치북을 덮은 스칼렛이 고개를 들었다가, 빅토르와 눈이 마주쳤다.

그는 무언가에 충격을 받은 듯한 표정으로 그녀를 바라보고 있었다.

"빅토르."

"……."

"빅토르, 대답……."

그렇게 말하는데, 빅토르의 몸이 훅 가까워져 스칼렛은 당황하며 등 뒤를 손으로 짚고 물러났다. 그러자 빅토르가 그녀의 등을 손으로 받쳐 제 쪽으로 다시 끌어당기고 물었다.

"나에게 동료라는 말을 할 때, 당신 부모님을 떠올렸어?"

"……싫어?"

"그래 보여?"

빅토르가 되묻자 스칼렛이 잠시 생각하다 대답을 피하려는듯 고개를 돌렸다.

빅토르가 그녀의 손을 제 가슴팍에 올렸다. 그의 심장박동에 스칼렛이 머뭇거리다 입을 열었다.

"당신 심장이 기계였으면…… 오작동이야. 고쳐야 돼."

그녀의 말에 빅토르가 자조적으로 웃으며 중얼거렸다.

"어떻게 보면 그것도 틀린 말은 아니군."

그의 목소리가 달아서, 스칼렛은 다시 열이 오르는 기분이었다.

그녀가 시선을 피하듯 고개를 돌리며 말했다.

"당신 때문에 잠 깼잖아. 안 그래도 아이작이 걱정돼서 잠이 안 오는데."

빅토르는 아이작 크림슨을, '혼자 해적선에 떨어뜨려도 그 해적선을 탈취할 남자'라고 생각했으나 그녀에게 그 평가를 전해 줄 생각은 없었다. 아이작과 마찬가지로 빅토르 역시 그녀를 놀라게 할 마음이 없었다.

빅토르가 담담히 대답했다.

"에빌 크림슨이 백작을 협박한 편지의 내용이 저열하니, 재판에 관해선 걱정할 것 없어."

그의 말에 스칼렛이 고개를 끄덕이고, 한숨 섞인 목소리로 중얼거렸다.

"아이작이 나에게 바로 말해 줬으면 좋았을걸."

"서로 상처를 덜 받게 하려는 거였겠지. 당신도, 백작도."

"……응. 나도 그렇게 생각하려구."

스칼렛이 고개를 끄덕였다.

그렇게 이야기를 하던 중에 침실 안으로 식사가 들어왔다. 다행히 식사는 좋은 재료가 뭉크러질 때까지 끓인 수프였다.

숟가락을 드는 스칼렛의 손이 떨려서, 빅토르가 내신 섭시와 숟가락을 들었다. 그리고 한 숟갈을 떠서 그녀의 입으로 가져가자 스칼렛이 입술을 닫아 버리고, 동그래진 눈으로 그를 보았다.

"왜."

빅토르가 묻자 스칼렛이 머뭇거리다 대답했다.

"요즘 왜 그래? 구두를 신겨 주질 않나, 식사도 먹여 주려고 하고."

"남을 시킬 수는 없잖아."

"왜 못 시켜? 평생 해 온 거잖아."

"누가 당신 만지는 거 싫어."

빅토르가 생각하는 것만으로도 짜증이 난다는 듯이 대답하고, 그녀의 열려 있는 입술 안으로 수프를 넣었다. 다행히 스칼렛은 곧잘 받아먹으며 수프 접시를 모두 비웠고, 빅토르는 이것저것 갈아서 만들어다 준 과일 음료까지 비우게 했다. 식사가 끝나니 민망한지 스칼렛이 투정하듯 말했다.

"누가 보면 신생아인 줄 알겠어."

"그럼 2시간마다 한 번씩은 먹여야겠네."

"비꼰 건데."

"그런가? 아쉽네. 신생아가 차라리 더 편할 것 같았는데."

그런 빅토르의 놀림에 스칼렛이 억울한 얼굴로 말했다.

"내가 빨리 낫고 만다."

그러자 빅토르가 웃음을 터트렸다.

식사를 마쳤으니 잠깐 걸을 겸 후원에서 꽃 구경을 하고 돌아왔는데, 빅토르가 양치질까지 대신 해 주려 들었다.

스칼렛이 그를 흘기며 물었다.

"내가 싫어하는 게 재미있어? 일부러 더 괴롭히는 것 같아."

"……음."

아니라고 할 줄 알았는데, 빅토르는 인상을 쓸 뿐 대답이 없었다. 그러자 스칼렛이 기겁해서 물었다.

"왜 아니라고 안 해?"

"당신이 그런 표정을 지으면 더 하게 되긴 하지."

"무슨 표정?"

"싫은 표정."

"그게……."

"야하고 귀엽긴 해."

"……."

빅토르의 말에 스칼렛이 세상에 뭐 저런 인간이 있나, 정색했다가 야하고 귀엽다는 빅토르의 말을 생각해 어떻게 다른 표정을 지어 보려 했다. 그러나 되레 어찌할 바를 몰라 하는 얼굴이 되었다. 빅토르는 대놓고 웃지는 않았으나 돌아서 버린 그의 등만 봐도 웃고 있다는 걸 알 수 있었다.

다행히 스칼렛에게 정말로 혼날 것 같았는지 빅토르가 칫솔을 돌려주었는데, 몇 번 칫솔질을 하니 지쳐서 푹 한숨이 나왔다. 그냥 해 달라고 할걸, 하고 저도 모르게 생각하다 스스로에게 질색하며 고개를 저었다.

그렇게 잘 준비를 마치고, 스칼렛은 침대에 누웠다. 빅토르는 다시 나갈 곳이 있는지 내내 정장을 입고 있었다.

스칼렛이 반쯤 잠이 쏟아져 물었다.

"……어디 나가?"

"아니."

"그런데 왜 옷……. 아, 갈아입을 시간이 없었구나."

생각해 보니 빅토르는 그녀를 먹이고, 씻기고, 잘 준비를 해 주느라 정작 본인은 식사도 급하게 하고, 잘 준비를 할 시간도 없었다.

그걸 생각하니, 스칼렛은 실없는 웃음이 나왔다.

"……간호인지, 육아인지 모르겠네."

그리고 쏟아지는 잠에 빠져들며 빅토르에게 말했다.

"고마워. 그리고…… 빨리 씻고 와서 자. 이 집에 침대 하나밖에 없잖아……."
 그녀가 잠결에 하는 말에 빅토르는 미소를 지었다. 그는 잠자리에 들 준비를 하고, 스칼렛이 허락한 대로 그녀의 옆에 누웠다.

―――◆◆◆―――

 한밤중에 밖에서 노크 소리가 들리자 빅토르가 눈을 떴다.
 이어서 에번의 목소리가 들렸다.
 "함장님."
 그의 품 안에는 스칼렛이 곤히 잠들어 있었다.
 스칼렛의 약해진 몸은 약간의 추위도 힘들어해 빅토르가 꽉 끌어안아도 벗어나지 않고 그의 품에서 온기를 찾았다.
 그녀가 저에게서 안정을 찾아 잠들자, 의외로 빅토르 역시 깊은 잠에 빠져 있었다. 그는 주변 상황을 바로 파악하기 어려울 정도로 자신이 숙면을 취했다는 사실에 놀라워하며 상체를 일으켰다.
 그녀가 찾아 주는 안정은 그를 잠시나마 풍요롭게 했다.
 그래서 스칼렛과 떨어지는 게 미칠 만큼 싫었으나, 이 시간에 자신을 깨웠다는 건 분명 중요한 문제가 있는 상황인지라, 별수 없이 스칼렛을 놓고 침대에서 내려섰다.
 옆에서 자도 된다는 스칼렛의 말에 쿵쿵거리던 심장이, 잠에서 깨자 다시 뛰었다. 그는 어떤 심각한 이야기가 오갈지 모르는 대화에 임하기 전에 심호흡을 한 번 하고 정신을 가다듬었다. 그리고 문을 열자 앞에 에번과 팔린이 서 있었다.
 두 사람 다, 이 새벽에 그를 깨운 이유를 표정만으로는 파악할 수 없을 묘한 얼굴을 하고 있었다.
"무슨 일이지?"
빅토르가 묻자 두 사람이 눈빛을 교환했다. 이윽고 에번이 입을 열었다.
"폐하께서 발표하실 것이 있다고 말씀하셨는데……. 왕실 친화적인 언론 쪽에서 얻은 정보에 의하면…….”
에번이 머뭇거리자 빅토르가 계속 말하라고 턱짓했다. 그러자 옆에서 팔린이 대신 말을 이었다.
"폐하께서, 함장님께 선위하시겠다는 내용의 연설이 실릴 겁니다."
더 이상 승산이 없다고 여긴 왕은 제 목숨을 보존하기 위해 빅토르를 왕좌에 앉히는 것을 선택했다.
팔린의 말이 끝나고 잠시 후, 빅토르가 어이가 없는지 허, 하고 웃었다.
"미친 새끼."
그가 중얼거리자 에번도 팔린도 움찔해 대답 대신 헛기침만 번갈아 할 뿐이었다.
에번이 곧 입을 열어 침착한 목소리로 말했다.
"일부러 소식을 일찌감치 퍼트렸는지, 해군도 경찰도 술렁이고 있습니다. 함장님께서……. 그, 왕위를 이으시면. 시위를 어떻게 이어 가야 하는지에 관해서요."
에번이 그렇게 이야기하다가 발소리를 듣고 말을 멈췄다. 그리고 그 자리에 있던 세 사람이 모두 뒤를 돌아보았다. 그들의 예상대로 곧 문이 열리고 스칼렛의 얼굴이 보였다.
스칼렛이 에번과 팔린에게 인사를 하고, 빅토르를 보았다. 빅토르 역시 그녀 쪽으로 시선을 옮겼다. 그리고 우선 스칼렛의 이마에 손을 올려 열을 확인하고, 썩 내키는 체온은 아닌지 혀를 찬 후 말했다.

"같이 이야기하고 싶으면 안으로 들어가고."

"그래도 돼?"

"난 어차피 당신 결정대로 할 테니, 당연히 들어야지."

그의 농담기 없이 건조한 말에 에번도 팔린도 난처한 얼굴로 스칼렛을 보았다. 그 자리에서 가장 당혹스러운 사람은 스칼렛 본인이라, 그녀가 어찌할 바를 몰라 하며 눈을 깜빡였다.

스칼렛이 간신히 입을 열었다.

"……환자한테 그런 결정을 떠맡기면 어떡해."

"당신 말고는 나에게 명령할 수 있는 사람이 없어서."

"……."

"천천히 생각해. 어차피 왕실에서 무슨 생각인지 알아내기 전까지는 결정을 해도 의미가 없으니까."

빅토르 덤펠트의 생애는 전부, 오로지 왕가에 편입되기 위한 것이었다. 그러던 오늘, 바다를 헤쳐 온 그의 삶 전부에 의미가 생기는 답이 눈앞에 있었다.

스칼렛은 깊이 한숨을 쉬고, 고개를 들어 빅토르를 올려다보았다.

스칼렛이 물었다.

"당신은 어떻게 하고 싶은데?"

"좋지, 왕좌. 만약 아이가 생기면 그 아이도 왕이 될 테니."

빅토르의 말은 매우 관조적으로 들렸다.

스칼렛이 나지막이 심호흡했다. 빅토르는 제가 준 결정권 때문에 혼란까지 겹쳐 비틀거리는 그녀를 다시 침실로 데려가며 말했다.

"해군과 경찰들이 술렁거리고 있다니 다녀와야겠어. 철도 운행을 중지시키기는 했지만, 언제 어디서 시민들을 향해 공격이 있을지 모르니. 우리가 바다는 잘 알아도, 지상은 모르니까."

그러자 스칼렛이 마지못해 고개를 끄덕이고, 입을 열었다.

"맨 앞에 서지 마."

"다칠까 봐?"

"응. 이미 한 번 눈을 다쳤잖아."

스칼렛의 대답에 빅토르가 미소 지었다.

"맨 뒤에 있으면 마음이 편하겠어?"

"그래도 되면."

"그럼 그렇게 하지."

스칼렛이 고개를 끄덕였다. 그리고 자조적인 목소리로 중얼거렸다.

"진짜 이기적이지? 그곳에 시위대가 모인 덕분에 왕실경찰이 당신을 놓아준 건데, 당신이 시위대 앞에 서 있는 건 무서워."

"또 자책할까 봐 하는 말인데. 어차피 어디서든 싸움은 벌어질 거였어. 준비 안 된 상황에서 전쟁이 일어났으니, 누군가는 책임을 져야지."

빅토르의 말에 스칼렛이 고개를 들었다. 빅토르가 말을 이었다.

"그 책임을 회피한 게 왕실이라는 걸, 시민들이 몰랐을 것 같아?"

"……."

"뭐, 물론 당신의 영웅적인 면모가 사람들의 마음에 불을 지피긴 했겠지."

마지막은 농담이었지만 스칼렛은 웃는 대신, 빅토르의 목을 와락 끌어안았다.

그런 그녀의 행동에 빅토르가 멈칫하고, 그녀를 끌어안으며 말했다.
"이렇게 칭찬받을 만큼 재미있는 농담은 아니었는데."
"다치지 마."
"그래."
"절대로 다치지 마."
빅토르가 미소를 지으며 고개를 끄덕였다. 그리고 스칼렛의 얼굴을 본 후, 입을 맞추려 하자 그녀가 피하는 대신 눈을 꼭 감아 버렸다. 그런 그녀의 행동에 빅토르가 고개를 젖히고 크게 심호흡했다. 그 소리에 스칼렛이 눈을 조금 뜨고 그를 확인하는데, 이미 그가 그녀의 몸을 당겨 입을 맞추고 있었다. 스칼렛은 다시 눈을 감고, 두 손으로 그의 목을 끌어안았다.

그녀를 간호하는 내내 빅토르는 순간순간 끓어오르는 욕망을 짓누르느라 고역을 겪었다. 도대체가 어떻게 환자 옷을 갈아입히며 이따위 생각을 할 수가 있는지 믿기지가 않았다. 인간이란 정말로 바닥이 없는 짐승이구나, 생각하곤 했다.

지금 그는 그녀가 자신을 안았다는 사실에 이성을 잃을 것 같아, 침대 헤드를 꽉 움켜쥐었다. 거기 힘을 쏟는 것으로 제 품의 여자에 대한 집착과 성욕을 가라앉힌 빅토르는 그녀를 다시 눕히고 몸을 바로 했다.

"……자고 있어. 얼른 낫고."
"응. 그럴게."
순진하게 고개를 끄덕이는 스칼렛을 보며, 빅토르는 제가 한 '얼른 낫고'라는 말이 물론 스칼렛에게도 해당하지만 지금 당장은 자신을 위한 것이기도 하다는 걸 들킬까 봐 조바심을 느꼈다.

왕위를 주겠다는 알버트 이렌의 발표 뒤에는 더러운 속내가 있다는 걸 뻔히 알았다. 살아오는 동안 빅토르에게 왕위라는 것은 그저 삶의 관성이 향하는 방향이었다.

그는 그에 대하여 너무 잘 알고 있는 스칼렛이 왕위를 거절하라 말하기는 힘들 것을 알고 있었다. 그러나 그녀는 반드시 옳은 선택을 할 것이다. 빅토르는 스칼렛 크림슨에 대한 강한 믿음이 있었다.

빅토르는 스칼렛의 뺨을 손으로 감싸고 한 번 더 입을 맞춘 후, 외출 준비를 마치고 침실을 나갔다.

밖으로 나온 그의 표정을 본 에번이 멈칫했다. 그는 지금껏 빅토르가 저렇게 편안한 얼굴을 하는 걸 본 적이 없었다.

그 얼굴에 약간은 장난을 쳐도 된다고 생각한 에번이 물었다.

"왕위 때문에 기분이 좋으신 건 아닌 것처럼 보입니다, 함장님."

그의 말에 빅토르는 낮게 소리를 내며 웃기까지 했다. 에번이 말을 이었다.

"스칼렛 양께서 많이 걱정하십니까?"

"맨 앞에 서지 말라더군."

"이, 지휘관이 잎에 시는 진 우리 해군의 진동인네요. 이세 스칼넷 양께서 해군을 너무 잘 아시네요."

"그렇게 됐군."

빅토르가 대답하며 마차에 올랐다.

그들이 떠나고 스칼렛은 다시 잠을 청하려 했으나, 불가능했다. 그녀가 슬리퍼를 신고 일어서 보니, 오늘 또다시 무리를 하는 바람에 바닥에 가시가 돋쳐 있는 것처럼 발도 다리도 아팠다.

"……조금만 더 건강했으면 따라가는 건데."

그녀는 스스로의 건강에 매우 큰 불만을 느끼며 중얼거렸다.

그렇다고는 해도 두 번의 사고를 겪고도 이렇게 목숨이 붙어 있는 것으로 보아, 부모님은 회복력 좋고 튼튼한 몸을 물려주신 것 같았다.

그녀는 자신에게 입을 맞추다가, 침대 헤드를 움켜쥐던 빅토르의 손등을 떠올렸다. 강하게 힘을 주어 헤드 쪽에서 깨지는 듯한 소리가 들리고, 그의 손목까지 힘줄이 도드라졌다. 그러다 그 강한 손이 자신을 쓰다듬을 때면 꽃잎이라도 훑듯이 부드러워졌다.

스칼렛은 제 등을 쓰다듬던 빅토르의 손을 떠올리며 저도 모르게 몸을 흠칫 떨었다.

"……왜 이래, 스칼렛 크림슨."

떠나고 몇 분 지나지도 않았는데 눈물이 나듯이 울컥, 그 남자가 그리워졌다.

며칠 동안 옆에 붙어 있어서인가, 혹은 위험한 곳으로 떠나서인가. 그에게 목숨도 줄 수 있을 만큼 사랑한다고 생각했던 결혼 생활 중보다, 지금이 더 못 견딜 정도로 그가 보고 싶었다.

그녀는 울 것 같아서 마음을 달래려 창가로 향했다. 창틀에 앉아 별로 가득한 하늘을 올려다보며 그녀는 떨림을 가라앉혔다.

그 하늘이 밤바다 같아서, 그 속으로 떠난 빅토르를 지켜 줄 것 같다는 생각이 드니, 그제야 조금 마음이 놓였다.

현재 상황이 상황이니만큼, 왕성으로 향하는 길에 빅토르가 탄 마

차의 주변으로 여덟 대의 마차가 더 따라붙었다.

전부 살란티에 해군의 문장이 달린 마차였다. 수도의 길을 해군의 문장이 달린 여러 대의 마차가 달리고 있었지만, 새벽부터 일할 준비를 시작하던 시민들은 어떠한 위협도 느끼지 못했다. 그들에게 루비드호의 함장, 빅토르 덤펠트는 곧 안전을 상징했다.

내내 담배 냄새를 싫어하는 스칼렛과 있느라 강제로 금연 중이던 빅토르가 담배 상자를 열었다. 그러나 담배 냄새가 나면 영 못 마땅한 표정을 짓는 스칼렛이 떠올라 혀를 차고, 상자를 든 손을 내밀어 담배를 마차 밖으로 쏟아 버렸다.

"……까다롭긴."

그래도 술을 끊으라고 하는 것보다는 비교적 나았으므로, 빅토르는 거기에 만족하기로 했다.

마차가 왕성 앞에 도착했을 때는 일출이 시작되는 시간이었다.

빅토르는 마차 안에서 왕성을 완전히 둘러싸고 있는 시민들과 혹시 모를 왕실의 공격에서 그들을 보호하려 둘러싼 해군과 경찰을 바라보았다. 위태로운 평화였다.

그가 도착하고 얼마 지나지 않아 팔린이 마차 밖에서 문을 두드렸다.

"신문이 나왔습니다, 함장님."

빅토르가 창밖으로 손을 내밀자 팔린이 신문을 넘겨주었다. 신문 1면에는 예상한 그대로의 연설이 적혀 있었다.

[시민 여러분!

나 알버트 이렌은 이제 빅토르 덤펠트에게 왕위를 넘기고 물러나겠습니다.

빅토르 덤펠트는 위대한 영웅입니다. 그는 왕위에 적합한 인물이며, 살란티에를 위대하게 바꿀 위인입니다.

그러니 시위대는 당장 해산하십시오. 각자의 가정으로 돌아가 사랑하는 가족과 만나십시오. 본업에 충실하고, 세상을 긍정적으로 바라보십시오.

살란티에는 승리했습니다. 더 이상의 싸움은 무의미합니다.]

빅토르는 그 신문을 읽으며 놀라운 마음이 들었다.

한 문장, 한 문장이 스칼렛 크림슨을 반대로 적어 놓은 것 같은 글이었다.

한때, 왕실에 충성하는 해군이던 때의 그라면 이 연설에 감동했을 수도 있다. 더 이상의 싸움은 무의미하다고 여겼을 것이 분명했다.

그러나 그는 이제 스칼렛 크림슨이라는 여자에 대하여 알고, 그녀를 사랑하게 되었다. 그러므로 왕의 한 문장, 한 문장이 모두 우습게 느껴졌다.

나라를 위험에 몰아넣은 왕에게, 스칼렛이 이런 말을 들었다면 그녀는 이것이 선택권이 없는 길이라고 대답했을 것이다. 싸움을 피하고 사랑하는 가족과 만나는 것을 선택권으로 여기지 않을 것이다.

그녀는 자신이 가장 사랑하고 자부심을 가지고 있는 본업에 충실하기 위해, 사랑하는 이웃과 웃고 떠들기 위해, 그런 긍정적인 삶을 살아가기 위해 전장으로 달려들었고, 3호기에 올랐다.

그는 매 순간 스칼렛을 떠올리고 있는 자신이 못내 우스워 호탕하게 웃고 말았다.

내가 사랑에 빠졌구나.

이 세상의 모든 유혹이 보이지 않을 정도로 그녀를 사랑하는구나.

그는 자신이 이렇게 미치광이처럼 누군가를 사랑하게 되리라 상상해 본 적이 없었다. 사랑을 하면 다른 사람이 되더라는 말을, 그는 비웃을 가치조차 없는 과장이라고 생각했었다.

그러나 지금 그는 끊임없이 변화하고 있었고, 온종일 사랑하는 여자만을 생각하고 있었다. 그녀가 바라는 것이 그의 유일한 선택권이자, 삶의 방향이 되었다.

마차 안에서 들리는 그의 웃음소리에 밖에 서 있던 해군들이 멈칫했다.

팔린이 에번에게 낮은 목소리로 물었다.

"……드디어 바라던 것을 얻은 게 기뻐서 웃으시는 겁니까?"

"전혀 아닌 것 같은데?"

"저도 아니라고 생각했지만, 뭐. 제가 원래 눈치가 없는 편 아닙니까."

팔린이 대답하고 씩 웃었다.

잠시 후 마차에서 빅토르가 내려섰다. 그곳에 있던 시위대의 손에도 이미 신문이 쥐어져 있었고, 시선은 전부 빅토르를 향해 있었다.

빅토르가 왕성을 바라보며 입을 열었다.

"나한테 직접 말했어야 하는 것 아닌가. 신문으로 알릴 게 아니라."

그러자 에번이 유쾌한 목소리로 대답했다.

"직접 전화하면 함장님 기분이 상하실 것 아닙니까."

정확한 답이라 빅토르는 픽 웃어 버리고, 팔린이 옆에서 툴툴거렸다.

"그런데 정말로 어떡하라는 겁니까? 신문으로 알렸으니 끝이라고 생각하는 건 아닐 테고."

 그렇게 이야기하고 있을 때, 때마침 도착한 마차에서 내린 하원의장이 급하게 빅토르에게 다가왔다.

 마음이 급한 하원의장이 그에게 본론부터 꺼내 놓았다.

 "하원의원들도 경께서 왕위에 오르시는 것을 찬성하는 분위기입니다."

 "음."

 "이 상황을 해결해 주실 분이 빅토르 경뿐이라는 걸, 여기 있는 시민들은 다 알고 있습니다. 그러니 왕좌에 앉으시지요."

 빅토르는 하원과 시민을 앞세운 그의 설득에 영문 모를 미소를 짓고 있을 뿐이었다.

 그 미소에 하원의장은 공연히, 심장이 철렁해지는 것을 느꼈다. 그의 동작 하나하나가 왕정과 가까운 이들에게는 치명적인 독이 스미는 것처럼 느껴졌다.

―――◆◆◆―――

 ['덤펠트'가 왕이 될 것인가?]

 좀 더 휴식을 취하고 나서, 겨우 침대에 앉은 스칼렛은 호외를 가만히 바라보았다. 빅토르가 무슨 생각을 하고 있는지 궁금했다. 이제 그는 왕족이 되는 것에 별 관심이 없었다는 것을 스칼렛도 알았다. 그런데, 왕은 어떨까.

 스칼렛이 피로한 얼굴로 호외를 내려놓았다. 몸이 좋지 않아 바로 그를 따라가지 못했지만, 계속 누워 있을 생각도 없었다.

그녀는 파리한 손으로 드레스룸의 옷장을 열고 그 안에서 은은하게 빛나는 검푸른색의 드레스 한 벌을 꺼냈다.

빅토르는 스칼렛이 늘 편하게 입던 것과 비슷한 형태의 옷을 온갖 진귀한 원단으로 만들어 내는 것에 재미를 붙였다. 이 드레스 역시 입으니 편안하기 짝이 없었는데, 드레스 여기저기에 보석이 박혀 있어 움직일 때마다 반짝반짝 빛났다.

스칼렛은 머리칼을 끈으로 묶어 한쪽 어깨로 내려놓고, 분홍색 오팔과 금으로 만든 핀으로 장식했다.

준비를 마치고 막 7번가 타운하우스를 나가려는데 밖을 지키던 호위 중 하나가 당혹스러운 얼굴로 들어와 말했다.

"저……"

스칼렛이 고개를 갸우뚱하자 호위가 입을 열었다.

"……덤펠트 공작 전하께서 오셨습니다."

"……"

스칼렛은 어이가 없어 실소했다.

그녀가 나가 보니 빅토르의 어머니, 마리나 덤펠트가 마차에서 내려서고 있었다. 빅토르는 제 어머니를 수도원에서 마음대로 나오지 못하게 조치했으니, 그녀를 데려온 건 왕족과 친화적인 귀족 중 하나였을 것이 분명했다. 그리고 실제로 마리나 덤펠트가 탄 마차는 한터 가문의 것이었다.

마차에서 내린 마리나 덤펠트를, 함께 마차를 타고 온 니나가 부축해 계단을 올라왔다. 스칼렛이 계단을 올라오는 두 사람을 내려다보자, 마리나가 인상을 쓰며 말했다.

"어디서 그렇게 내려다보고 있는 거니, 스칼렛?"

"빅토르는 여기 없어요."

그러자 마리나가 못마땅함과 기쁨이 뒤섞인 얼굴로 물었다.

"그 애가 왕이 될 거라면서?"

"아뇨. 권유를 받은 것뿐이에요."

"세상에 어느 멍청한 놈이 그 자리를 거절한단 말이니? 내 아들은 영리하다 못해 악마 같은 놈이야. 거절할 리가 없지."

"거절할 수도 있죠. 아들에 대해 전혀 모르시잖아요."

"나를 수도원에 가둬 놓은 놈이라는 건 알지. 너에게도 그랬다면서?"

"저는 가둔 게 아니에요. 그 사람은 제가 언제든 나올 수 있는 줄 알고 있었어요."

마리나는 대화에 전혀 집중하지 못하고, 자신이 바라던 공간 그 자체인 타운하우스를 바라보다가 이내 스칼렛의 머리칼을 장식한 분홍색 오팔로 시선을 옮겼다.

아들은 재산에 관한 마리나의 권리를 전부 빼앗았는데, 저건 마리나의 금고 속 왕실의 흔적이었던 보석을 스칼렛에게 어울리게 세공한 것이었다.

왕을 제외하면 왕족 중에 가장 어른 대우를 받을 수 있는 것이 왕의 어머니였다. 그 명예가 손에 닿을 곳까지 와 있는 상황에서 아들이 왕실의 흔적을 세공해 버렸다는 것을 알게 되자 당장 이성을 잃을 것 같았다.

마리나가 말했다.

"내 아들은 명예를 원해."

"아뇨. 빅토르는……."

스칼렛이 멈칫했다가 이내 입을 열었다.

"빅토르는 나를 사랑해요. 명예 따위와는 비교도 되지 않을 만큼."

그런 그녀의 말에 니나가 어처구니 없다는 듯이 비웃고 입을 열었다.

"그 빅토르 덤펠트가? 모르는 소리 하지 말아요."

"왜 모르는 소리라는 거죠?"

"그는 바뀔 수가 없는 남자니까. 내가 알아. 그 사람은……. 그 남자는 명예 때문에 나를 골랐어."

오랜 명문 한터가에서 자란 니나는 그 사실을 지극히 당연하고, 자랑스럽게 여기며 말을 이었다.

"내 가문을 고른 거야. 그게 귀족의 도리니까. 나와 빅토르가 아는 도리. 그런…… 기술자 가문에서 태어난 당신이 우리를 어떻게 이해하겠어? 명문가에서 태어난 부담감이 어떤 건지 알아? 가문의 역사를 만들어간다는 그 고결함을, 하녀 일을 하며 자란 당신이 알 수 있을 것 같아?"

스칼렛은 그렇게 말하는 니나를 물끄러미 바라보았다. 왠지 모르게 허무한 기분이 들었다.

니나가 말을 이었다.

"내가 그 남자를 버리지 않았으면 그 사람은 행복했을 거야. 지금 그 남자가 행복해 보여?"

가문을 잇는 것에 대한 니나의 태도는 분명 빅토르가 일생 추구하던 목표와 맞닿아 있었다.

한동안 니나의 말을 듣던 스칼렛이 입을 열었다가, 다시 다물었다. 그리고 두 사람에게 더 이상 관심을 주지 않고 걸음을 옮겼다.

그런 스칼렛을 마리나도 니나도 데려온 사용인을 시켜 붙잡으려 했으나, 빅토르가 붙여 놓은 호위들이 손가락 하나 댈 수 없게 그녀를 보호했다.

스칼렛은 마차에 오르기 전, 호위들에게 말했다.

"저 두 분이 타운하우스에 들어가지 못하게 해 주겠어요?"

"예, 아가씨."

그리고 그녀는 순간 빅토르를 떠올리게 하는 미소를 지으며 두 사람을 돌아보았다.

스칼렛이 니나에게 말했다.

"그랬을 거예요. 빅토르는 그렇게 살았어도 행복했을 거예요."

"그걸 알고, 그 남자를 사랑하면 지금이라도……."

"하지만 내가 이제부터 알려 줄 거예요. 내가 행복을 느끼는 것들에 관하여. 그 사람은 내 말을 귀 기울여 듣고, 배우려 할 거예요. 나를 사랑하니까."

"……."

"나는 내 행복을 전부 그 남자에게 줄 거예요. 나도……."

스칼렛이 이내 미소를 지으며 중얼거렸다.

"나도 그를 사랑하니까."

그녀가 그렇게 말하고, 호위의 에스코트를 받으며 마차에 올랐다. 니나는 기가 차서 무언가 대답하고 싶어 했으나, 더 이상 그럴 기회가 오지 않았다.

─────◆─────

하원의장이 급하게 오간 끝에 왕성의 철문이 열렸다. 빅토르는 가장 믿을 만한 부하들만 데리고 왕성 안으로 들어섰다.

 거대한 문 안으로 들어서면, 왕성 건물까지 역사상 가장 위대한 정원사가 기틀을 만들어 놓은 정원이 있었다. 백 년 전의 사람이었다. 그 앞에 간이 천막이 있어, 빅토르가 안으로 들어가니 왕의 동생이며 그에게 외종조부가 되는 막심 이렌이 있었다. 빅토르는 그에게 인사한 후 자리에 앉았고, 밖은 지극히 조용해졌다.

 막심 이렌이 먼저 입을 열었다.

 "자네가 이겼어. 빅토르."

 "……."

 "자네는 바라던 것을 이루고, 폐하께서는 평화를 바라시네. 스칼렛 양에 대해서…… 마치 인질처럼 이야기하게 된 것은 내가 사과할 테니 자네가 이해하게. 건강이 워낙 안 좋으시지 않나. 착란이라도 왔던 게지."

 막심이 말하며 담배를 건넸다.

 빅토르는 어릴 때부터 막심 이렌을 꽤 따르는 편이었다. 막심 역시 해군이었고, 나이 차이가 큰 그의 형과 달리 바다에도 여러 번 니겼다.

 빅토르는 거절하지 않고 담배를 받았고, 막심이 불을 붙여 주려 하자 한 손으로 막아 거절의 표시를 하고 부하에게 손짓했다.

 부하가 그의 담배에 불을 붙여 준 후, 천막 안은 담배 연기로 자욱했다. 두 사람은 대화 없이 긴 시간을 보냈다.

 결국 막심이 먼저 입을 열었다.

 "왜 나를 보냈는지 모르겠구나. 내가 설득을 잘하는 사람도 아닌데."

 "제가 외종조부님 말씀을 특히 잘 듣잖습니까."

"딱히 그렇게 느껴 본 적이 없는데, 신기한 일이군."

막심은 설득을 하려는 마음이 그리 커 보이지 않았다.

한참이 지나, 그는 지니고 있던 힙플라스크를 꺼내 술을 벌컥벌컥 들이켰다. 독한 술기운이 순식간에 올라와 얼굴이 벌게진 막심이 다시 입을 열었다.

"사실 나도 무의미하다는 거 알아. 보내니 왔지. 네가 타협할 생각이 없다는 것도, 충분히 알고 있다."

그러자 빅토르가 무덤덤한 목소리로 대답했다.

"예, 외종조부님만은 아시겠지요."

"그래."

막심이 고개를 끄덕이더니, 오히려 후련하다는 듯이 하하 웃었다.

"내 형이지만 아주 멍청하기 짝이 없는 놈이야. 부역자를 감싸? 저와 똑같이 닮은 야비한 놈이라 더 마음이 갔던 것인가."

막심 이렌은 이곳에 올 때부터 이미 밖에서 무슨 상황이 벌어질지를 예상하고 있었다.

천막 밖에서 일렁이는 해군들의 그림자가 마치 파도처럼 보였다. 막심이 취해서 몽롱해진 눈으로 그 파도를 바라보며 말했다.

"왕좌를 자기가 주는 거라고, 여태 생각하고 있단 말이야."

빅토르 덤펠트에게 왕좌를 넘기겠다고 말한 건 정말이지 멍청하기 짝이 없는 소리였다. 그는 그 소리를 듣는 순간 자신이 이미 그 왕좌에 앉을 힘을 넘치도록 쥔 지 오래라는 사실을 떠올렸을 것이다.

지금 천막 옆을 스쳐 가는 해군들은 곧 왕족들을 끌어내고 이 왕성을 점거하리라는 사실을 막심 이렌은 알고 있었다.

그는 그 상황을 지시해 놓고, 덤덤하게 담배로 시간을 죽이는 빅토르를 바라보았다.

"빅토르."

제 이름을 불러 빅토르가 대답 없이 막심을 보자, 그가 말을 이었다.

"무슨 생각을 하는데 그렇게 기분이 좋아 보일까. 너를 다섯 살쯤부터 본 것 같은데, 그런 얼굴은 처음이구나."

그러자 빅토르가 태연히 대답했다.

"알버트 이렌을 끌어내면, 그 왕좌에 내 사랑을 앉혀 볼 생각입니다. 어머니가 어려서부터 늘 저에게 말하던, 온갖 보석과 금으로 된 왕좌에. 스칼렛은 모든 보석이 잘 어울리니 왕좌에도 어울리겠지요."

이러한 상황을 예상하고 여기에 온 막심 이렌이었으나, 빅토르의 이 말은 예상 범위를 벗어나, 오싹함에 술기운이 확 달아나고 말았다.

빅토르는 즐거운 얼굴로, 어린아이가 제 자랑을 하듯이 말을 이었다.

"본인이 원하면, 나는 스칼렛 크림슨에게 이 나라도 바칠 거예요."

"……."

"그나마 내가 올바른 사람을 사랑하게 되어 다행이지 않습니까?"

그렇게 묻는 빅토르는 매혹적인 미소를 짓고 있었고, 막심 이렌은 숨이 턱 막히는 기분에 손으로 가슴팍을 움켜쥐었다.

빅토르 덤펠트를 마지막까지 주춤거리게 한 것은 왕의 권세가 아니었음을, 알버트 이렌은 모르고 있었다.

앞에 저 남자는 고상하기 짝이 없는 얼굴로 앉아 있으나, 만약 누군가 제 여자를 건드린다면 갈기갈기 찢어발길 금수였다.

스칼렛 크림슨을 반역자로 몰아 인질로 삼으려 했던 것은, 지금까지 제 형이자 왕인 알버트 이렌이 해 온 수없이 많은 멍청한 짓 가운

데서도 가장 덜떨어진 생각이었다.

 천막으로부터 왕성이 먼 편이라, 해군들이 멀어진 이후부터는 사위가 조용했다.
 얼마나 지났을까. 천막 안으로 팔린이 들어섰다.
 "끝났습니다, 함장님."
 그 말에 막심 이렌이 흠칫 놀라 팔린 쪽을 보았다.
 해군의 점령은 그가 예상한 것보다도 빠르고 쉬웠다. 왕성의 근위대가 아무리 단련되어 있다고 해도 전장에서 숙련된 1함대의 해군들을 이기는 것은 불가능했다.
 빅토르가 입을 열었다.
 "곧 나가지."
 "예."
 팔린이 인사하고 나간 후, 빅토르는 피우고 있던 담배를 마저 피웠다. 그가 담배를 깊게 빨아들인 후 내뱉었다.
 스칼렛이 없으니 시간이 가지 않았다. 계속 그녀 생각밖에 안 나서, 그나마 다른 곳에 정신을 소모할 방법이 담배 하나였다. 빨리 이 상황을 정리하고 돌아가서 그녀를 끌어안고 싶다는 생각만이 머릿속에 가득했다. 혹시 잠깐 떨어져 있는 사이에, 그녀 마음속에 미미하게 남아 있던 저에 대한 마음이 꺼져 버리면 어떡하나 불안하고 초조했다.
 빅토르는 담배를 다 피운 후 바닥에 버리고, 구두 뒷굽으로 짓이긴 후 인사 없이 천막을 나섰다.
 해군 하나가 깃대에서 왕실의 문장이 그려진 깃발을 내리고 있었다. 그곳에 대신 해군기가 올라갔다. 유난히 빛나는 태양 아래서, 새하얀 해군기는 반짝거리는 것처럼 보였다.
 근위대는 전부 제압되거나 투항했고, 왕족들은 전부 끌려 나왔다. 그들과 늘 함께하던 귀족들도 함께였다. 그중에서도 왕인 알버트 이렌은 병 때문에 제대로 서 있지 못해 부축을 받고 있었다.
 그에게 걸어간 빅토르가 물끄러미 알버트 이렌의 얼굴을 보다가 손을 들었다. 그러자 알버트 이렌의 몸이 움츠러들었다.
 빅토르는 그를 한심하게 바라보다 손짓했다.
 "왕족들은 공관으로 데려가서 일반 경찰의 협조를 받아 전부 조사해. 부역자들을 찾아내 율리 이렌과 함께 처벌할 수 있게. 근위대는 투항한 자들은 해산시켜 돌려보내고, 제압한 자들만 구류하도록 하지."
 "예, 함장님."
 지시를 마친 빅토르는 벗어서 주머니에 대충 끼워 놓았던 검은 장갑을 하나씩 끼우며 왕성으로 들어섰다. 생각보다도 쉽게 제압된 터라, 왕성 안이 비교적 깨끗했다.
 왕이 끌려 나온 것을 보았는지, 시민들이 환호하는 소리가 철문 너머에서 들려왔다.
 빅토르는 그대로 걸어가 왕좌가 있는 방에 도달했다. 지극히 화려한 공간을 가로질러 왕과 왕후를 제외하고는 누구도 밟을 수 없는 계단을 밟고 올라가 왕좌 앞에 서자, 에번이 뒤에서 장난기 가득한 목소리로 말했다.

"앉아 보시죠?"

빅토르는 대답 없이 왕좌를 물끄러미 바라보기만 했다.

그때, 뒤에서 달려오는 발걸음 소리가 들렸다. 그는 뒤를 돌아보았다.

제가 있는 곳에 언제든 나타날 수 있도록 허락한 건 한 사람뿐이었다.

이 세상에 단 한 사람, 스칼렛 크림슨에게만은 그의 모든 것을 줄 수 있었다. 그녀가 원한다면 제 목숨을 가져가도 상관없다고 생각하던 결혼 생활 중의 어느 날, 그는 제 모든 호위들에게 스칼렛이 자신을 만나러 올 때는 결코 그녀를 막지 말라고 명령했다.

예상대로 정신없이 달려온 스칼렛이 숨을 몰아쉬고 있었다.

그가 왕위를 이을 것인지, 잇지 않을 것인지 두 가지 중에 하나를 선택하러 갔다고 그녀는 생각하고 있었다. 그런데 왕족들을 끌어내고 빅토르가 왕성을 점령하고 서 있으니 스칼렛이 크게 놀라서 달려온 것도 무리는 아니었다.

빅토르는 극도로 화려한 방 한가운데 서 있는 스칼렛을 바라보았다. 사방에서 빛나는 진귀한 보석들이, 그녀가 들어선 후부터는 전부 그녀를 빛나게 하기 위한 장식품으로 보였다.

달리느라 가빠진 호흡에 몸이 들썩여 그녀가 입고 있는 검푸른 드레스가 물결쳤다. 바다의 신이 있다면 저런 모습일 거라고, 그는 무심코 생각했다.

빅토르의 손짓 한 번에 그녀를 제외한 모든 사람이 그곳을 나갔다.

그가 사뭇 다정한 목소리로 그녀를 불렀다.

"와서 앉아, 스칼렛."

"뭐?"

"앉아 봐. 언제 또 앉아 보겠어, 왕좌에."

빅토르가 느긋하게 구두로 왕좌를 툭툭 찼다.

스칼렛은 제가 앓아 누워 있는 내내 제 옆에서 극진히 보살펴 주던 그 남자가, 저기 계단 위에 서 있는 저 남자와 같은 사람이라는 것을 믿을 수 없었다. 그가 다치는 건 아닌가 걱정되어 달려왔는데, 정말이지 아무런 쓸모 없는 염려였다.

왕좌를 쓸모 없는 것처럼 걷어차는 그는 날카로워 보였고, 그럼에도 서 있는 자세에서부터 강렬한 고아함이 느껴졌다.

"이리 와, 스칼렛 크림슨. 여기 의자가 이것밖에 없어서 그래."

"……"

"숙녀를 계속 세워 둘 수는 없잖아?"

그가 경계를 낮추려 짓궂은 투로 말하며 불렀으나 스칼렛은 선뜻 빅토르에게 다가가지 못했다.

그러자 빅토르가 계단을 내려와 스칼렛을 안아 들었다. 그리고 제가 서 있던 곳으로 돌아가 스칼렛을 왕좌에 앉혔다.

그 후 빅토르가 그녀의 말아래 무릎을 꿇었다.

"잘 어울리네."

긴장했던 탓에 그의 목소리가 들리는 순간 스칼렛의 몸이 흠칫 떨렸다. 빅토르가 달래듯이 말을 이었다.

"계속 있고 싶으면 있어. 왕이 되고 싶다면 그렇게 해."

"왜, 여기 앉으라고 했어?"

스칼렛이 떨리는 목소리로 묻자 빅토르가 잠시 생각하더니, 그녀의 무릎에 머리를 기대며 대답했다.

"보여 주려고. 당신이 가지고 싶어 하는 건, 왕좌라도 줄 수 있다는 걸."

"……."

"무엇이든 줄 테니까, 나에게 사랑한다고 말해 줘."

스칼렛은 멈칫하며 빅토르를 내려다보았다.

그는 허망한 하룻밤 속에서 태어나, 또다시 허망한 꿈속에서 살았다. 그의 삶에서 땅에 발을 디딘 시간보다 바다 위에 있던 시간이 더 길었다.

증오의 시선에 대하여, 빅토르는 누구보다 잘 알고 있었다. 어머니가 그랬고, 적들이 그랬으며, 때로는 제가 목숨을 바쳐 편입되고 싶어 하던 친인척이 그랬다. 그리고 세상에 하나, 자신을 그 증오의 시선에서 벗어나게 해 주었던 아내에게도 그런 시선을 받았다. 그는 이제 스스로가 누군가의 사랑을 받을 수 있는 사람이라는 가능성을 포기해 버린 지 오래였다.

빅토르는 세상 모든 것을 주겠다는데도 대답해 주지 않는 스칼렛의 반응에 가슴이 미어졌다. 그래서 이 순간, 그녀와 온기가 닿은 순간이라도 누리려는데 그녀가 입을 열었다.

"마리나 덤펠트 공작께서 오셨어. 여기 오기 전에."

"……."

그 말에 빅토르가 고개를 들었다. 그의 얼굴에 언제 사랑을 갈구했냐는 듯이, 악의가 번졌다.

"내가 왕이 될 거라고 생각한 모양이군."

"……응."

"하긴, 왕의 어머니란 좋은 자리지."

이렇게 된 후에야, 마리나가 제 어머니 노릇을 하려 한다는 사실에 빅토르는 조소했다.

"어머니가 사내였다면 예전에 죽였을 텐데."

그가 중얼거리며 스칼렛의 손을 쓰다듬었다. 그것을 내려다보던 스칼렛이 입을 열었다.

"당신의 예전 연인도 만났어."

"……도대체 왜."

"두 사람 다, 당신이 명예를 사랑한다고 말하더라."

"그렇지."

"근데 있지."

그녀의 목소리가 따듯하게 들려 빅토르가 고개를 들고 스칼렛의 얼굴을 보았다. 그녀가 목소리만큼이나 해맑은 미소를 짓고 있었다.

"그래도 나를 더 사랑하지?"

그녀가 묻는 말에 빅토르가 혀를 한 번 찬 후 대답했다.

"나는 당신을 위해서면 노예가 되어도 상관없어."

그런 그의 말에 스칼렛이 농담이라고 생각했는지 작게 웃었다. 빅토르는 제 밑을 농담으로 여긴다는 것에 오히려 안도했다. 제 머릿속이며 온몸을 지배하는 집요함을 그녀가 전부 알 필요는 없었다.

그가 두터운 어둠에 짓눌린 듯한 목소리로 말을 이었다.

"사랑해. 사랑해, 스칼렛 크림슨."

"응. 알고 있어."

"정말로, 많이 사랑해."

사랑한다. 사랑하지 않는다.

그 둘 중 하나일 뿐이라고, 예전의 그는 생각했었다. 그러나 그의 사랑은 점점 더 팽창했고, 강해졌다.

그의 씁쓸한 눈빛을 마주 보던 스칼렛이 입을 열었다.

"내가 그 두 사람에게 장담했어. 당신은 명예를 선택하지 않아도 행복할 거라고."

그녀가 긴 장마 끝에 나는 햇살처럼 웃으며 말을 이었다.

"내가 행복하게 해 줄 거니까."

"……."

빅토르는 그대로 얼어서, 스칼렛을 주시할 뿐 말이 없었다. 곧이어 그녀가 주머니에서 작은 상자를 꺼냈다. 그걸 열자 안에 네 잎 클로버가 들어 있었다.

빅토르가 그것을 굳은 얼굴로 바라보는 사이, 스칼렛이 말을 이었다.

"내가 비록 당신이 원하는 모든 걸 가져다줄 수는 없지만, 내 행복은 당신에게 줄 수 있어."

"……."

"나는 당신에게, 내가 가진 행복을 전부 줄 거야. 사랑하니까."

스칼렛이 장담한다는 듯이 말을 이었다.

"그러니까 어떤 방식으로든, 당신은 분명히 행복해질 거야, 빅토르 덤펠트."

빅토르의 시선은 네 잎 클로버를 향했다가, 서서히 고개를 들고 스칼렛의 얼굴을 보았다. 그는 말문이 막혀 입을 열고 아무 말도 하지 못했다.

한참이 지나서야 그가 물었다.

"……당신이 나를 사랑하니까?"

"응."

스칼렛이 제 감정을 조금도 감추지 않고 말을 이었다.

"당신을 사랑하니까."

그녀의 말을 한참이 지나서야 완전히 받아들인 빅토르는 다급하게 몸을 일으켜 스칼렛을 끌어안았다. 그리고 숨을 몰아쉬며 무언가를 말하려 했으나, 그는 한 마디도 제대로 잇지 못했다. 가까스로 반응한 것은 고작 고개를 끄덕이는 것 정도였다.

빅토르가 자신을 끌어안고 꼼짝을 하지 않아, 스칼렛이 달래듯 말했다.

"빅토르, 집에 가자."

"같이?"

"응. 같이."

스칼렛의 대답에 빅토르가 드디어 그녀를 풀어 주더니 몸을 숙여 시선의 높이를 맞추고 물었다.

"그 후에는?"

"그 후에?"

"계속 같이 사는 건가?"

그가 묻자 스칼렛이 머뭇거렸다.

그를 여전히 사랑한다는 것만 확실히 정리되었지, 그 이후의 일은 생각해 본 적이 없었다.

스칼렛이 빅토르의 뺨을 만지작거리며 고민하다 입을 열었다.

"덤펠트가로 들어갈 마음은 없어."

"그러면?"

"대신 7번가 타운하우스에서…… 당분간 사는 건 괜찮을 것 같아."

가게도 가깝고, 크림슨가도 가까우니까. 그리고 당신은."

스칼렛이 말을 끊고 뜸을 들였다. 원하는 건 무엇이든 할 수 있을 사람이 그녀의 처분만 기다리고 있다는 것이 묘하게 느껴졌다. 그녀가 말을 이었다.

"당신 살고 싶은 곳에 살아. 덤펠트가에서 지내든지, 타운하우스에…… 와서 같이 살든지."

그녀의 말에 빅토르가 힘이 풀렸는지 비틀거렸다.

스칼렛이 놀라서 그의 팔을 붙잡았다. 빅토르는 바로 서더니 고개를 젖히고 허공을 보며 말했다.

"꿈인가."

"꿈 아니야."

"내가 뭐, 약 같은 걸 잘못 복용해서 헛것을 보고, 듣고 있거나."

"아니라니까. 당신도 나도 아주 멀쩡해."

스칼렛이 몇 번 현실을 자각시켜 준 후에도 빅토르는 사라질까 그녀의 손을 꽉지 껴 잡고 물었다.

"나를 사랑해?"

"응."

"얼마나."

"많이."

스칼렛의 대답에 빅토르가 잠시 생각하더니 대답했다.

"그렇군. 많이."

그렇게 말하더니, 그가 미소를 지었다. 그 얼굴이 정말로 기분이 좋아 보여 스칼렛도 따라 웃음이 나왔다. 그러나 빠르게 정신을 차리고 말했다.

"아무튼 여기서 이러고 있을 때가 아니야."

"이러고 있어도 돼."

빅토르가 일어서려는 스칼렛의 팔을 붙잡고 말했다.

"우선 서류부터 해야겠지."

"어떤 서류?"

"이혼 무효."

지금 상황의 긴박함과 상관없이, 빅토르의 머릿속에는 두 사람의 관계에 관한 생각밖에 없었다.

스칼렛이 한숨을 쉬며 중얼거렸다.

"나중에 말할걸."

"나중에 언제. 마음 바뀌고?"

"그렇게 쉽게 바뀔 거였으면 예전에 바뀌었지."

스칼렛이 그렇게 말했으나 빅토르는 곧장 밖에 있는 부하에게 이혼 무효 서류 준비와 함께 사제를 불러오라고 명령했다.

그의 지시가 너무나 명확하고 자연스러워, 스칼렛이 물었다.

"어떻게 그렇게 잘 알아?"

"당신에게 이혼장을 받은 날부터 알아 놨어."

빅토르의 말에 스칼렛이 당황해하자 그가 오히려 의아한 표정을 지었다.

"당연한 것 아닌가? 그때도 지금도 나는 당신 없이 살아갈 자신이 조금도 없는데."

그는 그렇게 말하며 왕성 건물을 나와 어디론가 걸음을 옮겼고 스칼렛이 얼떨결에 따라 걸으며 빅토르의 팔을 붙잡았다.

"어디 가는데?"

"예배당."

살란티에의 결혼에서 가장 중요한 것은 종교적인 허가였다. 성당에서 사제의 축복을 받는 것이 서류보다도 중요했다.

당장 이혼을 무효화시키려는 빅토르의 빠른 걸음에 스칼렛이 어쩔 줄 몰라 하며 물었다.

"지금 당신 의중을 알고 싶어서 대화하려는 사람이 수도 없이 많을 텐데 예배당부터 가?"

"기다리라고 해. 나에게 지금 이것보다 급한 일은 없어. 왕도 없는 나라에서 당신 말고 나에게 누가 명령을 내려."

아무리 그래도 이 상황에서 이래도 되는 건가.

왕을 끌어냈다는 사실에 밖에서는 축제라도 시작된 듯이 시끌시끌했다.

그녀가 염려되어 뒤를 돌아보니, 에번이 와서 계획된 일정을 간단히 설명해 주었다.

왕족들은 일단 전원 해군 공관에 구류했고, 그곳으로 육군과 경찰의 대표, 하원의원들이 모여 협의에 들어간다는 것이었다.

에번에게 일정을 듣고 보니 지금이 그나마 여유 있는 시간이기는 했다. 그제야 스칼렛은 조금이나마 마음이 놓여, 일단은 빅토르가 바라는 것을 들어주기로 했다.

빅토르는 그녀가 마음을 열 때마다 오히려 두려움을 드러냈는데, 스칼렛은 그것을 긍정적으로 받아들였다. 빅토르의 시선에 한동안 희미해져 있던 생애의 의지가 횃불처럼 타오르고 있었기 때문이었다. 두려움은 대부분의 경우 생명에 위협을 느끼는 데에서 왔으므로, 지금 빅토르가 두려움을 느끼기 시작한 것은 그가 삶의 의지를 가지기 시작했다는 증거였다.

"어서."

빅토르가 가볍게 재촉하자 스칼렛이 고개를 끄덕이고 그를 따라 걸어 예배당으로 들어섰다. 어쩌면 성급하게 구는 빅토르에게 휘말려 버린 걸지도 모른다고 생각했으나, 제가 더 벗어나려 해 봤자 크게 번져 가는 그의 갈망에 유혹당하지 않는 것도 불가능할 터라 그냥 시간을 아끼기로 했다.

그들은 새하얀 대리석으로 지은, 하나의 돔 형태로 되어 있는 예배당 안으로 들어섰다. 스칼렛은 이토록 경건한 장소를 살아오며 본 적이 없었으므로 압도되어 한 자리에 오래 머물러 있었다.

빅토르는 사제를 불러냈다. 예배당 안에서 머물던 왕이 비행을 저어하도록 부추기던 사제는 이미 왕족과 함께 끌려 나갔으므로, 인근에 있던 애송이 사제 둘이 대신 불려 들어왔다.

한 사제는 덜덜 떨며 두 사람의 이혼을 무효하기 위해 서류를 확인하며 질문을 했고, 다른 하나는 옆에서 모순이 없는지를 확인하는 동시에 증인의 역할을 했다.

서류 작업이 끝나고 겁 먹은 사제의 허가까지 곧바로 떨어졌으나 빅토르의 불안감은 쉽게 사라지지 않았다. 그러던 중에 스칼렛이 주머니에서 반지 상자를 꺼냈다.

"이것도 가져왔는데."

빅토르는 그녀가 내민 반지를 발견하고 한동안 물끄러미 바라보다 나지막이 말했다.

"새로 구해 줄게."

"이게 더 의미가 있잖아."

스칼렛이 반지 두 개를 각인되어 있는 글씨가 빅토르 쪽으로 이어져 보이게 배치해 내밀어 보였다.

"나의 사랑."

빅토르가 중얼거렸다. 그러자 스칼렛이 고개를 끄덕였다.

"응. 나의 사랑."

빅토르는 반지에서 눈을 떼지 못하다가 반지를 받아 손에 쥐고, 하나를 제 손에 낀 후 다른 하나를 그녀의 손가락에 끼워 주었다. 그러더니 이내 실없이 웃으며 말했다.

"이러니 덜 불안하네. 그래서 반지를 나누는군."

빅토르의 말에 스칼렛이 그의 손을 보았다.

"응. 당신 손에 반지를 보니까 내 거구나, 싶어지기는 해."

무심코 한 그녀의 말에 빅토르가 모처럼 만족한 표정을 짓더니 허리를 굽히고 그녀의 귓가에 나지막이 속삭였다.

"응. 영원히 당신 거야."

그가 말하고 미소를 지으며 바로 섰다.

스칼렛은 저도 모르게 손으로 제 귀를 감쌌다. 그의 그 한 마디가 그녀를 자극했다. 명령 하나로 큰 방해 없이 왕성을 점령한 남자가 그녀 앞에서는 제 스스로 말했듯이 노예처럼 굴었다.

그녀는 제가 첫눈에 반했던 사내의 그 눈부신 외모를 주시했다.

이 예배당은 마치 이 남자에게 어울리게 지은 것만 같았다. 그도 그럴 듯이, 이것은 그의 조상 중 가장 아름다웠다고 여겨지는 왕족 여성을 위해 지어진 예배당이었다.

여기가 예배당만 아니었으면 당장 그를 아무도 보지 않는 곳으로 끌고 갔을 것 같다는 생각을 했다. 그럼 그는 이곳이 예배당이라는 것

따위는 안중에도 없이 저를 안으려 들 테지.

그녀는 이 눈부시게 흰 예배당 안에서 벌어지는 제 생각이 너무도 불경해 고개를 마구 저었다. 그러자 사제를 손짓해 물러나게 한 빅토르가 물었다.

"왜?"

"불경한 생각을 했어."

"나만 하려고."

빅토르가 대답하더니, 이내 자조적으로 중얼거렸다.

"……심지어 불경하다는 생각조차 못 하고 있었군."

그러더니 스칼렛의 손을 잡고 예배당을 나섰다.

스칼렛이 그를 따라 걸어가며 물었다.

"왜 이렇게 급하게 나가?"

"당신한테 입 맞추려고."

"그 정도는 여기서 해도……"

"불경해서 안 돼."

"……"

그는 생각만으로 열이 오른 듯했지만 차마 오늘 같은 날 제복을 벗어 던질 수는 없었던 듯했다.

스칼렛이 그를 따라 예배당을 나서자마자 빅토르가 그녀의 허리를 한 팔로 가두듯 끌어안고 입을 맞췄다.

스칼렛은 눈을 질끈 감았다가, 목덜미와 머리칼 사이를 헤집는 빅토르의 손에 저도 모르게 아, 하고 소리를 냈다. 그 소리에 빅토르가 잠깐 입술을 떼고 욕설을 내뱉었다.

빅토르 본인조차도 스스로의 욕구를 감당하지 못하고 있었으므로, 스칼렛은 그의 무게에 밀려 한 걸음씩 뒤로 물러났다.

혀가 섞이는 이 키스가 이상할 정도로 음탕해 스칼렛은 몸이 녹을 것만 같다는 생각을 했다. 그의 입술에서는 씁쓸한 담배 냄새가 났는데, 그것조차도 이 남자 그 자체로 느껴져 발끝까지 저릿했다.

빅토르가 입술을 뗐을 때, 스칼렛은 그의 팔에 허리를 기대고 의지하며 숨을 불규칙하게 쉬고 있었다. 그는 반지를 낀 손으로 그녀의 목과 빗장뼈를 쓰다듬다가 스칼렛의 손을 잡아 들어 반지를 낀 손가락 안쪽에 입을 맞춘 상태로, 스칼렛의 눈을 바라보며 말했다.

"이건 당신도 내 거라는 뜻이야."

"……."

"그렇지?"

그가 그렇게 묻자 스칼렛이 잠시 열기에 젖은 눈으로 빅토르를 마주 보았다.

영원히 뜨거워지지 않을 것 같던 사내의 열렬한 눈빛에, 그녀는 천천히 고개를 끄덕였다.

"함장님!"

그때 뒤에서 방해하는 목소리에 빅토르의 입술이 움직였다. 욕설을 내뱉으려다 품에 스칼렛이 있어 소리를 죽이기는 했으나 표정에 불쾌함이 여실히 드러났다.

그는 스칼렛을 놓은 후 이마의 열을 재 보았다. 다행히 열이 많이 내려가 있었다. 그래도 안심이 되지 않는지 빅토르가 그녀에게 말했다.

"금방 공관 들렀다가 타운하우스로 갈 테니까, 먼저 가 있어."

그는 제 입으로 그렇게 말해 놓고 쉽게 스칼렛의 손을 놓지 못했다. 그리고 마차를 바로 앞까지 끌고 들어오게 해, 그녀를 자리에 앉혔다.

그러고 나서도 문을 붙잡은 상태로 영 못 미더운 표정을 지으며 그녀를 보았다.
스칼렛이 어처구니가 없어 그를 흘기며 말했다.
"마차 문을 닫아야 출발하지."
"잠깐 떨어져 있는 사이에 뭐 한 가지라도 변할까 봐 겁이 나."
빅토르의 솔직한 말에 스칼렛이 잠시 고민하더니 반지 낀 왼손을 달라고 손을 뻗었다. 빅토르가 그녀에게 손을 내밀자 스칼렛이 반지를 낀 약지로, 그의 반지 위를 쓰다듬었다. 신뢰를 가지라는 의미로 한 행동이었으나 빅토르의 표정이 되레 구겨졌다.
"보내라는 거야, 보내지 말라는 거야."
"믿고 떨어져 있자는 뜻인데……."
"이건 유혹한 거지."
그의 말에 스칼렛이 당황해 고개를 저었다.
"그런 의미 아냐."
"아니야?"
빅토르가 어이없는지 조소하고는 그녀의 손을 오른손으로 붙잡고, 방금 스칼렛이 한 그대로 그녀의 약지를 쓰다듬었다. 그 야릇한 감각에 스칼렛의 어깨가 흠칫 떨렸다. 그녀가 급하게 손을 빼 숨기며 말했다.
"다, 당신이랑은 다르지."
"뭐가 달라."
"당신은…… 그렇게 생겼잖아."
"……어떻게?"
스칼렛이 대답 대신 헛기침을 하고 재촉했다.

"빨리 문 닫아."

"어떻게 생겼는데."

"……."

"같이 자고 싶게 생겼어?"

빅토르가 묻는 말에 스칼렛이 정색하고 그를 보니 웃고 있었다. 자기가 어떻게 생겼는지 잘도 알면서 굳이 왜 묻는 건지 모를 일이었다.

빅토르는 그렇게 웃다가, 스칼렛이 부정도 않고 당혹스러워하며 보고만 있으니 곧 미소를 지웠다.

스칼렛이 다시 정면을 보며 말했다.

"알면 빨리, 그리고 납득 가능하게 해결하고 와."

"……그러지. 납득 가능하게, 빨리."

빅토르는 그녀가 느낄 정도로 뚫어지게 바라 보면서도, 순순히 대답하고 마차 문을 닫았다. 스칼렛은 마차가 출발하자 심호흡을 한 번 했다.

마차가 왕성을 나서는 사이 스칼렛은 요란한 소리에 화들짝 놀라서 움찔거렸다. 마차가 잠깐 멈추고 스칼렛이 내렸다.

왕성의 거대한 철문이, 몰려들어 떠미는 사람들의 힘에 의해 바닥에 쓰러져 있었다. 시민들이 왕성 안으로 쏟아져 들어오자 호위들이 다급하게 스칼렛에게 달려왔다.

"시민들이 몰려서 빠져나가는 데 시간이 좀 걸릴 것 같습니다. 안정상의 문제가 있으니 다시 타시는 게 좋겠습니다."
"그래요?"
"아, 혹시 직접 보고 싶으시면 커튼은 걷고 계셔도 괜찮습니다!"
 스칼렛이 인파에 놀란 상태로 고개를 끄덕였다. 그리고 앞을 보니 커다란 현수막이 보였다.

[수도의 영웅, 스칼렛 크림슨]

 스칼렛이 왕성으로 들어섰다는 소문이 빠르게 퍼진 후였다.
 스칼렛은 마차 안에 들어서기 전에 앞에 보이는 사람들을 마주하고 인사를 했다가 왕성이 들썩이는 환호성에 놀라서 뒷걸음질 쳤다. 다행히 옆에서 호위들이 웃고 있어 마음이 놓였다.
 "스칼렛 양의 인기 덕에 크림슨 시계 가게는 이제 무슨 일이 있어도 도산 걱정이 없겠습니다."
 "네?"
 "시민들에게 누가 이걸 나눠 줬던데요?"
 사람들 사이에서 보이는 시노를 그녀가 궁금해하기도 전에 호위 하나가 가져다주었다. 그것을 본 스칼렛이 기겁했다. 그녀의 시계 가게로 가는 길이었다.

[스칼렛 크림슨 시계 가게는 1번가가 아닌 7번가에 있습니다. 기억하세요. 7번가가 스칼렛 크림슨 양이 직접 운영하는 시계 가게입니다. 수도의 영웅 스칼렛 크림슨의 시계를 직접 만나고 싶으시다면 7번가로 오세요.]

왕이 끌려 나오고 시민들이 무력으로 왕성 문을 열어 버린 이런 극적인 상황에서도 시계 가게를 홍보할 만한 배금주의자는 그녀가 아는 한 하나뿐이었다.

"……시계 가게에 잠깐 들러야겠어요."

"예, 알겠습니다."

스칼렛이 다시 탄 후, 마차가 미리 예상한 것처럼 아주 느린 속도로 둘러싼 시민들 사이를 빠져나갔다. 스칼렛은 밖에서 들리는 애정 어린 환호성에 얼굴이 새빨개져 있었고, 심장이 쿵쿵거렸으나 그것이 싫지는 않았다.

마차가 7번가 시계 가게 앞에서 멈췄다. 스칼렛이 가게 안으로 들어서 보니 예상대로 진열대에 시계 가게 전단지가 쌓여 있었다.

스칼렛이 민망함에 귀까지 빨개져서 소리쳤다.

"안드레이! 어떻게 시위 현장에서 시계 가게를 홍보할 수가 있어?"

그러자 진열대를 닦고 있던 안드레이가 정색했다.

"그게 무슨 말씀이세요? 시위 현장에서는 가게 홍보하지 말라는 법이라도 있습니까? 누군가는 이 상황에서도 돈 벌 궁리를 해야 나라가 굴러가죠. 그리고 누군가 돈을 번다면 수도의 영웅이 버는 편이……."

"그…… 그 말 좀 하지 마."

"뭘요. 수도의 영웅이요?"

"응. 그거……."

스칼렛이 민망함에 어찌할 바를 몰라 하자 안드레이가 더욱 까칠한 투로 말했다.

"수도의 영웅이 왜요. 수도를 지켜서 수도의 영웅이라는데 왜 부끄러워하시는 겁니까?"

"……하지 말라니까, 더 하네."

"자부심을 느끼시죠, 수도의 영웅님."

"말을 말자, 말을."

스칼렛이 한숨을 푹 쉬었다.

안드레이가 이어서 제 성격처럼 완벽하게 정리가 되어 있는 노트를 보여 주며 말했다.

"그래서 제가 이 혁명을 발판 삼아 몇 가지 기획을 생각해 봤습니다."

"……혁명을 발판 삼지 않는 건 어때?"

"무슨 소리세요, 물 들어올 때 노 저어야죠. 아, 그리고 지금 사장님 인기 좋으시니까 신문 전면 광고에 사진을 넣죠. 홍보비는 좀 들겠지만, 분명 유의미할 겁니다."

"뭐? 아, 안 돼. 절대로!"

"왜요? 사업을 크게 키우겠다는 야망은 어디로 가신 겁니까?"

"안드레이의 야망이거든?"

"아뇨, 모든 사업자의 야망입니다."

안드레이는 단호하게 밀한 후 직접 계획한, 스칼렛을 모델로 한 광고 안까지 내보였다. 안드레이의 뜻이 워낙 확고해 저걸 꺾는 건 불가능해 보일 정도였다.

그사이 가게 앞에 사람들이 몰려오기 시작했으므로, 스칼렛은 도망치듯 안드레이의 기획안을 챙겨 들고 시계 가게를 나와 타운하우스로 돌아왔다.

온 수도가 왕성이 무너지고 있다는 소식으로 시끌벅적했기 때문에, 타운하우스 밖도 소란스럽기는 마찬가지였다. 그러나 스칼렛은 그 소란을 기껍게 여겼다.

창밖을 내다보니 거리의 사람들이 기뻐하고 있었다. 전쟁이 일어나도록 손을 놓고 있었던 왕, 그 위기에 적극적으로 군사 기밀을 팔아 치운 왕세손을 감싼 이렌가는 이미 시민들의 적이었고 전쟁의 원흉이었다.

스칼렛은 빅토르가 직접 지시해 꾸민 작업실에 앉았다. 그녀가 금방 깨질 유리구슬이라도 되는 것처럼 안전과 건강을 최우선에 두고 만든 작업실이었다.

타운하우스에 온갖 좋은 가구를 다 들여다 놓았는데, 침대는 전체에 딱 하나였다. 그게 음흉하게 느껴지기도 하고, 한편으로는 고독하게 느껴지기도 했다. 그녀가 곁에 누우라고 허락하면 그는 평소에 잘 짓지 않는 표정을 지었다. 기쁨과 쓸쓸함이 공존하는 그 얼굴이, 스칼렛에게 긴 잔상을 남겼다.

일반 경찰 쪽의 대표로 나선 지휘관과 왕성이 지나치게 훼손되지만 않게 인력을 배치하는 것을 간략히 상의한 후, 빅토르는 왕성을 나섰다.

바로 공관으로 향하려던 그는 잠깐 어머니가 있는 수도원에 들렀다. 아무리 생각해도 어머니가 아들이 왕이 될지 모른다는 이유로 한터가의 도움을 받으면서까지 아내를 찾아 갔다는 게 믿기지가 않았다.

그가 나타나자, 빅토르가 나타날 거라 예상하고 그곳에 남아 있던 니나가 먼저 모습을 드러냈다.
"빅토르. 어떻게 됐어?"
염려스럽다는 듯한 그녀의 목소리에 빅토르가 도무지 이해가 가지 않는다는 듯 말했다.
"여기 있을 여유가 있나?"
"이야기 좀 해. 지금 휴건이……."
"나에게 내 아내를 고문한 자에 대해 말을 꺼내는 이유가 뭐지?"
그가 묻자 니나가 멈칫했다. '내 아내'라고 말하며 빅토르가 제 반지 낀 손을 들어 보였기 때문이다. 빅토르는 니나가 알고 있던, 그 특유의 무심한 얼굴과 말투로 말을 이었다.
"휴건 한터를 처벌하지 않은 건, 지금은 그자를 조사하는 게 불가능하기 때문이야. 제대로 조사를 시작한다면 그자가 저지른 행위들로 인해 한터 가문 전체의 명예가 훼손될 텐데, 그래도 그자가 온전한 정신으로 돌아오길 바라나? 오히려 가문 내에서 죽여 입막음하는 것이 한터가를 위한 최선일 텐데."
빅토르의 무심한 말에 니나는 숨이 턱 막히는 기분을 느끼며 그의 팔을 붙잡았다.
"나는 아무것도 몰랐어! 그리고 일이 이렇게 잘못된 건 당신 잘못도 있잖아. 내가 마음이 바뀌었을 때 한 번만 붙잡아 줬으면……."
빅토르가 그녀의 팔을 놓게 하며, 언제나처럼 정중한 태도로 말했다.
"한터 양, 나는 나에게 설명 한마디 없이 이혼장을 내민 아내의 마음을 돌리려고 무슨 짓이든 했어. 스칼렛이 원해서 망명하는 대신 여기 남아 싸웠지."

"……."

"그러니 나는 잘못이 없어. 내 성격과 상관없이, 당신을 잡을 마음이 없었던 것뿐이지."

니나는 지금껏 빅토르와의 관계가 끝난 것이 제가 떠나서였다고 믿어왔고, 그러므로 언젠가는 관계를 되살릴 수도 있으리라고 어렴풋이 믿어왔다.

그녀는 여느 귀족들이 그러하듯, 함께 명예를 추구하는 것이 빅토르와 만들 수 있는 최상의 관계라 여겼다. 그러다 빅토르 덤펠트가. 영원히 사랑에 빠지지 않을 것 같던 그 사내가 다른 누군가를 사랑하는 모습을 보고 있노라니, 견딜 수 없는 질투심과 분노가 치밀었다.

니나가 그대로 돌아서 수도원 안으로 향하는 빅토르에게 말했다.

"당신은 쓰레기야!"

부하들에게 그녀를 막아서게 한 빅토르는 그 말에 대답조차 하지 않고 어머니가 있는 건물로 향했다.

곧 그를 발견한 마리나 덤펠트가 서둘러 달려왔다.

"빅토르! 아니, 나의 사랑하는 국왕. 이제 폐하라 불러야 할까?"

황홀해하는 마리나의 눈에 광기가 어려 있었다.

빅토르는 다소 뻐딱하게 서서 그 눈을 바라보더니 이내 약간의 희열이 느껴지는 미소를 지었다.

"제 몸에서 이렌가의 혈통을 잘라 낼 수 있다면 좋을 텐데요."

"……뭐?"

아들에게 흐르는 절반의 피를 증오해 온 마리나가 멈칫했다. 빅토르는 그녀가 사랑해 마지않던 남은 절반의 피에 관해 말하고 있었다.

그가 말을 이었다.

"왕이 될 생각은 조금도 없습니다. 왕좌는 부술 것이고, 왕은 처형해 바다에 던질 겁니다."

그 말을 꽤 오랜 시간에 걸쳐 파악한 마리나가 악을 쓰고 달려들었다. 그러나 수없이 저를 죽이려 해도, 그저 그 광증을 받아 주던 평소와 달리 빅토르는 부하들로 하여금 그녀를 붙잡아 멀찍이 떨어뜨리게 한 후 명령했다.

"수도 밖으로 내보내. 죽을 때까지 내 아내의 소식도 들을 수 없는 먼 곳으로."

"예, 함장님."

그렇게 명령한 빅토르가 돌아섰다.

우선 스칼렛의 얼굴을 보고 공관으로 가야겠다고 생각했다. 그러지 않으면 세상에 대한 역겨움에 질식할 것 같았다. 그녀의 손길이며 목소리가, 지금 당장 필요했다.

─────◆◆◆─────

작업실 문밖에서 노크 소리가 들려 스칼렛이 고개를 들어 보니 빅토르가 와 있었다.

"공관에 간다고 하지 않았어?"

스칼렛이 의아해하며 묻자 빅토르가 작업실 안으로 들어서며 대답했다.

"당신 얼굴 보고 가려고."

그러더니 들어와 그녀를 덥썩 끌어안았다.

빅토르가 그녀의 머리칼을 쓸어 넘기고 이마에 입을 맞추더니 중얼거렸다.

"……분리불안인가."

"뭐어?"

"불안해서 못 떨어져 있겠어."

그렇게 말하는 동시에 주변에 무언가 바뀐 것이 없는지 눈으로 확인하던 빅토르는 그녀의 책상 위에 놓인 문서에서 낯선 필체를 발견해 그쪽으로 시선을 고정했다.

그러자 스칼렛이 말했다.

"안드레이가 이 기회에 가게 홍보를 하자고 해서. 하여튼 참 돈 좋아해."

빅토르는 말없이 그것을 보더니 제 눈에 안 보이게 서랍을 열어 문서를 넣고 닫아 버렸다. 그리고 황당해하는 스칼렛과 눈이 마주치더니 어깨를 으쓱이고 말했다.

"이 정도 질투도 안 되나?"

"안드레이와 계속 같이 일해야 하는데, 글씨에도 그러면 어떡해?"

"뭘 어떡해. 참아야지."

빅토르가 다시 그녀를 끌어안으며 말했다.

"바람피우고 싶어서 못 견디겠으면 피워. 상관없어."

다른 남자가 쓴 글씨에도 질투를 하면서 뭐가 상관이 없다는 건지.

스칼렛의 미간이 좁아지는데, 그가 스칼렛의 반지를 엄지와 검지로 한 바퀴 빙 돌리며 말을 이었다.

"날 떠나지만 않으면 돼."

"난 바람피우는 남자는 만날 생각 없어."

"다행이네, 안 그럴 남자를 만나서."

빅토르가 그렇게 말하더니 그녀를 매혹하려는 듯 미소를 지었다. 그 속이 빤히 보이는 행동이 왜 밉지가 않은 건지, 스칼렛은 억울했으나 그의 얼굴을 보고 있으니 금방 답이 나왔다.

빅토르가 시계를 한 번 확인하더니 말했다.

"많이 자고, 회복하고 있어. 자정쯤에는 올 테니까."

"······응."

스칼렛이 고개를 끄덕거렸다.

그녀에게 인사하고 타운하우스를 나서던 빅토르는 문득, 심장이 저릿한 기분에 자리에 멈춰 섰다.

그녀와 떨어지려니 몸이 마비된 것처럼 움직이지 않았다. 그는 스스로가 느끼는 두려움에 대하여 자괴감이 들었다. 빅토르는 그 상태에서 벗어나는 데 시간을 소모한 후에야 마차에 올랐다.

눈의 통증은 이제 사라졌으나, 그 이후에도 한동안 심리적 안정을 위해 진통제를 남용했다. 그러다 이제 스칼렛이 돌아왔으니 더 이상 약에 의지해서는 안 된다고 생각했다.

그녀의 사랑을 원한 것이 이유라면, 그따위 약은 더 이상 필요가 없어야 맞았다. 그런데 이 끝없는 불안은 어디서 오는 것일까. 그는 괴로움을 견디려 두 손으로 얼굴을 감쌌다.

··········◆··········

스칼렛은 한숨 깊이 잠들었다가 밤이 깊어 눈을 떴다. 시계를 한 번

보고 자정이 머지않은 걸 확인한 그녀는 침대에서 몸을 일으켰다.

거울로 제 얼굴을 한 번 확인하니, 요 며칠 골골거리며 그렇게 창백하던 뺨에 살짝 홍조가 돌고 있었다.

"이제 좀 덜 환자 같네."

두 손으로 제 뺨을 감싸며 혼잣말하던 그녀는 손가락에 끼고 있는 반지를 발견하고 손을 들어 보았다.

사랑한다는 말을 듣자마자 이혼을 무효화시켜 버릴 줄은 전혀 예상하지 못했다. 그때 그는 너무나 다급해 보여서 그녀도 휘말려 얼떨결에 수락하고 말았다. 스칼렛은 반지를 잠시 바라보다 욕실로 향했다.

너무 준비한 것 같아 보이는 건 싫고, 그렇다고 너무 자고 일어난 사람 같아 보이고 싶지도 않았다. 간단히 씻고 하얀 잠옷 위에 제 마음에 드는 가운을 찾아 걸쳤다. 그리고 목덜미에 향수를 한 번 뿌린 후에는 너무 준비한 것 같나, 하고 괜한 고민을 하고 또 했다.

그 후 시계를 보니 자정까지 조금 남은 시간이었다.

"슬슬 오겠네……."

스칼렛이 생각하며 난간 아래를 내려다보니, 때마침 문 열리는 소리가 들렸다. 계단을 내려서 꽃다발을 든 빅토르와 마주쳤다.

그는 낮에 봤을 때와 같은 차림새였지만 씻고 얼마 지나지 않았는지 머리칼의 물기가 덜 말라 있었고, 제복에서도 갓 세탁해서 말린 햇살 냄새 같은 것이 났다.

혼자 쓸데없는 고민을 하고 있는 줄 알았는데, 저 무뚝뚝한 남자도 똑같은 고민을 했으리란 생각이 드니 괜스레 가슴이 두근거렸다.

그가 디저트도 아닌데, 이상하게 입안에서 단맛이 당겼다. 그게 정확히 식욕인지는 모르겠지만, 어떠한 욕구인 것만은 분명했다.
스칼렛이 가운을 여미며 물었다.
"꽃을 샀어?"
"다시 부부가 된 기념일이니까."
그가 말하고 시계를 확인하더니 스칼렛에게 꽃다발을 안겨 주며 말했다.
"3분 남았네."
그래서 자정 전에 들어온 모양이었다. 기념일이라 여겨서.
스칼렛이 꽃다발을 받아 들고, 민망한 마음에 괜한 소리를 했다.
"……역사적으로는 혁명기념일 같은 걸로 남으려나."
그런 그녀의 말에 빅토르가 웃음을 터트렸다.
"그것도 그렇군."
지금 살란티에는 이 남자의 발아래 있는 것과 다름없었다. 그렇게 생각하면 한편으로는 섬뜩함도 느껴졌다.
스칼렛이 꽃잎을 손가락으로 쓰다듬으며 물었다.
"회의는?"
"듣고만 있세 되넌네. 군인은 그런 때 말수가 적은 편이 좋으니."
"으응."
그 말에는 스칼렛이 조금 안심해 미소를 지었다. 우선 꽃다발을 풀어 화병에 정리해 꽂고 있으니 빅토르가 그녀를 뒤에서 끌어안았다. 그리고 목덜미의 냄새를 맡더니 중얼거렸다.
"향수 뿌렸네."
그런 그의 말에 스칼렛은 당황해 시선을 내리깔며 입을 열었다.
"……아이작이 만들어 준 거. 항상 가지고 다녀."

"그랬구나."

그녀가 꽃을 정리하고 나니, 빅토르가 스칼렛의 몸을 제 쪽으로 돌리고 등허리를 손으로 받쳐 끌어당겼다.

스칼렛의 시선이 빅토르를 향하고, 그녀를 마주 본 그의 손이 여몄던 가운을 열고 들어가 잘록하게 들어간 허리와 골반을 따라 움직였다. 얇은 잠옷을 넘어와 느껴지는 손길에 스칼렛이 흠칫거리며 뒷걸음질 쳤다.

그녀가 그를 잠시 멈추게 하려 말을 걸었다.

"어때?"

"뭐가."

"향수."

"어울려."

빅토르는 담담하게 대답했으나, 사실 그렇게 향수가 마음에 드는 것은 아니었다.

마치 스칼렛 크림슨의 이미지를 그대로 옮겨 놓은 것 같은 향이었다. 향수의 완벽함은 그 조향사가 스칼렛에게 가장 중요한 존재라는 과시처럼 느껴졌다. 분명, 실제로도 아이작 크림슨은 그런 생각을 하며 향수를 만들었으리라 빅토르는 확신했다.

그래서 빅토르는 더욱 집요해졌다. 스칼렛에게서 느껴지는 향을, 그는 제 영역에 들어온 다른 수컷처럼 여겼다. 그는 제 스스로가 이렇게 짐승 같은 생각을 하게 될 줄은 모르고 있었다. 낮에는 글씨에, 이제는 혈육에게 질투를 하다니.

빅토르는 그 자리에 서서 스칼렛의 눈코, 입, 목덜미에 입을 맞추고 손으로 그녀의 손가락 하나하나를 쓰다듬었다.

스칼렛에게 제 유치함을 알게 하고 싶지는 않았으나, 그녀의 온몸에 제 흔적을 남겨 놓지 않으면 이대로 아내에 대한 열망에 먹혀 버릴 것 같았다. 그러다가 무심코 제가 떠올린 '아내'라는 단어에 그는 잠시 동작을 멈췄다. 이혼이 무효화되었으니, 그녀는 다시 그의 아내가 되었다.

그 생각에 빅토르가 낮게 소리 내며 웃어 버리자 뺨이 붉게 달아올라 있던 스칼렛이 물었다.

"왜…… 웃어?"

"내가 당신 남편이 되었다는 게 생각나서."

그 목소리에서 느껴지는 희열에 스칼렛은 솜털이 바짝 일어서는 기분이었다. 고개를 들고 빅토르의 얼굴을 바라보니 그는 미소를 짓고 있었다. 그러나 미소와 달리 침대까지 갈 마음의 여유는 없었는지, 로비에 있던 안락의자에 앉아 그녀를 무릎에 앉혔다.

빅토르의 품으로 끌려온 스칼렛이 그의 얼굴을 바라보다가 입을 열었다.

"그러네."

"음?"

"이혼이 무효가 됐으니까."

스칼렛은 빅토르가 욕망이 들끓는 시선으로 자신을 보고 있는 것을 알면서도, 태연한 태도로 빅토르의 뺨을 손으로 어루만지며 말했다.

"다시, 나는 당신의 아내가 되었어."

그런 그녀의 말에 빅토르가 천천히 눈을 감고 스칼렛의 품에 얼굴을 묻었다.

나를 사랑하는지, 그녀에게 한 번 더 물어보고 싶었다. 하지만 한 번 그렇게 묻고 나면, 같은 질문을 수천 번 반복하게 될 것 같았다. 수천 번의 질문 끝에는 그녀가 더는 사랑하지 않는다고 대답할 것 같았고, 그래서 그는 두려움을 느꼈다. 그런 순간에 빅토르는 스칼렛의 말을 다시 떠올렸다.

"당신을 사랑하니까."

견디기 힘들 만큼 두려웠으나, 그녀에게 사랑한다는 말을 듣기 전으로 돌아가야 한다면 당장 죽는 것이 낫다. 환희와 두려움이 그의 가슴속에서 폭풍처럼 난동을 피웠다.

"당신은 분명히 행복해질 거야, 빅토르 덤펠트."

그는 왕좌에 앉아서, 자신을 향해 한없이 다정하게 웃어 주던 스칼렛을 떠올렸다. 그리고 눈을 뜨니 그 기억과 똑같은 미소를 짓고 있는 스칼렛이 보였다.
빅토르가 중얼거렸다.
"그럴 거야."
"응?"
"당신이 사랑해 준다면, 나는 행복해질 거야."
그는 확신했다.
그녀가 사랑해 준다면, 이 폭풍도 언젠가 멎을 것이다.
스칼렛이 고개를 끄덕였다.

"응."

그러더니 눈꼬리를 휘어 웃으며 말했다.

"행복하게 해 줄게."

그러자 빅토르가 유쾌하게 웃었다.

"내가 해야 하는 말 아닌가? 행복하게 해 주겠다는 건."

"괜찮아. 나는 내가 뭘 해야 행복한지 알거든."

"본받아야겠네."

빅토르의 말에 스칼렛이 우쭐한 얼굴로 고개를 끄덕이고, 어린아이처럼 까르륵 웃었다. 빅토르는 그런 그녀를 바라보며 중얼거렸다.

"다행이다."

"응?"

"나와 있을 때, 다시 그렇게 웃어서."

혼잣말 같은 그의 목소리에 스칼렛이 웃음을 그쳤다.

빅토르가 말을 이었다.

"이혼을 할 즈음에는, 당신이 영원히 나에게 웃어 주지 않을지도 모른다고 생각했어."

"……."

"미안해. 그때는 내가 뭘 해야 할지 몰랐어. 당신은 내가 아무것도 하지 않아도 처음부터 나를 사랑해 줬으니까. 당신이 왜 나를 사랑하는지 모르니까. 처음 당신이 사랑하게 된 나를 기억하고, 그대로 행동하면 되는 건 줄 알았어."

그의 혼잣말을 말없이 듣고 있던 스칼렛이 말했다.

"내가 아니어도 당신에게 첫눈에 반하는 여자는 많잖아. 이렇게…… 생겨서."

스칼렛이 왠지 좀 못마땅하다는 듯이, 검지로 동그랗게 원을 그리며 그의 얼굴을 가리켰다.

빅토르는 제 외모가 대부분의 순간 먹힌다는 사실에 매우 만족하며 스칼렛의 몸을 바짝 제게로 당기고 물었다.

"안 질려?"

"안 질려."

그녀의 단호한 대답에 빅토르가 웃었다. 그러자 스칼렛이 물었다.

"당신은?"

"당신이 내가 태어나서 본 사람 중에 제일 예쁘지."

"……무슨 그런 거짓말을 해?"

"왜? 그럼 너보다 누가 더 예쁜데?"

"많은 사람이."

"못 봤는데."

빅토르가 무슨 황당한 소리냐는 듯이 인상을 썼다.

스칼렛은 그런 그의 표정을 보고 말문이 막혀 괜히 헛기침을 했다.

빅토르가 말을 이었다.

"처음에는 예뻐서 좋았는데."

"……그래?"

"이제 점점 더 좋아하는 부분이 늘어나고 있어."

"어떤 부분?"

"지금도 나는."

빅토르가 말을 멈추자 스칼렛이 추궁하듯 말했다.

"왜 말을 하다 말아?"

"당신이 화낼 말이라."

"화 안 낼게."

스칼렛의 장담에 빅토르가 좀 더 뜸을 들이다 입을 열었다.

"지금도 당신이 영원히 여기에만 머물러 줬으면 좋겠어. 내가 제어할 수 있는 공간에."

예상대로 다소 어두워지는 그녀의 얼굴을 주시하며, 빅토르가 말을 이었다.

"그런데 또 한편으로, 나는 좀 더 세계가 넓어진 당신을 이전보다 더 많이 사랑하게 되었거든."

"……."

"물리적으로든 지적으로든 당신의 세계가 더 넓어진다면 나는 두렵고 마음이 아프겠지만, 동시에 더 깊이 당신을 사랑하게 될 거야. 이것보다 더 많이 사랑하는 것이 만약 가능하다면."

스칼렛은 덤덤히 말하는 빅토르의 얼굴을 가만히 바라보다가, 그제야 미소를 지으며 고개를 끄덕였다. 그리고 그에게 입을 맞추자 빅토르가 그녀를 끌어안았다. 그의 손이 천천히 가운을 벗기며 얇은 흰색의 잠옷 원피스가 드러났다. 몸이 완전히 밀착된 상태로 시간 가는 줄 모르고 입을 맞추고 나니, 두 사람의 호흡이 가빠졌다.

스칼렛이 이성을 억지로 되찾으며 말했다.

"여기 너무…… 밝지 않아?"

"달빛 때문이야. 침실도 똑같아."

빅토르가 달래는 말에 스칼렛은 반박할 말이 떠오르지 않아 별수 없이 고개를 끄덕였다. 머릿속이 다시 제 남편이 된 사내에 대한 애욕으로 가득 찼다. 그도 마찬가지인 얼굴이라 그나마 다행이었다.

스칼렛의 손이 빅토르의 단단한 배 위를 부드럽게 쓰다듬자, 그는 낮게 신음하며 스칼렛의 허벅지를 손으로 움켜쥐었다. 스칼렛은 웬만한 운동으로도 거칠어지지 않는 그의 숨이 저를 향한 탐욕으로 거칠어지는 것에 묘한 희열을 느꼈다. 그녀는 호흡이 점점 더 가빠져 두 팔로 빅토르의 목을 감쌌다.

스칼렛은 전날 충분히 잠을 잤는데도 기절하듯 잠들었고, 빅토르도 그런 그녀를 끌어안고 짧게나마 잠을 청했다.
해가 밝아 올 때, 옆에서 움직이는 기미가 느껴지자 스칼렛도 눈을 떴다. 그러자 바닥에 내려섰던 빅토르가 침대를 손으로 짚고 허리를 숙여 나지막한 목소리로 말했다.
"다녀올게."
"……."
스칼렛이 잠결에 인상을 쓰며 빅토르의 손목을 붙잡았다. 그러자 빅토르가 실소하며 침대 아래 무릎 꿇고 그녀의 얼굴을 살폈다.
"가지 마?"
"……."
"가?"
"……."
"중간 정도 마음인가?"
그의 말에 스칼렛은 저도 모르게 웃음이 터졌다. 그리고 그녀가 입을 열었다.

"……가지 마."

"그래."

빅토르가 즉답하자 스칼렛이 다시 웃으며 고개를 저었다.

"아니야, 가. 그냥, 가지 말라고 하면 어떻게 하려나 궁금했어."

"궁금해만 하지 말고 가지 말라고 해. 나도 안 가고 싶으니까."

"안 돼. 오늘은 수요일이라 아이작에게도 가 봐야 하니까……."

스칼렛의 졸음 섞인 목소리가 귀여워 고개를 돌리고 애써 웃음을 참은 빅토르가 다시 그녀를 보며 물었다.

"언제 일어날래?"

"10분만 더 자구?"

"그럼 아침 식사 가져다줄게."

"……당신이 만들게?"

"안 태워. 연습해서."

빅토르가 말하고 스칼렛의 잠버릇으로 헝클어진 머리칼에 입을 맞추더니 침실을 나갔다. 그리고 다시 깜빡 잠들었던 스칼렛은 맛있는 냄새에 졸음으로 다 뜰 수 없는 눈을 반쯤 떴다.

테이블을 보니 정말 빅토르가 직접 아침 식사를 차리고 있었다. 준비를 마치고, 빅토르가 무언가 쪽지를 적고 있는 걸 보다가 졸음을 못 이겨 다시 눈을 감았다. 잠시 후 다시 눈을 떴을 때는 빅토르가 떠난 후였다.

그때서야 몸을 일으키고 테이블 앞에 앉아 보니 아직 식지 않은 팬케이크 위에 버터가 녹아 흐르고 있었다.

"……그럴 리가 없는데."

빅토르 덤펠트가 요리를 할 리가.

스칼렛은 단단히 불신하며 포크를 들어 팬케이크를 잘랐다. 입에 넣으니 꽤 맛이 있었다.

아침 식사를 하며 빅토르가 남긴 쪽지를 확인한 스칼렛이 웃었다.

[사랑해. 당신을 깨울 수 없으니 적어 놓고 가.]

그는 사랑에 빠진 남자처럼 굴었다. 정말로 평범하게.

스칼렛은 쪽지를 제 가방에 챙겨 넣고 아침 식사를 끝낸 후, 곧바로 아이작을 만나러 갈 준비를 시작했다.

집을 막 나서자 세상이 바뀌었다는 것이 실감이 났다. 바닥에 뿌려진 전단지 하나를 들어 보니 왕실을 강력하게 비난하는 삽화가 그려져 있었다. 그 옆에는 다른 전단지가 있었는데, 그것은 반대로 빅토르와 해군을 비난하는 내용이었다.

[해군의 행동은 반역과 같다]
[선위하려는 왕을 끌어낸 이유가 무엇인가?]

이건 이미 답이 나와 있는 문제였다.

빅토르는 알버트 이렌을 처벌하고 싶어 했다. 스칼렛은 생각보다 해군의 행동이 시민들에게 위험하다는 전단이며 신문이 많이 나와 있다는 사실을 알아차렸다. 왕실과 함께 몰락하게 생긴 몇몇 유력 가문에서는 언론을 이용해 빅토르의 행동을 악마적으로 묘사하고 있었다. 스칼렛은 그런 신문들을 확인하며 마차에 올랐다. 아이작에게 먼저 가려던 그녀는 노선을 바꾸어 마부에게 해군 공관으로 가 달라고 부탁했다.

빅토르는 상석에 앉아 한 손으로 관자놀이를 받치고 싸움을 바라보고 있었다.

해군 공관에 처음 들어설 때는 눈치를 보던 하원의원들이며 육군과 경찰의 대표단이 해군들이 그들을 해하지 않으리라는 것을 알아차리자마자 기다렸다는 듯이 버럭버럭 소리를 치며 싸우고 있었다.

"일단은 군에서 안전을 책임져야 하는 것 아닙니까!"

"그건 이미 해군이 하고 있잖아요!"

"바다에만 있던 사람들에게 어떻게 도시의 안전을 맡긴다는 겁니까?"

잡을 수 있는 권력이 앞에 있으니, 모두의 목소리가 커졌다.

육군 대표단의 수장 프리드먼은 내로라하는 귀족가의 가주로, 치안을 이유로 들어 군사권을 빌농하겠다고 주장했다. 제 가문의 힘을 공고히 하며, 동시에 왕좌까지 노리려는 그의 속셈이 너무나 빤히 보였기 때문에 귀족이 아닌 하원의원들과 일반 경찰의 대표는 목에 핏발을 세워 가며 반대하고 있었다.

빅토르는 그들이 싸우거나 말거나 큰 관심이 없었으나, 빨리 합의를 해야 스칼렛과 함께 있을 수 있다는 것 하나만은 확실하게 알고 있었다.

프리드먼의 목소리가 점점 커지고 분노하기까지 하자 하원의원들은 점점 더 빅토르에게 의지하게 되었다. 하원의원 조지프 팰릭스가 빅토르에게 말했다.

"함장님께서 왕좌를 이으시는 것이 지금으로서는 가장…… 말이 됩니다."

그러자 빅토르가 혀를 차며 말했다.

"그 답을 내지 말자고 하는 회의로 알고 있는데?"

"그건 압니다만, 아무래도…… 제일 쉬운 답입니다."

다시 그의 앞에 왕좌가 놓였다.

빅토르는 손에 넣으려 달릴 때는 닿지 않다가, 무시하고 돌아서니 제 뒤를 따라다니는 왕위가 점점 더 번거롭게 느껴졌다.

그때 회의실로 들어온 에번이 목소리를 낮춰 그에게 말했다.

"폐하…… 아니, 알버트 이렌의 건강이 악화되고 있습니다."

그 말에 빅토르가 혀를 찼다. 충격으로 알버트 이렌의 건강이 더욱 악화되어, 형을 선고하고 처형하는 날까지 버티지 못할 가능성이 있어 보였다. 해군에서 죽으면 그들이 죽였다고 말이 나올 텐데, 저런 인간과 엮여 그런 뒷말이 나오는 건 짜증 나는 일이었다.

"병원으로 이송하지."

"예, 함장님."

빅토르가 몸을 일으키고 에번에게 말했다.

"자네가 여기 앉아 있어. 싸우는 거 보고만 있으면 되니까."

"……어떻게 이런 걸 떠맡기십니까?"

에번은 툴툴거렸지만 명령이라 여겨 별수 없이 자리에 앉았다.

알버트 이렌을 이송하면 그 과정에서 분명 사람들이 돌을 던지든 할 테니, 경호가 필요했다. 물론 시민들에게 돌 맞아 죽는 것도 나쁘지 않지만, 가급적이면 합법적으로 처형을 하고 싶었다.

조사 과정에서는 알버트 이렌이 스칼렛의 부모를 포함한 많은 과학도들의 살해를 보고받았으며, 그 공을 치하하기까지 했음이 드러났다. 이것을 공식적인 문서로 남길 생각이었다. 그것은 이렌 가문이 수치 속에서 영영 고개를 들지 못하게 만들 귀중한 증거였다.

그래서 알버트 이렌을 끌고 나오기 전에, 부하들을 시켜 미리 돌을 던지지 않도록 시민들의 양해를 구했다. 그런데도 이감하기 위해 마차로 이동하는 알버트 이렌에게 돌이 날아왔다.

돌을 던진 쪽을 본 빅토르는 어처구니 없어 실소했다. 스칼렛 크림슨이었다.

이에는 이, 눈에는 눈.

그녀는 분노한 얼굴로 다시 돌을 집어 들었고, 해군이 막으려 하자 빅토르가 말했다.

"내 여자는 던져도 돼."

해군이 멈칫하고 물러났다.

스칼렛이 또다시 던진 돌에 맞은 알버트 이렌이 수치심에 눈을 부릅뜨고 그녀를 노려보았으나, 그녀는 오히려 또 다른 돌을 찾아 쥘 뿐이었다. 결국 세 번째 돌까지 던지게 해 준 후에야 빅토르가 알버트 이렌을 마차에 태우게 했다.

그 후 빅토르가 돌을 하나 더 쥐려는 스칼렛의 손목을 붙잡았다. 그녀의 팔이 분노로 바들바들 떨리고 있었다.

빅토르가 몸을 숙여 다정히 물었다.

"그것도 던지고 싶어?"

"때리고 싶어."

"내가 때려 줄까?"

"……."

그녀는 대답이 없었으나 빅토르가 손짓해 마차 문을 열게 했다.

그러자 알버트 이렌이 부들부들 떨며 말했다.

"감히 왕실을 무너뜨리려 하다니. 너도, 저 크림슨가의 계집도 지옥에 떨어질 거다."

저렇게 말하는 것을 보니 설마 제 외손자가 법을 무시하고 무력을 가할 것이라고는 생각하지 못한 듯했다.

빅토르가 혀를 차며 마차에 올라섰다.

빅토르는 왕을 보며 제 어머니를 떠올렸다.

왕은 폭력에 대한 두려움이 없었다. 자신과 달리, 체벌까지 받아가며 왕족의 덕목을 공부하지는 않았던 것이다.

빅토르가 그 사실에 냉소하며 입을 열었다.

"나와 폐하께서는 물론 많은 사람을 죽였으니 지옥에 가겠지요. 그건 그거고."

그는 알버트 이렌의 턱을 움켜쥐었다.

"비, 빅토르!"

"다시는 내 아내의 이름을 입에 담지 않았으면 좋겠어."

그 상태에서 아귀힘을 주자 알버트 이렌이 비명을 질렀다. 턱뼈에서 뚝 소리가 들렸다.

빅토르가 손을 놓자 알버트 이렌은 그 자리에서 혼절해 쓰러졌다.

빅토르가 스스로 마차 문을 닫으며 말했다.

"의사가 고생 좀 하겠군."

그러자 왕의 이송이라는 중요한 임무를 맡은 팔린이 태연히 말했다.

"무조건 살리라고 해 놓겠습니다, 함장님."
"그래."
그러고는 스칼렛이 돌을 던진 게 재미있었는지 웃음을 감추지 못했다.
스칼렛은 마차 안에서 들린 비명에 놀라 얼굴이 하얗게 질려 있었다. 그러나 아무 일도 아니었다는 듯이, 그녀가 애써 태연하게 말했다.
"왕세손한테도 던질 거야, 돌."
"그렇게 해."
빅토르는 더러운 것이라도 만진 사람처럼 장갑을 벗어서 내버린 후, 그녀를 보며 다정한 투로 말을 이었다.
"무슨 일로 왔어?"
그러자 그녀가 복잡한 감정을 누르고 애써 담담히 대답했다.
"아, 전단을 봐서."
"날 비난하는?"
"……알고 있었어?"
"그런 움직임은 보고를 받지."
그는 이내 그녀 쪽으로 고개를 숙이고 물었다.
"그걸 걱정해서 왔어?"
"당연히 걱정하지."
스칼렛의 대답에 빅토르의 입꼬리가 저절로 올라갔다. 그 표정을 보니 빅토르에게 그런 전단은 애초에 위협조차 되지 않는 모양이었다.
그녀가 말을 이었다.
"그럼…… 당신은 다시 돌아가."

그러자 빅토르가 그녀를 고작 몇 걸음 떨어진 마차까지 데려다주며 물었다.
"아이작과 면회를 하고, 바로 집에 갈 건가?"
"음, 알아보고 싶은 게 있어서 도서관에 갈까 하는데."
"뭘 알아보고 싶은데."
빅토르는 스칼렛의 모든 움직임을 미리 파악하고 싶은지, 하나하나에 관심을 가지고 질문했다. 스칼렛은 그런 그의 태도가 싫은 건 아니었지만 괜스레 기분이 이상해졌다.
그녀가 입을 열었다.
"왕세손의 직위를 법적으로 뺏고 싶어."
"직위를?"
"응. 완전히."
"아예 왕족이었다는 흔적도 남지 않게 하자는 건가?"
스칼렛이 고개를 끄덕였다.
율리 이렌이 스스로가 빅토르보다 낫다고 자부심을 가지던 가장 확실한 한 가지는, 자신이 왕의 적통이라는 사실이었다. 스칼렛은 그 사실을 알고 있었다.
그렇다면 그자에게서 그 확고한 믿음을 뺏고 싶었다. 그것은 국가의 기밀을 팔아 처형을 당하게 되었다는 사실보다 더욱 지독하게 그를 고통스럽게 할 것이 분명했다.
스칼렛이 말을 이었다.
"크림슨 가문도 기술 유출을 방지하기 위해 살란티에를 나가면 안 된다는 법이 있지만, 너무 오래돼서 사람들은커녕 법관조차 모르는 것처럼. 이렌 가문에도 사람들이 모르는 법령이 있을지 몰라."

"일리 있군."

"그런 법을 찾아볼 거야."

그런 그녀의 말에 빅토르가 미소를 짓더니 입을 열었다.

"읽어야 할 자료가 많을 텐데?"

"공과대학 사람들에게 부탁하려구."

"과학도들에게 법전이 재미있을 것 같지는 않군."

빅토르가 잠시 생각하더니 말을 이었다.

"공과대학의 짐을 옮기는 김에 책도 옮겨 줄 테니까, 사관학교에 가 있어."

"우리끼리……."

알아서 하겠다고 스칼렛이 말하려는데 이송 준비를 마친 팔린이 끼어들었다.

"옆에서 봐서 아는데, 과학도분들 체력에 이사를 맡기느니 우리 해군들이 하는 게 효율적입니다. 이송 마치고 이사 도와드리겠습니다. 아, 그리고 법전 읽는 것도 도와드릴게요. 책 읽는 건 철학도들이 잘합니다."

팔린이 말하고 유쾌하게 웃었다.

스칼렛은 약간의 불만이 있는 표정이었지만, 공과대학의 그 많은 짐을 옮기다가 누구 하나 쓰러질 수도 있다는 염려가 들어 군말 없이 받아들이기로 했다.

여기서 제가 거절하면 힘들어지는 건 공과대학 사람들이었다. 거기다 팔린의 말대로 해군사관학교에서는 철학을 주요하게 가르치는 편이었고, 그래서인지 해군들은 대체로 책을 즐겨 읽었다.

빅토르가 오가는 장소에도 역시 언제나 책이 있었다. 스칼렛 입장에서는 좀 따분한 책들이었다. 그녀가 생각하기에 그중에서도 지루한 책은 법령에 관한 고서였다.

스칼렛이 결국 고개를 끄덕였다.

"솔직히 맞는 말이에요. 그럼 부탁할게요."

그렇게 인사하고, 그녀는 아이작을 면회하기 위해 마차에 올랐다.

신기하게도 하룻밤 사이에 왕이 사라졌는데 시내는 큰 변화가 없었다. 왕이 있던 때와 모든 것이 같았다. 왕이 사라지면 무법지대라도 될 줄 알았는데, 스칼렛은 오히려 제 일에 바쁜 번화가의 사람들을 신기해하면서도 뿌듯한 마음으로 바라보았다.

그런 도시를 바라보며 그녀는 더더욱, 반드시 왕세손의 왕족 신분을 박탈하는 어떠한 한 문장을 찾아내고 싶다고 생각했다.

구치소에 구류 중인 아이작은 독방에 앉아 줄곧 잠을 자거나, 몸을 단련하거나 두 가지 중 하나를 했다.

그는 좁은 공간에 혼자 있는 것에 아무런 어려움도 느끼지 않았다. 혼자 있는 것도, 그 공간 밖에 무뢰배들이 있는 것도. 그가 자라 온 환경과 조금도 다를 바가 없었다.

그러다 스칼렛이 면회를 왔다는 전달을 받자마자 그가 벌떡 몸을 일으켰다.

그가 구치소 통로를 걸어가자, 아이작에게 한마디도 듣지 못해도 소문을 통해 무작정 그를 따르고 있는 폭력단 몇이 말했다.

"백작님, 면회 가십니까? 누가 왔는데 그렇게 표정이……."

그러자 아이작이 걸음을 멈췄다. 옆에서 무슨 말을 들어도 대꾸하지 않던 그가 멈추자 폭력단들이 움찔했다.

아이작이 창살 밖으로 나와 있는 폭력단의 팔목을 움켜쥐며 말했다.

"관심 가지지 마."

그 아귀힘에 폭력단은 소문이 진실임을 대번에 확인하고, 고통에 식은땀을 흘리면서도 희열에 찬 얼굴을 했다.

"예, 예. 백작님. 관심 가지는 놈들 제가 다 때려눕히겠습니다."

"……."

"정말입니다."

아이작이 못마땅한 표정을 짓는데 옆에서 바짝 얼어 있던 간수가 말했다.

"며, 면회인께서 기다리십니다."

"……아."

그 한마디에 아이작의 표정이 풀어졌다. 살인지 같던 아이작의 아름다운 얼굴에 금방 순진한 행복감이 번졌다.

그가 잠시 멈칫하더니 폭력단에게 물었다.

"너 이름이 뭐야?"

그가 이름을 물어보자 더욱 얼굴이 밝아진 폭력단이 말했다.

"비아니입니다."

아이작은 대답을 들은 후 고요해진 통로를 서둘러 걸어 나갔다.

면회실에서 허가 받은 음식을 꺼내 놓던 스칼렛이 환한 얼굴로 손을 흔들었다. 아이작이 서둘러 그녀에게 달려갔다.

"스칼렛!"

"뛰지 마! 넘어진단 말이야."
"안 넘어져. 나 이제 앞 잘 보이잖아."
아이작이 핀잔하듯 말하고, 금방 아이처럼 까르륵 웃었다. 스칼렛이 물었다.
"어디 다친 곳은? 괴롭히는 사람은?"
"음, 아직은 없어."
"아직은? 괴롭힐 기미가 보이는 사람이 있으면 당장……."
"아냐! 그런 말 아니었어. 그리고 독방이라 괴롭히지도 못해. 그리고 친구도 생겼는데?"
그의 말에 스칼렛이 조금 염려를 덜었다는 듯 표정이 밝아져 물었다.
"정말? 이름이 뭔데?"
"비아니. 본명인지는 잘 모르겠어. 어차피 나쁜 사람일 텐데, 여기서 나가면 안 만날걸, 뭐."
아이작이 대꾸하고는 상태를 살피느라 제 뺨에 닿아 있는 스칼렛의 손에 얼굴을 비볐다.
그 모습에 내내 어떤 상황에서도 침묵하는 아이작을 두려워하던 간수들이 면회실 밖에서 수군거렸다.
"오랜만에 주인을 만난 큰 개 같네."
"아, 뭘 닮았나 했더니……."
바깥 상황이 어떻든지간에, 아이작은 스칼렛이 제가 준 향수를 자주 사용한다는 사소한 이야기를 세상의 지각변동이라도 되는 듯이 듣고 있었다.
그는 왕실이 무너졌다는 이야기나 빅토르와 다시 만나게 되었다는 이야기보다도, 스칼렛이 오늘 아침에 무엇을 먹었는지, 몇 시간을 잤는지를 훨씬 더 궁금해했다.

짧은 면회가 끝나고 스칼렛이 일어나며 말했다.

"그럼 다음 주 수요일에 또 올게."

그녀의 말에 아이작이 같이 일어나서, 수갑을 찬 두 손으로 스칼렛의 손을 감싸며 말했다.

"잊어버리면 안 돼. 알겠지?"

"안 잊어버려. 우린 늘 수요일에 만나니까, 수요일 아침이 되면 아이작이 생각나거든."

"나도 그래."

아이작이 배시시 웃었다.

다음 수요일을 약속하고 스칼렛이 떠났다. 아이작은 스칼렛이 떠난 순간부터 다음 수요일을 기다렸다.

이이작을 면회하고 나온 스칼렛이 해군사관학교에 도착했을 때에도 초여름의 늦은 해는 여전히 떠 있었다.

학교 앞을 산책하던 커스틴이 스칼렛을 발견하고 다가왔다.

"왔어?"

"짐은 다 옮겼어?"

"응, 다 옮겼어. 해군들이 도와주니까 순식간이더라구. 그런데 있잖아······."

"응?"

커스틴이 뭔가 문제가 있다는 듯이 머뭇거려 스칼렛은 고개를 갸우뚱했다. 그리고 그녀를 따라 들어간 후에야 뭐가 문제인지를 알았다.

살란티에 공과대학에게 내준 제1 회관의 거대한 건물, 1층 로비에 들어선 스칼렛은 거기 쌓여 있는 어마어마한 양의 고서들을 압도되어 바라보았다.

그녀의 예상을 한참 웃도는 양이었다.

그 책을 전부 옮겨다 준 팔린이 책 한 권을 들고 스칼렛에게 다가와 말했다.

"재판까지 일주일 남았습니다."

"……이걸 일주일 동안 읽어야 한다는 거네요?"

"예, 그렇습니다."

스칼렛이 멍하니 책을 바라보다 아주 진지한 태도로 물었다.

"포기할까요?"

팔린은 그녀의 말이 농담인 줄 알고 유쾌하게 웃었다.

스칼렛은 쌓여 있는 책을 한숨 쉬며 바라보다가 우선 머리칼을 높이 질끈 묶었다.

"읽자, 읽어."

그녀는 그렇게 스스로에게 말한 후 책장 앞에 앉았다.

그리고 책을 펼치는데, 그녀의 손을 본 커스틴이 눈이 휘둥그레져서 물었다.

"스칼렛, 반지?"

"응?"

그 말에 스칼렛이 제 손을 보고는 배시시 웃었다.

"응. 다시…… 빅토르와 잘 해 볼까, 하고."

그녀의 말이 끝나기 무섭게 옆에서 쿵 소리가 들렸다. 그러더니 누군가 정신없이 달려와 그녀의 앞에 서서 울먹이기 시작했다.

"저, 정말이십니까?"

그러자 스칼렛이 그를 알아보고 입을 열었다.

"체이스 경, 맞으시죠?"

빅토르의 눈을 담당하던 군의관인 체이스였다. 그는 고개를 크게 끄덕이고 스칼렛에게 잠깐 단둘이 이야기할 것을 청했다.

스칼렛은 제1 회관에 마련된 그녀의 연구실로 그를 데려갔다. 연구실에 먼저 들어선 그녀는 누가 봐도 빅토르의 입김이 닿은 공간을 보며 한숨을 쉬었다.

"……이렇게까지."

스칼렛이 좋아하는 공간에 관하여 그는 너무나 완벽하게 파악하고 있었다. 그녀가 안온함을 느낄 수 있는 것들로 채워진 연구실 안에서 스칼렛은 빅토르가 보이는 불안감을 떠올렸다. 빅토르는 스칼렛이 떠난 이후로 그가 받는 사랑을 의심하고 있었다.

그녀가 책상 위를 손으로 훑고 있을 때, 체이스가 입을 열었다.

"함장님께서 눈 부상 때문에 약을 많이 복용하셨습니다."

그 말에 스칼렛이 고개를 끄덕였다.

그러자 체이스는 그녀가 어느 정도 상황을 파악하고 있다고 확신하며 말을 이었다.

"워낙에 강하고 큰 신체를 가지신 분이지 않습니까? 함장님의 체격에 맞게 복약한 약 자체가 많습니다."

"네."

"그런데 약에 내성이 생기셔서……. 안 그래도 요즘 함장님의 목숨을 노리는 자들이 많은데, 이러다 상처라도 입으신다면 약이 안 듣는 건 물론이고 지혈부터 어려울 겁니다."

체이스의 말에 잠시 침묵하던 스칼렛이 말했다.

"빅토르가 받아 간 약을 좀 볼 수 있을까요?"

그녀의 말에 체이스가 머뭇거리자 스칼렛이 반지를 들어 보이며 말했다.

"이제 나는 그 사람의 아내예요."

빅토르는 그의 눈 상태를 가장 아끼는 부하인 에번과 팔린에게조차 알려 주지 않으려 했으나, 가족인 스칼렛은 괜찮으리라 체이스는 판단했다. 그래서 그는 기록해 두었던 빅토르의 복약 내용을 스칼렛에게 건네주었다.

그녀가 진작부터 알던 눈에 관한 약 외에도 위험한 진통제들이 적혀 있었다.

스칼렛은 말없이 그것을 살피다 입을 열었다.

"……이만큼을 먹어도 괜찮아요?"

"보통 사람이었다면 목숨을 잃어도 이상하지 않습니다. 그러니 함장님이 건장하시다고 해서 이렇게 복약해도 되는 건 아닙니다."

"왜…… 진통제를 이렇게 오래 처방받았어요?"

바로 사흘 전까지도 빅토르가 한 달 치를 가져간 것으로 되어 있었다.

스칼렛이 묻자 체이스는 멈칫했다. 그는 빅토르가 스칼렛이 가져다 준 해적의 약으로 인해 심각한 고통을 겪었다는 것을 알고 있었다. 그러나 그 사실까지 스칼렛에게 알리는 것은 빅토르가 그녀의 마음을 다치게 하지 않으려 끔찍한 고통을 감내하던 것을 허사로 만드는 일이었다.

체이스는 결국, 빅토르가 진통제를 먹었던 두 가지 이유 중 하나를 선택할 수밖에 없었다.

"심리적인 안정 때문입니다."

"심리적인 안정이요?"

"네."

"빅토르가요?"

"그렇습니다."

스칼렛은 말이 잘 나오지 않아, 한동안 물끄러미 체이스를 주시하고 있었다.

더 많은 설명을 요구하는 그녀의 선명한 눈빛에 체이스가 난처한 표정을 지었다. 그리고 마지못해 말을 이었다.

"약에 많이…… 의지를 하셨습니다. 더 이상 약을 받을 필요 없다고 오늘 저를 이쪽으로 보내셔서 무슨 일인가, 했더니……."

이혼이 무효가 되어 복약을 중단하고자 마음먹었다는 뜻이다. 그러니 그가 약을 먹었던 이유는 온전히 자신 때문이라는 것을 스칼렛은 깨달았다.

체이스가 말을 이었다.

"그동안 복약한 양을 생각하면 더 이상 약을 드시지 않으셔도 금단 증세가 있을 겁니다."

"어떤 증세요?"

"심하게 초조해하실 수도 있고, 증상이 더해지면 착란이 올 수도 있습니다."

"……."

스칼렛은 가만히 그의 말을 들으며 기록지를 주시하다가 고개를 끄덕였다.

"알고 있을게요. 고마워요."

"예, 그럼……."

체이스가 고개 숙여 인사한 후 연구실을 나간 후에도 스칼렛은 손에 들린 종이를 한동안 바라보았다.

―◆◆◆―

그로부터 일주일 동안 제1 회관의 사람들은 책에 파묻혀 시간을 보냈지만 제대로 된 수확이 없었다. 스칼렛은 뒷일을 부탁하고, 자신도 마지막까지 확인할 책을 챙겼다.

수요일 아침, 스칼렛은 아이작을 찾아가 면회를 한 후 그 바로 앞에서 빅토르를 기다렸다.

살란티에의 수도에는 짧은 여름이 본격적으로 시작되고 있었다. 새파랗게 맑은 하늘로부터 선량하게 느껴지는 햇살이 쏟아졌다. 그 빛은 녹음을 에메랄드처럼 보이게 했다.

스칼렛은 하얀색의 여름 드레스를 입고 있었다. 모슬린 중에서도 가장 고급품으로 만든 슈미즈 드레스였다. 법정에 갈 예정이라 큰 보석은 가급적 자제하고, 실크로 만든 꽃이 달린 연한 분홍색의 구두를 신었다.

스칼렛은 새 구두를 내려다보았다. 그녀의 옷장들이 빅토르가 주문한 것들로 가득 차 있었다. 도대체 언제, 누구를 부려서 이걸 다 사들였는지 모를 일이었다.
 그렇게 구두를 보고 있는데 마차가 멈추고 빅토르가 내렸다.
 지난 일주일 동안 스칼렛은 책에 파묻혀 있었고, 빅토르 역시 왕족들의 처분과 살란티에의 지도자를 뽑는 방식에 관한 회의에 참여하느라 해군사관학교까지 갈 여유가 없었다.
 빅토르는 일주일 만에 만나는 스칼렛을 반가워하며 다가오다, 그녀의 표정이 굳어 있는 것을 보고 미소를 지우며 물었다.
 "왜?"
 "뭐가?"
 스칼렛이 저도 모르게 다소 날카롭게 되묻자 빅토르가 검지로 그녀의 턱을 조금 들어 표정을 확인했다. 그러더니 낮은 목소리로 물었다.
 "구치소 안의 놈이 헛소리라도 했어?"
 "그런 사람 없었어."
 "그럼."
 "……."
 악에 대해 바로 물을까, 하다가. 스칼렛은 먼 여행길이 불편해질 것 같아 일단 고개를 저었다.
 "아냐."
 "……."
 빅토르는 잠시 스칼렛을 바라보다 일단 넘어가겠다는 듯 미소를 지으며 그녀와 함께 마차에 올랐다.
 기차역으로 향하는 마차 안에서 스칼렛은 빅토르에 대한 걱정을 지울 무언가를 찾다가, 무심코 마차 바닥에 둔 낮은 책장을 보았다.

책이 쓰러지지 않게 눕혀서 쌓아 놓은 책장 속에는 따분해 보이는 책이 가득했는데, 그중에 어울리지 않게 화려한 책자가 있었다.

스칼렛이 허리를 숙여 거기 손을 뻗자 빅토르가 급하게 그녀의 손목을 붙잡았다. 그러나 오늘 스칼렛의 심기가 불편하다는 것을 떠올려 더 막지 않고 놔주었다.

그 책자를 무릎에 놓고 펼친 스칼렛이 희미하게 웃었다.

"이거 뭐야?"

그러자 빅토르가 한숨을 쉬며 창문 쪽으로 시선을 돌리고 중얼거렸다.

"취미."

"여자 물건 고르는 취미가 생겼어?"

"내가 쇼핑을 좋아하게 될 줄은 나도 몰랐지."

살란티에 안 내로라하는 디자이너들의 물건들을 수록해서 1번가의 백화점에서 보내 준 카탈로그였다.

접혀 있는 장을 펼쳐 보니 스칼렛이 지금 신고 있는 구두가 있었다.

"당신이 직접 고른 거구나."

빅토르는 못 들은 척했고, 스칼렛은 웃음이 터졌다. 저 남자가 직접 카탈로그를 펼쳐 고르고 있었을 줄은 상상도 하지 못했다.

그는 스칼렛이 직접 찾아다 준 네 잎 클로버조차, 당연히 사용인들에게 찾게 했으리라는 것을 의심조차 하지 않던 사내였다. 그런 오만한 자가 제 아내가 입고 신고 사용할 가구들을 직접 고르는 일에 많은 시간을 할애하고 있었던 데다가, 심지어 잘하기까지 했다.

그녀는 구두가 있는 카탈로그를 눈으로 훑으며 말했다.

"당신이 골라 준 것들 다 마음에 들어."

"그래?"

"응. 내가 날 위해 고르는 것보다 훨씬 낫더라구. 가격은…… 좀 많이 충격적이지만."

뒤늦게 카탈로그에 적힌 가격을 본 스칼렛이 기겁했다. 그런 그녀의 풀어진 표정을 주시하던 빅토르가 물었다.

"그래서?"

"응?"

"아까는 왜 안 좋았어? 표정."

그의 목소리에서 서늘함이 묻어났다. 그는 스칼렛이 구치소에서 불쾌한 일을 겪었을지 모른다고 생각하는 듯했다.

스칼렛이 잠깐 생각하더니 입을 열었다.

"아이작이 거기서 친구를 만들었다는데, 구치소에서 만든 친구가…… 괜찮을까?"

"누구인데?"

"비아니라는 사람이래."

"찾아보게 하지."

빅토르가 대수롭지 않게 말하고 다시 물었다.

"그리고?"

"그게 다야. 걱정되는 건."

그녀가 말했지만 빅토르의 시선을 마주 보니 결코 그걸 믿고 있는 표정이 아니었다.

그 탓에 두 사람의 대화는 중단되었고, 기차를 타고 남부에 도착할 때까지 침묵이 이어졌다.

스칼렛은 가져 온 책을 자신이 한 권, 그리고 빅토르에게 한 권을 맡겼다. 그것을 읽으면서 1함대의 주둔지인 남부에 도착하니, 바다 냄새가 섞인 더운 공기가 기다리고 있었다.

빅토르는 추위도 더위도 별로 타지 않는지, 아니면 그런 날씨에 반응하지 않도록 길러져서인지 덥다는 말은커녕 부채질을 하는 법도 없었다.

1함대로 향하는 마차 안에서 스칼렛이 그런 빅토르를 힐끔 보다가 제가 든 부채로 바람을 보내 주며 말했다.

"안 더워?"

그러자 빅토르가 몸을 부채 쪽으로 숙이고 말했다.

"시원하네."

그러더니 곧바로 손을 뻗었다.

"하지만 마음이 불편하니 내가 하지."

"싫어. 내 부채야."

스칼렛이 부채를 든 손을 제 품으로 당겼다. 그런 그녀의 행동이 귀여워 빅토르의 입가에 미소가 번졌다. 지금 그는 그저 스칼렛과 함께 있다는 사실만으로도 즐거워하고 있었다.

그런 그를 바라보던 스칼렛이 몸을 일으켰다. 그리고 빅토르 쪽으로 옮겨 가려는데, 때마침 마차가 흔들리며 옆으로 몸이 기울어졌다. 빅토르가 급하게 그녀를 끌어안았다.

"왜 일어나, 위험……."

빅토르는 한 소리 하려다, 지나치게 겁먹은 얼굴로 자신을 보는 스칼렛을 발견하고 말끝을 흐렸다.

그녀가 빅토르의 팔을 꽉 붙잡으며 떨리는 목소리로 말했다.

"하지 마."

"뭘."

"나를 지키려고 하지 마."

그녀의 말에 빅토르가 무슨 소리냐는 듯 고개를 기울였다.

마차는 다시 평정을 찾았으나, 스칼렛은 그러지 못했다. 그녀가 말을 이었다.

"군의관인 체이스 경에게 들었어. 만약에 사고가 나면, 당신에게는 약이 잘 안 들을 거라더라. 지금껏 하도 많은 약을 먹어서. 그러니까…… 당분간은 당신 몸부터 지키는 게 좋겠어."

그녀의 말에 빅토르가 얼어붙은 듯 말이 없었다.

스칼렛은 마차가 흔들릴 때마다 사고의 기억을 떠올렸다. 거기에 약에 대한 것까지 들었다니, 크게 걱정하는 것도 무리는 아니었다. 그녀를 안심시키기 위해 뭐라도 말해야겠다고 생각한 빅토르가 입을 열었다.

"끊고 있는 중이야."

"중이야?"

"……끊었어."

"언제부터?"

그녀의 추궁에 빅토르가 저도 모르게 시선을 피하며 중얼거렸다.

"오늘 아침."

"……."

스칼렛이 그 말이 끝나기 무섭게 빅토르를 퍽 때리고 손을 내밀었다.

빅토르는 별수 없이 가지고 있던 약통을 그녀의 손에 들려 주었다. 그러자 스칼렛이 제 손의 약통과 체이스가 준 처방 내용을 확인했다.

그리고 약통을 열어 몇 개의 약이 없어졌는지 확인하기까지 했다.

빅토르는 드물게 초조한 표정을 지으며 그녀의 행동을 바라보고 있었다.

남은 약을 확인한 스칼렛이 다시 통을 닫아 제 가방에 챙겨 넣은 후 말했다.

"군의관한테 뭐라고 하기만 해 봐."

안 그래도 그를 해군에서 쫓아내는 것까지 생각하던 빅토르가 불만족스럽게 혀를 찼다. 그래도 이렇게 약을 뺏는 걸 보니, 그가 초기에 진통제를 필요로 하게 된 것이 잘못된 해적의 약을 사용했기 때문이라는 것은 체이스가 말하지 않은 모양이었다.

초조함을 가라앉히지 못한 스칼렛이 아이 어르듯이 말했다.

"얼마나 당신이 걱정되면 징계받을 각오까지 하고 나에게 털어났겠어?"

"알았어. 그냥 넘어가도록 하지."

"도대체…… 오늘 아침에는 왜 약을 먹었어?"

"음?"

다 알아들었으면서 모른 척하는 빅토르가 스칼렛의 눈에는 얄미웠다.

스칼렛이 말을 이었다.

"내가 사랑한다고 했잖아. 당신의 신경 안정이 필요한 건 나 때문이 아니야? 사랑한다고 했잖아. 그래도 약을 먹어야 해?"

그녀의 말에 빅토르가 대답이 없으니, 스칼렛은 두 주먹을 꽉 쥐고 말을 이었다.

"당신이 의지가 약해서 약을 못 끊을 사람도 아니잖아."

빅토르 덤펠트처럼 의지가 강한 사람이 끊고자 하면 약을 끊지 못할 리 없었다. 그러니 그는 아직도 그 많은 위험성을 인지하면서도, 이 약이 필요하다 스스로 판단하여 진통제를 복용하는 것이었다.

그녀의 떨리는 목소리에 빅토르가 입을 열었다.

"관성적으로 먹은 거야. 이제 끊을게."

"……."

"약속하지."

빅토르의 말에 스칼렛이 아랫입술을 잘근잘근 물었다. 그리고 새끼손가락을 내밀자 빅토르가 낮게 웃음소리를 냈다.

그는 새끼손가락을 걸었고, 그 모습에 스칼렛은 빅토르가 눈이 보이지 않던 때를 떠올렸다. 타운하우스에서 그를 만나던 날, 스칼렛이 새끼손가락을 내밀 때, 빅토르는 손을 내밀었었다. 그날을 떠올리니 속에서 울컥하는 감정이 올라왔다.

스칼렛이 감정을 누르듯이 가슴을 지그시 누르며 말했다.

"그래. 어쨌든…… 당신도 다쳤으니까. 아파서 먹은 거니까……."

"당신만큼 다친 적도 없는데, 한심해 보이긴 하는군."

스칼렛은 그렇게 약속을 받아 낸 후, 절대로 안 주겠다는 듯이 약을 넣은 가방을 끌어안고 문 쪽으로 붙어 앉았다.

그녀가 멀어진 것이 불안했던 빅토르가 손을 내밀자, 다행히 스칼렛은 그의 손을 꼭 잡아 주었다. 그녀의 그런 행동에 빅토르가 안도의 한숨을 내쉬었다.

약을 먹어도 가라앉지 않던 불안감에 대한 대처는 오로지, 이런 작은 그녀의 동작들뿐이었다. 그러므로 그는 그녀가 곁에 없을 때마다 끊임없이 최악을 가정하고, 머릿속으로 그녀를 가뒀다가, 풀어 줬다가, 힘주어 안았다가, 싫어할까 놓았다가를 반복했다. 그녀와 몸이 닿아 있을 때에만 그는 안도를 찾을 수 있었다. 그래서 저도 모르게 잡은 손에 힘을 주자, 스칼렛이 빅토르 쪽을 돌아보았다. 그의 시선이 잡은 손에 고정되어 있는 모습에 스칼렛의 표정이 복잡해졌다.
"사랑한다는 말로는…… 부족해?"
그녀가 묻자 빅토르는 잠시 눈을 감았다. 그리고 이내 그녀 가까이로 몸을 숙이고 입을 열었다.
"가장 완벽한 처방이지. 곧 약효가 돌 거야."
농담 섞인 그의 대답에 스칼렛이 이해했다는 듯이 고개를 끄덕였다. 그러더니 크게 심호흡을 한 번 하고, 가방을 내려놓은 후 팔을 벌렸다.
"자. 안아 줄게."
"……."
그녀의 씩씩하기까지 한 목소리에 빅토르가 픽 웃었다. 그는 그녀의 품에 얼굴을 묻고 나지막이 중얼거렸다.
"그래. 이것도 좋은 약이지."
그러나 그는 이것이 결코 해답이 될 수 없다고 생각했다.
그는 스칼렛이 사랑한다고 말하던 순간부터, 그녀가 떠나던 날을 떠올렸다.
그날, 2년간의 결혼 생활을 마치려는 스칼렛의 표정은 쓸쓸하면서도 후련했다. 마치 처음 배에 오르는 어린 해군 같은 얼굴로, 바다를 향해 가듯 그녀는 떠났다. 끔찍했던 것은 자신도 처음 배에 오르던 날 그런 표정을 지었다는 사실이었다. 멀어지는 육지를 바라보며 그는 웃었다. 부모님, 저는 두 분에게서 벗어나 멀리 떠납니다, 하고.

우리의 결혼 생활이 당신에게도 그렇게 느껴졌을까.

그의 그 두려움은 스칼렛이 3호기에 오르던 날, 되돌아올 수 없는 형태로 변형되어 빅토르 덤펠트의 세상을 잠식했다.

그녀는 언제든 자신을 떠날 사람. 사랑보다 다수의 생명을 선택할 사람이었다. 빅토르는 그러나 그녀의 품에 얼굴을 묻고 약간이나마 안정을 찾아갔다. 그래도 지금 이 순간은 그녀가 자신을 사랑한다는 것이 위로가 되었다. 빅토르가 천천히 고개를 들고, 그녀를 끌어안으며 말했다.

"약을 끊든, 뭘 하든 당신이 시키면 다 할 테니까, 다시는 그런 말 하지 마."

"무슨…… 말?"

"나보고 당신을 지키지 말라느니, 그런 소리."

그의 목소리에는 완고함이 있었다. 언제나 지휘관으로 지내는 그는 가끔 말투 속에서 이렇게 합의하지 않겠다는 뜻을 드러내곤 했다.

스칼렛이 고개를 끄덕였음에도 빅토르는 마차가 멈출 때까지 그녀를 놓아주지 않았다.

1함대 군항은 수도의 여름과 비교할 수 없이 더웠다. 수도에서 나고 자란 스칼렛에게는 이 습한 더위가 낯설었다.

빅토르가 먼저 마차에서 내리자 달려온 해군 하나가 그에게 보고했다.

"위험하실 수 있으니 마차에 타신 상태로 이동하시는 게 좋겠습니다."

"그러는 게 낫겠군."

두 사람이 이야기하는 사이, 스칼렛은 마차 창문으로 군항 밖에 북적거리는 사람들을 바라보았다.

율리 이렌을 처형하라고 소리치는 사람들도 있었지만, 그중에는 그를 제외한 나머지 왕족들을 풀어 달라는 사람도 있었다. 이렌가가 몰락하면, 함께 몰락할 귀족들이 많으니 거기서 고용한 사람들이었다. 게다가 실제로 왕실이 이어지기를 바라는 시민들도 상상 이상으로 많았다. 그들은 왕족의 피를 이어받은 빅토르가 왕이 되어야 한다고 생각했다. 왕정이 사라진다는 것은 거대한 변화였으므로, 많은 사람이 그 이후를 염려했다.

시민들이 군항을 둘러싸고 있어 마차가 진입하는 데 꽤 시간이 걸렸다. 스칼렛은 그 시간이라도 아끼기 위해 가져 온 법전을 읽는 데 집중했다.

그녀가 한숨을 쉬며 책장을 넘겼다.

"시간이 더 필요해……."

"아직 책을 다 못 읽었나?"

"응. 책이 너무 많아서……. 사실 몇 달을 읽어도 다 못 읽을 양이기는 해."

그러자 빅토르가 위로하듯 말했다.

"다 읽어도 도움이 안 될 수도 있어."

"알아. 하지만 적어도 아쉽지는 않을 것 아냐."

그런 그녀의 말에 빅토르가 픽 웃었다. 그녀다운 말이라고 생각했다. 그래서 빅토르도 다시 책을 집어 들어 한 줄씩 확인하는 사이에 마차가 군항에 들어섰고, 드디어 스칼렛은 마차에서 내릴 수 있었다.

1함대의 군항은 스칼렛도 결혼 생활 중에 두 번 정도 왔던 곳으로, 바다를 바라보며 커다랗고 투박한 건물들이 있었다. 그중에 낮은 나무로 된 건물이 법정이었다. 빅토르와 스칼렛이 법정으로 들어서려는데, 해군 하나가 달려왔다. 그리고 스칼렛에게 먼저 보고했다.

"사관학교에서 전화가 왔었습니다. 이렌 가문에 관한 책을 찾았다고요."

"저, 정말이에요?"

"예. 하지만 분량도 많고, 고대어로 되어 있어 번역하는 데 사흘 정도는 걸릴 것 같답니다."

"사흘……."

스칼렛이 중얼거렸다.

재판은 당장 내일 아침이었다. 재판을 늦출 방법이 없나 그녀가 고민하는 사이, 해군이 빅토르에게 보고했다.

"그리고…… 어떻게 반입했는지, 율리 이렌이 칼을 가지고 있는 듯합니다."

그 말에 빅토르가 조소했다.

처형만은 피하게 하기 위해 내로라하는 변호사들과 명문 귀족들이 이 재판에 달라붙어 있었다. 그들이 오가는 과정에서 무기를 숨겨 들어간 모양이었다.

둘 중 하나였다. 탈옥을 준비하고 있든지, 자신을 죽이려 하고 있든지.

율리 이렌이 처형을 받지 않을 가장 좋은 방법은 단연, 빅토르 덤펠트의 죽음이었다. 그가 죽는다면 해군은 크게 힘을 잃을 것이고, 법관도 율리에게 사형을 선고하기 어려울 수 있었다.

그런데 만약 실제로 율리 이렌이 그를 공격한다면.

빅토르는 왜 당장 압수하라는 말을 하지 않는지, 눈을 동그랗게 뜨고 자신을 바라보는 스칼렛을 보았다.

만약 율리가 그에게 달려들어 위해를 가한다면, 그것을 이유로 재판을 연기할 수 있었다. 게다가 그에게 율리 이렌 하나를 제압하는 건 지극히 쉬운 일이었다. 어려운 것은, 군의관에게 약에 대해 들은 후 빅토르가 혹시라도 다칠까 염려하는 스칼렛에게 이것을 납득시키는 일이었다.

빅토르가 바로 어찌하라 말이 없으니 스칼렛이 이해가 안 된다는 듯이 물었다.

"무슨 고민을 하는 거야?"

"······."

"빅토르?"

빅토르가 잠시 생각하더니, 해군에게 말했다.

"그냥 놔두지."

"······예?"

"혹시라도 내 아내에게 달려들거나 칼을 던지려 하면 바로 제압하고."

"아, 예. 알겠습니다."

해군이 이해하고 고개를 끄덕인 후 떠나자 스칼렛이 그를 보았다. 그녀가 저렇게 납득하지 못하는 표정을 지을 줄 그도 예상하고 있었다. 그러나 스칼렛이 놀랄 테니 비밀로 할 수도 없어 그는 솔직하게 털어놓았다.

"만약 율리 이렌이 날 공격하면, 그걸 이유로 재판을 미룰 수 있을 거야. 잠시."

"재판을 미루려고 무기를 놔둔단 말이야?"

"율리 이렌에게서 왕족의 신분을 뺏는 건 나도 원하는 일이야. 그게 가능하다면 처형할 때까지 노역을 시킬 수도 있겠지."

스칼렛의 표정이 어두워지자 빅토르가 말했다.

"내가 율리 이렌도 제압하지 못하진 않을 테니 걱정할 것 없어."

"상처도 입지 않을 거라고 어떻게 장담해?"

"왜 장담을 못 해."

"안 돼."

"스칼렛."

"지혈이 안 될 수도 있다니까!"

스칼렛이 못 참고 언성을 높였다.

주변의 해군들이 움찔해서 그들 쪽을 보았지만 빅토르는 신경 쓰지 않았다. 그는 몸을 숙여 스칼렛의 얼굴을 살폈다.

"그자가 당신 부모님의 사고를 사주했어. 율리 이렌이, 그리고 이렌가가 가진 것을 전부 태워 없앨 수 있다면……. 그 정도 작은 위험은 감수할 수 있어."

"……."

"게다가 약의 부작용은 나도 숙지하고 있고."

빅토르를 걱정해 징계를 각오하고, 스칼렛에게 약에 관해 알려 준 군의관이었다. 이미 빅토르에게 약을 주며 그가 지겨워할 정도로 경고하고, 또 경고했을 것이다. 그런데도 그것을 감수하겠다는 이야기였다.
 스칼렛은 담담한 그의 눈을 바라보았다. 그리고 마지못해 입을 열었다.
 "안 다칠 거지?"
 "절대로 안 다쳐."
 빅토르의 말에 스칼렛이 이번엔 좀 더 힘주어 고개를 끄덕였다.

 두 사람은 단출하지만 있을 건 다 있는 숙소에 짐을 풀었다.
 빅토르가 먼저 처리할 일을 하러 떠난 후 스칼렛은 다시 군의관이 준 종이를 펼쳤다. 다른 것들은 그러려니 하고 넘어가겠는데, 한 가지 크게 신경 쓰이는 부분이 있었다.
 그녀가 3호기 사고로 인해 혼수상태에 빠져 있는 사이에, 빅토르는 마약성 진통제를 두 번 사용했다. 그것은 크게 다칠 때를 대비해서 장교들에게 주는 보급품이었다.
 전장에서는 수없이 많은 젊은 장교들이 죽어 나갔다. 그들이 크게 다쳤을 때, 심지어는 회복 불가능한 부상을 당해 죽음에 당도하기 전까지 고통이나마 덜고 싶을 때 사용하라고 나눠 준 것이 이 마약성 진통제였다.
 그걸 직접 결정한 사람이 빅토르 본인이었다. 그런 사람이 부상도 없는데 우울하다는 것을 이유로 이 진통제를 사용할 리가 없었다.
 더 본다고 달라지지도 않는 종이를 한참 동안 바라본 스칼렛이 그것을 다시 가방에 넣었다. 그리고 에이샤와 약속이 있어 해가 지기 시작한 바닷가로 나왔다.

저녁 일곱 시, 군항의 하늘은 숨 막히게 아름다운 분홍빛이었다.

스칼렛을 발견한 에이샤가 손을 흔들었다.

"스칼렛!"

"응!"

장교 근무복을 입은 에이샤가 스칼렛에게 달려왔다. 그리고 그녀를 자신이 근무하는 고속정, 슈텔란호로 잡아끌었다.

스칼렛은 신나게 슈텔란호에 대하여 자랑하는 에이샤를 즐거운 얼굴로 바라보고 있었다.

함정 안을 구경시켜 주겠다는 에이샤를 따라, 좁은 복도와 침실을 구경하던 스칼렛이 한숨을 크게 쉬었다.

"정말 좁구나……."

"그치?"

저에게도 좁게 느껴지니, 빅토르에게는 아예 여유 공간이 없는 것처럼 느껴질 것 같았다.

스칼렛이 물었다.

"빅토르도 이런 고속정을 탔어?"

"응. 3년 정도 타셨다던데."

"답답했겠다."

"뭐, 어렸을 때니까 지금보단 작았겠지."

"하긴."

스칼렛은 열세 살, 처음 배에 올랐을 빅토르를 상상했다. 마차 사고가 있던 때의 스칼렛 남매와 비슷한 나이였다.

고속정에서 내린 후에도 군항에서 만난 해군들에게 빅토르에 관한 이런저런 이야기를 들었다.

"막 배에 타셨을 때는 생각보다 귀여우셨다던데요?"

"열세 살에도 물론 큰 키였지만요, 세상 물정을 전혀 모르시잖아요. 워낙 귀한 가문 도련님이라."

그때는 빅토르가 말 그대로 눈 뜨면 자라 있는 수준이었기 때문에, 반년씩 바다에 나갔다가 돌아오면 한 뼘씩 커 있었다고 했다. 그래서 별수 없이 배에 타기 전에 제 키보다 훨씬 큰 근무복을 받아서 여러 번 접어 입고 다녔던 모양이었다.

그때 이야기에 불쑥 끼어든 베테랑 해군 하나가 껄껄 웃으며 말했다.

"어릴 때는 이 정도로 무뚝뚝한 분이 아니셔서 옷이 크다, 작다, 은근히 잘 투덜거리곤 하셨지요."

"빅토르가요?"

"예, 그렇습니다, 스칼렛 양."

그렇게 말하며 웃더니, 서서히 씁쓸한 얼굴이 되어 말했다.

"그러다 육지로 돌아갈 때가 되면 부쩍 말수가 줄어들곤 하셨습니다."

"……"

"다들 배에서 내리면 할 일을 생각하는데, 함장님은 늘 배에 남아 있겠다고 고집을 부리셨죠. 다른 왕족 혈통의 분들은 그런 고집을 부리신 적이 없던지라, 그걸 꺾는 게 참 어려웠습니다."

스칼렛은 말없이 고개를 끄덕였다.

슈텔란호에서 본 바다는 끝없이 넓었다. 열세 살의 소년이 그 바다를 집보다 더 좋아했으리라 생각하니 씁쓸했다.

그렇게 여러 이야기와 구경을 마친 후에 스칼렛은 에이샤와 잠시 군항 근처를 걸었다. 그리고 주위에 사람이 없는 것을 확인한 후, 그녀에게 물었다.

"에이샤, 내가 3호기 사고로 누워 있을 때 말이야."

"응."

"혹시 빅토르가 다쳤었어?"

스칼렛이 침착하게 묻는 말에 에이샤가 드물게 당황하며 되물었다.

"왜, 왜 갑자기 그런 걸 물어봐?"

"빅토르가 그때 마약성 진통제를 사용했더라구."

"어…… 모르겠는데!"

에이샤는 유난히 좋아하는 친구인 스칼렛을 제대로 속이지 못해 어찌할 바를 몰라 했다.

그녀가 무언가 알고 있다는 것을 확신한 스칼렛이 추궁했다.

"아는구나, 에이샤는."

"아니! 몰라. 진짜 몰라."

"에이샤."

"아니…… 뭐, 두통이라도 있으셨나. 그 근방 공기가 워낙 안 좋잖아."

"빅토르는 총에 맞았어도 이 약을 안 썼을 거야."

"……."

"그보다 더 심한 고통을 느꼈으니까 사용했겠지."

빅토르가 스칼렛의 취향에 대하여 꿰고 있는 것처럼, 스칼렛도 그를 알았다.

에이샤가 입술을 꾹 다물고, 스칼렛을 빤히 바라보았다. 해적선 선장의 딸로 태어난 에이샤는 평소에는 풀어져 유들유들한 태도로 지냈지만, 싸워야 하는 순간에는 그렇지 않았다. 그러나 그런 에이샤의 시선에도 스칼렛은 물러나지 않았다.

한동안 눈싸움을 하던 에이샤가 괜히 평평한 땅을 발로 툭 찼다.

"함장님이 무조건 비밀로 하라고 했는데."

"……뭐였는데?"

"미리 말하는데, 이건 절대 네 탓이 아니야. 나도 약에 대해서 제대로 몰랐고, 약을 준 해롤드는……. 으, 똑바로 알아 봤어야지! 다 해롤드 탓이야!"

"……."

바로 말을 못 하고 해롤드를 탓하며 화내는 에이샤의 모습에, 스칼렛이 멍해진 얼굴로 물었다.

"약에…… 문제가 있었어?"

"……."

"내가 빅토르에게 준 약에…… 뭔가……."

그녀가 말을 잇지 못하고 에이샤를 바라보았다.

에이샤는 스칼렛의 표정에 심장이 철렁했으나 차라리 빨리 말해 버리는 것이 낫다고 생각해 곧바로 털어놓았다.

"스칼렛의 오빠와는 증상이 달랐어. 그 사람은 눈의 시신경이 문제였잖아. 그런데 함장님은 안구 안에 혈전이 문제였다더라구. 그런데 시신경을 살리는 약을 먹어서……."

"그게…… 통증을 유발해?"

"……응."

에이샤가 고개를 끄덕였다. 그리고 서둘러 말을 이었다.

"그래도 함장님이 다시 해롤드를 부르셔서, 바로 약을 먹고 괜찮아지셨어. 혈전 문제가 해결돼서 곧바로……. 아무튼 애초에 스칼렛이 약을 쓰지 않았으면 함장님은 끝까지 해롤드를 부르지 않았을 테니까. 결과적으로는 스칼렛 덕분에 앞이 보이는 셈이지."

에이샤가 열심히 말했으나, 스칼렛은 제대로 듣고 있을 정신이 없어 보였다.

그녀가 떨리는 목소리로 물었다.

"아이작보다…… 아팠을까?"

"……."

에이샤는 대답하지 않았으나, 스칼렛은 그것이 긍정이라는 것을 알았다.

에이샤와 이야기를 하고 나서, 스칼렛은 제가 어떻게 숙소로 돌아왔는지 제대로 기억할 수가 없었다.

그녀는 침대에 걸터앉아 완전히 밤이 되도록 생각에 빠져 있었다. 스칼렛이 추궁하자 에이샤는 빅토르가 아마도 상당히 긴 시간 동안 고통을 겪었을 것이라고 말했다. 잠을 제대로 자는 것도 불가능했으리라.

스칼렛은 그에게 그 약을 건넨 제 손을 물끄러미 내려다보았다. 빅토르가 마약성 진통제를 사용한 이틀은 스칼렛이 잠깐 눈을 떴던 날과 같았다. 그는 오로지 그녀를 위하여, 이 약을 사용했다. 그리고 아마 그때 약에 어느 정도 중독되었을지도 몰랐다.

스칼렛은 두 손으로 가슴을 꾹 눌렀다. 어쩌면 그렇게 감쪽같이 고통을 숨길 수 있을까. 빅토르는 제가 있는 곳에서 단 한 번도, 괴로워하는 표정조차도 지은 적이 없었다.

그녀는 이상하게도 그 순간에, 제가 언젠가 빅토르에게 연기로라도 제 사랑에 보답하라고 말했던 것을 떠올렸다. 이제 와서 생각해 보니 그는 연기를 잘했다. 개중에서도 아무렇지 않은 척하는 연기에 있어서는, 너무 잘하는 게 문제였다.

그렇게 멍하니 앉아 있다 보니, 일을 마치고 돌아온 빅토르가 침실로 들어섰다. 그러자 스칼렛이 그를 보며 있는 힘껏 웃었다.

"왔어?"

"왜 안 자. 늦어지니 먼저 자라니까."

"당신 얼굴 보고 자려구."

그렇게 말하고는 계속 웃기가 어려워, 스칼렛이 창밖으로 시선을 돌렸다.

금방이라도 비가 쏟아질 것 같은 날씨였다.

"비가 오려나 봐."

"이미 좀 내려. 우산은 필요 없는 정도로."

빅토르가 말하며 제 키보다 낮은 창문 밖을 보려 허리를 숙였다. 스칼렛은 몸을 일으키고 창문 쪽으로 가서 그의 목을 끌어안았다. 그러자 빅토르가 그녀 쪽을 보며 물었다.

"뭐 하고 지냈어, 오늘?"

그러자 스칼렛이 대답했다.

"당신 이야기 들었어. 해군들에게."

"뭐라고 해?"

"궁금해?"

"응. 해군들이 나에 대해 어떻게 생각하는지 들을 일이 없으니까."

그는 말하며 스칼렛 등 뒤, 테이블에 있는 물병으로 손을 뻗었다.

그래서 스칼렛이 비키려 하자, 그가 한 팔로 그녀를 끌어안아 가두고, 다른 손으로 물병을 기울여 물을 따르며 말했다.
"떨어지진 말고. 온종일 이미 떨어져 있었는데."
그리고 스칼렛의 등을 어루만지며 물을 들이켰다. 스칼렛이 얼떨결에 그의 품에 뺨을 기대고 안겨 말을 이었다.
"어릴 때 귀여웠다고 하던데?"
"엄청 귀여웠지."
빅토르가 태연히 대답하자 스칼렛이 어이가 없어 소리 내 웃었다.
"그럴 리가 없어. 단체로 거짓말하는 것 같은데."
"나 어릴 때 초상화 봤잖아. 안 귀여워?"
"그건 여덟 살도 되기 전이잖아. 당연히 귀엽지. 배 처음 탈 무렵 사진 없어?"
"1함대 어딘가 있을 텐데."
"여기 있어? 보고 싶어."
스칼렛이 말하니 빅토르가 대수롭지 않은 얼굴로 따라오라고 손짓했다.
그를 따라 복도를 걸어가다 보니 넓은 서재 같은 곳이 나왔다. 스칼렛이 책장에 촘촘하게 꽂혀 있던 것을 하나 꺼내 보니 사진이 든 상자였다.
빅토르가 말했다.
"열여덟 살이 넘지 않은 해군들은 출항하기 전에 이렇게 사진을 남겨줘. 혹시 못 돌아올 수도 있으니까 부모에게 마지막 모습을 전달해 주려고."
"그렇구나……."

"안 찾아간 건 여기 보관해 두는데 내 것도 있겠지."

빅토르가 덤덤히 말하며 사진을 찾기 시작했다.

그사이 빗방울이 굵어지기 시작했다. 창문을 두드리는 빗소리 속에서, 빅토르는 제 이니셜로 사진을 찾아 꺼냈다.

해군식 매듭으로 묶어 놓은 가느다란 밧줄을 풀고 상자를 열자 여러 장의 사진이 들어 있었다. 사진의 숫자는 빅토르가 성인이 되기 전까지 출항했던 횟수였다.

스칼렛이 사진을 어루만지며 물었다.

"안 찾아갔어?"

"출항할 때도, 입항할 때도 부모님이 안 왔으니⋯⋯. 그렇다고 내가 챙길 정도로 중요한 물건은 아니라."

빅토르의 말에 스칼렛이 씁쓸해하며 고개를 끄덕였다. 그러더니 사진을 보며 중얼거렸다.

"정말로 귀여웠네."

네커치프를 하고 반듯하게 서 있는 열세 살의 소년은 키는 훌쩍 자랐어도 얼굴이 앳되기 짝이 없었다. 그러다 사진이 한 장씩 넘어갈수록 소년의 표정이 사라졌다.

스칼렛은 사진을 전부 챙겨서 끌어안고 빅토르를 보며 활짝 웃었다.

"내가 찾아갈 때까지 여기서 기다렸나 봐."

"⋯⋯."

"가족이 찾아가면 되는 거잖아. 그렇지?"

스칼렛이 묻자 빅토르는 한동안 말없이 그녀를 바라보다 몸을 숙여서 입을 맞췄다. 그리고 비와 잘 어울리는 목소리로 말했다.

"그러게. 당신이 찾아가라고 둔 거였나 봐."

"……응."

"어른들이 사진 찍으라고 성화일 땐 귀찮았는데, 이제 좀 짜증이 사라지는군."

빅토르의 말에 스칼렛이 웃음을 터트렸다. 그리고 다시, 빅토르가 그녀에게 입을 맞췄다. 제 사진을 소중히 끌어안은 그녀가 사랑스러워 견딜 수 없었기 때문이었다.

서재에 머물던 해풍이 비 오는 날의 냄새로 뒤덮였다.

그렇게 입을 맞추다가, 스칼렛은 서재에 붙은 방에서 들리는 인기척에 움찔해 입술을 뗐다. 서재 밖에서부터 램프 불빛이 일렁이며 다가왔다.

"안에 누구 계세요?"

그 목소리에 스칼렛은 나쁜 짓이라도 한 기분이 되어 제 입을 틀어막았고, 빅토르가 일어나 나이가 지긋한 해군에게 답했다.

"사진을 보고 있으니 신경 쓸 것 없네, 윌럼."

"아, 함장님이 계셨군요."

윌럼이 신기하다는 듯이 말했다.

"무슨 일로 여길 다 오셨어요?"

"사진을 찾아가려고."

"그러십니까?"

스칼렛이 서둘러 사진을 모아 들고 그들에게 다가갔다. 그러자 윌럼이 반가워하며 말했다.

"아, 두 분이 함께 오셨군요."

"사진 좀 가져가려구요."

"그것 말고도 더 있을 텐데……."

그렇게 말하더니 윌럼이 따각따각 걸어가 낮은 사다리를 가져왔다. 사다리를 오르는 해군의 한쪽 다리가 의족이었다. 스칼렛이 자기도 모르게 그 뒷모습을 보았다가 얼른 다른 쪽으로 시선을 돌렸다.

곧 윌럼이 사진을 가지고 돌아왔다.

사진을 펼쳐 보니 여럿이 찍은 사진들이 몇 장 있었다. 해군 내에서 보관용으로 찍은 듯한 사진 속에 빅토르가 있었다.

스칼렛은 사진을 찍는 게 귀찮아 보이는 소년의 표정에 웃기 시작하고 빅토르는 한숨을 쉬었다. 그런 그의 표정을 처음 보는 윌럼이 느긋하게 웃었다.

"함장님을 오래 뵈었지만, 그렇게 난처한 표정은 처음 보네요."

그러자 스칼렛도 빅토르를 보았다. 그러더니 뭐가 그렇게 즐거운지 맑은 소리를 내며 웃었고, 결국 보고 있던 빅토르도 따라 웃었다. 그 모습에 윌럼이 괜스레 눈시울이 붉어져서 말했다.

"함장님도 아내분과 있을 때는 이렇게 웃으시는군요. 에구, 괜한 걱정을 했네……."

그러더니 자리를 피해 주겠다는 듯이 휘적휘적 나온 방으로 돌아갔다.

윌럼이 떠나고, 스칼렛은 잠시 더 사진을 보다가 단체 사진은 다시 정리해서 공군 기지에서 배운 해군 매듭으로 잘 묶어 꽂아 두었다.

사진을 다시 꽂은 후 침실로 돌아온 후에도 스칼렛은 침대에 앉아서 계속 사진을 보고 있었다. 빅토르는 그녀가 사진이 찍힌 당시 출항에 대해 물을 때마다 성실하게 대답을 해 주었다. 스칼렛은 졸음이 한계까지 쏟아지도록 질문을 하다가 도중에 잠이 들었다.

반면에 빅토르는 약을 먹지 않으면 금단 증상으로 불면증을 겪어 바로 잠이 들지 못했다. 그는 약통이 들어 있는 스칼렛의 가방을 보았으나, 곧 다시 그녀의 얼굴로 시선을 돌렸다.

출항 전 사진을 찍을 때는 영영 아무도 이 사진을 찾으러 오지 않을 줄 알았다. 열세 살짜리 아들이 처음 출항하던 날에도 어머니는 소리를 지르다 지쳐 울고 있었고, 아버지는 스스로를 연민하며 다른 여자를 만나느라 잘 가라는 인사조차 없었다.

군항까지 온 제 또래들의 가족을 보며 아무렇지도 않은 척하는 게, 그때는 그리 쉽지 않은 일이었다.

빅토르는 스칼렛이 꼭 쥐고 있는 사진을 조심스럽게 빼서 협탁에 올려놓았다. 그리고 저도 모르게 미소를 지으며 옆에 누워 그녀를 끌어안았다.

난생처음으로 가족이 생겼다는 확신이 들었다.

――◆◆◆――

다음 날 오전 두 사람은 법정으로 향했다.

밤사이 내리던 비가 그친 데다, 언제 그랬냐는 듯이 해가 내리쬐어 건조하게까지 느껴졌다.

함께 들어선 해군법원 안은 경직되어 있었다. 수도의 일반 법정에서 느껴지는 것과는 다른 느낌의 경직이었다.

안으로 들어서려던 빅토르가 멈춰 섰다. 그리고 스칼렛을 보더니 낮게 한숨을 쉬고 팔을 당기며 말했다.

"당신은 들어가지 않는 게 좋겠어."

"뭐어? 무슨 소리야. 율리 이렌이 내 부모님의 사고를 사주했어."
"아는데, 그냥."
스칼렛이 멈춰서더니, 단호함이 느껴지는 목소리로 말했다.
"걱정이 되면, 율리 이렌이 가진 칼부터 압수해."
"그건."
"당신이 제압할 수 있는 거 알아. 하지만 왕세손도 뭔가 승산이 있다고 생각하니까 칼을 반입했겠지."
그녀의 말에 빅토르가 멈칫했다.
안 그래도 그는 율리 이렌이 칼을 반입했다는 사실 자체에 집중하고 있었다.
그건 분명 해군 내에서 발견하지 못한 경로가 있다는 의미였다.
그런데 스칼렛의 말대로, 그렇게 어려운 경로로 율리 이렌의 손에 들어온 것이 총이 아닌 칼. 만약 왕실을 옹호하는 무리가 자신을 살해할 생각이 있다면, 율리 이렌에게 칼을 쥐여 주지 않을 것이 분명했다. 차라리 독약 같은 것이라면 승산이 있을까, 칼을 든 율리 이렌은 자신에게 달려들어도 아무런 승산이 없었다. 이것은 오만이라 부를 수도 없는 당연한 사실이었다.
어쩌면 그 세력은 율리 이렌을 잘라 내려 하고 있는 건지도 모른다.
빅토르가 말을 이었다.
"알았어. 그럼 당신 말대로 칼을 뺏도록 하지. 그 후에 어떻게든 선고를 미루게 해 볼 테니까, 당신은 서고에 가서 좀 더 책을 찾고 있어."
어떻게든 자신을 안전한 곳에 두려는 그의 말에 스칼렛이 못마땅한 표정을 지었다.
그러나 빅토르는 불현듯 느껴지는 불안감에 더더욱 강한 어조로 그녀를 설득했다.

"어차피 연기될 재판이라면 그게 효율적이잖아. 내가 당신에게 신경이 쏠리면 아무것도 못할 것 같기도 하고. 1함대 서고에 군법이나, 국제법에 관한 책들이 있어."

"어떻게 미뤄?"

"내가 법관을 두들겨 패서라도 연기시키도록 하지."

"그걸 농담이라고……."

"율리 이렌을 패는 건?"

그의 말에 스칼렛이 입술을 잘근 물더니, 옷깃을 당기며 말했다.

"그러기 전에 칼은 뺏는 거지?"

"지금 당장."

그렇게 단언한 빅토르가 실소하고 물었다.

"그렇게 걱정이 돼?"

그가 묻자 스칼렛이 부정하지 않고 고개를 끄덕였다.

"응."

"뭐. 나쁜 기분은 아니군."

그의 말에 스칼렛이 얄밉다는 듯이 눈을 흘기고 등을 떠밀었다.

"서고에 가 있을게. 하지만 절대로 다치지 마."

"약속해."

빅토르가 말하더니 스칼렛이 하듯이 새끼손가락을 내밀었다. 스칼렛이 결국 소리 내어 웃어 버리며 고리를 걸었다.

빅토르가 법정으로 들어선 후 스칼렛은 낮게 푹 한숨을 쉬고 그곳을 나섰다.

생각해 보면 만약 율리 이렌이 난동을 부릴 때 빅토르가 유일하게 위험해지는 경우는 자신이 누군가에게 인질로 잡히는 경우였다. 그걸 생각하니 그의 말대로 그와 떨어져 있는 것이 나았다.

그녀는 해군들의 안내를 받아 서고가 있는 곳으로 걸음을 옮겼다. 그리고 서고에서 국제법과 관련된 책들을 꺼내서 읽고 있을 때, 밖에서 천둥 같은 굉음이 울렸다.

창문을 등지고 놓인 의자에 앉아 책을 읽던 스칼렛은 충격에 굳어 있느라 다소 늦게 몸을 일으켜 뒤를 돌아보았다. 나무로 만든 법정 건물이 연기로 뒤덮여 있었다.

스칼렛은 정신없이 서고를 튀쳐 나갔다. 다리에 힘이 풀려, 비틀거리다가 한 번 넘어지기도 했지만 아파할 정신도 없이 화재가 일어난 곳까지 달려갔다.

그녀가 들은 소리는 건물이 내려앉는 소리였다. 해군들은 바닷물을 끌어와 불을 껐고, 스칼렛은 주변을 두리번거리며 소리쳤다.

"빅토르! 빅토르 덤펠트!"

그러나 주변의 소란에 목소리가 묻힌 건지, 그가 여기 없는 건지 대답이 돌아오지 않았다.

그를 찾아내지 못한 스칼렛이 결국 법정으로 달려갔다. 그녀가 무너진 건물의 불길 속으로 발을 디디려는 순간, 누군가가 그녀를 붙잡아 꽉 끌어안았다.

"스칼렛 크림슨! 미쳤어?"

소란 속에서 버럭 소리치는 목소리가 선명하게 들려 스칼렛이 고개를 들었다.

흰 제복을 누구의 것인지 모를 피와 그을음으로 물들인 빅토르가 놀란 얼굴로 그녀를 붙잡고 있었다.

"불이 나면 멀리 떨어져 있어야지! 네가 왜 저길 들어가려고 들어! 다 치면 어떡하려고!"

불길 속으로 들어가려던 스칼렛을 본 빅토르는 이성을 잃고 화를 냈고, 스칼렛은 흐르는 눈물을 손으로 닦아 낸 후 간신히 입을 열었다.

"당신이…… 당신이 안에 있을까 봐……."

그렇게 가까스로 말하고 나서, 스칼렛은 울음을 터뜨렸다.

방금 전, 빅토르는 멀리서 스칼렛이 자신을 부르는 소리를 듣고 그녀에게 달려오던 중이었다. 그런데 그를 찾아 헤매던 스칼렛이 자신을 못 봤는지 불길 속으로 뛰어들려는 것이 아닌가.

순간 겁에 질린 빅토르는 그녀를 끌어안고 버럭 화부터 냈다. 그러다 그가 안에 있을까 봐 저기로 달려들려 했다는 말에 머릿속이 아득해졌다.

빅토르는 바들바들 떨리는 손으로 제 더러워진 옷을 움켜쥐고, 펑펑 울어 버리는 스칼렛에 당황해 다음 말을 잊지 못했다. 그는 제 손이 흙먼지와 피로 너무 더러워져 있어 그녀를 제대로 어루만지지 못하나가 뒤늦게 이미 제복에 얼굴을 묻은 그녀의 옷이 더러워질 대로 더러워진 것을 발견했다. 결국 그는 체념하고 두 손으로 그녀의 머리칼을 쓰다듬으며 등을 토닥였다.

가까스로 서로를 찾아 안심하던 다음 순간에, 빅토르가 그녀를 꽉 끌어안았다. 그와 거의 동시에, 멀지 않은 거리에서 요란한 총성이 들렸다.

스칼렛이 놀라서 소리 나는 쪽을 보려는데, 그 전에 빅토르가 곧바로 그녀의 팔을 붙잡아 당겨 제 뒤로 숨겼다. 그리고 빠른 속도로 총을 꺼내 어딘가를 향해 두 발을 연달아 쏘았다.

스칼렛이 뒤늦게 빅토르가 총을 쏜 방향을 보니, 인질을 잡고 있는 율리 이렌의 변호사가 보였다. 한 발은 총을 들고 있던 손을, 다른 한 발은 얼굴을 관통했다.

변호사는 비명을 지를 틈도 없이 그 자리에서 죽고, 총을 뺏기고 인질로 잡혀 위협당하던 앳된 해군 장교가 눈물범벅이 되어 빅토르에게 달려왔다.

"하, 함장님!"

그렇게 달려오는 장교의 표정을 본 후에야, 얼굴에 탄알이 관통한 사내의 모습에 얼어 있던 스칼렛이 빅토르 쪽을 보았다. 아까의 총성이 그를 향한 것이었는지, 빅토르의 팔에서 피가 뚝뚝 떨어지고 있었다.

"……빅토르?"

빅토르가 혀를 차더니 손으로 팔을 감싸 쥐었다.

스칼렛이 멍하니 흐르는 피를 바라보며 중얼거렸다.

"피가…… 빠, 빨리 지혈부터 해야 돼."

"큰 상처 아니야."

빅토르가 말했으나 스칼렛은 믿지 않고 그의 상처를 제 손으로 꽉 눌렀다.

그녀가 두려워하는 그대로, 빅토르는 심한 현기증을 느끼고 있었으나 그렇다고 그녀 앞에서 쓰러질 수는 없는 일이었다.

상처를 틀어막은 상태로 병원에 들어서자마자 스칼렛은 군의관에게 받았던 그의 복약 내용을 건네주었다.

그사이 빅토르는 슬슬 의식이 희미해져 인상을 쓰고 정신을 차리려 애썼다. 옆에서 지혈을 하기 위해 팔을 압박하는데도 피가 멈추지 않았다. 순식간에 붕대가 피로 흠뻑 젖어 팔을 타고 줄줄 흘러내렸다. 그렇게 피가 쏟아지고 나니 극도의 피로감이 몰려오며 눈이 감겼다. 그 어둠이 오기 전에, 빅토르는 저도 모르게 손을 뻗었다.

그러자 스칼렛이 그를 꼭 끌어안았다가 놓고, 한 손을 두 손으로 감싸 쥐었다. 그리고 옆에 쪼그리고 앉아 입을 열었다.

"당신도 나 아플 때 엄청 걱정했지?"

"그다지."

빅토르가 농담조로 대답하고, 안심하라는 듯 미소를 지었다.

스칼렛이 일부러 웃음소리를 내며 말했다.

"거짓말 마."

그녀의 말에 빅토르가 즐겁게 느껴지는 소리를 내며 웃고, 뒤로 기대며 중얼거렸다.

"맞아, 거짓말이야. 너 죽을까 봐 무섭더라."

"……."

"계속 기도했어."

함께하지 못해도 좋으니 그녀를 살려 달라고, 그녀가 혼수상태에 빠져 있던 많은 날 그는 바라고 또 바랐었다.

그때 대신 제 목숨을 거둬 가라고 몇 번이고 말해서인가. 혹시 여기서 제가 죽을까 봐 두려워지기 시작했다.

열세 살에 처음 배를 타고 나가면서도 이대로 바닷속으로 녹아 사라져 버리고 싶다는 생각을 했었다. 그럼 계속 바다에서 살게 될 테니까. 집으로 돌아가지 않아도 될 테니.

그런데 오늘은 살고 싶었다. 살아서 스칼렛과 집으로 돌아가고 싶었다.

"젠장, 피가 안 멈추잖아."

"여기 붕대 좀 더 가져와!"

그러나 주변에서 들리는 목소리를 들어 보니 상태가 좋지 않은 모양이었다.

그대로 잠이 들고 싶다고 생각하는데, 스칼렛의 목소리가 들렸다.

"빅토르, 더 이상 진통제를 사용하면 지혈이 더 어려워져서, 진통제를 사용할 수 없대."

그녀의 말이 들리는 쪽으로 고개를 돌린 빅토르가 가까스로 눈을 떴다. 역시나, 들리는 밝은 목소리와 달리 스칼렛이 울고 있었다.

"왜 울어."

"아니. 안 우는데."

스칼렛이 울음 섞인 목소리로 대답하자 빅토르가 말했다.

"왜 거짓말이야. 울면 안아 줄 텐데. 실컷 울게."

"……."

"스칼렛."

내 사랑.

빅토르는 그렇게 중얼거렸고, 스칼렛은 화사하게 웃으며 고개를 끄덕였다. 그리고 그의 목을 끌어안으며 말했다.

"응. 내 사랑."

그녀가 안는 순간, 쏟아지던 피로가 조금 가셨다.

살아서 그녀 옆에 머물고 싶다고 생각했다. 그녀가 운다면 안아 주고 싶었다. 애초에 이제는 더 이상 그녀를 울리고 싶지 않았다.

그때 군의관이 서둘러 스칼렛에게 말했다.

"계속 함장님께 말을 걸어 주십시오, 스칼렛 양."

그녀가 주는 삶의 의지는 아마 실제로도, 그의 생존에 도움을 주고 있는 모양이었다.

재판이 있기 전, 빅토르는 왕실에서 오히려 율리 이렌을 살해하려 할지 모른다고 생각했다.

율리 이렌 하나가 매국 행위를 한 것으로, 왕실 옹호 세력이 꼬리를 자르려 한 것을 확신한 그는 부하들에게 율리 이렌의 변호인단을 확인하게 했다. 그 과정에서 변호인단 중 하나가 법정에 불을 질렀다. 그리고 어수선한 틈에 해군을 인질 삼아 빅토르를 살해하려다, 되레 사살된 것이었다.

스칼렛은 어느 정도 여유가 생긴 후에야 팔린을 통하여 자세한 내용을 알게 되었다. 원래대로라면 생명에 지장이 없어야 할 상처였다. 그러나 피가 멈추지 않으니 수술이 길어졌다.

수술실 밖으로 나온 스칼렛은 팔린의 이야기를 들으며, 하얗게 질린 얼굴로 고개를 끄덕였다.

"그랬군요."

"미리 눈치채고 법정에서 어느 정도 사람들을 대피시키지 못했다면……. 정말 큰일이 날 뻔했습니다."

"빅토르는……."

스칼렛이 말끝을 흐렸다가, 다시 힘겹게 말을 이었다.

"나를 지키려 하지 않았다면, 다치지 않았겠죠?"

"아, 그건……."

"빅토르라면 먼저 발견하고, 바로 사살했을 테니까. 그런데…… 내가 옆에 있어서, 내가 총에 맞을까 봐 지키느라."

스칼렛의 말에 둘러대는 것을 못하는 팔린이 제대로 대답을 못하고 헛기침했다.

그녀의 말대로였다. 빅토르 덤펠트는 결투가 시작된다면 반드시 이길 대단한 총잡이 중의 하나였다. 그런 그가 한발 늦어 총상을 입은 것은 오로지 스칼렛 크림슨이 총에 맞을 것을 염려했기 때문이었다.

팔린은 거짓말하기를 포기하고 말을 이었다.

"그렇습니다. 하지만 스칼렛 양의 잘못이 아닙니다. 함장님에게 총을 쏘려던 놈이 나쁜 거죠."

"……."

"스칼렛 양이 그 자리에 있었던 것은 결코 잘못이 아닙니다. 게다가…… 바로 총을 쏘셨어야죠. 그럼 아무 문제 없었을 텐데 괜히 머뭇거리신 건 함장님입니다. 굳이 두 번째로 잘못한 사람을 뽑자면, 함장님이 되겠습니다."

그녀를 위로해 줄 겸 농담을 섞어 가며 열심히 말한 팔린 덕에 스칼렛이 결국 희미하게 웃으며 고개를 끄덕였다. 그러나 다시 표정이 어두워진 그녀를 위해 팔린이 말했다.

"잠시 이쪽으로 와 보시겠습니까?"

"아, 나는 빅토르가 일어날 때까지……."

"잠시면 됩니다."

팔린의 재촉에 결국 스칼렛은 그를 따라 걸어갔다.

그를 따라 복도를 걸어가 보니, 병원 앞에 긴 줄이 있었다. 팔린이 말했다.

"함장님께서 피가 부족하다는 소식에 너도나도 자원했습니다."

"……."

해군들이 빅토르 덤펠트를 위해 긴 줄을 선 모습을 보고 있으니, 당장에라도 빅토르가 일어나 저 모습을 보았으면 싶었다.

그때 간호장교가 밖에 있던 스칼렛을 급히 불렀다.

"잠시 들어와 주셔야겠습니다, 스칼렛 양!"

"무, 무슨 일이에요?"

"함장님께서 깨어나셔서 진통제를 달라고 하시는데……. 지금 겨우 지혈을 했는데 진통제를 드시면 정말 큰일 납니다!"

간호장교의 말한 대로, 빅토르가 침대에서 몸을 일으키고 있었다.

그는 피를 너무 많이 흘린 데다가 진통제도 사용하지 못해 극도의 고통을 겪으며 심신미약 상태에 빠져 있었고, 장정 여럿이 달라붙어도 그를 제어할 수가 없었다.

놀라서 달려 들어온 스칼렛이 빅토르를 불렀다.

"빅토르!"

그러나 그가 듣지 못하자 스칼렛이 달려가려 했다.

"가까이 가시는 건 위험합니다, 스칼렛 양!"

옆에서 해군들이 붙잡았으나, 스칼렛은 만류하는 것을 뿌리치고 빅토르에게 달려가 그의 팔을 붙잡았다.

그녀를 뿌리치려던 빅토르가 동작을 멈췄다. 그러더니 이내 스칼렛을 알아본 건지 그녀를 끌어안고 말했다.

"진통제를 좀 줘."

"안 돼, 절대로. 적어도 피가 멈출 때까지는……."

빅토르는 고통을 느끼는 것인지, 그렇지 않으면 두려움을 느끼는 것인지 스칼렛의 허리를 두 손으로 움켜쥐어 붙잡고 그녀의 품에 얼굴을 묻고 숨을 몰아쉬었다.

스칼렛이 잠깐 나가 달라고 사람들에게 눈짓했지만 아무도 나가지 않았다.

"지금 함장님께서는 제대로 된 판단이 불가능합니다. 두 분만 계시는 건 너무 위험합니다."

군의관이 단호하게 말하자 스칼렛이 말했다.

"그럼…… 팔린 경만 남아 주세요."

빅토르가 가장 믿는 부하만 남기고자 하는 스칼렛의 뜻은 받아들여져, 팔린을 제외한 나머지 사람들이 병실을 나갔다.

팔린이 침대와 조금 떨어져 서서 말했다.

"함장님께서 완력을 쓰시면 바로 말씀해 주십시오, 스칼렛 양."

"그럴게요."

스칼렛은 담담하게 대답했다.

안 그래도 그녀의 몸을 움켜쥐어 붙잡는 빅토르의 손에 이미 몸이 달달 떨릴 정도로 아파 왔다. 그러나 스칼렛은 고통을 억누르고, 부드럽게 빅토르의 머리칼을 쓰다듬으며 말했다.

"미안해, 조금만 참아."

"스칼렛."

"응."

"스칼렛……."

그녀를 안은 빅토르의 팔이 덜덜 떨렸다.

그가 스칼렛의 품에 머리를 기대고 말했다.

"어디 가려고 그래."

그의 말에 스칼렛도 팔린도 그대로 굳었다. 스칼렛이 아랫입술을 잘근 깨물었다가 팔린을 보았다.

"위험하면 소리칠게요."

"……예."

팔린이 마지못해 고개를 끄덕이고, 문 바로 앞에 붙어 섰다. 스칼렛이 빅토르의 머리칼을 쓰다듬으며 말했다.

"어디 안 가."

그녀가 무슨 말을 해도 빅토르는 듣지 못하고, 가지 말라는 말을 끊임없이 반복하며 그녀의 이름을 불렀다.

몸은 절실하게 약을 원하는데, 그것이 제지당하니 빅토르는 고통과 금단 증상으로 환각을 보기 시작했다.

그는 제 앞에 서서 자신을 달래 주는 스칼렛을, 이혼장을 내밀던 날의 그녀와 겹쳐 보고 있었다.

그는 이것은 이미 지나간 일이고, 지금 보이는 것은 허상임을 스스로에게 납득시키려 했다. 그러나 한편으로 빅토르는 언제나 어머니를 닮는 것을 경계해 왔다. 자신은 어머니를 닮지 않았다고 늘 스스로를 진정시켜 왔으며 자신은 어떠한 상황에서도 이성을 잃지 않아야 한다고 다짐해 왔다. 그러므로 그는 점차 지금 이 환각이 현실일지도 모른다는 생각을 하게 되었다.

스칼렛이 이혼장을 들고 오던 그날. 밖에는 비가 오고 있었고, 그녀는 우비를 입고 저택에 들어섰다. 그는 그날의 그녀가 우편만 전해 주고 가는 우체부 같다고 생각했었다.

빅토르는 환각 속에서 돌아서는 스칼렛을 붙잡았다. 그녀가 놔 달라는 것을 힘으로 강제해 제 품에 묶어 놓았다. 그때는, 그녀가 자신을 떠나던 그 순간에는 그 방법밖에 떠오르지 않아서.

그런 생각을 하는 스스로가 미치광이 같아서 그는 그날 아무 말 없이 이혼장에 서명을 했다. 하지만 그때 자신이 미친 사람처럼 굴까 봐 두려워하던 것이 스칼렛에게는 무심함으로 비쳐지지 않았던가.

그건 제 한계였다. 그때 그는 그녀를 가두거나, 말없이 보내 주는 것 외에는 할 줄 아는 것이 없는 무력한 사내였다.

그날의 이별은 걷잡을 수 없었고, 그 뒤에는 무슨 수를 써서 그녀를 제 옆에 붙잡아 놓으려 해도 할 수가 없었다.

심신미약 상태로 날뛰던 그는 그나마 환각 속에서도 스칼렛을 알아보았으므로, 사랑하는 사육사를 만난 맹수처럼 얌전해졌다. 무릎을 꿇고 앉은 그는 고개를 들고 스칼렛을 올려다보았다. 그 타는 듯한 눈빛을 스칼렛도 마주 보며 서 있었다.

자라난 그녀의 눈빛은 이전에 본 적 없는 것이었으므로, 빅토르는 잠시 환각에서 벗어날 수 있었다.

황홀한 눈빛이었다.

빅토르가 입을 열었다.

"이제 뭘 봐도 당신이 떠올라. 무엇을 봐도 당신과 연관 짓게 되더군."

"……."

"망가진 기계처럼 사랑을 하게 돼. 그러니…… 당신이 고쳐 줬으면 좋겠어. 망가진 걸 고치는 건, 당신이 잘하잖아."

그는 그렇게 말하며 눈을 감고 다시 스칼렛의 품에 얼굴을 묻었다.

이혼이 무효화된 현실로 돌아왔을 때, 빅토르는 다소나마 안정을 되찾았다. 그 덕에 다행히 그는 고통을 이기고 잠이 들었고, 스칼렛은 제 쪽으로 쓰러지려는 빅토르의 무게에 비틀거리다가 다행히 급하게 문을 열고 달려온 팔린 덕에 바로 섰다.

팔린은 가까스로 빅토르를 부축해 침대에 눕혔다. 그러나 스칼렛을 놓아주지 않으려 힘이 들어간 그의 팔은 팔린 혼자의 힘만으로 떼어 낼 수 없어 다른 사람을 부르려 했다.

그러자 스칼렛이 말했다.

"그냥 옆에 있을게요."

"괜찮으시겠습니까? 또 깨서 난동이라도 부리시면……."

"그때 다시 부탁할게요."

스칼렛의 말에 팔린이 고개를 숙여 인사하고 말했다.

"계속 밖에서 확인하겠습니다."

"고마워요."

팔린이 병실을 나가고, 스칼렛은 빅토르의 옆에 누웠다. 잠든 중에도 그녀의 손길이 느껴지는지, 표정이 점차 편안해졌다.

밤사이 빅토르는 열이 올랐다가, 다시 내렸다.

그는 지독한 인간이라, 제정신일 때는 아프다는 말은커녕 스칼렛에게 농담까지 해 보이곤 했다. 그가 제정신으로 돌아온 건지는 불분명

해도, 스칼렛은 그냥 그의 농담에 웃어 주었다.

사고 후 사흘 내내 그런 상황이 반복되던 차에 이른 새벽, 빅토르의 신음 소리에 스칼렛이 눈을 떴다.

그녀는 서둘러 빅토르의 얼굴을 살펴보고, 차갑게 식은 뺨을 두 손으로 감쌌다.

"몸이 차가워."

"추워."

빅토르가 중얼거리더니, 스칼렛도 추울 줄 알았는지 이불을 끌어다 그녀부터 감싸고 제 쪽으로 바짝 당겼다.

그런 그의 행동에 안도한 스칼렛이 울컥해서 말했다.

"내가 다치지 말라고 했어, 안 했어?"

"······눈 뜨자마자 혼낼 줄은 몰랐는데."

"팔을 맞아도 이 정도인데, 다른 곳에 맞았으면······."

스칼렛이 뒷말을 잇지 못해 말끝을 흐렸다. 그러고는 상체를 일으키고 앉아서 빅토르를 내려다보았다.

"어쩌면 이렇게 미운 짓만 골라 하는지."

스칼렛의 불만스러운 목소리에 빅토르가 낮은 소리를 내며 웃어 버렸다.

"웃음이 나와, 지금?"

"미안해."

그가 대답하고, 웃음을 그치려는데 이번에는 반대로 스칼렛이 웃는 소리가 들렸다.

그래서 빅토르는 고통에 욕설을 내뱉으면서도 한 손으로 침대를 짚고 상체를 일으켜 앉았다. 그리고 그녀를 보며 물었다.

"왜 웃어?"

"아니……."

그녀가 뭔가 말하려다 다시 웃었다.

눈물이 그렁그렁해서 웃는 그녀를 어처구니없이 바라보더니 빅토르가 핀잔했다.

"내가 아픈 게 웃겨?"

"내가……. 내가 지혈 안 된다고 분명히 말했잖아."

"했지."

"그걸 들었으면, 그리고 총을 든 사람을 봤으면, 날 방패로 썼어야지."

그녀의 말에 빅토르가 스칼렛을 보더니 이내 실소했다.

"아, 스스로 그런 되도 않는 말을 하려던 게 웃긴 모양이지?"

"응. 당신이 그럴 리도 없고, 그런 말을 했다간 당신이 화만 더 낼 텐데."

"이렇게 웃을 정도인가."

"웃기잖아. 나는 얼마든지 당신을 위해서 다칠 수 있는데, 당신은 날 위해서 죽을 뻔했다는게. 서로…… 하나도 안 고맙잖아, 그게. 나에게는 당신이 할 수 있는 모든 행동 중에 제일 싫은 게 날 위해 죽는 건데. 하마터면 그럴 뻔했잖아."

"……."

"그게 너무 웃기지 않아?"

그렇게 말하며 웃는 그녀의 눈에서 눈물이 툭툭 떨어지기 시작했고, 웃던 도중에 결국 오열하기 시작했다.

빅토르는 안도와 설움에 펑펑 우는 스칼렛을 끌어안아 등을 다독였다.
 스칼렛은 빅토르가 정신을 차리자 마음 졸이던 것도 풀어지고, 진까지 빠져 그리 오래 울 힘조차 없었다.
 그녀가 지쳐서 쌕쌕거리는 것을 빅토르가 품으로 당겨 다독이자 스칼렛이 어처구니없어 하며 중얼거렸다.
 "환자는 당신인데 내가 이러고 있네."
 "당신이 안겨 있는 게 환자의 안정에 충분히 도움이 되니 괜찮아."
 빅토르의 말에 스칼렛이 작게 웃고 고개를 끄덕였다.
 그러나 그가 아픈 동안 두려웠던 마음이 사라지지 않아, 그가 사라지기라도 할까, 옷깃을 손으로 꽉 쥐고 있었다.
 빅토르가 그런 스칼렛을 달래려 그녀의 손을 부드럽게 쓰다듬으며 말을 이었다.
 "어찌 되었든 재판은 확실하게 미뤄졌군."
 "아, 왕세손은? 살았어?"
 "위험 인물이 있다는 걸 짐작한 덕분에 화재 현장에서 미리 데리고 나왔지."
 "응."
 스칼렛이 고개를 끄덕였다.
 그 명예가 뭐라고, 왕실과 연계된 가문들이 율리 이렌을 재판 전에 죽이려 들었다. 기자들이 몰린 재판에서 그의 매국 행위가 전부 까발려지는 것을 꺼려 했던 모양이라 생각하니, 스칼렛은 기가 찼다.
 그렇게 서로의 온기에 안정을 찾아가고 있을 때, 그들이 있는 곳으로 해군 하나가 들어왔다.
 "스칼렛 양, 해군사관학교에서 전화가 왔습니다. 법령을 다 확인했다고······.”

그 말에 스칼렛이 침대에서 내려섰다. 해군의 어두운 표정을 보니, 결과가 좋지 않은 듯했다.

급하게 침실을 나가 전화실로 달려간 스칼렛이 전화를 받아 보니 커스틴의 시무룩한 목소리가 들렸다.

-스칼렛, 왕족의 신분을 박탈할 수 있는 내용은······ 없었어.

“으응······. 그랬구나. 그래도, 고마워.”

스칼렛이 함께 그 많은 법전을 읽는 일에 시간을 들여 준 것에 대해 인사하자 커스틴이 머뭇거리더니 다시 입을 열었다.

-그나마 비슷한 건.

“비슷한 게 있었어?”

-비슷하다고 해야 하나······. 살란티에는 유목민들이 여기까지 이동해 와서 세운 나라잖아. 이렌가의 가주는 족장으로서 일행의 안전을 책임졌다는 내용은 있었어. 한 줄.

“······아!”

-아?

“알았어! 더 찾아볼게!”

-어? 스칼렛! 스칼······.

스칼렛은 커스틴이 부르는 것도 못 듣고 전화를 끊은 후, 정신없이 서고로 달려갔다.

서고 안에는 예상대로 살란티에 국교인 에델로드의 경전이 있었다. 살란티에를 세운 유목민들은 작은 별을 따라 이 땅에 도달했고, 여기 나라를 세웠다.

스칼렛은 그중에서 첫 권이자, 유목민들이 살란티에를 찾아 이동하던 여행기를 꺼냈다. 그 책은 유목민들이 나라를 세우며 새로운 문자를 사용하기 이전, 고대어로 적혀 있어 그녀가 읽을 수 없었다. 이 1권은 사제들이나 살면서 한 번 정도 읽는 책이었다.

 그녀가 곧바로 고대어를 할 수 있는 사람을 찾으려는데, 어느새 그녀를 따라 들어온 환자복 차림의 빅토르가 책을 뺏어 들었다.

 "내가 번역하지."

 "뭐? 안 돼, 아무것도 안 하고 쉬어도 모자랄 사람이 무슨……."

 "내내 누워 있었더니 지긋지긋해."

 빅토르가 말하며 책을 들고 다시 병실로 향했다.

 침대에 앉은 그를 걱정해 스칼렛이 책을 뺏으려 들었다. 그러나 그가 다치지 않은 한 손으로 잡은 책을 두 손으로 낑낑거리며 당겨도 빠지지 않아 한숨 쉬며 체념하고 말았다. 빅토르가 바로 첫 문장부터 번역하기 시작했다.

 [아이들은 먼 땅으로 떠나는 것을 두려워했으므로, 어른들은 이렇게 말했다. 저 별을 따라가다 보면 새로운 땅에 닿을 거야. 그리고 그 땅에는 수많은 별이 떨어져 있겠지. 우리 그곳에 가서 별을 줍도록 하자. 아이들이 기뻐하며 따라나섰다.]

 그렇게 시작한 책에는 여행을 출발해, 살란티에에 도착하여 나라를 세우기까지의 이야기가 동화처럼 적혀 있었다.

 그리고 빅토르는 어느 문장을 읽기 전에, 잠깐 입을 다물었다가 이내 미소를 지으며 중얼거렸다.

 "이걸 찾은 것이군."

"응."

이렌가는 이 유목민들의 대장이었고, 그들을 살란티에에 데려온 길잡이 가문 중 하나였다.

거기에 관련된 문장을 읽고 난 빅토르가 중얼거렸다.

"이때는 명예를 아는 사람들이었는데."

"그러게."

첫 권은 여행기에 가까웠기 때문에, 성직자가 아니면 거의 읽을 일이 없었다. 빅토르 역시 드문드문 읽었을 뿐 이렇게 자세히 읽어 본 것은 처음이었다.

스칼렛이 찾던 부분을 옆의 종이에 번역해 적어 준 후, 나머지도 읽던 빅토르가 입을 열었다.

"여기 크림슨 가문에 관한 부분이 있네."

"그래? 우리 가문도 여기 적힐 일이 있어?"

스칼렛이 궁금해하자 빅토르가 고개를 끄덕이고 크림슨 가문과 관련된 부분을 옮겨 적었다.

[대장장이 크림슨은 온종일 무언가에 몰두해 있었다. 어떤 날에는 걷는 것도 싫어하여 손수레에 타고 다른 사람이 끌고 가기를 바라기까지 했다. 그런데도 사람들이 대장장이 크림슨이 탄 손수레를 돌아가며 끌어준 것은, 대장장이 크림슨이 몰두해 있는 것들이 모든 사람들에게 필요한 지식이었기 때문이다. 이 땅에 도착했을 때, 대장장이 크림슨이 소리쳤다. 이제야 이 땅에 가장 적합한 농기구를 만들 수 있겠어!]

스칼렛이 감탄하며 중얼거렸다.

"나도 걷는 거 싫어하는데……. 집안 내력인가 봐."

그 말에 빅토르가 실소했다.

대장장이 크림슨은 걷는 걸 싫어하는 게 아니라, 자기가 걷는 것보다 농기구를 만드는 게 더 효율적이라고 생각해서였겠지만, 그는 딱히 그것을 말로 지적하지 않았다.

스칼렛이 번역된 종이를 보며 기분 좋은 목소리로 말했다.

"아무튼 유서 깊은 가문이네, 우리 가문이."

빅토르가 미소를 지으며 고개를 끄덕였다.

─────⬥•⬥─────

도대체 어떻게 책을 읽었던 건가 기함할 정도로 빅토르의 상태는 좋지 않았다. 평소에 그렇게 건강하던 사람인데, 회복이 겁이 날 정도로 더뎠다.

불행인지 다행인지, 빅토르와 마찬가지로, 전쟁에서 마약성 진통제를 사용한 이후 금단 증상에 시달리는 장교들의 사례가 몇 있었다.

스칼렛은 다른 사람들의 금단 증상에 대하여 들을 때마다 걱정이 이만저만이 아니었다. 그래서 스칼렛을 포함한 모든 사람이 빅토르가 법정에 오는 것을 말렸으나, 그는 고집을 꺾지 않았다. 스칼렛은 부상인 와중에 해군으로서 정복을 반듯하게 차려입는 빅토르를 보며 한숨을 쉬었다.

"당신 정말 지독하다."

"총상이 처음도 아니고."

"아직 금단 증상이 심하잖아."

스칼렛의 말대로 빅토르의 손끝이 약간씩 떨리고 있었다.

빅토르가 대수롭지 않게 대답했다.

"그래도 당신 부모님 사고를 증언해야지. 그날 나보다 정확히 본 사람이 어디에 있어."

"증언…… 해도 돼?"

"어차피 해군에 남아 있을 생각 없으니 해도 돼."

빅토르가 덤덤히 말하고 스칼렛 쪽으로 걸음을 옮겼다. 그러고는 쓸쓸해하는 스칼렛의 얼굴을 두 손으로 감싸 자신을 보게 하며 말했다.

"나는 당신을 위해서 무엇이든 해 주고 싶어. 그래서 내가 자발적으로 임하는 거야. 내 행동이 마땅치 않아 원망하면 몰라도, 슬픈 표정을 지을 필요는 없어."

"당신이 우리를 구하지 않았으면……."

"그랬으면 우리가 못 만나잖아."

"……."

"그날 그 꼬마들을 만난 건 내 행운이지. 내 인생에서 가장 잘한 일이야."

빅토르의 말에 스칼렛이 입술을 꼭 깨물었다가 곧 씩씩하게 웃었다.

"우리 부모님이야말로 그렇게 생각할걸. 그날 그곳을 지나간 사람이 당신이어서 운이 좋았다고."

"그거야 물론이지."

빅토르의 태연한 대답에 스칼렛이 웃음을 터뜨렸다. 그리고 그의 품에 잠시 얼굴을 묻었다가, 함께 법정으로 향했다.

피의자석에 율리 이렌이 앉아 있었고, 법정 안에는 무장한 해군들이 배치되어 있었다. 지난번 재판의 화재 때문에 보안은 더욱 철저해졌다.

스칼렛은 흰 드레스에 허리끈만 까만색으로 되어 있는 옷을 입었다. 정숙한 실내 분위기에 어긋나지 않게 단정한 옷을 입었는데, 빅토르는 그게 마음에 드는 모양이었다.

그가 스칼렛의 허리끈을 만져 보며 말했다.

"잘 어울리네."

"그래?"

"응. 매우."

빅토르의 말에 스칼렛이 부끄러워 괜히 시선을 피했다.

그사이 재판이 시작되었다.

기자들의 출입이 허가된 재판에서, 해군들은 율리 이렌이 저지른 수많은 매국 행위에 대한 정보를 공개했다. 율리 이렌 측의 변호사들은 그것을 최선을 다해 변호했으나, 결과는 순식간에 기울어졌다.

빅토르가 먼저 증언을 위해 몸을 일으켰다. 그리고 증인석으로 이동해 빅토르가 마차 사고 당일에 있었던 정황과 율리 이렌이 선대 크림슨 가주 부부에게 보낸 편지를 공개하자 율리가 버럭 소리쳤다.

"탈영이야! 전투가 예정되어 있는 군인이 다른 곳으로 빠지는 게 탈영이 아니면 뭐란 말이야!"

옆에서 소란이 일어나거나 말거나, 빅토르는 스칼렛을 보고 있었다.

부모님의 사고에 대한 증언이 이어지는 동안에도 그녀는 꼿꼿이 앉아 재판에 참여하고 있었다. 그녀의 선량한 눈빛과 언젠가 명예에 대하여 말하던 그녀의 목소리가 떠올랐다. 왕족이 아니라고 해서 당신이 명예롭지 않은 건 아니라고, 그녀는 말했었다.
 그녀의 목소리를 떠올리며 빅토르가 한 손을 들고 입을 열었다.
 "선서."
 그러자 그 자리에 있던 해군들이 동시에 말했다.
 "하나. 살란티에 해군은 살란티에의 왕실과 시민들을 위하여 해양 질서를 유지한다. 하나. 살란티에 해군은 시민의 해양 개발과 생활을 보호한다."
 항해 전에 모든 해군이 읊는 해군의 선서였다.
 스칼렛은 수없이 출항하며, 그때마다 선서를 읊어 온 해군들을 돌아보았다. 스칼렛은 저도 모르게 미소를 지으며 빅토르를 보았다.
 이것이 명예가 아니면, 달리 무엇이 명예인가.
 자신이 지키는 것을 위하여 선서하고, 그것을 이행한다.
 그렇게 생각하는 그녀의 마음을 전달 받았는지, 빅토르 역시 미소를 지었다.
 선서가 끝나고, 법관이 말했다.
 "살란티에 해군이 해적과의 전투보다 시민의 안전을 우선하는 것은 선서의 내용과 모순되지 않습니다. 피고인의 탈영이라는 발언은 삭제하겠습니다."
 그러자 해군들이 대놓고 주먹을 휘두르며 환호했다.
 몇몇은 법정을 뛰쳐나가 이 사실을 동료들에게 알렸고, 기자들은 해군의 선서 전문을 찾기 시작했다. 이어서, 율리 이렌이 부모님의 사고를 사주한 것을 이유로 발언권을 얻은 스칼렛이 가져 온 종이를 펼쳤다.

그녀가 율리 이렌 쪽을 보니 그는 죽일 듯이 스칼렛을 노려보고 있었다. 스칼렛은 그를 물끄러미 바라보다, 가져 온 종이로 시선을 돌렸다. 스칼렛이 경전의 1권을 꺼내 들며 말했다.

"이렌가의 가주는 족장으로서 책임을 다하지 않으면 족장직에서 스스로 물러날 것을 약속했습니다. 이건 누구의 제안도 아닌 이렌가 사람들의 회의로 결정된 내용이었고, 이 책 속에 회의 내용이 남아 있습니다."

마차 사고가 아닌 이야기가 나오자 율리가 다급하게 몸을 일으켰다.

"상관없는 이야기를 하고 있지 않습니까!"

그러나 스칼렛은 못 들은 척 말을 이었다.

"족장직에서 스스로 물러나겠다는 것은 이렌가의 약속입니다. 이 약속을 근거로, 살란티에 시민의 안전을 지키는 것에 책임을 다하지 않았으며 오히려 위험에 빠뜨리게 한 것은 왕족으로서의 지위를 박탈해야 마땅한 일입니다."

"닥쳐! 저 기계공 계집이 뭘 안다고······."

율리가 난동을 부리자 법관의 허락하에 해군들이 그를 힘으로 자리에 주저앉히고 의자에 결박했다.

스칼렛의 발언이 끝나자 법관이 말했다.

"시간 끌 것 없이, 바로 판결 선고하겠습니다."

그러자 몸부림치던 율리가 법관 쪽을 보았다.

법관이 다소 상기된 목소리로 말했다.

"주문, 피고인 율리 이렌의 왕족 신분을 박탈하며, 사형을 선고한다."

법정은 잠시 조용해졌다가, 기자와 해군들의 환호를 시작으로 전에 없이 떠들썩해졌다.
 그 소란 속에서 얼굴이 하얗게 질린 율리 이렌이 버럭 소리쳤다.
 "닥쳐! 내가 이렌가의 적자인데 어떻게 왕족 신분을 박탈한다는 거야! 해군 내에서 한 판결은 받아들일 수 없어! 이 재판은 무효야!"
 율리 이렌이 소리치며 몸부림쳤지만, 해군들이 달려와서 그를 구치소로 끌고 갔다.
 자리에서 일어난 스칼렛은 정신없이 빅토르에게 달려가 그를 와락 끌어안았다. 그리고 그의 얼굴을 보고 활짝 웃더니, 다시 그를 끌어안았다.
 그를 놓으려 하자 이번에는 빅토르가 그녀를 끌어안았다. 그러더니 그녀의 어깨에 머리를 기대며 말했다.
 "한 번만 끌어안을 생각이면 길게 안아 줘. 금방 떨어지지 말고."
 하지만 한 번 안아 주면 빅토르는 쉽게 떨어지지 않으려 들었다.
 스칼렛은 그를 조심스럽게 밀어내며 입을 열었다.
 "집에 가서 많이 안아 줄게."
 "그렇다면 별수 없군."
 빅토르가 그렇게 말하고, 아수라장이 된 법정을 정리시켰다.
 흥분해서 환호하던 해군들은 빅토르의 지시가 떨어지기 무섭게 진정하고 자기 일을 찾아갔다. 그리고 빅토르 본인은 스칼렛의 단호한 명령에 따라 다시 1함대 병원으로 돌아가 누웠다.

 왕실 옹호 세력에게서 버려졌다는 사실은 재판 전부터 율리 이렌을

미치게 만들었다. 그는 선고가 끝나고 구치소로 끌려가는 내내 자신은 왕세자라고 고함을 질러 댔다. 1함대가 너무 소란스러워졌기 때문에, 결국 법관의 허락하에 그에게 재갈을 물릴 수밖에 없었다.

스칼렛과 빅토르가 있던 곳도 드디어 사위가 조용해졌다.

병실 침대 헤드에 기대앉은 빅토르는 책을 꺼내 읽으려다가 다시 스칼렛에게 한 소리를 들었다.

"누워 있으라고 했지? 아무것도 하지 말고 쉬라잖아."

"책을 읽는 건 별로 힘든 일도 아니잖아. 그리고 잔소리할 거면 계속 옆에 있든지. 당신이 자꾸 돌아다니니까 딴 곳에 관심을 가지는 것 아냐."

"그래서. 내 탓이라구?"

"당연히 당신 탓이지."

빅토르가 뻔뻔하게 대답하자 스칼렛은 기막혀하면서도 그가 환자라는 사실에 약해져 옆에 걸터앉았다.

지금은 그나마 괜찮았지만, 앞선 마약성 진통제 중독자들의 말을 들어 보니 약을 끊고 나서 일주일 내외로 본격적인 후유증이 찾아온다는 모양이었다. 스칼렛은 침대에 무릎걸음으로 올라가 빅토르의 목을 꼭 끌어안았다.

"아프니까 봐줬다."

꿍얼거리는 그녀의 말에 빅토르가 미소를 지었다. 그러나 곧 스칼렛의 어깨가 떨리는 것을 알고 그녀의 등을 쓰다듬으며 말했다.

"이제 안 다칠게."

"다치기 전에도 약속했잖아, 안 다치겠다고."

"미안해."

"당신은 뭐 사람이 아니야? 왜 총 앞에서 그렇게 당당해? 총을 보면 피하란 말이야."

"먼저 죽이지는 말고?"

"⋯⋯지금 혼내는 거니까 질문하지 마."

그렇게 말하는 스칼렛이 귀여워서, 빅토르가 이번에는 소리를 내어 웃었다.

그때 보고를 위해 노크를 하고 들어온 팔린이 따라 웃으며 말했다.

"함장님께서 그렇게 웃으시는 걸 정말 처음 본 것 같은데요?"

그리고 빅토르에게 율리 이렌의 처벌을 비롯한 몇 가지 상황을 보고하려 하자, 스칼렛이 말했다.

"그럼 이야기해요, 나도 커스틴에게 소식 전해 줘야 하니까."

그렇게 말하고 일어나는데 빅토르가 그녀의 손목을 붙잡고 있어 손이 따라 올라왔다. 스칼렛이 그를 흘기며 손을 떼어 놓고, 병실을 나섰다.

전화실까지 가는 복도를 걸으며 생각해 보니, 빅토르에게 사랑한다고 말한 직후부터 두 사람 다 아무것도 재거나 따지지 않고, 그저 마음이 가는 대로 움직이고 있었다.

사랑한다는 말을 나누고 난 뒤, 빅토르는 지금까지 자신이 무어라 부를지 몰랐던, 어려서부터 가지고 있던 감정들이 외로움이었다는 것을 깨닫게 된 듯했다.

그걸 알고 나니 그녀는 영영 그를 떠날 수 없게 되었다. 그녀가 다시 떠나겠다고 말할 때 빅토르가 지을 표정을 생각해 보았는데, 아마도 그가 지을 쓸쓸한 얼굴을 잠깐 상상하는 것만으로도 심장이 철렁했다. 가여웠다.

곧 그녀는 전화실에 들어서 커스틴에게 전화를 걸었다. 해군사관학교로 연결된 전화를 받은 커스틴의 기운 없는 소리가 들렸다.

-재판 끝났어?

"응. 끝났어."

-어땠어? 도움이 안 됐네…….

"도움 됐어. 커스틴이 찾아 준 사실을 기반으로 근거를 찾았거든."

-진짜? 그래서?

스칼렛이 커스틴에게 재판 결과를 알려 주었다. 어차피 지금 기자들이 어떻게든 통신 수단을 찾아내 기사를 전달하고 있겠지만, 그래도 함께 고생한 동료들에게 더 먼저 알려 주고 싶었다.

결과를 듣자마자 커스틴이 소리를 질렀다. 그리고 그 소리에 달려온 공과대학 사람들에게 이 사실을 전달했다. 전화를 통해서도 해군사관학교 전체가 시끌시끌해지는 것이 느껴졌다.

그 소란이 기쁨의 환호만은 아니었다. 다만 태어나서 지금까지 왕정에서 살아온 이들에게 상상해 본 적 없는 순간이었으므로, 누구에게나 놀라운 일인 것만은 분명했다.

커스틴과의 전화를 끝내고 스칼렛은 병실로 돌아갔다. 팔린은 보고 후에 떠났고, 빅토르는 다시 슬쩍 꺼내려던 책을 베개 아래로 숨기고 있었다.

스칼렛이 다가가 베개 아래 손을 넣어 책을 꺼내며 말했다.

"얌전히 쉬라고 했지?"

"다른 곳에 신경 쓰고 싶어서 그래."

"……아파서?"

그녀가 묻자 빅토르가 대답 대신 어깨를 으쓱였다. 그는 사고 이후에도 지혈 문제로 진통제를 전혀 사용하지 못하고 있었다. 저렇게 태연한 얼굴로 앉아 있는 모습에 군의관조차 지독하신 분이라며 혀를 찼다.

스칼렛이 한숨을 쉬고, 주변을 두리번거리더니 창문으로 걸어가 조심스럽게 커튼을 닫았다.

문까지 잠근 그녀가 빅토르에게 다가왔다. 그리고 두 손으로 침대를 짚고 걸터앉은 후, 고개를 들어 빅토르의 턱에 입을 맞췄다. 그가 고개를 숙이자, 다시 입술에 쪽 소리가 나게 입을 맞춘 후 떨어지며 말했다.

"나한테 신경 써. 계속 붙어 있……."

그녀가 말을 마치기도 전에, 빅토르는 그녀를 바짝 끌어당기고 다시 입을 맞췄다. 스칼렛은 눈을 꼭 감고 얼떨결에 입을 맞추다가 황급히 그를 밀어냈다.

복도 쪽 문에 유리창이 달려 있었다. 거긴 가릴 방법이 없어, 스칼렛이 가리키자 빅토르가 그녀를 안아 무릎에 앉히며 말했다.

"내가 보고 있을게. 지나가는 사람."

"미쳤……."

그녀가 한 소리 하기도 전에, 빅토르가 다시 스칼렛에게 입을 맞췄다.

빅토르는 어차피 자신이 있는 병실의 문을 잠갔는데 감히 이 안을 들여다볼 해군은 존재하지 않는다는 것을 알고 있었다. 그러므로 애초에 문 쪽에는 관심도 두지 않았다.

스칼렛은 그 사실을 전혀 모르고 있었음에도 그와의 입맞춤에 머릿속이 백지가 되어 더 이상 그를 밀어내지 못했다. 그렇게 입을 맞추다가, 빅토르의 손이 그녀가 입은 하얗고 얇은 드레스 속으로 들어오자 스칼렛이 눈이 동그래져 입술을 뗐다. 그리고 그의 손을 짝 때렸지만 빅토르의 손은 바로 떨어지지 않았다.
 빅토르가 못마땅하게 중얼거렸다.
 "……예쁜 옷은 왜 입어 가지고."
 "이게 뭐가 예뻐?"
 "사실 그냥 네가 예뻐."
 빅토르가 그렇게 말하고, 이내 괴로운 표정을 지었다. 여름이라 그녀는 더 이상 스타킹을 신지 않아 손이 닿는 곳은 전부 맨살이었다. 보드라운 피부며, 허벅지 위의 손이 움직일 때마다 품에서 움찔거리는 예민한 아내가 사람을 미치게 하는데, 1함대 내에서의 성관계는 군법으로도 금지였다.
 그걸 스칼렛도 알았는지, 손을 못 놓는 빅토르에게 말했다.
 "군법이야."
 "어떻게 알아."
 "어떻게 알다니? 내가 해군이랑 2년을 살았으니 알지."
 눈을 동그랗게 뜨고 어떻게 그런 걸 묻냐는 듯한 스칼렛의 얼굴을 보니 기분이 좀 나아지기는 했다. 빅토르가 말했다.
 "그것도 그렇군."
 "알았으면 이제 놔."
 "몰래 군법을 좀 어기는 건?"
 "안 돼. 여긴 당신 혼낼 수 있는 사람이 없는데, 그런 사람이 군법을 어기면 지키는 사람이 회의를 느끼게 될 것 아냐."
 "……."

너무나 맞는 말이라 할 말이 없었다.
 빅토르는 별수 없이 그녀에게서 두 손을 떼서 보란 듯이 들어 보였다. 그리고 제 치마를 정리하는 스칼렛에게 물었다.
 "지금 당장 군항을 벗어나는 건?"
 "그건 더 안 되지. 병원에서 멀어졌다가 쓰러지기라도 하면 어떡할래? 약도 못 쓰는데."
 하나하나 틀린 말이 없었다.
 빅토르은 총상을 당했을 때 이상으로 괴로워하며 한숨을 쉬었다.

 수요일 새벽, 스칼렛은 아이작을 만나러 가기 위해서 수도로 돌아갈 준비를 마쳤다. 계속 1함대에 있었으니 수도 분위기가 궁금했다.
 그녀가 준비를 마치고 마차에 오른 후, 함께 마차에 타는 빅토르를 보았다. 그의 금단 증상이 이제 본격적으로 시작되었을 가능성이 높았으나, 표정이 너무 덤덤해 아무렇지도 않은 듯 보였다.
 그러나 그의 건강에 대한 신뢰가 바닥으로 떨어진 스칼렛은 수도로 가는 내내 빅토르에게 잔소리했다.
 "참지 말고, 아프면 바로 말해. 혹시 다친 곳에 감염이라도 되면 바로 조치를 취해야 한다고 했어."
 "그러지."
 그는 순순히 대답했으나, 스칼렛의 마음은 조금도 놓이지 않았다.
 수도에 도착해 빅토르는 타운하우스로 돌아가고, 스칼렛은 구치소로 가 아이작을 만났다. 그의 재판이 얼마 남지 않아 이야기할 것이 많았다.

아이작은 스칼렛이 자신과 이야기하는 중간에 자꾸 시계를 확인하자 그녀에게 물었다.

"빅토르 경이 걱정돼서?"

"응? 응……. 아무래도 엄청 아플 것 같은데. 표현을 안 하니까 더 걱정돼."

"음…… 그런 면은 너랑 닮았네."

"……그래?"

"응."

아이작은 씁쓸해하다가, 이내 경쾌하게 말을 이었다.

"그래도…… 이제 행복해 보여서 다행이야."

그가 활짝 웃으며 하는 말에 스칼렛이 배시시 웃고는, 괜히 그를 흘기는 시늉을 하며 말했다.

"빅토르도 아이작도 이렇게 속을 썩이는데 뭐가 행복해?"

"나는…… 이제 속 안 썩일게."

아이작이 고개를 도리도리 젓고 말하자 스칼렛이 웃으며 고개를 크게 끄덕였다. 그리고 크게 심호흡을 한 번 한 후 말했다.

"이런 말 이상하긴 하지만, 여기선 뭐 재미있는 일 없어? 친구도 생겼다고 했잖아."

"다들 재미있는 사람은 아닌 것 같아. 좋은 사람은 더더욱 아니고."

아이작이 말하는데, 철창으로 막힌 복도 쪽에서 지나가던 수감자 몇이 면회실 창문 쪽을 보았다.

그러자 뒤에 있던 비아니가 그들의 뒤통수를 갈기며 말했다.

"백작님이 면회실 쪽 보지 말라고 하셨잖아."

"아! 죄송합니다, 백작님!"

그러더니 서둘러 복도를 지나가 버렸다.

스칼렛이 멈칫하며 복도를 보고 있으니 아이작이 손으로 그녀의 얼굴을 감싸 제 쪽을 보게 하고 말했다.

"그래도 내 부탁은 잘 들어주더라구."

"아…… 응. 잘됐네."

스칼렛은 당혹감을 감추며, 우선 빨리 아이작을 여기서 빼내야겠다는 생각을 했다.

―――◆―――

스칼렛이 떠난 후, 타운하우스에서 잠을 청하던 빅토르는 심각한 갈증을 느끼며 눈을 떴다.

해가 지며 사용인들이 켜고 간 가스등 아래서 거울을 보니, 그는 제 손도 얼굴도 일렁거리는 것처럼 느껴졌다.

"……금단 증상인가."

거울 속의 제 모습이 끔찍하게 보였다. 뿐만 아니라 벽지도 전부 일렁거리기 시작했다. 그 벽지로부터 나이 든 선원들에게 들었던 바다 괴물들이 튀어나왔다.

"미치광이가 따로 없군."

그는 혀를 차고, 스스로를 한심해하며 돌아서려다 다시 거울을 돌아보았다. 거울 속에서 스칼렛의 모습이 보였다.

"스칼렛?"

그녀를 만지려고 손을 뻗는데, 거울이 가로막았다. 빅토르는 평생 이성을 유지하려 노력해 왔으나, 약물 남용으로 생긴 금단 현상은 정신력만으로 제어할 수 있는 일이 아니었다.

그녀가 아이작을 면회하러 갔다는 사실은 어느새 그의 머릿속 어딘가로 아득하게 사라졌다.

스칼렛이 입을 열었다.

"나는 사실 당신을 사랑하지 않아. 이용한 거야."

그러자 빅토르가 그녀를 위해 미소를 지으며 대답했다.

"잘했어. 실컷 이용해."

"이제 충분히 썼어. 고마워."

"잠깐만, 스칼렛."

그는 스칼렛을 붙잡으려다 거울을 깨뜨렸다. 제 발아래 거울이 깨져 무너져 내리고, 스칼렛의 모습이 사라지자 그의 숨이 가빠지기 시작했다.

아내가 사라졌다. 그것은 그가 할 수 있는 최악의 상상이었다.

―――•◈•―――

아이작과 만난 후, 스칼렛은 타운하우스로 돌아왔다.

그런데 열쇠로 잠겨 있던 문을 열고 들어가서 빅토르의 이름을 불러도 대답이 없었다. 호위의 말로는 빅토르가 외출을 하지 않았다고 했으니 분명 안에 있을 텐데, 집 안에서 인기척이 느껴지지 않았다.

빅토르 덤펠트는 원래 조용한 사내지만, 그렇다고 이 정도로 기척이 없지는 않았다. 스칼렛은 순간 불안감을 느끼고 급하게 걸어가 침실 문을 열었다가, 그 안의 상황을 보고 그대로 굳었다. 깨진 거울 앞에 무릎 꿇은 빅토르가 무언가를 찾고 있었다.

"……빅토르."

스칼렛이 부르자 그제야 빅토르가 스칼렛을 보았다. 그는 울고 있었고, 거울 조각을 내려놓는 손에서 피가 후두둑 떨어졌다.

"뭐…… 뭐 하는 거야."

"당신이 사라져서……."

빅토르가 중얼거리더니, 바닥을 보고 중얼거렸다.

"당신이…… 갑자기 안 보여서."

"……."

"분명히 여기 있었는데."

스칼렛은 두 손으로 입을 틀어막았다가, 서둘러 그에게 달려갔다. 그리고 그의 옆에 주저앉아 손을 확인하고는 그에게 버럭 화를 냈다.

"상처가 났잖아! 당분간만 다치지 말라니까, 그걸 왜 못 해!"

그러나 그녀는 그렇게 소리친 직후에, 이 금단 증상은 그의 의지로 어찌하지 못하리라는 것을 깨달아 입을 다물었다. 그리고 긴신히 감정을 추스른 후 힘겹게 다시 입을 열었다.

"……미안, 어쩔 수 없었던 거 알아."

빅토르는 고개를 떨구고, 힘겨워하는 스칼렛을 바라보다 손이 그녀에게 닿지 않게 두 팔로 조심스럽게 그녀를 끌어안았다. 그리고 가만히 중얼거렸다.

"어떻게 하면 내가 당신에게 필요하게 될까."

"……."

"내가 어떻게 하면 될까……."

귓가에서 들리는 고독한 목소리에 스칼렛이 입술을 꽉 물었다가, 그의 팔을 풀고 뺨을 두 손으로 감쌌다.

"무슨 소리야, 그게."

"내가 당신에게 필요 없게 되는 것이 무서워."

"……."

"아무것도 아니게 되는 게. 불안해서 죽을 것 같아. 도대체 어떻게 해야 당신이 나를 필요로 하게 될까. 아무리 생각해 봐도, 도대체. 답이 안 나와."

"……."

"내가 뭘 해야 당신이 나를 사랑해 줄지 모르겠어."

빅토르는 아직도 그녀의 마음이 궁금했다. 스칼렛이 정말로, 여전히 자신을 사랑한다면 그 사랑이 시들지 않게 가장 부드러운 날의 햇살을 모아 가득 채워 주고, 제일 좋은 이슬만 따다가 물을 주고 싶었다. 제가 아는 것은 무엇이든, 그녀를 위해 쓰고 싶었다.

그녀가 사라져 버리는 환각의 충격에서 헤어 나오지 못해 소리도 없이 눈물을 떨구는 빅토르를 보고 있으니 스칼렛은 가슴이 미어졌다.

그녀는 이혼 이후에도 그에 대한 감정이 남아 있다는 사실을 부정해 왔다. 그저 필요에 의해 이용하려는 것뿐이라고, 그렇게 자기 스스로조차도 속여 왔었다. 그것은 계속해서 이 남자에게 상흔을 남겼다. 그의 부모가 그러했듯이, 그녀에게도 관심을 얻으려면 필요한 존재가 되어야 한다고 생각하게 만들었다.

스칼렛은 숨을 크게 한 번 쉬어, 아픈 가슴에 가득 숨을 넣었다가 내뱉었다. 그리고 힘껏 몸을 일으켜 어디론가로 향했다. 빅토르도 서둘러 그녀를 따라갔다.

스칼렛은 우선 주방으로 그를 데려가 손에 박힌 유리가 없나 확인한 후 물을 미지근하게 끓여 따듯한 물수건으로 손의 피를 닦아 주었다. 피는 잘 멈추지 않았으나 다행히 오른손 손바닥과 왼손 검지가 좀 찢어진 정도라 일단 상비약을 바르고 붕대로 잘 틀어막아 두었다.

그 후에는 문으로 가서 모든 잠금장치의 걸쇠를 걸어 잠갔다. 그 모습을 빅토르가 가만히 바라보니, 스칼렛은 문에 달린 작은 잠금장치까지 전부 잠그고 있었다. 그리고 빅토르를 돌아보며 힘 있는 목소리로 말했다.

"우리 떨어지지 말자, 당분간."

"……."

"밖이 어떻게 되든, 계속 붙어 있자. 누가 찾아도, 그냥 모른 척하자."

그녀의 말에 빅토르가 내내 말이 없던 입을 열었다.

"둘이만?"

"응. 둘이만."

그녀의 대답에 빅토르가 고개를 끄덕였다.

스칼렛은 그를 다시 침실로 데려가 다친 손을 부드럽게 감싸 쥐고 함께 누웠다.

그녀는 빅토르와 마주 보고 누워서, 그에게 소곤거리듯 말했다.

"아무것도 안 해도 돼."

"……."

"당신이 아무것도 하지 않아도 나는 당신을 사랑해. 나는 그냥…… 당신이라는 존재가 좋아. 정말로 그냥, 당신이 좋아. 내 사랑은 당신을 알던 첫날부터 한 번도 변한 적이 없어."

그렇게 말하는 그녀를 빅토르는 가만히 바라보고 있었다. 그러다 이내 약간이나마 안정을 찾은 얼굴로 미소를 지으며 물었다.

"그래?"

"응. 정말로 그래. 처음부터 지금까지 쭉. 그런 마음으로 당신을 사랑했어."

그러자 빅토르가 고개를 끄덕이고, 중얼거렸다.

"나랑 같으려나."

"아마도."

"그럼 행복할 텐데."

그는 그렇게 중얼거리며 잠시 눈을 감았다. 그 후에도 그는 붕대를 감은 손으로 스칼렛의 손을 꽉 붙잡고 있었다.

그대로 잠들었다가, 도중에 깬 빅토르가 눈을 뜨고 앞을 보니 스칼렛이 그를 보며 웅크린 채 잠들어 있었다. 그가 그녀의 손을 붙잡고 있었던 것처럼 그녀도 그의 손을 잡고 있었다. 그러다 그가 움직이자 눈을 떴다.

두 사람은 눈을 뜨고도 한동안 말이 없었다. 그러다 빅토르가 먼저 입을 열었다.

"식사해야지. 저녁부터 아무것도 못 먹었잖아."

"계속 이러고 있고 싶은 거 아냐?"

"그래도. 배고플까 봐."

그의 말에 스칼렛이 상체를 일으켰다. 그리고 헝클어져 풀리기 직전까지 내려와 있던 머리끈을 풀었다가 다시 머리칼을 정리해 묶으며 여전히 깨져 있는 거울과 거기 떨어져 있는 피를 보며 말했다.

"마음 넓은 척하지 마. 잠깐 나갔다 오니까 저 지경이었잖아."

빅토르 역시 몸을 일으켜 거울을 보았다. 세상 모든 것이 여전히 일렁거렸고, 바다 괴물도 사라지지 않았다. 그런데 그중에서 유일하게 스칼렛만 선명하게 보였고, 그녀의 목소리만 제대로 들렸다.

빅토르는 여전히 스칼렛의 손목을 쥐고 놓지 못했다. 그나마도 힘주어 잡지 못하고 조심스럽게 감싸 쥔 손에 감긴 붕대를 바라보던 스칼렛이 다시 빅토르의 얼굴을 보았다. 그리고 풀썩 다시 누워 버렸다.

그녀가 씩 웃으며 말했다.

"그냥 좀 더 이러고 있자."

빅토르는 스스로가 한심해 견디기 힘들었으나, 거절하지 않고 다시 그녀 곁에 누웠다.

스칼렛이 그의 머리칼을 쓰다듬으며 물었다.

"이제 좀 괜찮아?"

"아니."

빅토르가 중얼거렸다. 그러더니 자괴감이 느껴지는 조소를 지었다.

"한심해서 못 봐주겠군."

"안 그래."

그녀의 대답에 빅토르가 눈을 마주하며 다시 입을 열었다.

"당신이 처음에 사랑에 빠진 남자와 너무 다르지 않나."

"당신은 똑같아. 내가 더 많이 알게 된 거지."

"그렇게 자세히 보면 너저분할 텐데."

"아니. 그냥…… 너저분하다기보다는 금이 간 것 같아 보여. 그래서 내가 잘 붙여 주려구."

스칼렛의 다정한 목소리에 빅토르가 낮게 소리를 내며 웃더니 말했다.

"저런, 상품 가치가 떨어지는군."

"뭐든지 그렇게 부정적으로 말하는 것도 재주야, 아주."

스칼렛의 핀잔에 빅토르는 어깨를 으쓱이고 그녀의 이마에 쪽 소리가 나게 입을 맞췄다.

"나 역시 당신을 더 많이 알게 돼서, 더 많이 사랑하게 됐어."

"나도 금이 갔어?"

"아니. 당신은 내가 살아오며 본 사람 중에 가장 단단해. 아무도 당신을 깨뜨리지 못해."

그의 말에 스칼렛이 되물었다.

"정말?"

"응. 어차피 이제는 누가 그런 시도도 못 하게 할 테지만."

그는 다시 스칼렛을 끌어안으며 말했다.

"오늘까지만 더 이러고 있을게."

"계속 같이 이러고 있어도 돼."

"안 돼."

빅토르가 다시 잠을 청하며 중얼거렸다.

"더 이상 이러면 안 돼."

"왜 안 돼?"

"첫 번째로, 당신이 날 지나치게 돌봐 주다 질릴 것 같고."

"안 질린다니까……. 두 번째도 있어?"

"두 번째로는, 앞으로도 당신은 계속 사고를 칠 테니 수습할 준비를 해 둬야지."

빅토르가 그 와중에 농담을 하자 스칼렛이 '으휴' 하더니 이마로 콩 그의 품을 들이박았다. 그런 그녀의 행동에 빅토르는 웃음이 터져, 즐겁게 웃기 시작했다.

한 번도 사랑이 변한 적 없다는 스칼렛의 말은 가장 필요한 약이 되어 빅토르를 진정시키고, 동시에 설레게 했다.
 밖에서 무슨 소란이 있든지, 두 사람은 타운하우스 밖으로 한 걸음도 나가지 않았다. 빅토르는 한동안 금단 증상에 시달렸으나, 곁에 스칼렛이 있다는 이유로 그 고통마저 기껍게 여기게 되었다.

─·◆·─

짧은 수도의 여름은 휴식의 계절이었다. 더위에 약한 수도 사람들은 그 한 달은 아무것도 하지 않고 휴식을 취하는 것을 선호했다.
 빅토르는 살아가며 자신이 이렇게 제대로 휴식을 취해 본 적이 있었나 돌아보았지만 그런 적이 없었다. 이른 아침에 먼저 일어난 스칼렛은 침대에 그대로 앉아서 부품 연구를 시작했고, 빅토르는 계단을 내려가 신문을 꺼내 왔다. 그는 아침 식사의 방식을 전부 스칼렛에게 맞췄으므로, 그녀가 마시는 그대로 모카포트로 커피를 준비하며 신문을 읽었다.
 진한 커피 두 잔에 버터를 듬뿍 넣고 만든 쇼트브레드를 접시에 담고 있는데 스칼렛이 주방으로 들어섰다.
 그녀가 펼쳐진 신문을 힐끔 보니, 해군의 선서와 율리 이렌의 재판 결과에 대한 기사가 실려 있었다.

매일 모든 신문 전체가 그 기사였다. 또한 이렌가가 빅토르를 얼마나 불합리하게 대우했는지에 대해서도 비교적 자세히 나와 있었다. 역사는 승자의 기록이었으므로, 율리 이렌에게 사형 선고가 떨어진 이후 대부분의 신문 속 빅토르 덤펠트는 완전무결했다.

스칼렛은 신문 속의 이 신에 가깝게 묘사되는 사내가 저기서 제 아침을 준비하는 모습을 신기하게 바라보며 중얼거렸다.

"……이건 확실히 내가 결혼한 남자가 아니네."

"약간 성숙했지."

그는 여유로운 투로 그렇게 말하고 그녀를 돌아보며 말을 이었다.

"작업실로 가져다주려고 했는데."

"후원을 보면서 먹으려고."

그러더니 쟁반을 챙겨 후원으로 나가는 문으로 향했다. 그리고 접시를 바닥에 내려놓더니 문을 양쪽으로 활짝 열어 고정장치를 걸어 놓았다.

스칼렛이 문턱에 앉으려 하자 빅토르가 바로 팔을 붙잡아 일으키고, 소파에 걸쳐져 있던 담요를 가져와 바닥에 깔았다. 그러자 스칼렛이 거기 앉아서 탕탕 옆을 두들겼다.

"앉아 봐, 도련님."

그녀가 올려다보며 하는 장난스러운 말에 빅토르가 실소하더니 그녀의 옆에 앉았다. 그리고 후원 쪽을 바라보며 중얼거렸다.

"난생처음 해 보는 짓이군."

"소풍 같고 좋지 않아?"

"싫다고는 안 했는데."

"그럼 좋다고도 해 봐."

스칼렛이 빅토르 가까이 손을 짚고 말하자, 그도 그녀 쪽으로 몸을 숙여 가까이 했다. 그리고 입을 맞추고 대답했다.

"좋아. 당신과 하는 건 무엇이든 좋아서 분별력이 없긴 하지만."

그는 그렇게 말하고 몸을 바로 했다.

스칼렛은 괜히 부끄러운 마음이 들어, 헛기침을 한 번 하고 커피잔을 두 손으로 감싸며 후원의 눈부신 녹음을 바라보았다.

스칼렛이 중얼거렸다.

"더워도 좋네, 여름."

"그렇군."

빅토르가 대답하고 후원을 바라보았다. 여전히 증상이 다 사라지지 않아 세상 모든 것이 불쾌하게 보였다.

스칼렛이 커피잔을 쥐었던 따뜻한 손으로 그의 손을 꼭 잡았다. 빅토르가 잡은 손을 보았다가 다시 후원을 보니, 그 일렁임이 이번에는 아름답게 보였다. 그 순간에, 그는 이런 게 행복이었던 모양이라는 생각을 했다.

"정말로 좋네."

아주 마음에 들었다.

───── ✦ ─────

스칼렛이 곁에 있는 데다 원래 회복력도 좋았던지라 빅토르의 증상은 빠르게 가라앉았다.

재판 당일, 가야 할 회의가 있는 빅토르가 모처럼 정복을 차려입으며 중얼거렸다.

"내가 이렇게 집을 좋아하는 사람인 줄 몰랐군."

그는 그렇게 옷을 갈아입고, 스칼렛이 있는 드레스룸으로 향했다. 막 드레스로 갈아입은 스칼렛이 진주목걸이를 찾고 있었다. 그러고는 목걸이가 영 마음에 안 드는지 목에 걸어 보고 이리저리 거울을 살폈다. 그 모습에 빅토르가 말했다.

"진주목걸이가 필요하면 이걸 써."

빅토르가 서랍장 안에서 상자를 꺼냈다. 스칼렛도 안 열어 본 상자라 그가 건네준 상자를 열었다가 기겁을 해서 물었다.

"이렌의 태양이야?"

"응."

살란티에 역사상 가장 큰 진주로 기록되어 있는 것이 이 목걸이를 구성한 보석 중 하나인 이렌의 태양이었다. 사교계에서 이 보석에 관한 화제 하나만으로도 몇 시간을 떠들 수 있었다.

스칼렛이 손사래 치며 뒤로 물러났다.

"안 돼. 그걸 어떻게 해?"

"왜. 그래 봤자 진주잖아."

"재판장 갈 거잖아. 그런 보석을 누가 재판장에……. 아니, 그보다. 그걸 여기다 넣어 놨어? 잠금장치도 없이? 도둑이라도 들면 어쩌려고?"

"나는 상관없는데. 당신이 잃어버리기 싫으면 금고를 사다 두지."

빅토르는 애초에 보석에 관심도 없는 데다가, 제 어머니가 소장하던 보석에 여러 가지 감정이 드는 듯했다.

그가 보석을 살피더니 힘을 주어 얇은 은줄을 끊어 버렸다. 그러더니 거기서 가장 큰 진주, 이렌의 태양만 꺼냈다. 정교하게 세공한 은으로 된 틀에 끼워 둔 진주는 영롱하기 그지없었다.
 빅토르는 다른 은줄을 찾아서 거기서 보석을 빼 서랍장에 아무렇게나 굴러다니게 두고, 이렌의 태양 하나만 걸어 내밀었다.
 "이 정도면 수수한가."
 그러자 너무 황당해 말리지도 못하고 있던 스칼렛이 정색하며 물었다.
 "당신이 지금 살란티에 역사상 가장 유명한 보석을 망가뜨린 거 알아?"
 "그것도 모를 정도로 머리가 나쁘진 않지, 내가?"
 빅토르가 태연한 얼굴로 말하고는 스칼렛의 목에 이렌의 태양을 걸어 주었다.
 스칼렛은 거울을 확인하고 저도 모르게 감탄했다. 진주는 크기도 하지만, 아름답기도 모자람이 없었다.
 그녀가 황홀해하며 보석을 바라보자 빅토르가 픽 웃었다.
 "예뻐?"
 "응. 정말 예뻐."
 시계의 가치를 결정하는 것은 뛰어난 기술도 있지만, 그 아름다움도 중요했다. 그녀는 점점 더 보석에 관심을 가지게 되었다. 이렌의 태양은 유명세 이상으로 아름다웠다.
 그렇게 준비를 마치고 두 사람이 집을 나서니 앞에 또 몇몇 가문에서 보낸 사람들이 있었다. 명실상부 살란티에 최고의 권력자인 빅토르에게 보내는 선물들이었다. 대부분이 스칼렛을 위한 것들이라 빅토르는 매번 바로 거절하지 않고 일단 그녀에게 물었다.
 빅토르가 사용인 두 명이 들고 있는 상자를 열어 보더니 스칼렛에게 말했다.

"또 보석이로군."

"필요 없으니까 그냥 거절하라구."

"필요한 것일 수도 있으니까."

"그럴 일 없어. 뇌물에 대해서 물어만 봐도 기분이 이상하단 말이야. 물건 확인하지 말고, 그냥 보내."

빅토르가 미소를 지으며 끄덕였다.

그는 그녀를 재판장에 데려다주고, 자신은 회의를 위해 의회로 향했다.

―――◈◈◈―――

회의는 여전히 싸움의 연속이었다.

육군 지휘관 프리드먼은 여전히 계엄을 주장했고, 의회는 그게 무슨 소리냐며 목에서 피가 날 정도로 소리를 치고 있었다.

빅토르는 상석에 앉아 뒤로 등을 기대며 혀를 찼다.

약물 중독에서 벗어나기 위해 담배는 금지되었고, 술은 딱 한 잔만 허락되었다. 아내가 너무 보고 싶어서 이성을 잃을 지경이 되면 마실 정량만 챙겨 둔 힙플라스크에 자꾸만 손이 갔다.

그의 심기가 한참 불편해지고 있을 때, 부하 하나가 들어와 빅토르에게 보고했다.

"재판장에 아놀드 크림슨이 와 있습니다."

빅토르가 혀를 찼다. 그리고 손등으로 테이블을 두들겼다.

그러자 벌떡 일어나 서로 삿대질하며 싸우던 사람들이 조용해졌다.

침묵 속에서, 빅토르가 프리드먼 쪽을 보며 입을 열었다.

"귀하의 노고에는 감사를 드리지만, 욕심이 과하지 않나?"

"욕심이 아니라, 안전을……."

"가장 안전에 위협이 되는 게 경인 것 같소."

"……."

"물러섰으면 하는데."

내내 목소리 높여 싸우던 프리드먼이 멈칫했다. 그는 짧은 사이에 많은 생각을 했으나, 이미 결론이 나 있다는 것을 알고 있었다.

빅토르의 말은 권유가 아니었다. 왕실이 무너진 이후, 프리드먼이 권력을 잡아 보려 노력하지 않은 것은 아니었으나 빅토르가 거미줄처럼 수도를 장악하고 있어 그의 부하들이 발을 디딜 수 없게 만들었다.

다만 빅토르가 누가 권력을 잡는지에 대해서는 아무런 관심이 없어 보여 이 기회를 노리려고 계속 주장해 보았으나, 이렇게 단도직입적으로 제지를 당한다면 더 이상 주장할 수 없었다.

빅토르가 하원 쪽을 보니, 안 그래도 프리드먼에게 두려움을 느끼며 허세로 간신히 여러 날을 버티던 하원의원들이 움찔거렸다. 프리드먼을 한마디로 제지했으니, 귀족 혈통도 아닌 자신들은 말 그대로 툭 털어 버리면 털어 버리는 대로 날아갈 존재들이었다.

빅토르가 매우 만족스럽지 못한 표정으로 삐딱하게 서서 그들을 보며 말했다.

"정치는 그쪽 일로 알고 있는데."

"어, 저……."

"애초에 이렇게 여러 날이 걸린 건 어떻게 봐도 귀군들의 문제로 보이는군."

그러자 나름 빅토르의 나이 두 배가 넘으며 시민들의 지지를 받고 있는 하원의원 조지프 팰릭스가 말했다.

"그건…… 저희는 그걸 결정할……."

지위가 아닙니다, 라고 말하려던 조지프 팰릭스의 몸이 덜덜 떨렸다.

그 대답을 빅토르가 원치 않는 것이 느껴졌다. 무엇보다 저 왕족 혈통의, 현재 살란티에서 독보적인 권력을 가진 사내가 정치인에게 정치를 하라고 말하고 있었다.

바로 어제까지도 하원의원은 그저 시민들이 정치에 참여한다는 기분을 낼 수 있게 해 주는 존재들이었다. 그러나 지금 빅토르는 왜인지 자신들에게 힘을 실어 주고 있었다. 그의 저 한마디는 힘이 완벽히 하원에게 넘어가도록 만들기에 충분했다.

"……그럼 속히 결정하겠습니다."

하원의원들은 감격했고, 속으로 뜨거운 피가 끓어오르는 것을 느꼈다.

이제 제가 빠져도 된다고 생각해 빅토르가 몸을 일으키는데, 조지프 팰릭스가 달려왔다. 그리고 한참 어린 빅토르에게 고개를 숙여 인사한 후 열의가 느껴지는 목소리로 말했다.

"하원에 힘을 실어 주셔서 고맙습니다. 하지만 왜 왕위를 포기하시면서까지……."

그는 말을 다 잊지 않고 말끝을 흐렸다.

그를 삐딱하게 바라보는 빅토르의 시선에는 푸른 피의 오만이 가득했다. 빅토르 덤펠트의 시선에, 일반 시민인 조지프 팰릭스는 본인과 동등하지 않았다. 정치적인 지지와 별개로.
 조지프 팰릭스는 빅토르 덤펠트의 속내를 궁금해하며 다시 인사를 했고, 빅토르는 그대로 회의실을 나섰다.
 그의 걸음은 급하게 법정으로 향하고 있었다. 나라 꼴이 어찌 되든, 그의 머릿속에는 스칼렛을 보호하겠다는 생각밖에 남아 있지 않았다.

―――・◆・―――

 법정으로 향하며 아이작은 허탈하게 웃었다.
 "……생각보다 더 나쁜 사람이네."
 불공정한 재판이었다. 그도 그럴 것이, 법정에 있는 사람들 대부분이 빅토르의 사람이었다. 자신에게 유리한 상황이 마련되어 있음에도 아이작은 어처구니없음을 감추지 못했다.
 빅토르 덤펠트는 제가 그렇듯이, 스칼렛을 위해서라면 위법 행위도 얼마든지 저지를 사람이었다.
 그걸 정확히 알지 못하고 법정에 와 있는 에빌 크림슨의 아들 아놀드 크림슨은 아이작이 재판장에 들어서자마자 손가락질하며 소리쳤다.
 "살인자!"
 "……."
 아이작은 그 말을 듣는 순간 스칼렛 쪽을 보았다. 남이 자신에게 뭐라 말하는 것은 상관없지만, 스칼렛이 걱정하고 상처받는 건 견딜 수 없었다.

예상대로 스칼렛의 표정이 어두워진 것을 본 아이작이 중얼거렸다.
"저 자식도 같이 죽었어야 하는데."
그러자 옆에서 덤펠트가의 변호사 프랜이 정색했다.
"속으로 말씀하세요, 아니면 저에게 귓속말하시든지. 그렇게 예쁜 얼굴로 어떻게 그런 무서운 말을 하세요?"
"어차피 나에게 형을 많이 주지도 못할 것 같은데?"
아이작이 말하며 법관 쪽을 보았다.
그의 말대로 법관은 이미 법정 안을 점거한 빅토르의 부하들을 보고 경직되어 있었다. 군복을 입은 참관객은 없었으나, 자세나 분위기, 말씨로 그들이 군인임을 알아보기는 어렵지 않았다.
아이작이 다시 스칼렛을 보며 프랜에게 말했다.
"내 동생 근사하지?"
"……백작님과 똑같이 생겼습니다. 아시죠?"
"아니. 스칼렛 같은 사람은 세상에 없어."
아이작이 담담하게 말하고 다시 스칼렛을 보았다. 그리고 그녀와 눈이 마주치자 배시시 웃어 보였다. 프랜은 이미 그 이중적인 태도에 익숙해져 있어, 자기 일에 바빴다.
아이작이 예상한 대로 재판은 일방적이었다.
애초에 재판 중에 프랜이 넘겨준 협박 편지를 읽은 법관의 표정이 심하게 구겨졌다.
"어떻게 이런 편지를……."
대부분 스칼렛에 관한 협박이었다.
이 편지는 아이작의 미필적 고의에 의한 살인에 정상참작이 되었다.

법관의 입에서 가택연금 1년이라는 선고가 나오는 순간 아놀드 크림슨이 붉으락푸르락한 얼굴로 일어섰다. 그러더니 편지와 진술서들을 움켜쥐어 구기며 말했다.
"그게 무슨 말도 안 되는 소리야! 내 아버지를 죽였는데 어떻게 고작 가택연금 1년이 나오냐고!"
그러더니 분을 못 참고 스칼렛에게 달려들려 했다.
그러나 그 안에 참관하던 사복 차림의 사내들이 바로 아놀드를 가로막았다.
"진정하시죠."
그제야 아놀드는 물론 스칼렛 역시도, 이 안에 있던 참관객 대부분이 해군이었음을 알아차렸다.
아놀드가 두 주먹을 움켜쥐고 스칼렛에게 물었다.
"네가 말해 봐. 이 편지가 우리 아버지가 죽은 게 당연할 정도였는지."
그의 말에 스칼렛이 말없이 아이작 쪽을 보았다. 그녀가 말이 없는 것이 수상해 아놀드가 아이작을 보니, 당장에라도 달려들러 히는 그를 프랜이 필사적으로 붙잡아 말리고 있었다.
아놀드가 허 웃더니 말했다.
"네가 읽은 것도 아니야? 그럼 본인이 위협을 당한 것도 아니잖아!"
그러자 스칼렛이 싸늘한 표정과 목소리로 대답했다.
"그래도 그런 편지를 보내서 아이작을 협박한 건 사실이잖아. 게다가 숙부가…… 얼마나 폭력을 휘둘렀는지 바로 옆에서 봤잖아."
"아니, 난 못 봤어. 그리고 저 자식도 실제로 본 건 아니지."
아놀드가 눈을 번뜩거리며 아이작을 가리켰다. 그리고 말을 이었다.

"네가 엄살 부린 거잖아."

"뭐?"

"그게 아니면 그걸 누가 증명해!"

아놀드가 버럭 소리치며, 제 궤변에 차차 분노하는 스칼렛의 얼굴을 보았다.

그녀는 냉정한 얼굴이 잘 어울렸다. 분해서 두 주먹을 꽉 쥐며 노려볼 때는 묘한 쾌감까지 들었다.

그녀가 불길 같은 눈으로 그를 노려보며 말했다.

"내가 증명해."

"거짓……."

"아니."

스칼렛이 그의 말을 끊고 말을 이었다.

"이제 이골이 났어. 나는 더 이상 다른 사람의 시선으로 내 경험을 판단하지 않을 거야."

그때, 법정 문이 열렸다. 그리고 회의를 마치고 온 빅토르가 안으로 들어섰다.

조용히 들어서던 그는 소란을 잠시 바라보더니 스칼렛과 아놀드 사이로 걸어갔다. 그러자 그들을 가로막고 있던 빅토르의 부하들이 물러섰다.

빅토르가 아놀드를 물끄러미 내려다보자, 방금 전까지 악을 쓰던 그가 움찔거리며 물러섰다. 크림슨가의 피를 물려받은 아놀드 역시 큰 체구의 장정이었으나 빅토르의 압박감에는 숨이 턱 막혔다.

그는 아놀드가 든 편지로 손을 뻗었다. 아놀드는 피하려 했으나, 빅토르는 어린아이에게서 물건을 뺏듯이 종이들을 빼앗았다. 그리고 무덤덤한 얼굴로 그 편지와 진술서를 읽기 시작했다.
 스칼렛이 자라 오며 겪은 폭력적인 상황들에 대해 아이작이 상술한 것이었다. 빅토르가 분노할까 염려한 스칼렛이 다가왔다.
 "빅토르, 굳이 읽을 필요 없어. 어차피 판결도 났고……."
 "응."
 빅토르가 대답하고 스칼렛의 이마에 입을 맞춘 후, 내용을 마저 읽었다.
 마지막 장까지 읽은 빅토르는 그것을 접어 달려온 프랜에게 건넨 후 긴장감에 침을 꿀꺽 삼키고 있는 아놀드에게 걸어가 그의 멱살을 꽉 붙잡아 당겼다. 그리고 늘 풀고 다니는 셔츠의 단추를 목 끝까지 잠가 주며 말했다.
 "놔주면 도망가."
 "예?"
 "멀리 가라고. 잡히면 죽일 테니까."
 "……."
 그리고 빅토르가 두 손을 떼는 순간, 아놀드가 주춤거리다 정신없이 법정을 달려 나갔다.
 빅토르는 아놀드가 멀어지는 모습을 잠시 바라보다 부하에게 귓속말로 무언가를 지시하고 스칼렛에게 돌아왔다.
 스칼렛은 그가 아놀드에게 해를 가하라고 지시했으리라는 것을 알고 있었다.
 빅토르가 다시 돌아오자, 그녀가 물었다.
 "……죽일 거야?"
 "봐서."

그는 대답하고 제 쪽을 불편한 표정으로 보고 있는 아이작을 돌아보았다. 그리고 가 보라고 턱짓하자 스칼렛이 서둘러 아이작에게 달려갔다.

집에 도착할때까지 손목의 결박을 풀 수 없어, 아이작은 그냥 스칼렛의 품에 얼굴을 묻고 있다가, 그녀에게 말했다.
"울지 말고 그냥 화내고 때려 주면 안 돼? 제발."
아이작의 애교 섞인 애원에 스칼렛이 두 주먹을 꾹 쥐어 치밀던 울음을 가라앉혔다. 그리고 아이작의 머리를 슥슥 쓰다듬으며 말했다.
"고생했어."
그렇게 말하고 나서, 스칼렛은 결국 울음이 터졌다. 그러자 아이작이 위로하려는 듯 활짝 웃으며 말했다.
"어차피 매일 집에 있었는데, 뭐. 고작 1년은 쉽지."
아이작이 그렇게 말하고는, 생각났다는 듯 얼른 물었다.
"그보다 7번 부품 말이야. 어디까지 진행됐어?"
"연구는 끝났어. 시제품을 만드는 데 시간이 걸리겠지만……."
"그건 내가 도와줄게. 구치소에서 계속 떠올렸어, 부모님이 작업장에서 일을 하던 모습. 손이 움직이는 모습……."
아이작은 기억을 떠올리며 제 가슴팍 높이에 손을 두고 말했다.
"넌 그때 요만해서 책상 위가 안 보였겠지만, 난 잘 보였거든."
"으이구, 겨우 한 살 많으면서."
"어쨌든 크긴 컸거든?"

"그 정도로 차이 나진 않았거든?"

그렇게 티격태격 다투다가, 아이작이 그녀를 다정히 바라보며 말했다.

"시제품이 완성되면, 이 가문은 이제 네 거야."

그 말에 스칼렛이 말없이 아이작을 바라보았다.

모든 감각이 남들의 배로 예민한 아이작은 문득 다른 시선을 느껴 빅토르 쪽을 보고 미간을 좁혔다. 스칼렛도 따라서 돌아보니 빅토르가 그녀를 물끄러미 주시하고 있었다.

스칼렛이 다시 아이작을 보며 말했다.

"빅토르에게도 물어보고 올게."

그리고 스칼렛이 빅토르에게 다가갔다.

그러자 빅토르가 그 거리에서 어떻게 들었는지, 그녀에게 말했다.

"시제품 만들려면 한동안 남매가 같이 연구해야 하나?"

"응. 따로 일하다가, 같이하다가 해야지."

"그냥 크림슨가에서 잠시 머물면서 만들고 와."

그의 말에 스칼렛이 멈칫했다. 그리고 눈을 가늘게 뜨며 말했다.

"혼자 있을 수 있어?"

그녀의 말에 빅토르가 저도 모르게 웃음을 터트렸다. 그리고 고개를 끄덕인 후 대답했다.

"내가 어린애는 아니라."

"그래도……."

"당신이 시계를 만들겠다는데, 그걸 막아서는 사람은 당신을 사랑하는 게 아니겠지."

"……."

"반드시 해야 하는 일이라는 거 알아. 그러니 차라리 가서 빨리 끝내고 와."

그의 말에 스칼렛이 머뭇거리다 이내 미소를 지으며 고개를 끄덕였다.

"맞아. 꼭 해야 하는 일이지. 그리고…… 당신이 날 사랑하는 것도 알아. 근데 그렇다고 해서 내가 당신을 시계보다 덜 사랑하거나, 그런 건 아냐."

그리고 선명한 눈빛을 빛내며 말을 이었다.

"있잖아, 나는 당신 덕분에 명예로움을 사랑하게 되었어."

"……"

"크림슨가의 명예는 시계에 있어. 그것뿐이야."

그녀의 말에 잠시 말이 없던 빅토르는 얼마 지나지 않아, 바다 위에 쏟아진 햇살 같은 미소를 지었다. 그 미소에는 스칼렛은 물론, 그의 주변 사람 누구도 지금껏 본 적 없는 행복함이 실려 있었다.

그가 다시 입을 열었다.

"그 후에 함께 바다에 나가자."

"좋아."

"멀리 다녀오자. 세상에 뭐가 있나."

그의 말에 스칼렛 역시 행복한 웃음을 터트렸다. 그리고 다시 한번 고개를 크게 끄덕였다.

"응. 기대되네."

"잘 다녀와."

빅토르는 그렇게 말한 후, 스칼렛의 눈가에 입을 맞추고 먼저 법정을 떠났다.

스칼렛은 가벼운 걸음으로 아이작에게 돌아갔고, 함께 크림슨가로 향하는 마차에 탔다.

――――◆――――

남매는 일주일 만에 7번 부품의 시제품을 완성했다.

그 즉시 저택에 모인 크림슨 가문 사람들은 시제품을 확인한 직후 스칼렛이 가주 자리에 오르는 것을 인정할 수밖에 없었다. 가장 뛰어난 기술을 가진 사람이 가주가 되는 것은 당연했다.

바로 크림슨 가문 제1 공장에서 7번 부품을 사용한 아쿠아7이 제작되었다.

아쿠아7의 발매 당일, 이른 아침. 스칼렛은 안드레이와 함께 당당하게 본점으로 향했다. 본점으로 가는 마차에서 스칼렛이 신문에 대대적으로 실린 광고를 보며 안도의 한숨을 쉬었다. 다행히 안드레이가 그녀의 사진을 광고에 쓰는 것을 포기했기 때문이었다.

그녀가 맞은편에 앉은 안드레이에게 말했다.

"웬일로 내 의견을 수용해 줬네."

그러자 안드레이가 불만스러운 표정을 지었다.

이건 그의 1안이 아니었다. 광고사에서 안드레이의 기획을 수락해 스칼렛을 촬영한 사진까지 전부 넘겼는데, 다음 날 광고를 게재할 수 없다는 급한 연락이 돌아왔다. 이유는 말할 수 없다는 걸 보니, 뻔한 일이었다.

왕실경찰 출신인 안드레이의 일거수일투족은 여전히 빅토르 덤펠트의 감시하에 있었고, 자신이 넘긴 광고를 그 남자가 먼저 확인한 건 당연한 일이었다.

'아내 얼굴이 실리는 게 내키지 않은 것이겠지.'

게다가 스칼렛이 원했다면 모를까, 성공의 반짝임을 모르는 그녀는 이 광고가 앞으로 만들어 줄 수익에 별 관심이 없었다.

별수 없이 타협한 광고안이 안드레이는 영 마음에 들지 않았지만, 스칼렛의 마음에는 든 모양이었다.

광고는 한 연인이 불의의 사고로 헤어지며, 1만 시간이 지난 후에 만나기로 약속하는 내용의 삽화였다.

[서로가 세상의 반대편을 헤매더라도, 정확한 시계는 1만 시간이 지난 후 두 사람을 다시 만나게 할 겁니다.]

스칼렛은 광고를 바라보며 왠지 모르게 울컥하는 기분에 눈물 고인 눈으로 웃었다.

"응. 사고 싶어지네, 이 시계."

"예, 뭐. 2안이었지만요. 다 제가 뛰어난 덕이죠. 하지만 1안이 진짜였는데……."

"아무리 봐도 이게 훨씬 낫지. 스토리가 있잖아."

"수도의 영웅이 훨씬 스토리가 있는데요. 그리고…… 솔직히 말해서 판매를 촉진할 수 있는 얼굴이잖습니까, 사장님이."

"그게 무슨 얼굴인데?"

"아, 도착했네요."

안드레이가 대답을 회피하며 먼저 마차에서 내렸다. 그리고 스칼렛까지 마차에서 내린 후, 두 사람은 고개를 들고 본점을 바라보았다.

안드레이가 마차에 싣고 온 사다리를 꺼내, 오랜 세월 본점을 지켜 온 돌출 간판 아래 놓았다.

그리고 그 간판을 떼자 스칼렛이 자기도 모르게 한숨을 쉬었다.

"……이래도 되는 건가?"

역사가 있는 본점 간판은 그들이 가져 온 새 간판으로 바뀌었다. 본점 직원들은 그저 그 모습을 재미있는 구경거리로 보고 있을 뿐이었다. 그들은 오히려 확고한 가주가 존재한다는 사실에 기뻐했다. 크림슨가에서 가주란 살란티에서 가장 뛰어난 시계 장인을 의미했고, 스칼렛 크림슨이 그 증거였기 때문이다.

그녀는 크림슨 시계가 다시 한번 번영을 누리게 할 가주였다.

"가 볼게요."

스칼렛이 본점 직원들에게 인사하자, 직원들도 경쾌하게 인사했다.

"조심해서 들어가세요, 백작님!"

그 말에 스칼렛이 민망해져 서둘러 마차로 도망쳐 들어갔다. 가주가 된다는 것만 생각해서, 작위에 대해 생각을 하지 못했다. 크림슨가를 잇는다는 건 작위를 잇는 일이라는 걸, 뒤늦게 알아차렸다.

떼어 놓은 간판을 가지고 가게로 돌아갔을 때는 오전 10시가 얼마 남지 않은 시간이었다.

마차에서 내린 스칼렛이 그 앞에 선 긴 줄에 놀라 눈을 동그랗게 떴다. 옆을 보니 안드레이는 아예 감격해 울기 직전이었다. 스칼렛은 자기도 놀라 놓고 안드레이에게 놀리듯 말했다.

"와, 안드레이 그런 표정 하는 거 처음 봐."

"이, 이것이 성공가도 위에서 뗀 첫 걸음이 아니겠습니까!"

"진정해, 안드레이."

기뻐할 거라 예상하기는 했지만, 그 이상으로 흥분한 안드레이를 보니 스칼렛은 웃음이 나왔다.

안드레이는 최선을 다하여 흥분을 가라앉히고 그녀에게 말했다.

"그럼 저녁 파티까지 일하고 계시죠."

"응."

스칼렛이 고개를 끄덕였다.

그녀가 이전처럼 2층으로 올라가 작업을 하고 있으니, 덤펠트가 사용인들이 그녀에게 큰 화환을 가지고 찾아왔다. 스칼렛은 화환 속에 꽂힌 빅토르의 편지를 발견해 꺼내 보고 미소를 지었다.

[오늘 밤 파티에서 만납시다, 스칼렛 양.]

그리고 상자가 있어 열어보니 꽃의 형태로 사랑스럽게 세공한 보석이 달린 목걸이였다.

스칼렛의 눈이 동그래졌다.

"너무 귀여워……."

지금까지 그가 준, 오랜 역사가 있는 보석과는 완전히 다른 새것이었다. 스칼렛은 그 자리에서 바로 목걸이를 걸고, 행복한 얼굴로 거울을 살핀 후 다시 일에 집중했다. 오늘 저녁에 크림슨가에서 파티가 있을 예정이었다. 스칼렛은 저녁 파티 전까지 바쁘게 시계를 만들었다.

파티 시간이 가까워졌을 때, 그녀가 옷을 갈아 입고 1층으로 내려가 보니 안드레이가 멍한 얼굴로 서 있었다. 스칼렛이 걸어가 그의 팔을 툭 건드렸다.

"안드레이?"

"매진입니다. 예약까지 싹 다 찼어요."

"어? 그, 그렇게 비싼데?"

스칼렛이 옆에서 놀라거나 말거나, 안드레이가 주판을 튕기며 말했다.

"1공장의 인원을 많이 늘렸는데도 물량이 감당이 안 되네요. 백작…… 아니, 아이작 씨는 얼마나 생산하실 수 있으세요?"

"아이작은 이제 향수를 만들고 싶어 하지 않을까?"

"그건 취미로 하라고 전해 주시죠. 크림슨가 사람들이라면 단연 시계를 만들어야 하는 것 아닙니까?"

"……물어는 볼게. 아무튼 가게 닫으면 파티 와. 꼭. 알겠지?"

"시간적 여유가 있으면 가겠습니다. 없겠지만요."

안드레이는 이미 새로운 시계 라인을 구상하는 데 푹 빠져 그녀의 말에 건성으로 대답했다. 스칼렛은 그런 이상한 직원과 함께할 수 있어서 피곤한 동시에 행운이라고 생각하며 크림슨가로 향했다.

─────◆─────

해가 길어져 일곱 시가 넘어서도 수도가 낮처럼 밝았다. 저택은 이미 사람들로 북적거리고 있었다.

7번가와 공과대학 사람들이 북적거리는 크림슨가의 정원에 들어선 스칼렛은 즐거운 미소를 지었다.

아쿠아7의 발매 기념 파티는 아이작의 생각이었고, 그는 가택연금으로 저택의 포치를 벗어날 수 없었으나 동생의 소중한 사람들을 위한 파티를 위해 정원을 아름답게 꾸미도록 지시해 두었다.

스칼렛은 집 안으로 들어가, 서재에 있던 아이작에게 고맙다는 인사와 함께 아쿠아7의 매진 소식을 알리고 함께 신이 나서 팔짝팔짝 뛰었다.

그리고 나서 파티가 한창인 정원으로 돌아와 자신을 반기는 사람들과 한참을 웃고 떠들다가, 들어서는 마차 쪽을 보았다. 그녀는 그 마차가 서는 순간에 가슴이 쿵쿵 거리고 뛰기 시작하는 것을 알았다.

나도 제정신이 아니구나.

그녀는 생각하며 실없이 웃었다. 예상대로 거기서 빅토르가 내리자, 그에게로 걸어갔다.

"빅토르."

스칼렛은 누구라도 귀부인이라 여길 만큼 우아하게 다가가며 인사했으나, 연회복 차림의 빅토르는 급한 걸음으로 걸어와 그녀를 꽉 끌어안았다.

그 모습에 이미 취할 대로 취해 있던 7번가 손님들이 깔깔거리고 웃었다.

"아이고, 그 며칠 떨어져 있었다고 저렇게."

"저렇게 다시 만나는 것도 신혼이라고 치는 건가?"

"뭘 따져요, 신혼이지, 뭐."

한마디씩 거드는 사람들 덕에 민망해진 스칼렛이 빅토르를 밀어내더니, 손을 잡고 얼른 후원으로 데려갔다. 그리고 손을 놓으려는데 빅토르가 떨어지지 못하게 팔을 붙잡고 허리를 팔로 감아 바짝 당겼다. 스칼렛이 주위를 둘러보더니 눈치껏 아무도 따라오지 않은 걸 알고, 작게 소곤거렸다.

"……엄청 보고 싶었어."

"누가 할 말을."

빅토르가 핀잔하듯 말하더니 몸을 숙여 그녀에게 입을 맞췄다. 그리고 잠깐 입술을 떼고 말했다.

"축하해."

"고마워. 파티 끝나면 집에 가자."

그녀의 말에 빅토르가 고개를 끄덕이자, 스칼렛은 뺨이 조금 붉어져서 말을 이었다.

"문 잠그고…… 둘이만 있자."

"……침실 문도 잠가야 할 것 같은데."

어울리지 않게 조급해진 빅토르의 말에 스칼렛이 그를 올려다보더니, 발꿈치를 들어 목을 끌어안으며 말했다.

"응, 그러자."

그런 그녀의 목소리가 야하게 들려 빅토르가 저도 모르게 한숨을 쉬었다. 그리고 그녀의 품에 얼굴을 묻고 중얼거렸다.

"파티 주인공을 납치할 수도 없고."

그의 진심 어린 목소리에 스칼렛이 웃음을 터트리더니 자신을 위해 몸을 숙여 준 빅토르와 이마를 맞대고 말했다.

"대신, 오늘은 밤새도록 이러고 있자."

"……그래."

두 사람은 다시 입을 맞추기도 하고, 음악이 흘러나오면 춤을 추며 웃기도 했다.

파티의 손님들은 실컷 먹고 마시다가 즐겁게 웃으며 돌아갔다. 손님들을 모두 배웅하고 나니 늦은 새벽이었다. 스칼렛은 아이작과 꼭 끌어안고 인사를 나눈 후, 빅토르와 함께 마차에 올랐다.

두 사람이 탄 마차는 그대로 바다로 향했다. 수도에서 조금 떨어진, 몇 안 되는 모래사장이 있는 바닷가에서 두 사람은 일출을 맞이했다.

새하얀 모래가 아침 햇살에 반짝거리기 시작하자 두 사람은 피곤한 줄도 모르고, 맨발로 고운 모래 위를 걸었다.

그러다 빅토르가 잠깐 손을 놓자 스칼렛이 멈춰 섰다. 그러더니 그는 한 걸음을 성큼 걸어 떨어진 후 스칼렛을 돌아보았다.

두 사람은 서로를 한동안 마주 보다, 거의 동시에 입을 열었다.

"바다와 잘 어울려."

"바다를 닮았어."

빅토르가 먼저 말하고, 이어서 스칼렛이 말한 후에 두 사람은 웃음을 터트렸다.

빅토르가 다시 입을 열었다.

"사실, 나는 이제 예전만큼 바다를 사랑하지 않아."

"그럴 리가."

"무서워. 당신에게 돌아가지 못할까 봐."

"……."

"무엇보다 당신을 기다리게 하고 싶지 않아. 그래서…… 당신과 함께하지 않는다면 바다에 나가지 않으려고."

그의 말에 스칼렛이 잠시 생각하다 고개를 끄덕이고 말을 이었다.

"아이가 생기면 더더욱 무서워질까?"

"아니."

빅토르가 고개를 저었다.

"이보다 더할 수는 없어."

"……."

"스칼렛."

"……응."

"내가 바다에서 찾으려고 하던 것들을, 당신이 전부 나에게 찾아 줬어."

빅토르가 환하게 웃으며 말을 이었다.

"사랑해. 스칼렛 크림슨."

그의 말에 한동안 서 있던 스칼렛이 이내 웃으며 한 걸음을 더 다가가 그를 와락 끌어안았다.

〈처음이라 몰랐던 것들〉
본편 완결

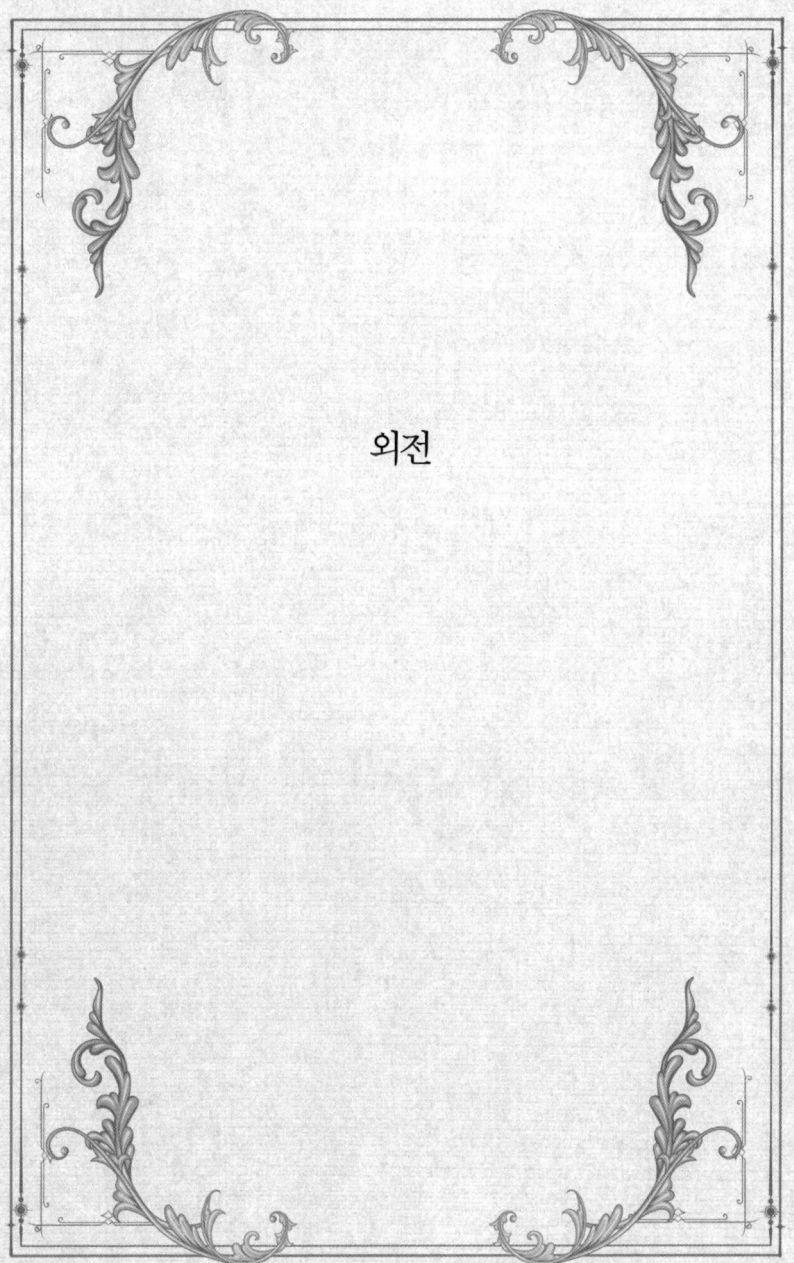

외전

* 본편과 별개로, '스칼렛이 아니라 빅토르가 기억을 잃었다면'에서 시작되는 if 외전입니다.

원래 왕실경찰에서 소환한 것은 스칼렛이었다. 그리고 빅토르는 같은 시간에 왕성에 가기로 되어 있었다. 그러다 도중에 왕실경찰의 전략이 수정되어, 그들은 스칼렛 대신 왕족이 되고자 하는 당사자 빅토르 덤펠트를 소환했다.

일주일간 왕실경찰의 조사를 받고 돌아온 이후, 빅토르는 한동안 여느 때와 다를 바 없는 생활을 이어 가고 있었다. 너무 한결같아서, 스칼렛은 그에게 어떠한 변화가 일어났다는 것도 모르고 지냈다.

그러다가 스칼렛이 신문을 받은 것은 그의 경찰 조사 이후 한 달이 지났을 때였다.

스칼렛은 집에 온 이후에도 무덤덤한 얼굴로 앉아 있는 빅토르의 앞에 신문을 펼쳤다.

"무슨 일이 있었던 거야, 도대체?"

빅토르의 시선이 잠시 스칼렛에게 닿았다가, 신문 쪽으로 향했다.

[왕족이던 제 어머니를 정신 병동에 가둔 빅토르 덤펠트가 왕가의 일

원이 될 수 있겠는가.]

그는 여느 때처럼 무심하게 입을 열었다.
"기억이 잘 안 나."
"뭐?"
"기억이 안 난다고."
"그걸 지금 말이라고……."
왕족이 되는 일에 사활을 걸었던 빅토르 덤펠트였다. 그러던 그가 '기억이 안 난다'라니.
스칼렛이 한 손으로 이마를 짚으며 말했다.
"왕실경찰 본청에서 있었던 일이 다 기억 안 난다는 거야?"
그녀의 질문에 빅토르가 다시 스칼렛 쪽을 보았다.
사실, 문제가 있었다. 그는 자신이 왕실경찰 본청에 다녀온 이후부터 조금씩 기억이 사라지고 있다는 것을 알고 있었다. 그런데 반대로 또 어떤 기억은 지나치게 자세하게 떠올라서 견딜 수 없을 지경이었다. 대부분 어린 시절 부모의 학대에 관한 기억이었다. 그가 익시도 시워 버렸던 기억들이 전부 되살아나 정신을 어지럽혔다. 그 고된 기억 속에서, 그나마 그를 버틸 수 있게 해 주는 것은 예전에 제가 마차 사고에서 구한 아이들에 대한 기억이었다. 그것이라도 없으면 제가 존재하는 이유 자체를 부정하게 될 것 같았다.
스칼렛이 어지러워하며 말했다.
"내가 본청에 가 봐야겠어."
"무슨 소리야."
빅토르가 저도 모르게 그녀의 팔을 붙잡았다.

"당신이 거길 왜 가."

"당신은 기억이 안 난다며, 왕실경찰들은 기억할 거 아냐."

"가지 마."

이유는 모르겠지만, 그냥 아내가 그곳에 가면 안 될 것 같다는 생각이 들었다.

요즘 들어 그녀는 빅토르에게 그리 애정이 남아 있지 않은 것처럼 보였다. 그러므로 조금이라도 남아 있을 그녀의 사랑을 받기 위해서는 아무것도 하지 않는 것이 최선이었다.

결혼 전까지, 그가 인생을 걸고 왕족이 되고자 했을 때의 계획 안에는 부모가 있었다. 어머니의 기쁨, 아버지의 안정. 원래는 그것이 그가 세운 계획의 완성이었다. 그러다 결혼을 하고 난 이후부터는 그 계획이 전면 수정되었다.

제가 왕족으로 인정 받았을 때 아내가 없다면 그것은 완벽한 성공이 아니었다.

그러다 저 신문 기사가 나왔을 때, 제 손으로 일을 망쳤다는 것을 알았다. 왕실에서는 어떻게 낳아 준 어머니를 정신 병동이며 수도원에 가둘 수 있냐고 분개하고 있었다.

어릴 때의 기억이 더욱 선명해진 지금, 그는 어머니를 가둬 둔 것에 대하여 조금의 후회도 없었다. 다만 비밀로 했어야 했다. 제가 왜 그것을 입 밖에 낸 것인지 아직도 알 수가 없었다.

그는 기억이 흐릿해질 때, 머릿속으로 어떤 확신을 가지게 되었다. 만약 자신에게 광증이 있다면 그것은 당연한 일이다. 그 어머니의 그 아들이지 않나.

지금 당장은 본청에서의 일만 기억나지 않는 것 같지만, 사실 그 이 전부터 많은 실수를 해 왔던 건지도 모른다. 루비드호의 부하들은 권력가인 자신에게 그런 실수를 지적할 수 없었을 테니 지금껏 자신이 눈치채지 못했던 걸지도.

그렇게 생각하니 그는 점점 더 이 상황에 대하여 아무 말도 할 수 없게 되었다.

남편이 말이 없으니 스칼렛이 답답한 얼굴로 말했다.

"분명히 문제가 있어. 당신 똑똑하잖아. 생각 좀 해 봐."

"……."

"빅토르!"

"제정신이 아닌가 봐."

그는 지나치게 담담한 목소리로 말을 이었다.

"나도 어머니처럼 미쳐 가나 봐, 이제."

"……."

"당연한 일 같기도 하고."

그는 그렇게 말하는 동안 어쩌면 아내에게 남았던 자신에 대한 마지막 애정마저 다 사라져 버릴 거라고 예상했다.

그러나 어찌할까. 자신이 미쳐 버린다면 아내는 무조건 이 덤펠트가를 떠나야 한다.

그럴 수밖에 없었다. 만약 제가 제 어머니처럼 이성을 잃고 그녀의 목을 조르기라도 한다면, 힘이 없는 마리나 덤펠트와는 다른 결과가 벌어질 것이 분명했다.

거기까지 생각한 빅토르의 눈에는 앞에 선 스칼렛이 위태롭게 보였다.

그는 차분히 어제 일, 한 달 전의 일, 일 년 전의 일을 떠올려 보았다. 한 가지 분명한 것은 지난주에는 고작 어제 일 정도가 기억나지 않았는데 지금은 한 달 전의 일도 흐릿해지기 시작했다는 것이다.

빅토르는 저도 모르게 스칼렛의 손목을 움켜쥐었다. 그녀가 자신을 당장 버릴지도 모른다고 생각했다.

"스칼……."

그가 채 이름을 다 부르기도 전이었다. 스칼렛이 그를 와락 끌어안았다.

"괜찮아."

"……."

"천천히 생각해 보자. 기억날 거야."

그의 이상 상태에 대하여 스칼렛은 화가 난 것이 아니었다. 정말로, 진심으로 걱정을 했을 뿐.

빅토르는 자신을 끌어안은 스칼렛의 팔을 손으로 감싸 보았다.

그녀는 자신을 사랑한다.

여전히, 아직은.

그녀의 품에서 잠시 눈을 감은 빅토르가 입을 열었다.

"내 옆에 있어 줘."

그렇다면 괜찮지 않나. 그녀가 자신을 여전히 사랑한다면.

그는 아내가 다칠 수도 있다고 여전히 생각했지만, 그 사실에 대하여 눈을 감아 버리기로 했다. 그녀가 없으면 힘들어질 테니까.

그런 그의 이기적인 마음을 조금도 모르고, 스칼렛은 오히려 감동한 얼굴이었다. 평소에 그렇게 무뚝뚝하던 남편이 곁에 있어 달라고 아이처럼 굴고 있었으니까.

그녀가 걱정하지 말라는 듯 씩씩하게 말했다.

"응. 당연하지."

"……."

"난 무슨 일이 있어도 당신 옆에 있을 거야."

그녀의 대답에 빅토르는 안심했다. 스칼렛의 반응을 예상하지 못하는 그에게 요즘 아내와의 대화는 늘 신경을 곤두세우고 깨지지 않을 유리를 찾아 밟는 과정이었다.

그날 이후부터 빅토르는 가급적 외출을 하지 않았다. 기억이 점점 더 사라진다는 것은 기분 나쁜 일이었다.

그는 항해를 하지 않는 시간 동안 노트에 떠오르는 것들을 전부 적어 두었다. 그러다가 다음 날 읽어 보고 기억이 나지 않는 부분이 있으면 그 부분에 표시를 해 두었다.

이상하게도 정말 많은 것들, 심지어는 그토록 사랑한다 믿었던 항해에 관한 사실들마저도 잊히는데 아내에 관한 기억들만큼은 사라지지 않았다. 그녀가 자신을 얼마나 사랑했는지, 그 사랑에 제가 얼마나 오만했는지에 대한 기억들은.

침실을 따로 쓰는데도 툭하면 제 문을 열고 들이오던 스칼렛이 자신을 찾는 횟수가 시간이 흐를수록 줄어든다는 것.

참고 참아도 이틀에 한 번씩은 제 침실에 들어와 이것저것 떠들어 대던 그녀가 이제는 일주일에 한 번, 최근에는 한 달에 한 번도 자신을 찾아 주지 않았다는 것.

그리고 그녀가 찾아오지 않는 그 많은 밤, 제가 먼저 찾아가면 된다는 것을 알면서도 거절당하는 두려움에 오기로 버티고 있었던 한심함까지.

그 사랑에 대한 기억들은 오히려 선명해지기만 했다.

그래도 이렇게 조치를 취하다 보면 아무 문제가 없을 것이다. 사랑이 선명해지는 것은 오히려 좋은 일이다. 이제부터 아내에게 이 사랑을 보답해 주면 될 테니까.

─────◆◆─────

빅토르가 기억을 잃어 간다는 것을 알게 된 이후부터 스칼렛은 다시 그의 침실을 자주 찾아오기 시작했다.
 오늘도 잠자리에 들기 직전에 스칼렛이 빅토르의 침실로 찾아왔다. 그녀가 일지를 적고 있던 빅토르의 팔을 잡아끌었다.
 "늦었는데 왜 안 자?"
 그녀의 말을 듣고 시계를 보니 확실히 늦은 시간이었다.
 빅토르는 아내가 끌어당기는 대로 끌려가 침대에 누웠다.
 스칼렛이 침대에 걸터앉아서, 빅토르를 내려다보며 흘러내리는 머리칼을 귀 뒤로 넘겼다. 그 모습이 사랑스러워서 빅토르는 손을 들어 아내의 뺨을 감싸 보았다.
 "스칼렛 덤펠트."
 "응?"
 "……아니."
 그는 고개를 저었고 스칼렛은 웃으며 뺨에 닿은 빅토르의 손을 제 손으로 감쌌다.
 "실없긴."
 그러다가 그는 스칼렛의 소매 안으로 보이는 팔이 붉은 것을 발견하고 몸을 일으켰다.

"빅토르?"

빅토르는 스칼렛의 소매를 걷어 올리고 그녀의 팔에 난 손자국을 보았다. 손으로 감싸 보니, 분명 제 손자국이었다.

스칼렛이 난처한 얼굴로 입을 열었다.

"아, 음……."

"……오늘 무슨 일 있었어? 내가 기억 못 하는 건가."

"…….'

"말해. 안 그래도 돌아 버리기 직전이니까."

그가 답을 알아내기 위해 위협적으로 하는 말에 스칼렛이 눈을 꾹 감았다가, 입을 열었다.

"……아침에 잠깐. 날 기억 못 하더라고."

"……."

"나보고 누구냐고 해서……. 그래도 지금은 다시 기억나잖아. 그렇지?"

빅토르는 말문이 막혀 아무 말도 하지 못했다.

아내는 기억이 났으면 됐다는 듯이, 순진무구하고 다정한 눈으로 그를 올려다보고 있었다. 그녀의 머릿속에는 오로지 빅토르에 대한 걱정뿐이었다.

만약 반대로 아내가 기억을 잃었다면 자신은 어떻게 대했을까. 왕실경찰 본청에서 제 약점을 털어놓은 것이 그녀였다면. 그랬어도 자신은 그녀를 이렇게 보살피려 애썼을까.

아니었다. 그럴 리가 없다. 자신은 스칼렛과 정반대의 인간이었다.

끔찍한 이기주의자. 결국 아내가 비밀을 말했다는 사실에, 그녀가 자신을 배신했다는 사실에 미쳐 버렸을 것이다.

언젠가 그녀를 다치게 할지도 모른다고 예상하고 있었다. 이런 식으로 점점 기억을 잃어 가고, 미쳐 가다 보면 결국.

분명히 어느 순간에 그녀를 해칠 것을 알았으면서도 그는 그녀를 놓지 않으려 했다.

언젠가.

제 어머니처럼 그녀의 목을 조르게 될지 모른다는 생각을 돌아서서 외면했다.

"스칼렛."

"괜찮아, 그냥 당신도 놀라서 힘 조절이 안 된 것뿐이야. 그냥……."

"이혼하자."

"……."

"이혼하자, 우리."

이건 자신을 위한 것이라고, 그는 생각했다.

아내를 위한 것이 아니라 이기적이기 짝이 없는 자신을 위한 것.

어느 순간, 제 손에서 그녀가 목이 졸려 죽어 간 것을 알게 된다면, 자신은 분명 지옥에서 불타는 듯한 기분이 들 테니까.

빅토르는 매우 보수적인 남자였다. 혼인은 그저 가문을 잇는 수단일 뿐이므로, 어떤 경우에라도 이혼의 가능성을 생각하지 않을 사람이었다.

그러므로 스칼렛은 남편의 이혼 요구에 말문이 막혀 어떤 표정을 지어야 할지 선택조차 못하고 있었다.

그 사이 빅토르가 입을 열었다.

"필요한 서류는 내가 준비하지."

"싫어."

스칼렛이 그가 남긴 손자국을 제 손으로 감싸며 말했다.

"이것 때문에 그런 거면, 난 상관없어."
"상관없다고?"
"응. 조금도."
그런 그녀의 말에 빅토르는 어쩔 수 없는 기쁨을 느꼈다. 이어서 그녀의 사랑이 변함없다는 사실에 만족한 스스로를 이기적이라 여겼다.
스칼렛이 말을 이었다.
"좀 세게 쥔 것뿐이잖아. 정신이 없으면 누구나 그래."
"……."
"그러니까, 그냥 넘어가자. 응?"
그러나 또 어떻게 생각하면, 자신에 대한 사랑이 커서가 아니라 그 난폭함을 대단하게 여기지 않기 때문으로 보이기도 했다.
그는 이윽고, 스칼렛에게 눈이 보이지 않는 그녀의 오빠를 보살피기 위한 돈이 필요하다는 사실을 떠올렸다.
"혼전계약서에 관한 건 잊어버려. 재산 분할은 정확하게 하도록 하지."
그의 말에 스칼렛이 멈칫했다. 그러나 곧 고개를 저었다.
"그래도 안 돼."
"스칼렛."
"응."
"이혼이 왜 싫어?"
그런 그의 질문에 스칼렛이 기가 막혀 그를 노려보았다.
"당신을 사랑하니까."
"불쌍해서는 아니고?"
"……."
어느 날부터인가, 사랑한다는 그녀의 말이 습관처럼 느껴졌다.

여전히 사랑한다면 왜 자신을 보고 웃는 일이 줄어들었나. 침실에 와서 아무것도 아닌 하루 일과를 이야기하는 날은 또 왜 이렇게 줄어든 건지.

그는 그녀의 웃음과 침실 방문을 세며, 사랑을 숫자로 이해하려 했다. 그리고 그 망할 숫자는 결혼 이후 꾸준히 줄어들기만 했다.

자신은 같은 자리에 서 있는데, 왜 그녀는 한 걸음씩 멀어지는 건지 알고 싶었다.

스칼렛의 표정이 복잡했다. 그녀가 물었다.

"불쌍해서면 뭐 어때? 부부 사이에. 불쌍해서 옆에 있어 주고 싶은 게 뭐가 이상해?"

"나는 싫어. 그러니까 이혼하자는 거야."

"빅토르!"

스칼렛은 그의 말을 순순히 받아들일 생각이 없어 보였다.

결국 빅토르는 천천히 한숨을 쉬고, 입을 열었다.

"이제 사랑하는 사람과 살고 싶어."

"……."

"당신이 아니라."

빅토르를 설득하려던 스칼렛은 그의 그 말을 끝으로 더 이상 말이 없었다. 그리고 몸을 일으켜서 그대로 침실을 나가 버렸다.

빅토르는 멀어지는 그녀의 발소리를 들으며, 그녀가 참 그녀다운 이유로 자신을 떠난다고 생각했다.

빅토르는 별 어려움 없이 이혼 절차를 밟아 나갔다.

그로부터 보름이 지났을 때, 스칼렛은 먼저 짐을 다 챙기고 문 앞에 서 있었다.

빅토르는 그런 그녀를 물끄러미 바라보며 물었다.

"나가려고?"

"응."

이혼하자고 말한 건 자신인데, 나가겠다는 스칼렛의 말에 심장이 철렁했다.

그때 스칼렛이 말을 이었다.

"하지만 이혼은 안 하려고."

"……뭐?"

"아무리 생각해 봐도 당신을 계속 혼자 두는 건 아닌 것 같아."

스칼렛이 그렇게 말하고는 빅토르가 뭐라 말을 꺼내기 전에 활짝 웃으며 재잘대듯 물었다.

"그나저나 어디로 가는지 안 궁금해?"

"전혀."

그의 냉정한 대답에 스칼렛이 다시 한번 소리 내어 웃었다.

그녀가 웃었으므로, 빅토르는 조금이나마 마음이 놓였다.

재산은 넉넉히 챙겨 주었으니 잘 지내겠지. 거기다 이혼은 하지 않겠다는 그녀의 계획도 솔직히 마음에 들었다.

그는 원래 스칼렛에게 이 집을 내주고 자신은 수도원으로 갈 예정이었지만, 아버지가 걸렸다. 그는 스칼렛을 탐탁지 않게 여겼다. 일단은 부모 문제를 해결하고, 자신의 문제도 해결할 예정이었다.

빅토르는 이혼을 준비하는 기간 동안 그녀가 죽을 때까지 아무리 흥청망청 써도 다 쓰지 못할 재산을 아내 앞으로 돌려놓았다. 스칼렛은 그 돈의 일부로 크림슨가 주변 땅을 사들였고, 거기에 소박한 집을 지었다.

결혼 생활을 하는 동안 스칼렛의 야망은 빅토르의 야망과 같았다. 사랑하는 이가 원하는 것을 얻는 것이 꿈이었고, 기쁨이었다.

스칼렛은 다른 사람을 사랑한다고 말하는 빅토르의 말을 믿지도, 그렇다고 아주 불신하지도 못했다.

그는 제가 낸 상처에 놀라 자신을 밀어냈다. 하지만 동시에, 사랑하지 않는다는 말 역시 진심이었을 것이다.

별거 직후부터 그녀는 제1 공장의 장인들에게 부탁해 시계 만드는 법을 배웠다.

오늘은 장인 중 한 사람인 애나가 그녀의 집으로 찾아왔다. 다행히 스칼렛의 숙부는 그녀가 시계 만드는 법을 배울 거라고는 생각도 하지 못해 어떠한 경계도 하지 않았다.

애나가 소박하지만 질 좋은 물건으로 채워진 집 안에 들어서며 모자를 벗었다. 그리고 스칼렛과 작업대에 마주 앉았다. 하녀들이 가져다준 다과를 먹으며 애나가 말했다.

"그나저나 정말 빨리 배우시네요. 역시 선대 사장님 두 분의 피가 어디 안 가나 봐요."

애나의 칭찬에 스칼렛이 부끄러워하며 말했다.

"아직 모르는 게 너무 많은걸요."

"아뇨, 순식간에 엄청난 속도로 배우고 계신 거예요. 정말 이런 속도는 처음 봐요. 얼마 지나지 않아서 부인께서는 분명 1 공장의 어느 누구보다 뛰어난 시계 장인이 되실 거예요."

애나는 진심으로 스칼렛이 가진 천재성에 연일 놀라고 있었다. 그 부모에 그 딸이었다. 애나가 어쩐지 울컥한 목소리로 말을 이었다.

"운명이라는 게 있나 봐요."

"운명이요?"

"지금 사장님이 아무것도 알려 주지 않았어도, 이렇게 시계를 만들고 있잖아요."

그런 그녀의 말에 스칼렛이 배시시 웃었다.

"그러네요. 운명."

만약 빅토르에게 그런 이상 증세가 나타나지 않았어도, 결국은 그와 헤어지게 되었을 거라고 스칼렛은 생각했다. 애나의 말대로, 정해진 운명처럼.

이미 스칼렛은 그와의 시간을 힘겨워하고 있었다. 그녀가 사랑에 빠져 허우적거리고 있는 것을, 빅토르는 별 관심 없는 태도로 관망해 왔다. 처음 만나던 날부터 한결같이.

그는 단 한 번도 감정에 동요하지 않았다. 거기에 지쳐서 결국 그와 헤어지고 말았으려니 생각하니 쓴웃음이 나왔다.

스칼렛은 다시 시계에 집중하기 위해 심호흡을 한 번 크게 했다. 애나의 가르침을 받으며 시계를 만들고 있을 때, 밖에서 마차 서는 소리가 들렸다.

잠시 후에 하녀 하나가 올라와 말했다.

"마님, 에번 경께서 오셨습니다."
"그래?"
스칼렛이 의아해하며 애나를 보자 그녀가 다녀오라고 고개를 끄덕였다.
스칼렛이 문으로 가보니 현관에 서서 기다리던 에번이 인사했다.
"오랜만에 뵙습니다, 부인."
덤펠트가에서 나온 후 반년 만에 보는 해군이었다.
스칼렛이 인사를 한 후 물었다.
"무슨 일인가요?"
"혹시 덤펠트가에 와 주실 수 있으십니까?"
"……네?"
"함장님께서 상황이…… 많이 안 좋으십니다."
늘 경쾌한 모습만 보아 왔던 에번의 힘겨운 목소리에 스칼렛의 표정이 굳었다.
에번의 말을 들어보니 스칼렛이 떠난 이후 빅토르의 상태가 점점 더 심각해지고 있다는 모양이었다.
의사가 그 이유를 알아내지 못하자 빅토르의 부하들은 이 증상에 대한 의심을 시작했다. 빅토르 본인은 유전병이라 여기고 대수롭지 않게 생각하고 있었지만, 타인들이 보기에는 아니었다.
그가 달라진 시점의 추정이 가능했기 때문이었다.
"해서, 조사해 본 결과로는…… 해적들의 약을 사용한 것 같습니다. 왕실경찰들이."
"뭐, 뭐라고요?"
"그 후 저희도 해적들에게 해독제를 구했습니다만, 아무래도 해적들이 주는 약을 믿을 수가 없어서요. 확인하는 데 좀 시간이 걸렸습니다."

에번이 스칼렛에게 약병을 보여 주며 말을 이었다.

"그런데 이걸…… 몰래 함장님께서 드시게 하기가 어려워서요. 워낙 기민하신 분이라."

"알았어요. 내가 먹일게요."

스칼렛은 아무렇지도 않은 척 말했지만, 애나가 있는 곳으로 돌아왔을 때는 손이 바들바들 떨리고 있었다.

"미, 미안해요, 애나. 오늘은…… 여기까지 해야 할 것 같아요. 남편이 몸이 안 좋은가 봐요."

"하, 함장님께서요? 세상에, 얼른 가 봐요!"

"고마워요. 아, 식사…… 식사하고 가요. 남편분도 함께……."

"내 일은 내가 알아서 할 테니까 빨리 가요, 얼른!"

스칼렛이 고개를 끄덕이고 정신없이 집을 나섰다.

마차가 덤펠트가로 향하는 내내 무릎에 둔 그녀의 손이 달달 떨렸다. 거기서 더 상태가 나빠졌을 줄은 몰랐다. 그녀는 그를 찾아가지 않았고, 그도 그녀를 찾지 않았다. 그렇게 반년이었다.

마차에서 내리자마자 덤펠트 저택으로 달려 들어간 스칼렛이 급하게 빅토르를 찾았다.

"빅토르! 어디 있어?"

그러자 블라이트가 서둘러 달려와서 말했다.

"서재에 계시기는 하는데……."

그의 말에 스칼렛이 서재로 가려 하자 블라이트가 급하게 막으며 말했다.

"마님을 알아보지 못하실 겁니다."

"상관없어."

스칼렛이 말하며 서재로 향했다.

빅토르가 책을 좋아한 덕에 서재에는 수도 없이 많은 장서가 있었다. 드넓고 책장이 계속해서 세워져 있는 서재를 헤매다가, 그녀는 책장 앞에 서 있는 빅토르를 발견했다.

인기척을 느꼈는지, 책을 고르던 빅토르가 그녀 쪽을 보았다. 그리고 급하게 달려온 탓에 숨을 몰아쉬는 그녀를 향해 말했다.

"귀부인께서는 뛰지 않으시는 게 좋을 텐데요."

"……."

정말로 알아보지 못하는구나.

스칼렛이 충격에 빠져 있는 사이 빅토르가 걸어왔다. 그녀의 앞에 서 멈춰 선 그가 물었다.

"어떻게 부르면 됩니까?"

"나 못 알아봐?"

"처음 뵙는 것 같습니다만."

스칼렛은 울음이 나올 것 같아서 입술을 물었지만, 어깨가 들썩이다 결국 뚝뚝 눈물이 떨어져 두 손바닥으로 눈을 꾹 눌렀다.

"아닌데. 당신 나 알아."

그녀가 애써 경쾌하게 한 말에 한동안 대답이 돌아오지 않았다.

별거 전에는 그래도, 그녀의 존재를 잊었을 때 빅토르가 불안감을 드러내기라도 했었다. 아는 사람을 떠올리지 못하고 있다는 것을 희미하게나마 인지했기 때문이었다.

그러나 지금 그의 표정은 평온하기 그지없었다.

완벽할 정도로, 제 존재가 그에게서 지워진 것이었다.

그녀가 고개를 떨구고 이미 터져 버린 울음을 그치려 애쓰고 있을 때, 머리 위에서 빅토르의 목소리가 들렸다.

"한 번이라도 봤으면 기억할 것 같은데, 무조건."

스칼렛은 자신이 예상한 것과 달리 유혹하는 듯한 빅토르의 태도에 서서히 눈이 커졌다. 그러나 그가 기억을 잃어 가고 있다는 생각이 그녀가 빨리 이성을 되찾게 만들었다.

"다시 잘 기억해 봐."

"음……."

빅토르는 고개를 한쪽으로 기울이고 스칼렛을 빤히 바라보았다. 그리고 한참이 지나서야 이제 기억이 났는지 입을 열었다.

"스칼렛."

"……."

"내 사랑."

그의 무덤덤한 목소리에 스칼렛이 저도 모르게 입을 열고, 멍하니 눈을 깜빡였다.

그는 결혼생활 동안 그녀에게 사랑한다는 말을 예의처럼 내뱉곤 했었다. 본인 입으로 이혼하자고 말하던 그가 사랑을 말하는 것을 보니, 자신은 기억해 냈어도 두 사람이 별거 중이라는 사실은 잊은 듯했다.

스칼렛이 한동안 말이 없으니 빅토르가 다시 입을 열었다.

"사랑한다고 말했는데."

"그게 왜."

"대답이 없어서. 평소에는 해 줬잖아."

그의 말에 스칼렛은 마음이 욱신거려서 자기도 모르게 아랫입술을 물었다. 그러자 빅토르가 손을 뻗어서 입술을 부드럽게 누르며 말했다.

"깨물지는 말고."

그러자 스칼렛이 그의 손을 매몰찬 손길로 쳐냈다.

빅토르의 손은 바로 그녀에게서 떨어졌고, 스칼렛은 가라앉은 목소리로 말했다.

"내가 알아서 해."

"알아서 못하잖아."

빅토르의 냉정한 말투를 모처럼 들으니 도로 낯설었다. 감정이 북받친 스칼렛이 언성을 높였다.

"당신이 이러니까, 이혼할 생각을 하게 된 거야."

별거 직전 즈음의 빅토르도 어느 정도는 알고 있을 거라고 생각했다. 남편과 하루 종일 붙어 있고 싶어서 강아지처럼 졸졸 따라다니던 결혼 초의 모습은 더 이상 없었을 테니까.

빅토르는 그녀의 말에 아무런 반응도 없었다. 표정의 변화도, 말도 없었다.

그사이 스칼렛은 빅토르에게 먹이기 위해 해독제를 꺼냈다. 그녀는 그대로 서재에 상비되어 있던 물잔을 집어 들어 해독제를 붓고 입을 열었다.

"마셔. 당신 기억을 돌아오게 하는 약이니까."

"무슨 기억?"

"당신이 우리가 별거 중이란 걸 잊어버린 것 같아서."

빅토르는 그녀의 말을 듣고 나서 잠시 창밖을 보았다. 그는 막, 아까부터 이상하게 여기던, 자신이 생각하고 있는 계절과 현실의 계절 사이의 괴리감에 대한 해답을 얻었다.

"왜 기억을 잃었지."

"해적의 약을 먹었대."

"그렇군."

빅토르는 군말 없이 잔을 들었다. 그러다 해적의 어떠한 문화도 받아들이지 않으리라는 그의 주관과 아내가 건네는 것을 거절하지 않아야 한다는 생각 사이에서 손이 잠시 멈췄다. 그러자 스칼렛이 다시 입을 열었다.

"마셔. 마시고 기억해. 그리고 이혼하자."

그렇게 말하며 그녀는 준비해 온 이혼 서류를 테이블 위에 올려놓았다.

빅토르는 이혼 서류를 바라보다 잔을 내려놓으며 나지막이 그녀에게 물었다.

"마시면 이혼하는 거라고?"

"응."

기억을 잃었다는데, 그는 다시 잔을 들지 않았다. 그에게 해독제를 먹이기 위해 스칼렛이 재촉하듯 말했다.

"왜 그래? 당신이 이혼하자며."

"내가 그랬어?"

"응."

"그렇군."

이제 이해가 간다는 듯이 고개를 끄덕인 빅토르가 다시 잔을 들더니 그대로 해독제를 목으로 넘겼다.

제가 말해 놓고, 그가 약을 들이켜자 스칼렛은 흐릿하게 웃었다.
"진짜 하고 싶었나 보네, 이혼."
"반대지. 마시면 이혼이라고 해서, 마시지 않으려고 했어."
"……그럼?"
"내가 이혼하자고 했다며."
"응."
"그럼 하는 게 당신에게 나았던 거겠지. 내가 이혼하고 싶었을 리는 없으니까."

그의 말을 끝으로 두 사람 사이에는 침묵만이 남았다.

한동안 말이 없던 스칼렛이 무겁게 입을 열었다.

"그냥 내가 싫어졌을 수도 있잖아."
"그럴 리가."
"다른 여자를 사랑하게 되거나."

그런 그녀의 말에 빅토르가 미소를 지었다.

"당신보다 더?"
"당신이 언제 날 그렇게 사랑했어?"

스칼렛은 다소 노기 섞인 투로 되물었으나, 눈빛에는 묘한 쓸쓸함이 남아 있었다.

빅토르가 그런 그녀의 눈을 마주 보며 말했다.

"늘 그렇게 사랑했어."
"거짓말하지 마."

그런 그녀의 말에 빅토르가 잠시 뜸을 들인 후 중얼거렸다.

"거짓말 같았구나. 매번."
"응."

"왜일까."

그사이 약 기운이 돌며 천천히 그의 기억이 돌아오기 시작했다.

왕실경찰이 그에게 약을 먹인 기억이 돌아왔으나, 지금 당장 그에게 중요한 건 그 사실이 아니었다. 스칼렛이 기억을 잃은 자신을 돌보던 순간, 제가 기억을 잃고 아내를 위협하던 때와 먼저 이혼을 말하던 순간이 떠올랐다. 그리고 그녀와의 시간이 떠오른 이후, 아내가 없던 시간을 기억했다.

그녀와 이혼하고 나면 또다시 혼자.

빅토르는 한 손으로 가슴팍을 움켜쥐고 숨을 몰아쉬었다. 고개를 떨군 그가 말했다.

"내가 기억을 잃지 않았으면, 당신은 날 더 일찍 떠났을까."

"……"

"스칼렛."

"……응."

"입술 깨물어도 돼."

"……"

"사랑한다는 말이 싫으면 그만하지."

"……"

"당신 없이 살아보니 여기서 더 어떻게 살아야 할지 모르겠네."

빅토르가 아내를 바라보며 말을 이었다.

"이혼하기 싫어."

"……"

"원하면 무엇이든 고칠게. 그것도 싫으면 죽은 사람처럼 지내지."

빅토르는 복잡한 얼굴로 자신을 바라보는 스칼렛에게 손을 내밀었다.

스칼렛이 그를 바라보다 제 손을 올리자 빅토르가 그녀의 손을 끌어당겼다. 그리고 복도로 나와서 물었다.

"당신이 제일 싫어하는 방이 어디야. 거기서 나오지 않을 테니까 말해 봐."

"배는 안 타?"

"응."

빅토르가 그렇게 대답하고 방을 확인했다.

그는 가지고 있는 모든 평정이 무너진 듯이 보였다. 어떻게 아내를 설득할지를 고민하느라 정신이 없었다.

스칼렛이 손을 놓으려 하자 빅토르가 그녀를 돌아보았다. 그리고 그녀의 손을 제 손으로 완전히 감싸 쥐었다.

그러나 스칼렛은 결국 그의 손에서 제 손을 빼냈다. 그리고 빅토르의 고독과 슬픔에 잠긴 얼굴을 바라보았다.

그녀는 빅토르의 예상과 달리 오히려 그에게 한 걸음을 다가가서 입을 열었다.

"그런 표정은 처음 봐. 2년이나 같이 살았는데."

"무슨 표정?"

"슬픈 표정."

"당신과 사는 동안 슬픈 일이 없었던 모양이지."

"그래?"

"응."

스칼렛이 물끄러미 빅토르를 바라보더니 크게 한숨을 쉬고 말을 이었다.

"나는 이혼 서류를 내밀면, 당신이 바로 서명해 줄 줄 알았어."

어떤 멍청이가 그러겠냐고 되물으려던 빅토르는 자신이 아내를 얼마나 사랑하는지를 깨닫기 전, 그녀의 사랑에 취해 있던 오만한 시절이라면 그랬을지도 모르겠다고 생각했다. 그녀가 없는 삶이 어떤 것인지 아직 모르던 때의 자신은.

별거 후 아내는 크림슨가의 적녀답게 시계 만드는 법을 배우기 시작했다. 멀리서 종종 바라볼 때의 그녀는 행복해 보였고, 자유로워 보였다. 반대로, 자신이 행복을 느낄 수 있는 유일한 요소는 아내였다.

빅토르는 아내에게 그동안 제가 배운 것에 대하여 말하기로 했다.

"당신은 내가 없어도 행복할 수 있겠지만 나는 아니야."

"……"

"나는 당신이 없으면, 한순간도 행복하지 않아. 스칼렛. 지금 당신이 왜 사랑한다는 내 말을 거짓말로 여겼을까, 생각해 봤는데."

스칼렛은 담담하고 솔직하게 이야기하는 빅토르의 목소리를 대답 없이 듣고 있었다. 그가 말을 이었다.

"나는 모자란 놈이라 당신이 왜 나를 사랑해 주는지 몰라서. 어찌할 바를 몰랐어."

"……"

"그게 행복해서 깨지는 건 싫은데, 어떻게 해야 할지를 몰랐어. 나는…… 아무것도 몰라서. 그래서 그랬어. 변명 같겠지만, 정말이야. 정말 그랬어."

아내가 울거나, 아파할 때 어떻게 해야 할지 몰랐다. 자신이 울거나 아파하던 때를 떠올려 보아도 늘 혼자였으므로 정보를 가져올 수 있는 곳이 어디도 없었다. 아내가 울면 그냥, 정말 바보처럼 그 자리에 얼어붙어 있었다.

그는 아내 쪽으로 천천히 한 걸음 옮겨 그녀의 허리를 끌어안고 어깨에 얼굴을 묻었다. 그리고 가만히 입을 열었다.

"당신이 울면 이렇게 있고 싶었는데."

"……왜 안 그랬어?"

"애 같다고 싫어할까 봐."

"난…… 마음에 드는데."

그런 그녀의 대답에 빅토르가 희미하게 웃었다.

"그럼 진작 이럴걸."

"응. 진작 이러지."

"보고 싶을 때 매일 내가 찾아가는 건?"

"그거야말로 왜 안 했어?"

"당신이 거절할까 봐."

"그럴 리가 없잖아."

"내가 보기보다 겁이 많아."

빅토르의 농담에 스칼렛이 저도 모르게 웃었다.

그렇게 웃으면서도 동시에 다시 울어 버릴 것 같아서 눈물이 흐르지 않게 고개를 들고 말을 이었다.

"한 번만 봐줄게."

"……봐준다고?"

"뭐, 이렇게 잡는데 할 수 없지. 그리고 반성하는 태도가 제법 괜찮았어."

봐주겠다는 말이 조금도 실감 나지 않았으나, 빅토르가 조금 풀린 분위기를 이어 가려 농담을 건넸다.

"다행이네. 우등생이라 반성할 일이 별로 없었는데 그건 타고난 모양이군."

그러자 스칼렛이 웃어서, 빅토르도 애써 따라 웃었다.

스칼렛이 빅토르의 얼굴을 두 손으로 감싸고 말했다.

"하지만 난 계속 시계를 만들고 싶어."

"그래. 뒷바라지는 내가 하지."

이번에는 농담이 아니었지만 스칼렛은 웃음을 터트렸다.

그녀가 말을 이었다.

"그리고 여기 싫어. 나는 내가 새로 얻은 집에서 살래."

그녀의 말에 어떻게든 분위기를 풀려 하던 빅토르가 멈칫했다.

"계속 별거하자고?"

"그러고 싶으면 그렇게 해. 아니면 나랑 같이 나가서 살아도 되고."

"……."

"집이 나한텐 크거든. 여기보다는 작지만."

"갈게."

빅토르가 대답하자 스칼렛이 고개를 끄덕인 후 중얼거렸다.

"정말로, 당신이 붙잡을 줄 몰랐어."

예상과 달리 빅토르가 애절하게 붙잡으니 마음이 흔들렸다.

사실은 처음부터, 그가 자신을 붙잡아 주길 바랐다는 걸 그녀는 알고 있었다.

그가 뜨거워지기를, 제가 그를 사랑하는 만큼 그도 자신을 사랑하고 있기를.

그녀의 말에 빅토르가 여전히 긴장한 얼굴로 웃으며 대답했다.

"반대 아닌가."

"뭐가?"

"붙잡는 게 아니라 당신을 따라가려는 건데."

그의 말에 스칼렛이 고개를 끄덕였다.

"틀린 말은 아니네."

빅토르가 다시 그녀의 손을 잡자마자, 스칼렛이 돌아서서 그 손을 잡아끌고 제가 마련한 집으로 가기 위해 걸음을 옮겼다.

빅토르는 지금껏, 그녀가 제 손을 끌어당기는 이 순간만큼 강한 안도감을 느낀 적이 없었다. 그러므로 저도 모르게 웃음이 나왔다.

스칼렛의 세계는 넓고, 자신의 세계는 그녀였으므로, 우리에게는 원래부터 이게 어울렸던 걸지도 모르겠다고 빅토르는 생각했다.

〈처음이라 몰랐던 것들〉
if 외전 완결

  항해라는 것에 있어서, 빅토르 덤펠트가 뜻하는 대로 되지 않는 일은 없다고 봐야 한다. 그러나 단 한 가지, 그의 뜻대로 되지 않았던 것이 쇄빙선의 소유였다.
  빅토르는 살란티에 안 최고의 기술력을 집약하여 만들어 낸 쇄빙선을 덤펠트 가문의 소유로 하고자 했다. 그러나 해군부에서는 '살란티에의 모든 쇄빙선은 반드시 군용이어야 한다'라는 법안을 통과시켰다. 해군 수뇌부에서 내로라하는 간부들이 돌아가며 힘없는 부처인 해군부를 찾아와 해군의 심장인 빅토르 덤펠트를 해군에 붙잡아 달라고 반협박을 했기 때문이었다.
  결국 해군부는 해군의 실권자들 눈치를 볼 수밖에 없었다. 거기다 정치 체계를 재정비 중인 살란티에 의회에서도 빅토르가 해군에 대한 지배력을 내려놓기를 원하지 않았다. 그는 허허벌판에 뭉뚝한 창 하나 들고 맨몸으로 던져진 하원 의원들의 유일한 의지처였다.
  그런 이유로 빅토르는 해군을 곧바로 떠나지 못했고, 쇄빙선은 해군의 소유가 되었다. 그래도 다행히 일선에서 물러나겠다는 의지까지 꺾지는 못해, 그는 고문의 자격으로 쇄빙선에 오르게 되었다.
  출항까지는 많은 시간이 걸렸고, 빅토르는 그 시간 동안 그리 스칼렛을 자주 만날 수 없었다.

어차피 출항하면 계속 같이 있게 될 거라고, 스칼렛은 미리부터 말해 두었다. 그래서인지 그녀는 출항 전까지 주로 시계 가게와 아이작을 우선했다.

극지방은 미지의 영역이었고, 많은 위험을 감수해야 했다. 그러므로 빅토르 역시 여행 준비에 하나부터 열까지 철저하게 집중했다. 그사이에 그의 비서인 블라이트가 빅토르와 스칼렛의 사이를 오가며 연락을 전달했다.

출항 일주일 전.
빅토르는 블라이트에게 전달받은 스칼렛의 선물을 가만히 바라보았다. 새로운 버전의 손목시계였다.
기뻐하리라 예상한 그의 표정에 아무런 변화도 없으니 블라이트가 조심스럽게 권유했다.
"착용해 보시는 게 어떠십니까?"
"……그래."
그의 허락에 블라이트가 시계를 꺼내 빅토르의 손목에 채우며 말했다.
"마님께서 떨어져 계시는 동안 도련님 생각을 많이 하셨나 봐요. 이런 걸 다 만드시고."
"……."
"정말 잘 어울리시네요. 마님께서 얼마나 도련님을 생각하시는지……."
블라이트는 계속해서 스칼렛의 사랑에 관해 말했으나, 빅토르는 대답이 없었다. 그런 그를 염려하면서도 블라이트는 눈치껏 인사를 하고 그곳을 떠났다.

그가 나간 후 빅토르는 의자 등받이에 등을 기대고 앉아 시계를 찬 제 손목을 들어 보았다.

"당신에게 몇 번째야, 나는."

그는 요즈음 수도 없이 그것을 생각하고 있었다.

시계와 아이작 크림슨이 1, 2위를 오갈 테니 자신은 긍정적으로 봐도 3위 정도에 놓인다. 그러나 금방 또 그건 오만이라는 생각이 들어 이것저것 순위를 내주다 보면 자신의 순위는 저 뒤 10위 정도에 머물게 되는 것이었다. 그녀를 만나지 못하니 계속, 스칼렛의 안에서 제 순위가 밀려난다는 나쁜 생각만 들었다.

빨리 출항하지 않으면 이러다 돌아 버릴 것 같았다.

―――◆―――

여행이 얼마나 길어질지 몰랐기 때문에 스칼렛의 짐 가방만으로도 마차 하나가 가득 찼다.

정작 스칼렛 본인은 그렇게 많은 짐을 가져갈 생각이 아니었으나 아이작과 안드레이가 번갈아 가며 반드시 필요한 물건이라 주장해 뭐 하나 뺄 수 없게 만들었다.

여행 당일, 스칼렛은 미안함을 감추지 못하고 아이작을 한 번 더 끌어안았다.

"계속 옆에 있어 줘야 하는데……."

"어차피 내가 가택 연금 중이 아니었어도 그 배에 같이 탈 수는 없었을 거야. 그러니까 내 상황 신경 쓸 거 없어. 안전하게 집으로 돌아오기만 해."

"어떻게 신경을 안 써? 아이작은 돌아다니지도 못하는데……."

스칼렛이 삐죽거리며 말을 이었다.

"너무 처벌이 과한 것 같아."

"사람이 죽었는데?"

"그래도……. 그래도."

스칼렛은 가끔 아사한 숙부가 나오는 악몽을 꿨다. 그러나 정작 아이작의 앞에서는 마치 그의 죽음이 당연한 일이었다는 듯이 행동했다. 그렇게 해야 아이작이 조금이라도 죄책감을 덜 것이라 여겼기 때문이었다.

뒤에서 마차에 짐 싣는 것을 도와주던 안드레이는 그런 빤한 스칼렛의 속을 한심하게까지 생각하고 있었다.

아이작은 자신이 숙부를 미필적 고의로 살해했다는 사실에 대해 아주 조금의 죄책감도 없었다. 다만 그 사실이 스칼렛에게 거슬릴까 봐, 그 부분 하나를 걱정하고 있을 뿐이었다. 만약 숙부가 나오는 악몽이 그녀의 숙면을 방해한다는 사실을 알게 된다면 죽은 숙부를 한 번 더 죽일 방법이 없나 찾아 나설 인간이었다.

아이작과 몇 번이고 인사하고, 뺨에 입을 맞춘 후 스칼렛은 마차에 탔다.

안드레이가 항구까지 가는 내내 스칼렛에게 해야 할 숙제를 안겼다.

"시계가 극지방에서도 잘 맞는지 확인하는 게 1순위입니다. 영하 20도에서 꼭 시계를 확인해 주세요. 이건 우리 회사의 모토까지 바뀔 가능성이 있는 크림슨 시계의 대탐험이라는 사실을 잊지 않으셨으면 좋겠습니다. 얼마나 많은 협력사가 이 여행의 성과를 기다리고 있는지 기억하시란 말입니다."
"아니, 나는 신혼여행이라고 생각했는데……."
"결혼한 지가 언젠데 신혼여행 타령이세요? 사업가는 한순간도 자기 사업을 잊으면 안 된단 말입니다. 심지어 진짜 신혼여행이라고 해도요!"
안드레이의 두 눈이 욕망으로 반짝였다.
"잊지 마세요. 이건 크림슨 시계의 위대함을 증명하기 위한 여행이라는 걸."
"아, 이게 크림슨 시계의 위대함을 증명하기 위한 여행이었구나……."
스칼렛이 안드레이에게 반쯤 세뇌당하는 사이 마차는 항구에 도달했다.

살란티에를 구한 영웅 부부가 탄 탐험선을 환영하기 위해 수도 시민들이 몰려왔다.
마차 문이 열리자 마차 앞에서 기다리던 빅토르가 손을 내밀어 스칼렛을 에스코트해 땅에 내려서게 했다. 겨우 안드레이의 잔소리에서 벗어난 스칼렛은 모처럼 만나는 빅토르에게 두 배로 반가움을 느꼈다.
빅토르가 스칼렛의 손을 부드럽게 당기며 배로 향했다. 스칼렛은 사람들의 환호 속에서 쇄빙선에 올라, 난간에서 아래를 내려다보며 손을 흔들었다.
뱃고동 소리가 울리고, 쇄빙선 주변에 세 대의 고속정이 함께 준비를 마쳤다. 스칼렛이 신기해하며 고속정을 살피다가 배의 깃발이 각각 표현한 세 가지 단어에 눈이 커졌다.

[영웅]
[안전]
[허니문 베이비]

빅토르가 대수롭지 않게 말했다.
"전형적인 해군식 장난이군."
"……못살아, 진짜."
그 '해군식 장난'이란 것에 익숙하지 않은 스칼렛이 얼굴이 붉어져 중얼거렸다.
육지가 멀어지고, 고속정도 멈춘 후에야 두 사람은 객실로 향했다. 빅토르가 먼저 객실 문을 열었다가 저도 모르게 혀를 찼다.
"나보다 더 이 여행을 기대하는 사람이 있는 줄은 몰랐는데."
그 말에 스칼렛도 함께 객실을 보았다가 한숨 쉬며 두 손으로 얼굴을 감쌌다. 침대 위에 꽃잎이 뿌려져 있고, 아이스비킷에 달콤한 술이 담긴 병이 들어 있었다. 누가 봐도 허니문 스위트로 꾸민 방을 보고 빅토르도 난처해하는 걸 보니 그의 부하들이 꾸민 짓이 분명했다.
부끄러움이 쌓이고 쌓이기만 하는 스칼렛과 달리 빅토르는 빠르게 상황에 적응했고, 두 팔로 스칼렛을 안아 들었다. 그녀가 다급히 빅토르의 목을 끌어안았다.
"왜, 왜?"
"원래 신방은 이렇게 들어간다고 배워서."
빅토르가 태연히 대답하며 객실 안으로 들어갔다. 그녀를 침대 위에 부드럽게 내려놓고는, 시계를 찬 손목을 들어 보였다.

"당신이 준 거."

"아, 그거. 마음에 들어?"

스칼렛이 달가워하는데, 빅토르가 몸을 숙이며 그녀에게 말했다.

"당연히 마음에 들지. 그런데 꼭 바람피우는 남편이 아내에게 사주는 선물 같더군."

"뭐어?"

"하도 얼굴 보기 힘들어서."

"어차피 당신과 여행을 할 거였잖아. 그러니까 그전에 일을 다 해 놓느라고 그랬지."

"그래도 이것보다는 더 자주 볼 수 있었잖아."

빅토르가 떨어져 있는 동안 겨우 억누르던 불만을 드러내자 스칼렛이 미간을 좁히며 대답했다.

"그러는 당신은? 시계 가게에 와 보지도 않았잖아."

"그거야."

빅토르가 무언가 말하려다 입을 다물었다.

몇 번 시계 가게에 갔었는데, 운 나쁘게도 하필 그때마다 스칼렛이 안드레이와 이야기를 하고 있었다.

스칼렛의 시계 가게가 확장되고 직원이 늘어나면서 안드레이는 VIP 고객의 접대와 규모가 커진 가게의 운영을 담당하고 있었다. 점점 더 스칼렛과 회의가 많아졌고, 둘이 같이 있는 시간은 늘면 늘었지 줄어들지 않았다.

안드레이가 이 시계 가게에서 얼마나 중요한 사람인지 모르는 건 아니지만, 그 작자가 스칼렛의 비서 역할을 하며 그녀의 일거수일투족을 다 아는 것까지 자신이 참고 있어야 하는지에 대해서는 회의감이 들었다.

그렇다고 질투를 드러내면 저 혼자 나쁜 놈 같고.

"그거야, 뭐?"

스칼렛이 인상을 쓰며 되물었으나 빅토르가 일축하려 들었다.

"됐어."

"아무것도 안 됐어. 제대로 얘기해."

나는 당신에게 몇 번째일까.

빅토르는 그 질문이 목 끝까지 차올랐지만 쉽게 묻지 못했다.

두 번째, 세 번째.

그렇게 그녀에게 대답을 듣고 나면 그 생각에서 헤어 나올 수 없을 것 같았다. 제 앞의 순서들을 증오하지 않을 자신이 없었다. 그러나 이대로 입을 다물어도 스칼렛만 화나게 할 것 같아서, 빅토르는 잠시 마음을 정리하고 차분히 입을 열었다.

"당신은 내 첫 번째야."

"……말 돌리지 마."

"말 돌리는 거 아니야. 방금 하던 이야기의 연장이니까."

"……."

"당신이 보고 싶어서 그랬어. 그냥. 나는 당신이 모든 일의 1순위라, 취미 생활을 해도, 일을 해도 당신 생각이 나니까. 그렇게 떠오르는 만큼 당신을 만날 수가 없으니까 힘들더란 말이었어."

"……."

"보고 싶었어. 정말 보고 싶었어, 스칼렛 크림슨."

그의 솔직한 고백에 싸움은 순식간에 가라앉았다. 그러나 싸울 듯이 올라왔던 격렬한 감정은 그대로 남아서, 서로 가만히 마주 보고만 있어도 숨이 가빠 왔다.

이윽고 두 사람의 입술이 닿자, 스칼렛이 빅토르의 목을 팔로 감았다.

빅토르는 스칼렛의 허리를 한 팔로 단단하게 안아 제 무릎에 마주 보게 앉혔다. 그리고 그녀의 길고 밋밋한 무늬의 치마 안으로 손을 넣어 다리를 어루만지다가, 허벅지에서 손이 멈췄다.

스칼렛은 잊고 있던 무언가를 떠올리고 얼굴이 새빨개졌다. 그러더니 빅토르의 손이 움직이지 못하게 치마 위로 그의 손을 꽉 눌렀다. 그러나 빅토르의 손이 레이스 위를 따라 빙 허벅지를 돌자 결국 마지못해 눌렀던 치마에서 손을 뗐다.

빅토르가 치마를 걷어 올려 보니 가터벨트가 스타킹을 고정하고 있었다. 누가 봐도 흰 레이스에 코르사주가 달린 웨딩가터였다.

스칼렛이 변명하듯 말했다.

"빵집 딸 있잖아, 내 친구."

"리브 양이던가?"

"응. 나만 신혼여행이라고 생각할까 봐 걱정하니까, 리브가 선물해 줬어."

별거 아니라고 생각하면서도 괜한 민망함에 스칼렛의 목소리는 점점 작아졌다.

그런 그녀와 달리 빅토르는 담담한 표정이었다. 그러더니 스칼렛의 허벅지를 한 손에 움켜쥐고 제 쪽으로 당겨 확인하며 말했다.

"무슨 꽃이지."

"보통 장미꽃 모양이라고 하지 않나······."

자세가 부끄럽다고, 스칼렛은 생각하고 있었지만 빅토르의 관심이 코르사주에 가 있는 것 같아 뭐라고 말하기가 어려웠다.
 그의 시선이 제 허벅지에서 떨어지지 않으니 얼굴이 화끈거렸다. 세상에 별로 마음에 들어 하는 게 없는 사람인데, 별것도 아닌 코르사주가 그렇게 마음에 드는 모양이었다.
 그럼 풀어서 확인하면 되지 않나?
 속으로 영 불편해하며 자꾸 흘러내리는 치마를 정리하던 스칼렛이 말했다.
 "관심 있으면 풀어서 자세히 봐. 그냥 당겨서 내리면……."
 "뭘?"
 "그거."
 "이거?"
 빅토르가 웨딩가터를 턱짓하더니 대수롭지 않게 말했다.
 "이건 별로 관심 없는데."
 "계속 보고 있었잖아?"
 스칼렛이 황당하다는 듯이 묻자 미간을 좁히던 빅토르가 이내 알았다는 듯이 미소를 지었다. 그리고 동시에 스칼렛도 그가 관심 있게 보고 있던 것이 코르사주가 아니라 제 몸이었다는 걸 알았다.
 스칼렛은 당혹감에 잠깐 얼어 있다가, 좀 더 생각하니 억울해져서 웨딩가터를 가리키며 말했다.
 "이걸 보고 있는 줄 알았어."
 "어쩐지 놔두더라니."
 도대체 제 다리를 왜 그렇게 좋아하는지, 스칼렛은 좀 의문이었다. 물론 그녀 역시 빅토르의 몸에서 좋아하는 부분이 없는 건 아니지만…….

"……그래도 나는 얼굴이 제일 좋던데."

"응?"

빅토르가 이해를 못 했는지 되묻자 스칼렛은 화끈거리는 제 뺨을 손으로 감싸면서도 꿋꿋하게 말을 이었다.

"당신 뒷모습도 좋은데, 얼굴이 더 좋아. 그러니까 빤히 보고 있도록 허락해 준다면…… 얼굴로 할래, 나는."

스칼렛의 솔직한 말에 빅토르가 미간을 좁히더니 그녀와 배가 닿을 때까지 바짝 당겨 안았다. 그리고 스칼렛의 눈을 주시하며 말했다.

"계속 보고 싶으면 이렇게 봐도 되는 건가?"

"응."

"이렇게 빤히 사람을 보는 건 좀 예의에 어긋나는 것 같은데."

"다리를 보는 건 괜찮고?"

"당신이 놔두길래."

"웨딩가터를 보고 있는 줄 알았다니까."

"좋은 핑곗거리를 줬네, 친구분께서."

빅토르가 그렇게 말하자 스칼렛이 흘기며 그의 어깨를 퍽 때렸다. 그러다 그에게 턱이 들려 다시 눈을 마주했다.

그녀가 한동안 제가 좋아하는 그의 얼굴을 마음껏 감상하는데 빅토르가 입을 열었다.

"……날 보고 있네."

"응?"

"당신이 나를 보고 있다고."

"그게 왜?"

스칼렛이 무슨 당연한 소리냐는 듯이 되물으며 고개를 갸우뚱했다.

그렇게 되묻는 것이 사랑스러워 빅토르는 말없이 그녀를 끌어안았다.

웨딩가터 자체도 야하고 귀여웠지만, 무엇보다 자신 혼자 이 여행을 기대한 게 아니라는 사실에 벅차 견디기 힘들었다.

그녀와 같이 있으니 잠깐 사이에 모든 두려움이 사라지고, 마음이 놓였다. 같이 있을 때는 이 마음도 관계도 단단하게 느껴지는데, 떨어져 있으면 왜 그리 쉽게 불안해지는지 모를 일이었다.

그래도 지금만큼은 사랑하는 그녀의 눈동자에 가득한 제 모습에 기쁨이 느껴졌다. 빅토르는 스칼렛의 목덜미에 얼굴을 묻었다.

부드럽게 비벼 오는 고양이 같은 그의 행동이 이상하게도 스칼렛에게는 날카롭게 느껴졌다. 그가 닿을 때마다 상처가 남는 것처럼 따끔거렸다. 입술이나, 숨이 닿을 때는 흔적이 더 강렬하게 느껴졌다.

스칼렛은 그의 입술이 닿았던 빗장뼈에 손을 올렸다. 그러자 빅토르가 그 손 위를 제 손으로 덮어 감싸 쥐었다. 그러자 그의 손이 닿은 곳도 따끔거리기 시작했다. 아픈데도 떨어지고 싶지 않은 마음을 이해할 수 없었다.

상처에 약이 스미느리 아픈 것과 같은 이치인 모양이라고, 그녀는 생각했다.

빅토르가 스칼렛을 눕히고 그녀는 그의 단단한 팔을 손으로 움켜쥐었다. 어느 순간 손톱을 세워 할퀴기까지 했지만 빅토르는 여느 때와 마찬가지로 그냥 웃어 버릴 뿐, 오히려 제게 상처를 남기는 그녀를 사랑스러워하며 몇 번이고 입을 맞췄다.

정오가 가까운 시간, 밖에서 객실 문을 두들기는 소리가 들렸다.

"도련님! 도련님께서는 괜찮으시다 해도 부인께서는 식사를 하셔야죠?"

참다가 참다가 터진 블라이트의 볼멘소리에 아내와 함께 덮고 있던 이불 속에서 빅토르가 몸을 일으켰다.

그는 미간을 좁히며 제 팔 안에 가둬 뒀던 스칼렛에게 물었다.

"배고파?"

그러자 그의 품에 있던 스칼렛이 손바닥으로 두 눈을 꾹 누른 후 빅토르를 보았다.

그녀가 영 아리송한 표정을 지으며 중얼거렸다.

"그런 것도 같고……."

"식사 가져오라고 할 테니 누워 있어."

스칼렛이 대답 대신 고개를 젓고 빅토르의 팔을 붙잡았다.

빅토르가 떨어지기 싫어하는 그녀의 머리칼을 쓸고 이마에 입을 맞춘 후 문밖을 향해 말했다.

"아내가 괜찮다고 하는군."

그러자 밖이 더더욱 소란스러워지더니, 함께 온 하녀장 캔디스가 이번엔 스칼렛을 불렀다.

"마님! 식사하세요!"

"응……."

자신을 부르는 소리를 듣고서야 스칼렛이 마지못해 이불을 끌어안으며 상체를 일으켰다.

그녀가 벗어 뒀던 옷을 집으려 하자 빅토르가 스칼렛의 팔을 붙잡았다.

"추워?"

"문 열려면 입어야지."

그녀가 말하며 속옷을 먼저 집어 입었다. 원래 환복이 빠른 빅토르는 먼저 옷을 다 갈아입고, 그녀가 옷 입는 것을 도와주며 머리칼과 어깨, 손에 연달아 입을 맞췄다. 그렇게 입을 맞출 때마다 예민하게 떨리는 스칼렛의 속눈썹에 빅토르는 그녀를 품에서 놔줘야 하는 것이 굶는 것보다 큰 허기를 느끼게 한다고 생각했다.

그러나 자신은 차치한다 해도, 아내에게는 끼니를 챙겨 줄 때가 한참 지나기는 했다.

배가 출발하고 마지막 거점인 살란티에 해군 제3 저탄소가 머지않은 오늘까지 두 사람은 이 객실 안에서 거의 나오지 않았다. 객실 앞에 가끔 굶어 죽지 않게 사용인들이 가져다준 간단한 샌드위치로 식사를 때웠지만, 한창 왕성한 나이의 두 사람에게는 턱도 없이 부족한 양이었다.

코트까지 다 차려입고 모처럼 객실을 나선 스칼렛은 침대 위에 엉겨붙어 빅토르와 사랑을 나누느라 놓쳤던 풍경을 뒤늦게 눈에 담았다. 그들이 묵는 곳은 배에서 가장 높은 층에 있는 유일한 객실이었다. 전망이 이렇게 좋은데 바깥 한 번 나와 볼 생각을 안 했다는 사실이 스칼렛은 황당했다. 그녀가 해도를 보며 중얼거렸다.

"벌써 여기까지 왔었구나……."

그 먼 거리를 오는 내내 객실에만 있었다니.

게다가 그걸 이 배의 사람들이 다 알고 있었다고 생각하니 얼굴이 화끈화끈 달아올랐다.

여기까지 오는 내내 특별히 남편과 나눈 대화가 있었나, 돌이켜 봤는데 별거 없었다. 대화고 뭐고, 그저 떨어져 있던 시간 동안 서로에게 굶주렸던 것을 해소하려 상대의 육체만을 탐닉했다.
 스칼렛이 이성을 잃었던 것을 뒤늦게 반성하며 제 얼굴을 두 손으로 감싸 쥐었다. 그러느라 드러난 그녀의 손을 본 캔디스가 기겁을 해서 말했다.
 "세상에, 그사이에 마르신 것 좀 봐."
 "응? 아니, 그 정도는……."
 "끼니도 못 드시게 하고 그러실 수가 있는 거예요?"
 "응?"
 "신사적인 분인 줄로만 알았더니, 무슨 짐승도 아니고!"
 잠깐만. 응?
 스칼렛은 그래도 식사를 해야 하지 않겠냐고 몇 번 빅토르가 물어볼 때마다 고개를 젓던 자신을 떠올렸다.
 그의 품을 벗어나면 춥기도 했고, 그냥 세상에 두 사람만 온전히 남아 있는 게 좋기도 했다. 무엇보다 그녀는 늘 남편과의 잠자리를 좋아했다. 그런데 분위기를 보아하니 빅토르 혼자 돌아온 아내에게 눈이 돌아 버린 것으로 오해한 듯했다.
 스칼렛이 떠난 후의 빅토르를 봐 온 사용인들로서는 당연한 판단이었다.
 스칼렛이 해명하려고 서둘러 말했다.
 "아니, 내가 붙잡아서……."
 "감싸 주려고 하지 마세요! 아무리 귀하게 자라셨어도 이렇게까지 사람을 시달리게 할 수는 없는 거예요. 폴리! 마님 마르신 것 좀 봐."
 "보고 있어요! 빨리 가서 뭐라도 만들어 먹여야지 안 되겠어요."

스칼렛이 아니라고 말해 봐도 믿어 주지 않는 분위기였다.

빅토르 덤펠트라는 사내 자체가 워낙 고압적이었고, 체격 차이로 봤을 때나, 인상으로 봤을 때나 빅토르가 스칼렛을 붙잡고 못 나가게 했다는 강한 확신을 모든 사람이 가지고 있는 모양이었다.

그나마 배 안에서 가장 나이가 많은 선장만 중도에 가까워, 허허 웃으며 말했다.

"쇄빙선이 뭐에 필요한가. 부부가 타니까 뜨거워서 얼음도 다 녹겠는데."

그러자 캔디스가 노인의 등짝을 퍽 때렸다.

"어휴, 쓸데없는 소리 하지 마요."

"아이고, 다 늙은 사람을 때리네, 이 사람이."

"웬만큼 젊은 사람보다 건강하니까 때리는 거거든요."

캔디스의 핀잔이 밉지 않아 선장이 유쾌해하며 선장실로 돌아갔다.

빅토르는 그사이에 배의 상태와 항로, 날씨를 확인하고 있었다.

그 모습을 어린 선원들과 해군들이 따라다니며 눈에 담았다. 이런 규모가 크지도 않은 탐험선에 빅토르 넘벨트 같은 거물이 탔다는 것은 그들에게는 천운이었다.

뭐 하나라도 배우려고 눈을 빛내는 모습에 스칼렛은 잠시 부끄러움을 잊고 기분 좋은 표정을 지었다.

아무튼 그렇게 점검하는 동안에도 나이가 있는 선원들은 빅토르에게 한마디씩 지적하는 것을 잊지 않았다. 그가 두렵다 한들 이것만큼은 용납이 안 되는 모양이었다.

"아무리 그래도 그렇지, 끼니를 거르게 하는 것만은 안 되지요."

"……자중하지."

"체력적으로도 말입니다. 안 그래도 연약해 보이는 몸에 얼마나 무리가 되겠습니까?"

"……."

"배를 언제나 타시던 분도 아니고. 가끔 운동도 시키고 풍광도 보여 주셔야죠. 뭐 어차피 계속 얼음과 바다이기는 하겠습니다만. 이러다 병이라도 드시면 어쩌실 겁니까?"

빅토르는 사람들의 잔소리에 아무런 부정도 없이 수긍하고 있었다. 그의 평소 성격과 주관을 생각해 보면 당연한 일이었다.

스칼렛은 끼어들어 그의 품에서 벗어나기 싫어한 건 자신이라는 양심고백을 해야 하는가에 대해 고민했으나, 도무지 남에게 그런 말을 꺼낼 수가 없었다.

한동안 주로 명령 내리고 혼내는 위치였던 빅토르는 모처럼 어마어마한 잔소리를 들어가며 점검을 마쳤다. 그리고 나서야 식당 앞에서 자신을 복잡한 얼굴로 보고 있는 스칼렛을 발견했다.

스칼렛이 말했다.

"왜 그걸 다 들으면서 혼나고 있어? 내가 붙잡아서 못 나왔다는 말 정도는 해도 돼."

그러자 빅토르가 그녀의 뺨에 입을 맞추며 말했다.

"그런 건 나만 알면 돼."

"사람들이 당신 이상하게 보잖아."

"그거야말로 상관없는 일이지."

그가 대수롭지 않게 말하며 그녀의 손을 잡아끌고 식당 안으로 향했다.

테이블 앞에 앉으니 작은 창밖으로 잔잔한 바다가 보였다. 제대로 식사를 하는 것은 물론 식당에 들어서는 것조차 처음이었다.

식사가 나온 후부터 두 사람은 정말 숨 돌릴 틈도 없이 허겁지겁 점심을 먹었다. 스칼렛이 뒤늦게 배고픔도 잊고 있던 제가 황당해 웃음을 터트렸다.

"우리 엄청 배고팠었구나."

빅토르 역시 생각해 보니 황당한지 그녀를 따라 실소했다. 어느 정도 배가 차서 스칼렛이 손을 멈추려 하자 빅토르가 말했다.

"날씨가 안 좋아질 거야. 뱃멀미가 심할 테니 더 먹어 놔. 빈속이면 멀미가 더 심할 테니까."

그러자 스칼렛이 창밖의 새파란 하늘을 바라보며 말했다.

"날씨가 저렇게 맑은데?"

"바다 날씨는 원래 금방 바뀌니까. 그리고……. 너무 기대하지 않는 게 좋겠지만, 지금이 오로라를 볼 수 있는 시기라더군."

"그래?"

기대하지 말라니까 하지 않으려 해도, 내심 들뜨는 것이 사실이었다. 안 그래도 안드레이가 오로라를 보고 온다면 그걸 모티브로 한 시계를 만들어 팔아야 한다고 출발 전부터 성화였었다.

뱃사람들의 예상대로 날씨는 식사를 마칠 무렵부터 무서울 정도로 빠르게 나빠졌다. 새파랗고 아름답던 하늘이 순식간에 잿빛으로 뒤덮이고, 격렬한 파도에 배가 심하게 들썩거리기 시작했다.

스칼렛은 아예 한 걸음도 떼기 어려운데, 해군과 선원들은 배 안을 바쁘게 돌아다녔다.

해군들은 배에 익숙하지 않은 사람들이 쇄빙선의 가운데에 있는 넓은 객실에 모이도록 조치했다. 배에서 가장 적게 흔들리는 곳은 높지도 낮지도, 앞도 뒤도 아닌 곳이었다.

스칼렛은 비가 들이치는 창문을 닫기 위해서 일어났다가, 멀미가 너무 심하고 배가 흔들려 창틀만 붙잡고 서 있었다.

이러다 배가 뒤집히는 것 아닌가 겁을 내는데, 빅토르가 불쑥 나타났다. 스칼렛이 빅토르의 팔을 붙잡으며 물었다.

"배는 괜찮을까?"

그러자 빅토르가 잠시 생각하다 몸을 숙여 그녀의 귀에 작게 말했다.

"이 정도면 예상보다는 날씨가 괜찮은 편이지."

그러더니 바로 재킷 안쪽에서 보석이 박힌 라이터를 꺼내 창문을 열고 바다로 던졌다.

스칼렛은 살란티에 뱃사람들이 배에서 날씨에 관해 긍정적으로 표현하는 것을 극히 꺼린다는 것을 떠올렸다. 방금 라이터를 바다로 던진 것은 본인이 한 부정 탈 행동에 대한 공물이었다.

빅토르 덤펠트는 뼛속까지 뱃사람이었고, 아마도 날씨에 대한 뱃사람의 금기를 어긴 건 인생에서 처음일지도 몰랐다.

아내의 두려움을 달래려 그렇게 말한 것이다. 스칼렛은 빅토르에게 걱정스레 말했다.

"배에서 그런 말 하면 안 되잖아."

"보통은 안 하지."

"그런데 왜 그랬어."

"당신 같은 공학자에게 그런 비과학적인 미신은 의미가 없을 테니."
"······나도 바다가 노할까 봐 걱정되는 건 마찬가지인데."
"바다가 그런 걸로 화를 낼 거란 건 너무 인간 중심적인 생각이지. 뱃사람들의 기분이 달린 일이기는 하지만."
빅토르는 멀미가 날 때 먹는 약을 스칼렛의 입에 넣어 주며 말했다.
"깨물어."
스칼렛은 순순히 약을 깨물었다가 안에서 흘러나오는 지독하게 쓴 액체에 치를 떨었다. 그 다양한 표정에 빅토르가 낮게 소리를 내며 웃었다.
겨우 약을 삼킨 스칼렛이 빅토르를 흘겼지만, 그는 쉽게 웃음을 지우지 못했다.
그가 준 약은 수면제에 가까웠고, 그걸 액체 상태로 넘기자 스칼렛은 금방 몽롱함에 빠져들었다.
천천히 쓰러져 빅토르의 무릎을 베고 누운 스칼렛이 웅얼거렸다.
"당신은 멀미 안 해?"
"지금은."
"어릴 땐?"
"그때도 심한 편은 아니었어. 다행히."
"뱃사람이 적성이네."
"그만둘 때가 되어 생각해 보니 그렇군."
그는 그렇게 말하며 손으로 그녀의 눈을 감쌌다.
스칼렛이 그의 손 위를 제 손으로 감싸며 말했다.
"같이 있으니까 좋아."
"다행이네."

"혹시 무슨 일 생겨도……."

"음?"

말끝을 흐려서 잘 들리지 않아 빅토르가 고개를 숙였다. 그러자 스칼렛이 바닥을 손으로 짚어 몸을 조금 일으키고, 그의 귀에 소곤거렸다.

"끝까지 같이 있자구."

"……."

"알겠지?"

"……그래."

빅토르가 고개를 끄덕이더니, 못 견디고 그녀의 입술에 입을 맞췄다. 그리고 입에 확 번지는 쓴맛에 미간을 좁히며 중얼거렸다.

"아내에게 이런 걸 먹였군, 내가."

그의 말에 이번에는 스칼렛이 웃음이 터져 소리를 내 웃고 말았다. 같이 있자는 말에 빅토르가 짓던 표정은 스칼렛이 잠을 청하려 눈을 감은 후에도 선명하게 그려졌다. 덕분에 그녀는 고통스러운 멀미 속에서도 약간의 기쁨을 찾을 수 있었다.

───────◆───────

덤펠트가의 사용인 대부분과 스칼렛이 약을 먹고 잠이 들었다가, 대여섯 시간 정도가 지난 후에야 눈을 떴다.

스칼렛은 제가 어느새 남편과 내내 머물던 객실로 옮겨져 있다는 것을 알고 멍한 얼굴로 주변을 둘러보았다. 그러고는 창밖을 보고 기가 막힌다는 듯이 중얼거렸다.

"……말도 안 돼."

그렇게 폭풍우가 치던 것이 먼 과거의 일인 것처럼, 하늘이 새파랗게 빛나고 있었다.

지독한 뱃멀미로 몸에 힘이 들어가지 않았으나, 억지로 일어나 두툼한 코트를 챙겨 입었다.

객실을 나와 보니 하늘에 거대한 무지개가 걸려 있었다. 빙식곡을 항해하는 배는 이제 흔들림이 적었다.

놀라울 만큼 아름다운 풍경에 스칼렛은 입에서 입김이 나오도록 추운 것도 잊고 구경하느라 정신이 없었다. 그녀는 갑판 쪽에서 빅토르가 제 모습을 바라보는 것도 모르고 있었다.

기관장과 대화를 하다 말고, 빅토르는 아내를 바라보았다. 새하얀 코트를 입고 세상을 관찰하는 그녀는 보석 같기도 하고, 신비로운 작은 새 같기도 했다.

"함장님."

고문 자격으로 오기는 했으나, 아직까지 루비드호의 함장직을 완전히 떼지 못한 빅토르가 기관장을 보았다.

기관장이 미안한 표정으로 말했다.

"죄송합니다. 아무래도 저 역시 이렇게 북쪽까지 올라온 건 처음이다 보니 자꾸 질문을……."

"계속하지."

"예, 감사합니다."

기관장이 다시 질문을 이어 갔다.

빅토르는 빨리 달려가 아내를 끌어안고 싶다는 생각을 하면서도, 항해에 관하여 대화를 이어갔다.

쇄빙선이 도착해 사람들이 내리자 제3 저탄소에 주둔하던 해군들이 정신없이 달려왔다.

제3 저탄소에서 근무하는 것은 고독한 일이었다. 안 그래도 사람이 그리웠는데 거기서 내리는 것이 해군들의 정신적인 지주 빅토르 덤펠트라니. 그를 만나는 날을 이만저만 기다린 것이 아니었다.

빅토르가 곧바로 해군들에게 둘러싸이는 사이, 스칼렛은 홀린 듯이 주변을 관찰했다.

눈이 덮여 있는 곳이 대부분이었지만 9월이라 이끼도 자라 있었고, 하얀 꽃이 이루는 군락도 보였다.

스칼렛은 제3 저탄소 근처에 박아 놓은 말뚝에 앉은 뿔퍼핀 쪽으로 걸음을 옮겼다. 수도에서는 결코 볼 수 없는 새였다. 말뚝에는 문구가 새겨져 있었다.

[살란티에 최북단]

여기가 국경.

작위를 받는 대신 해외로 기술을 유출하지 않을 의무를 가진 크림슨 가문의 딸로서, 이 선을 넘는 것은 강한 죄책감을 느끼게 했다. 그녀가 발을 디디려다가 결국 한 걸음을 물러났다.

이 끝없이 넓고 눈으로 뒤덮인 자연을 보고 있으니 인위적으로 그어진 국경이 무의미하게 느껴졌음에도 내딛기가 쉽지 않았다.

그녀가 머뭇거리고만 있을 때, 등 뒤에서 무언가가 툭 스칼렛을 밀었다. 스칼렛이 돌아보니 제 몸만큼 큰, 썰매 끄는 개였다.

평소에 동물을 좋아하는 편이기는 했지만 커다란 개를 보니 몸이 굳었다. 그녀는 꼬리를 흔드는 개를 앞에 두고 빅토르 쪽을 보았다.

그녀와 눈이 마주치자 빅토르가 해군에게 무언가를 지시했다. 그러자 그 해군이 바로 썰매 개를 불렀다.

"찰리!"

그러자 썰매 개가 후다닥 자신을 부른 해군에게 달려갔다.

빅토르가 안심해 한숨 쉬는 스칼렛에게로 다가왔다.

"놀아 달라는 것 같던데."

"……마음의 준비가 필요했어."

"저런."

빅토르는 왠지 웃음이 나와서 뒷짐을 지고 고개를 돌려 버렸다. 그래도 여전히 입꼬리가 올라간 것이 보였기 때문에, 스칼렛은 빅토르의 발을 부츠 앞코로 꾹 밟았다.

"왜 자꾸 나 보면 웃이? 뭐가 웃긴네?"

"안 웃겨. 귀여워서 웃은 거지."

그 대답도 마음에 안 들어서 스칼렛은 빅토르의 발을 더욱 세게 밟았다. 그러나 빅토르는 오히려 소리까지 내며 웃었다. 그리고 내친김에 아예 스칼렛의 허리를 두 손으로 감싸며 말했다.

"두 발 다 올려."

"왜?"

"올려 봐."

스칼렛이 빅토르의 발을 밟고 서자 빅토르가 그 상태로 걸음을 옮겨 국경을 넘었다. 너무 쉽게.

스칼렛이 눈이 동그래져서 자신을 올려다보자 빅토르가 말했다.

"암묵적으로 영공은 영토, 영해와 비슷하게 취급되고 있지만 아직까지 정확한 국제법이 없지. 그러니 정확히 말하면, 국경을 넘은 건 아니야."

말장난에 불과했지만, 왠지 모르게 스칼렛에게는 위로가 되었다. 그녀는 고개를 끄덕였고, 잠시 후 마음의 준비 끝에 조심스럽게 땅에 내려섰다. 넘고 보니 정말 별것이 아니었다. 그녀가 고개를 들어 환하게 웃으며 말했다.

"좋네, 처음으로 같이 국경을 넘은 사람이 남편이라니."

그 말에 빅토르가 바로 반응하지 못하니, 스칼렛이 그에게 손을 뻗었다. 빅토르가 고개를 숙여 주자, 그녀가 그의 목을 끌어안고 귀에 소곤거렸다.

"비밀이야."

"……어떤 게?"

"나한테도 당신이 첫 번째인 거."

그러더니 팔을 놓았다.

다시 그녀의 웃는 얼굴이 보이는 거리만큼 스칼렛이 떨어진 후에야 그녀의 말을 이해한 빅토르는 자신이 이것보다 더 행복할 수는 없을 것이라고 생각했다.

———✦✦———

제3 저탄소가 있는 국경 근처 마을에는 총 열다섯 가구가 살았다.

여기까지 함선이 들어오는 날은 이 마을의 축제나 다름없었다. 함선으로 여기 사람들에게 부탁받은 생필품을 운반해 주면 마을 사람들은 훈제연어와 순록고기, 그리고 가죽을 내주었다.

그들은 40도가 넘는 전통술도 가지고 나왔다. 쇄빙선을 타고 온 해군과 선원, 거기에 사용인들까지도 술을 싫어하는 사람은 없었으므로 신선한 식재료를 구할 수 있다는 사실만큼이나 술을 반겼다.

스칼렛 역시 한 잔을 받아서 잔에 입술을 대려는데, 배에서 내린 사람들과 모처럼 세상 돌아가는 이야기를 나누던 마을 사람 중 하나가 급하게 말했다.

"부인은 안 드시는 게 좋겠어요."

스칼렛이 멈칫하니 옆에서 다른 사람들도 말렸다.

"혹시 모르니까요. 아이라도 생겼다면 독한 술은 안 마시는 것이 좋지."

그 말에 스칼렛이 난처해하며 대답했다.

"아이가 뭐 그렇게 쉽게 생기겠어요?"

"그래도 혹시 모르니까……."

옆에서 하도 걱정을 하니 스칼렛은 아쉬워하면서도 술을 포기했다.

못 마시게 하니까 괜히 더 마시고 싶었다. 신혼여행에서 아이가 생긴다면야 좋겠지만, 스칼렛은 아이가 그렇게 쉽게 생기지는 않을 거라고 생각하고 있었다. 이혼이 무효가 된 이후 따로 피임을 한 적이 없었지만 아직은 소식이 없었기 때문이었다.

스칼렛은 무심코 빅토르를 살폈다. 그는 아이에 관한 이야기에도 아무런 동요 없이 술을 들이켜고 있었다.

이전에 한 번, 그에게 임신에 대해 거짓말을 했다. 빅토르는 그때

일에 대하여 스칼렛을 추궁하기는커녕 먼저 입 밖으로 꺼낸 적도 없었다. 스칼렛은 남편이 아이에 대하여 어떻게 생각하고 있는지 궁금했으나, 그때의 거짓말이 이제는 그녀의 발목을 잡아 쉽게 아이에 대한 이야기를 꺼내지 못하게 만들었다.

스칼렛은 이 지역 방식으로 조리한 순록 요리와 치즈, 넙치구이를 맛있게 먹으며, 고속정에 걸려 있던 허니문 베이비 깃발을 빌미로 좀 더 이야기해 볼걸, 하고 그때 당황하고만 있던 자신을 책망했다.

쇄빙선에서 마을 사람들의 생필품을 내리고 빈자리에 석탄과 식량, 그리고 술을 가득 채웠다. 그사이 일행은 이 마을에서 이틀을 머물기로 했다.

스칼렛과 빅토르가 묵게 된 곳은 한 젊은 부부의 집 이 층이었다. 집주인 부부의 여섯 살 된 딸아이 바냐는 그 이틀 동안 스칼렛에게서 잠시도 떨어지지 않고 달라붙어 있었다.

두 번째 날 밤에는 아예 스칼렛과 같이 자겠다며 그녀의 옆에서 잠들어 버렸다. 침대를 뺏긴 빅토르는 별수 없이 그 옆에 놓인 의자에 자리를 잡고 앉았다.

스칼렛이 추운 날씨 탓에 늘 동상이 가라앉지 않아 빨간 아이의 뺨을 어루만지며 말했다.

"귀여워."

그리고 동의를 구하기 위해 빅토르를 보니 그가 가져온 책을 꺼내 펼치며 농담을 했다.

"글쎄, 잠자리를 뺏긴 사람으로서는 납득하기 어렵군."
"깨울까?"
"놔둬. 부모가 데리러 오겠지."

극지방에서 태어나 극지방에서 자란 아이는 스칼렛을 위해 각종 난방을 한 방이 더워서 땀까지 흘리고 있었다.

스칼렛이 바냐의 땀을 손수건으로 닦아 주는 사이, 빅토르는 긴 다리를 꼬고 의자에 앉아 책장을 넘기고 있었다.

그는 매우 권위적인 사람인 동시에 시민, 특히 약자를 지킬 책임을 진 군인이기도 했다. 아마 이대로 밤을 지새우게 되더라도 그가 잠든 아이를 깨우는 일은 없을 것이다.

그런 그를 바라보던 스칼렛이 입을 열었다.

"당신은…… 아들을 더 원하지?"

그러자 빅토르가 책에서 눈을 떼지 않고 대답했다.

"전에는 덤펠트가를 이을 아들이 있었으면 했지."

"전에는?"

"하지만 당신이 크롬는 가문의 사업을 확장해 나가고 있는 모습을 보니, 딸이어도 아무런 상관이 없을 것 같군."

빅토르는 아이에 관한 대화를 불편해하기는커녕 오히려 거기에 대해 꽤 신중히 생각해 본 듯한 대답을 했다.

스칼렛이 안도하며 고개를 끄덕였다.

"나도 어느 쪽이든 상관없어. 둘 다 좋아."

"그래."

"당신이랑 나를 닮은 아이는 어떻게 생겼을지 궁금해. 골고루 닮았을지, 한쪽만 엄청 닮았을지……."

그녀의 말에 빅토르가 천천히 책을 덮었다. 그리고 잠시 생각하더니 말했다.

"당신만 닮아야 하는데."

그의 건조한 목소리에 스칼렛이 상체를 일으켰다. 그리고 한 소리 하려는데 방 안으로 아이의 부모가 들어왔다.

아이 아버지가 안아 들자, 바냐가 바둥거리며 투정을 부렸다.

"여기서 잘 건데!"

"아휴, 네가 왜 여기서 자니, 정말."

"스칼렛이 내일 떠난다고 했단 말이야! 못 가게 해야 하는데……."

다들 도시로 나가고, 남아 있는 인구가 워낙 적어 어른들도 외지인만 보면 여기 눌러 살라고 꼬시는 판이었다. 아이라고 외로움이 없을 리 없었다. 바냐의 부모가 마음이 약해져 힐끔 방을 내준 두 사람을 보았다. 스칼렛은 얼마든지 아이를 맡아 줄 것 같은 얼굴인데, 빅토르는 아예 두 사람 쪽을 돌아보지도 않고 있었다.

주둔하는 해군들과 가깝게 지내며 이 이야기, 저 이야기 하다 보니 빅토르 덤펠트에 대한 이야기도 많이 들었다. 해군이라면 누구나 그를 존경했으나, 동시에 해적들을 쓸어버린 그 냉혹함에 대한 두려움도 있었다.

소문도 무서웠지만 실물을 보니 아예 다른 세상의 사람 같아 더욱 어려웠다. 부부는 결국 칭얼거리는 아이를 데리고 계단을 내려갔다.

그들이 떠난 후 스칼렛이 침대 옆자리를 톡톡 두들기자 빅토르가 책을 덮어 두고 그녀 옆에 누웠다. 스칼렛이 빅토르 쪽을 보고 누워 그의 얼굴을 빤히 바라보았다.

그녀는 남편이 종종 보이는 자기혐오적인 태도가 신경 쓰였다. 하지만 그의 의지와 상관없이 아이는 결국 남편을 쏙 빼닮은 구석이 있을 테니, 거기에 대해서는 추궁하지 않기로 했다.

스칼렛이 일부러 더 경쾌한 목소리로 말했다.

"언제쯤 오려나. 아가는."

"착한 아이면 신혼여행이 끝나고 오겠지."

"음, 날 닮았으면 말 안 들을걸?"

"아, 그건 확실히 그렇군."

빅토르의 농담조에 스칼렛이 맑게 소리 내어 웃고는 말을 이었다.

"당신이 아이에 대하여 말하기 싫어할까 봐 걱정했어."

"왜 걱정을 해?"

"내가 거짓말을 해서."

그녀가 죄책감이 담긴 목소리로 그렇게 말하자 빅토르가 딱 잘라 대답했다.

"쓸데없는 죄책감 느낄 필요 없어."

"쓸데없다니?"

"시모에게 필요한 거짓말이었으니 잊어버려."

그는 달래듯이, 스칼렛의 머리칼을 만지작거리며 말을 이었다.

"나는 지금 당신을 이렇게 끌어안을 수 있다는 사실 때문에, 그사이에 있었던 모든 상황에 감사해. 물론 당신이 고생한 부분은 제외하고."

"……."

"당신과 함께할 수 있는 결과만 얻을 수 있다면 그런 거짓말에 수천 번 속아도 상관없어. 그대로 눈이 멀었어도 괜찮아. 당신만 있으면."

허리를 힘주어 감은 그의 팔과 머리칼을 만지는 손에서 부드러움과 강함이 동시에 느껴졌다.

스칼렛은 그의 목소리를 들으며 빅토르의 품에 얼굴을 묻었다. 그녀가 살며시 눈을 감고 그의 이름을 불렀다.

"빅토르."

"응."

"당신이 좋아."

"……."

"정말로, 정말로 좋아."

숨기지도, 밀어내지도 않을 생각이었으므로 결혼 초기처럼 스칼렛은 그에게 마음껏 제 사랑을 말했다.

이런 사랑은 상대를 금방 지치고, 질리게 만드는 것인지도 몰랐다. 그러나 스칼렛은 이제 고작 그런 염려 때문에 제 애정을 억누를 생각이 조금도 없었다.

"내가 많이 사랑해 줄게. 그러고도 남을 만큼 당신을 사랑하니까."

흘러넘칠 정도로 그를 사랑한다고, 그녀는 속삭이며 그의 품에서 노곤히 잠을 청했다.

빅토르는 그녀와 반대로, 잠이 완전히 달아나 버린 눈으로 그녀를 바라보고 있었다.

큼지막한 화로에서 타고 있는 장작불에 스칼렛의 얼굴이 아른거렸다. 넘칠 만큼 사랑해 주겠다는 그녀의 호기가 대단했다.

하기야 그를 행복하게 해 주겠다고 호언장담하던 여자 아닌가. 제 몸의 반 토막도 안 되는 몸에서 어떻게 그런 힘이 쏟아져 나오는지 빅토르는 놀라울 뿐이었다.

그는 어떤 군인에게서도 그녀 같은 돌파력을 본 적이 없었다. 그녀라면, 그녀에 대한 제 허기를 길들일 수 있을 것 같았다. 빅토르는 서서히 잠에 빠져드는 아내의 얼굴 여기저기에 입을 맞추며 사랑한다고 속삭였다. 그러다가는 잠시 아이를 생각했다.

좋은 부모를 본 적이 없으니 제가 아이를 키우면 저 같은 놈이나 만들어 내는 꼴이 될 것 같았다.

다행히 스칼렛은 좋은 부모의 사랑 속에서 자라 본 적이 있어 의지가 되었다. 그녀가 원한다면, 좋은 부모 노릇을 하도록 노력할 생각이었다. 그는 어렴풋한 행복을 생각하며 잠을 청했다.

그로부터 얼마 지나지 않은 시간, 밖에서 이 지역 말씨로 큰 소리로 들렸다.

"오로라가 보일 것 같아요!"

그 말에 빅토르보다 먼저 스칼렛이 벌떡 일어났다.

막 잠들려던 빅토르가 중얼거렸다.

"……어린애도 저렇게 호기심이 강하진 않겠어."

"이게 호기심 문제야? 감수성 문제지."

"그래, 그래."

빅토르는 짐이 털 샌 상태로 적당히 대답하고 몸을 일으켰다.

스칼렛이 잠옷 위에 바로 코트를 입으려 하자 빅토르가 못 하게 붙잡았다. 그리고 손짓해 사용인들을 불렀다.

2층으로 올라온 하녀들이 스칼렛에게 두꺼운 털옷을 입히며 재잘거렸다.

"정말 오로라를 볼 수 있을까요?"

"사실 오로라라는 거 뱃사람들 말로만 들었지, 실제로 어떻게 생겼는지 상상도 안 가요."

그러자 스칼렛이 물었다.

"색깔이 있는 빛이라고 했지?"

"네, 그렇대요. 밤하늘의 커튼 같다고 하던데……."

오로라의 정확한 형태는 알 수가 없었다. 지금의 기술로는 영하의 온도에서 촬영되는 사진기를 만들 수 없었기 때문에 남아 있는 사진도 없었다. 그러니 그들에게 오로라는 구전 전설과 다를 바 없었다.

오로라를 보러 가기 위해 몇몇은 썰매 개가 끄는 썰매에 짐과 함께 타고, 몇몇은 스키를 탔다. 살란티에는 눈이 많이 와서 대부분의 사람이 눈 위에서 타는 탈것에 익숙했다.

스칼렛은 미끄러지는 썰매에 앉아 끝없는 설원을 바라보았다. 수도에 눈이 많이 온다고 해도 이곳과 같은 풍경은 아니었다.

한 번도 본 적 없던, 상상도 해 본 적 없는 설경이었다. 가슴이 벅차올랐다.

─────◆─────

스칼렛이 오로라를 보러 가는 사이에도 두 번 정도 천둥 같은 소리가 들렸다. 마을 사람들은 그것이 얼음 속에 사는 요정이 내는 소리라고 했고, 뱃사람들은 빙하에서 나는 소리라고 했다.

어느 정도 이동했을 때, 일행 중 누군가가 소리를 쳤다.

"아!"

그 소리에 스칼렛이 하늘을 보니 녹색의 선이 밤하늘에서 희미하게 모습을 드러내고 있었다.

스칼렛이 서둘러 해군들에게 배운 대로 썰매 개를 불렀다.

"알파!"

대장 썰매 개의 이름을 부르자, 알파가 멈추고 나머지 개들도 멈췄다. 비슷하게 다른 썰매와 스키도 멈췄다.

워낙에 추워 멈춘 자리에 바로 모닥불을 피워야 했으나, 사람들은 오로라에 넋을 잃어 그대로 굳어 버리고 말았다.

마을 사람들은 종종 보던 오로라가 아니라, '오로라를 보고 놀라는 외지인'들을 구경하러 따라 나온 참이었다. 그들을 대신해 마을 사람들이 불을 피우며 깔깔거리고 웃었다.

"엄마! 이 아저씨 울어!"

"울면 동상 걸리니까 울지 말아요!"

"아, 안 웁니다!"

"우는데!"

"아니, 이런 건 좀 비밀로 해 줘라, 비밀로!"

배를 탈 만큼 탄 선원들까지도 압도되어 눈물이 고일 정도의 광경이었다. 희미하던 오로라는 점점 더 확연히 모습을 드러냈고, 말로 형용할 수 없는 빛을 내며 밤하늘에서 일렁거렸다.

스칼렛 역시 눈물이 떨어지려는 걸 참느라 양손을 말아 주먹을 꼭 쥐고 있었다. 가슴이 벅차서 견디기가 힘들었다.

그때 부모님과 함께 따라 나온 바냐가 스칼렛에게 달려와 말했다.

"오늘 오로라가 내가 살면서 본 것 중에 제일 예뻐."

"정말?"

"응, 정말이야."

인생살이 6년 차인 아이의 말에 옆에서 마을 사람들이 맞장구쳤다.

"정말로 오늘처럼 오로라가 선명하고 화려한 날도 흔하진 않아요."

"맞아요, 운이 정말 정말 좋은 게지."

"그랬군요······."

스칼렛이 멍하니 중얼거리다가, 잠시 남편 쪽을 돌아보았다.

그에게도 신기한 건 마찬가지였는지, 빅토르 역시 밤하늘을 올려다보고 있었다. 스칼렛은 오로라를 보고 있는 빅토르의 그 표정이 왠지 모르게 익숙하다는 생각을 했다. 그가 자신을 바라보다가 무심코 짓는 표정이었다.

저런 얼굴일 때의 그는 무슨 생각을 하고 있을까.

스칼렛은 갑자기 궁금해져서, 썰매에서 내려 빅토르에게로 향했다.

"빅토르."

그녀가 부르는 소리에 빅토르가 스칼렛 쪽을 보자, 그녀가 이어서 물었다.

"무슨 생각 해?"

"세상에 저렇게 놀라운 것이 있었구나, 하는 생각."

빅토르의 대답에 스칼렛이 공감하며 고개를 끄덕였다.

"응, 저런 게 있었어. 정말로."

그리고 그녀는 다시 하늘을 보았다.

커튼이 바람에 휘날리는 것처럼 일렁거리는 오로라는 이 순간을 비현실적으로 만들었다.

어느 순간부터 두 사람은 누가 먼저랄 것도 없이 손을 맞잡고 있었다. 스칼렛이 뒤늦게 그것을 느끼고 잡은 손 쪽을 보니 빅토르 역시 같은 곳을 보았다.

빅토르가 먼저 입을 열었다.

"잊을 수 없는 기억 속에, 당신이 남겠네."

스칼렛이 빅토르의 눈을 바라보았다.

그가 조용한 목소리로 물었다.
"당신의 기억 속에도 내가 남을까."
"……응."
"앞으로도 당신이 이런 광경을 볼 때, 잊을 수 없는 기억이 생길 때마다 옆에 있고 싶어. 그럼 그 기억을 떠올릴 때마다 나도 함께 떠올려 줄 것 같아서."
"……."
"만약 아이가 생긴다면 나고 자라는 순간순간도 그렇겠지. 그런 생각을 하면 기대가 돼."
우리는 앞으로 많은 시간을, 순간을 함께할 거라고, 빅토르는 말하고 있었다.
그의 말을 가만히 듣고 있던 스칼렛이 이내 해맑게 웃으며 고개를 크게 끄덕였다.
"기대된다. 엄청."
그녀가 '엄청'을 강조해서 말하자 빅토르 역시 그녀를 따라 웃었다. 그리고 다시 하늘을 보며 중얼거렸다.
"약속을 잘 지키는 사람이네."
"응?"
"날 행복하게 해 준다며."
그가 말하며 짓는 미소에 스칼렛이 다시 한번 고개를 크게 끄덕였다. 그리고 이번에는 좀 더 힘주어 빅토르의 손을 잡았다.
오로라가 사라질 즈음, 다시 돌아갈 준비를 하고 있는데 바냐의 할머니가 두 사람에게 와서 지나가는 말처럼 말했다.
"오로라가 보이는 날에는 아이도 잘 생기는 법이지."

그렇게 툭 던져 놓고는 다시 바냐의 옷을 두껍게 챙겨 주러 떠났다. 그 말에 당황한 스칼렛이 빅토르를 힐끔거리고는, 고개를 빠르게 저었다.

"아이가 있는 남의 집에서 자니까. 아쉽지만 안 되겠다."

"배에 잠시 들렀다가 가는 게 좋겠군."

"……뭐어?"

"대안을 내는 거지."

빅토르가 표정 하나 안 바뀌고 청하는 말에 스칼렛의 얼굴이 붉어졌다. 그렇다고 해서 거절하지는 않았다.

다음 날 정오 즈음에 쇄빙선은 다시 출항할 준비를 마쳤다.

마을 사람들은 외지인들이 떠나는 것을 무척이나 아쉬워했다. 특히 바냐는 스칼렛이 여기 머문 이틀 동안 정이 너무 깊이 들어, 떠나려는 그녀를 붙잡고 펑펑 울고 말았다. 극지방을 잠깐 탐사한 후 돌아가는 길에 다시 머물 거라고 말해 주지 않았다면 출발하지 못할 뻔했다.

곧 마을로 돌아올 것을 기약하며 출항한 쇄빙선은 드디어 해도조차 없는 바다를 향해 나아가기 시작했다.

출항 직후에는 좋던 날씨가 그로부터 채 세 시간도 되지 않아 해무로 어두워졌다.

해도가 없는 망망대해, 시야까지 차단된 배로 용케 항로를 만들어 가는 뱃사람들의 노련함이 스칼렛은 놀라웠다. 그와 동시에 빅토르가 늘 이런 위험 속을 항해하고 다녔다는 사실에 가슴이 시렸다.

지나가던 선원 한 사람이 걱정 가득한 얼굴로 함교 쪽을 보고 있는 스칼렛에게 말을 걸었다.

"걱정하실 것 없어요. 부군께서는 몇십 년 배를 탄 우리보다도 훨씬 바다를 잘 아시는 분입니다."

"그래요?"

"그 지독한 살란티에의 해무 속에서 그 많은 해적선과 싸우신 분 아닙니까. 저분께 해적도 없는 해무가 뭐가 두려우시겠습니까."

그렇게 선원이 이야기하고 있을 때, 기관장이 급하게 달려와 스칼렛을 찾았다.

"부인, 죄송하지만 기관실을 좀 봐 주시겠습니까? 엔진 소리가 이상합니다."

"그럴게요."

스칼렛이 서둘러 기관실로 향했다.

안으로 들어가 보니 확실히 기관장의 말대로 기계에서 소리가 나고 있었다.

스칼렛은 이 배에서 사용하는 엔진을 뜯어 본 적이 있었기 때문에 금방 문제를 파악했다. 바로 공구를 받아 엔진을 수리하기 시작하자 선원들이 그 모습을 구경하러 나타났다.

"아, 이제 와서 하는 말이지만 우리 아내도 딸도 부인의 정말 큰 팬입니다. 집에 가기 전에 사인을 좀 받을 수 없을까요?"

"괜찮으시면 저도 좀……."

기다렸다는 듯한 선원들의 청탁을 기관장이 잘라 냈다.

"일하고 계신 분한테 무슨 소리를 하는 거요? 다들 나가요, 나가. 한가할 때 물어보시든지!"

"아니, 함장님이 얼굴도 보기 어렵게 하시니까······."

선원들이 투덜거렸지만 결국 기관장에게 쫓겨났다. 그 소란 속에서도 스칼렛은 집중해 엔진을 수리했다. 밖은 추웠지만, 기관실은 엔진이 뿜어내는 열로 땀이 날 만큼 더웠다. 스칼렛이 엔진을 수리하고 나니 조금 전까지 들리던 엔진의 불길한 잡음이 더는 들리지 않았다.

일을 마치고 돌아보니 기관실에는 어느새 빅토르 한 사람밖에 없었다.

스칼렛이 그에게 다가서며 물었다.

"언제부터 여기 있었어?"

"거의 처음부터?"

빅토르가 말하며 손을 잡으려 해서 스칼렛이 얼른 뒷짐을 졌다.

"기름 묻어."

"닦아 줄게."

빅토르가 손을 뻗어, 그녀의 두 손을 잡아 끌어온 후에 손수건으로 기름을 닦아 냈다. 그러다가 그녀의 손목시계 쪽에서 시선이 멈췄다.

빅토르가 입을 열었다.

"당신 안에서 시계에 우선순위가 밀리는 건 무서운데, 당신이 기계를 만지고 있는 건 좋더군. 모순적이지."

그러자 스칼렛이 고개를 저었다.

"나도 그런걸."

"어떤 의미로?"

"나도 당신이 배를 타고 나가는 게 위험해서 싫었는데, 항해하는 당신의 모습은 좋거든."

그녀의 말을 전혀 예상하지 못한 빅토르가 잠시 대답이 없더니 이

내 실소하며 중얼거렸다.
"천생연분이군."
"그러게 말이야."
스칼렛이 그렇게 대답하더니 이제야 이해했다는 듯이 말했다.
"우리는 서로, 자기 일을 사랑하는 상대를 좋아하나 봐."
그녀의 말에 수긍한 빅토르가 낮게 한숨을 쉬었다.
"그렇다면 해군을 그만두기도 어렵겠어."
그러자 스칼렛이 자기도 모르게 빅토르의 손을 꼭 붙잡으며 말을 이었다.
"그래도 당신이 배를 타는 건 무서워. 아마 앞으로 점점 더 무서워하게 될 거야."
"……."
"나는 해무가 이렇게 한 치 앞도 안 보이는 건 줄 몰랐어. 당신이 이런 상황에서 바다를 항해했다는 것도……. 알았다면 아마 해군을 당장 그만두라고 말했을 거야."
빅토르는 그린 그녀의 깅겅함에 서도 모르게 미소를 지었다.
"……이것도 모순적인 마음이군."
"뭐가?"
"당신이 걱정해 주는 것이 미안한데도 좋네."
"좋기는? 내가 어떤 마음으로……."
"알아. 당신이 어떤 마음이었는지. 나도 당신이 안전 점검도 안 한 비행기에 오르는 걸 보고만 있어야 했으니."
빅토르의 말에 스칼렛은 할 말이 없어져 입을 꾹 다물었다.
여기서 저 이야기를 꺼낼 줄이야.

그 사이 그가 말을 이었다.

"아무튼 이제는 그렇게 걱정하지 않아도 돼. 이제 살란티에 바다에 해적은 없으니까."

그렇게 확언하는 그가 매혹적으로 느껴졌으므로, 스칼렛은 자신이 남편의 여러 가지 모습 중 살란티에의 바다를 지키는 해군으로서의 모습을 특히나 사랑해 왔다는 것을 깨달았다.

잠시 후 두 사람이 기관실을 나섰을 때는 이미 해무가 어느 정도 사라져 시야가 확보된 상태였다. 그제야 얇은 얼음들을 깨고 쇄빙선이 제 몫을 하며 나아가고 있는 모습이 보였다.

스칼렛이 배 옆으로 쪼개져 멀어지는 해면의 얼음들을 바라보았다. 이런 용도라는 걸 알았는데, 실제로 얼음 사이를 항해하는 것을 보고 있으니 그저 신기했다.

그들이 탄 쇄빙선은 멈추지 않고 계속해서 나아가며 항로를 만들어 가고 있었다.

스칼렛은 또다시 빅토르에게 상의할 것을 가지고 달려오는 2등 항해사를 발견한 후 둘이 이야기하라고 눈짓하며 한 걸음을 떨어졌다. 그러나 빅토르는 손을 뻗어서 스칼렛의 팔을 잡아 제 쪽으로 당겨 두고 2등 항해사가 가져온 해도를 확인했다.

2등 항해사는 새로운 해도를 그리며, 출항 전에 예상했던 수치들을 지속해서 수정하고 있었다. 그러다 본인 생각에 의심이 들면 빅토르에게 해도를 가져왔다.

1등과 3등 항해사는 선장이 뽑지만, 해도를 새로 그려야 하는 임무를 맡은 2등 항해사 마르티노는 해군 출신으로, 빅토르가 직접 뽑은 인재였다. 까무잡잡한 피부에 말수는 적지만 곧잘 씨익 웃고 있어 사람들이 유독 좋아하는 선원이기도 했다.

늘 조용한 마르티노는 빅토르만 보면 재잘재잘 말을 잘했다. 그렇게 이야기하다가 스칼렛의 눈치를 보더니 쑥스러운 표정을 지었다.

그 기회에 스칼렛이 물었다.

"아, 근데 선원들끼리 대화할 때는 왜 빅토르를 대장님이라고 불러요?"

"예? 아!"

난처한 질문이었는지 마르티노가 당황한 표정을 지었다. 그리고 그 사실을 모르고 있던 빅토르가 서늘한 얼굴로 마르티노를 보았다.

안절부절못하던 마르티노가 마지못해 말했다.

"선원들 사이에서…… 극지방으로 가는 탐험대니까, 함장님을 대장님이라고 부르는 게 정석이라는 이야기가 나왔습니다."

지금이야 다른 배를 만날 리가 없지만, 제3 저탄소까지 가는 사이에 함선을 만나면 무조건 그쪽에서 먼저 쇄빙선을 향해 인사를 했다. 누구나 이 쇄빙선에 빅토르가 타고 있다는 것을 알고 있기 때문이었다.

거기에 이미 자부심을 느끼는 데다, 1등 항해사의 입에서 '함께 항해를 해 보니 살란티에 최고의 항해사는 빅토르 덤펠트가 분명하다'라는 말이 나오기까지 했다.

해군이 아니더라도 빅토르와 함께 항해해 본 뱃사람들은 누구나 그를 인정하고, 동경하게 된다는 것을 스칼렛은 남편과 함께 배를 타고서야 알았다.

"대장님이 맞네, 그럼."

그녀가 정리해 버리니 빅토르도 수긍했다.

"그건 직위가 아니니, 틀렸다고 말하기 어렵겠군."

그의 대답에 스칼렛이 핀잔했다.

"당신은 자기 공치사를 좀 할 줄 알아야 해."

그 말에 힐끔 빅토르가 자신을 보자, 스칼렛이 말을 이었다.

"해군들은 감히 당신을 칭찬하지 못하잖아. 다른 선원들과 함께 배를 타 보지 않았으면 평생 당신이 그냥 전술만 뛰어난 군인이라고 생각할 뻔했어."

"그거면 충분하지 않나."

"안 충분해. 나는 당신에 대해서 더 자세히 알고 싶어."

스칼렛의 말에 빅토르가 완전히 아내에게 시선을 고정했다.

그때 마르티노가 말을 이었다.

"다들 신뢰와 자부심을 느끼고 있습니다. 살란티에 최고의 항해사와 최고의 엔지니어가 탄 배라는 사실에요."

그 말이 끝나기 무섭게 빅토르가 대답했다.

"알고 있다니 다행이군."

그러더니 스칼렛이 끼어들 틈도 없이 그가 말을 이었다.

"대륙 최고의 엔지니어가 더 맞는 표현이겠지만."

"……"

그는 표정 하나 안 바꾸고 뻔뻔하게 말했고, 스칼렛의 귀는 빨갛게 달아올랐다.

마르티노가 고개를 끄덕이며 긍정했다.

"그렇군요. 대륙 최고의 엔지니어로 정정하겠습니다. 자, 그럼 저는

가 보겠습니다. 그리고 대장님이라는 호칭은……."

"그렇게 하지."

빅토르는 '대장'이라는 호칭을 받아들였다. 아내를 최고의 엔지니어라고 한다는 걸 보니, 그들이 하는 말의 진정성이 증명되었기 때문이었다.

어느새 스칼렛은 배 안을 돌아다니는 것에 익숙해졌다. 그렇게 여기저기 다니다 보면 항해일지를 쓰는 사람들을 종종 볼 수 있었다. 물론 선원법에 따라서 항해사들과 선장이 쓰는 공식적인 항해일지도 따로 배치되어 있지만, 선원 개인도 기록을 했다.

그 모습에 익숙해져 제3 저탄소부터는 그녀도 항해일지를 쓰기 시작했다.

빅토르와 묵고 있는 객실에는 그녀가 남는 시간에 작업하기 좋게 넓은 작업대를 설치해 놓았다. 그 앞에 앉은 스칼렛은 기껏 설치해 놓은 작업대에 앉는 시간이 너무나 적다는 사실이 부끄러워 두 손으로 얼굴을 감싸고 푹푹 한숨을 쉬었다.

그렇게 부끄러움을 이기고 나서야 그녀는 연필을 꺼내 들었다.

항해에 대해 잘 알지 못하는 스칼렛에게 바다는 늘 비슷비슷하게 느껴졌다. 그래서 날씨 정도만 쓰고 나머지는 쇄빙선의 엔진 상태에 대해서 쓰고 있었는데, 잠깐 정신을 차려 보니 옆에 책상을 짚고 있는 빅토르의 손이 보였다.

고개를 돌려보니 그가 항해일지를 보고 있었다.

스칼렛이 얼른 일지를 덮어 끌어안고 핀잔했다.
"남의 일기를 보면 어떡해?"
"엔진 이야기던데. 나는 알아볼 수도 없어."
"그래도 내 거 봤으니까 당신 것도 보여 줘."
기다렸다는 듯이 그녀가 당당하게 요구하자 빅토르가 항해일지를 꺼내 주며 말했다.
"당신 거 안 보여 줬어도 내 건 보여 줄 거니까 이유 붙일 거 없어."
"그래?"
"내 건 다 당신 거야."
그런 그의 말이 스칼렛에게는 좀 봄바람처럼 간질거리는 기분이라 저도 모르게 웃었다. 그리고 항해일지를 보니, 공식적인 항해일지와 큰 차이가 없는 딱딱한 일지였다.
스칼렛이 물었다.
"원래 이렇게 재미없게 쓰는 거야?"
"……."
재미없다는 말이 신경 쓰였는지 빅토르의 눈가가 약간 찌푸려졌다가 펴졌다. 그러더니 그가 대답했다.
"다 각자 자기 맡은 일 위주로 적지. 날씨에 관심이 있으면 날씨와 가시거리를 적고, 고래잡이에 관심이 있으면 고래를 발견한 항로 위주로 적고. 당신처럼 엔진 상태를 전문적으로 적어 주면 나중에 보험사가 매우 까다로워하겠군."
빅토르의 말에 스칼렛이 뿌듯한 얼굴로 웃었다. 그리고 빅토르의 항해일지를 마저 넘기다가 거기 끼워져 있는 쪽지를 발견했다. 그녀가 펼쳐보려 하자 빅토르가 드물게 난처해하며 그것을 뺏었다.

"왜?"

스칼렛이 동그래진 눈으로 묻자 빅토르가 대답했다.

"보여 주기 그런 내용이라."

"당신 건 다 내 거라며."

갑작스러운 폭풍이나 숨 막히는 해무에도 꿈쩍 않던 빅토르가 흔들리는 게 재미있어서 스칼렛은 고집을 부렸다. 몸을 일으켜 그의 손으로 제 손을 뻗어 뺏으려 하자, 쪽지가 별수 없이 스르륵 빠졌다.

쪽지를 펼쳐 보니 몇 가지 음식이 적혀 있고, 그 옆에 표기가 되어 있었다. 스칼렛이 고개를 갸우뚱하며 보고 있으니 빅토르가 대답했다.

"당신이 먹는 거, 안 먹는 거."

그의 말에 스칼렛이 멈칫하더니 물었다.

"……나 말린 과일 안 먹어?"

"손도 안 대던데."

그의 대답에 스칼렛이 눈만 깜빡거리며 항해일지를 넘겼다.

쪽지를 보고 나서 항해일지를 더욱 찬찬히 보니 생각보다 그녀에 관련된 내용이 종종 있었다. 그리고 오로라를 보던 날과 얼마 전 북극고래를 만났을 때, 스칼렛에 대한 묘사가 노트 한 면 가득 적혀 있는 것을 찾아냈다. 빅토르의 시선 속에서 그녀가 얼마나 사랑스러웠으며, 빛났는지, 그 호기심을 얼마나 사랑하는지에 대한 일지였다.

스칼렛은 처음에는 부끄러워 얼굴이 화끈거리다가, 차차 이상하게도 눈물이 날 것 같아 입술을 잘근잘근 깨물었다.

이 항해에서 빅토르에게 가장 중요한 것은 그녀에 대하여 더 많이 알아 가는 것이었다. 선원들이 각자 날씨, 고래잡이에 관심이 있었던 것처럼 빅토르의 관심은 아내에게 있었다.

그녀가 항해일지에 쪽지를 잘 끼워 넣고, 처음처럼 줄로 잘 감아서 끌어안으며 말했다.

"생각만큼 재미없지 않았네."

"그래?"

"응."

스칼렛이 고개를 끄덕이더니 웃으며 물었다.

"내가 진짜로 좋아?"

그녀가 묻는 말에 빅토르가 표정을 찌푸리며 되물었다.

"이제 와서 그런 걸 묻는 건 확신이 없어서인가?"

"사실은 조금."

그녀의 말에 빅토르가 기가 찬다는 듯이 혀를 찼다. 스칼렛이 흘러내린 머리칼을 한 손으로 정리해 넘기며 말을 이었다.

"사실은 종종 그래."

"이해가 잘 안 되는데."

"종종 그런다구. 가끔은 확신이 서다가, 가끔은 안 선단 말이야."

"그러니까, 도대체 왜……."

"그래도 우리가 한 몸이 아닌데 당신 마음을 어떻게 매 순간 확신하겠어. 내가 당신의 사랑을 원하는 동안은 아마, 죽는 순간까지 종종 그런 불안함을 느낄걸?"

"……."

"지금은 전혀 아니지만."

그녀가 말하며 안고 있는 항해일지를 톡톡 치고, 다시 환하게 웃었.

그런 그녀의 미소를 말없이 바라보던 빅토르가 이내 몸을 그녀 쪽으로 조금 기울이며 말했다.

"나는 당신이, 내 마음 때문에 나에게 질릴까 봐 걱정했는데."

"······그렇게 질릴 만큼 본인이 표현을 하는 편이라고 생각하는 거야?"

"그런 줄 알았지."

빅토르가 저도 모르게 쓰게 웃으며 한 번 더 중얼거렸다.

"정말로 그런 줄 알았어."

그러더니 그녀와 눈을 마주하며 중얼거렸다.

"그럼, 조금만 더."

그러더니 한 걸음을 그녀에게 다가가 두 팔로 꽉 끌어안았다. 그러더니 한동안 움직이지도, 말을 하지도 않았다.

잠깐 안았다가 떨어질 줄 알았던 빅토르가 그대로 시간이 멈춘 것처럼 자신을 끌어안고 있으니, 스칼렛이 입을 열었다.

"빅토르?"

그렇게 말을 걸자 오히려 끌어안는 팔의 힘이 더욱 강해졌다.

스칼렛은 그에게서 느껴지는 묘한 숲 냄새에 심장이 쿵쿵 뛰어, 저도 모르게 그의 옷깃을 쥐었다.

그 미세한 움직임에 빅토르는 스칼렛의 어깨에 묻었던 얼굴을 들었다. 그러고는 한 손으로 여전히 그녀를 끌어안은 채 다른 손으로는 어깨에 흘러내린 머리칼을 어루만졌다.

빅토르는 제 옷깃을 쥔 스칼렛의 손을 살폈다. 그로부터 그녀의 손가락 하나하나, 손목이며 팔꿈치, 어깨와 가슴, 목덜미까지. 스칼렛이 가진 모든 것을 원하던 만큼 집요하게 살피는 그의 눈동자는 차가워 보이기도, 뜨거워 보이기도 했다.

배가 조금 흔들리며 램프의 불길도 흔들렸다.

스칼렛은 그 일렁거림이 자신을 최면에 빠지게 하는 것처럼 느껴졌다. 그리고 그 몽환적인 상태 속에서, 그녀는 빅토르의 시커멓게 뒤덮인 내면의 일부분이 보이는 듯한 기분이 들었다.

그는 그녀에게 새카맣기도 하고, 푸른 불꽃 같기도 한 마음을 가지고 있었다. 다정하려 노력하다가도, 순간 악할 정도로 더럽고 집요해지는 마음을.

"……아무리 생각해도, 당신은 바다 같아."

스칼렛은 그렇게 중얼거렸다.

그가 바다를 사랑하는 만큼, 그녀도 그것을 사랑하게 되었다. 스칼렛은 그가 자신을 어찌해도 좋을 것 같다고 생각했다.

―――◆◆◆―――

빅토르는 침대에 누운 스칼렛을 가만히 살피다가, 그녀의 손을 깍지 껴서 잡아 머리맡에 눌렀다.

그는 여전히 그녀가 막 상처를 입은 사람인 것처럼 대했다. 언제나 아주 조심스럽고, 부드럽게 스칼렛의 몸을 어루만졌다. 그녀의 몸에 여전히 전쟁의 후유증이 남아 있었기 때문이었다.

빅토르는 이제 아내의 몸에 남아 있는 사고의 흔적들을 옷 위로도 정확하게 짚어 낼 수 있었다.

스칼렛은 제게 남은 흉터 위를 쓰다듬는 빅토르를 올려다보았다. 그렇게 눈이 마주칠 때마다 빅토르는 늘 그녀에게 속삭이듯 말했다.

"당신이 자랑스러워."

"응."

스칼렛이 고개를 끄덕이며 웃는 것이 그들의 중요한 루틴이 되었다. 그런 의식 같은 대화를 나누는 것으로 부부는 남아 있는 트라우마의 강들을 차근차근 뛰어넘었다.

빅토르가 그녀의 드레스 리본을 풀었다. 그리고 다시 사랑스러워 못 견디겠다는 듯이 상처 위에 입을 맞추며 중얼거렸다.

"결혼 초기에는, 당신에게 이런 상처가 생길 거라고는 상상도 못했어."

"내가 더했을걸?"

"이렇게 당신에 대해서 궁금해하게 될 거라는 것도 몰랐지."

그의 말에 스칼렛이 저도 모르게 배시시 웃었다.

"나도 몰랐네."

그렇게 말하고는 그녀가 두 팔을 벌렸다. 빅토르가 웃으며 그녀의 품에 얼굴을 묻었다. 그리고 그렇게 잠시 눈을 감고 있었다.

그는 결혼 전까지, 제가 마차 사고에서 구한 스칼렛 남매가 이렇게 아무런 교육도 받지 못하고 자랄 거라고는 예상하지 못했다. 어찌 되었든 빅토르는 이 남매가 자라 온 환경에 자신의 책임이 있다고 생각했고, 그래서 자기 딴에는 포기하지 않고 그녀를 귀족다운 귀족으로 만들기 위해 신경을 기울였다.

결혼 후 빅토르는 공적인 행사에 가기 전에 스칼렛의 가정교사에게 카드 게임을 가르치게 했다. 살란티에 사교계에서는 만찬 뒤 카드 게임을 즐기는 일이 흔했기 때문이었다.

그리고 어느 봄날인가, 늦은 밤에 스칼렛이 침실 문을 두드려 나가 보니 그녀가 카드를 들고 서 있었다. 이제 카드 게임 룰을 다 알게 되었다면서, 연습 게임을 해 보자는 것이었다.

빅토르는 제안을 받아들이고 사용인들에게 침실 안에 테이블을 준비하게 한 후 스칼렛과 카드 게임을 시작했다.

그날 빅토르가 느끼기에 스칼렛의 얼굴은 지나칠 정도로, 그녀의 생각이 훤히 보였다. 좋은 패가 있는지, 없는지. 혹은 그가 내놓은 카드가 반가운지, 실망스러운지.

빅토르는 태어나는 순간부터 그날이 되기까지 감정을 칼로 도려내는 것만을 배웠다. 그러므로 그녀의 순진함이 그에게는 '나쁜 천성'으로 여겨졌다.

게다가 스칼렛은 뭐가 그렇게 즐거운지 별것도 아닌 일로 자꾸만 웃음을 터트리곤 했다. 빅토르가 너무 자주 웃지 말라고 몇 번이고 주의를 줬고, 그녀도 웃음을 참고 싶어 했지만 쉽지 않았다.

"당신과 있는 시간이 너무 좋아서 그래."

그녀는 자신이 웃는 이유에 대하여 그렇게 말했다.

그날, 빅토르는 스칼렛의 표정을 읽어 가며 몇 판이고 게임에서 져 주었다. 숙녀를 이겨 먹으려 드는 건 한심한 일이라고 배웠으니까.

스칼렛은 도중부터 빅토르가 봐주는 걸 눈치챈 듯했지만, 여전히 그 순간이 즐겁다는 듯이 웃었다.

아내가 자신을 떠나고 나서야 그는 자신이 그녀와의 카드 게임을 얼마나 즐거워했는지 알게 되었다. 그 이후에 따르는 후회와 아픔은 스스로의 내면을 제대로 들여다보지 않았던 것에 대한 벌이었다.

빅토르는 고개를 돌려 테이블 쪽을 바라보았다. 그 위에 긴 항해 도중 아내와 종종 게임을 하던 카드 상자가 놓여 있었다.

이제는 져 줄 것도 없이, 그냥 그녀가 게임 대부분을 이겼다. 아내와 마주 보고 있으면 그녀의 얼굴을 보느라 이성적인 생각을 하는 것도, 게임에 집중하는 것도 불가능했다.

이런 제가 그녀 없이 살아갈 수는 없으리라는 것을 그는 누구보다 잘 알고 있었다.

살아가는 내내, 그는 어떤 혈통의 어떤 이에게도 뒤지지 않기 위해 목표만 보며 달렸다. 모든 것을 이성적으로 생각하고 행동하는 것만이 정상적인 일이라 믿으며 살아온 자신이, 이렇게 아내에 대한 사랑에 온몸이 잠겨 살아가게 되리라고는 예상하지 못했다.

얼마나 감사한 일인지.

빅토르는 스칼렛에게 입을 맞추고, 다시 상체를 일으킨 후 그녀와 눈을 마주했다. 그러더니 자기도 모르게 웃었다.

그 웃음에 스칼렛이 눈을 동그랗게 뜨자, 빅토르가 말했다.

"아직도 당신이 나와 함께 있다는 게 믿기지 않아."

"무슨 의미로?"

"좋은 의미로."

그는 그녀의 이마며, 콧등이며, 입술에 입을 맞추고 말을 이었다.

"내 인생이, 이렇게 완벽해질 줄 몰랐다는 의미에서."

―――・・―――

제3 저탄소를 지난 후부터는 화로를 켜 놓아도 실내가 따뜻하지 않았다. 게다가 또다시 풍랑이 거세진다는 예측이 나오면 그나마도 꺼 놓아야 했다.

바다는 날씨도 순식간에 바뀌지만, 기온도 갑작스럽게 뚝 떨어지곤 했다. 스칼렛은 서서히 바다의 변덕에 익숙해졌다. 파도가 치면 스칼렛은 이제 빅토르가 지시하기도 전에, 나머지 두 명의 사용인과 함께 화로가 없이도 가장 기온이 높은 기관실로 이동했다. 쇄빙선의 모든 선원은 비상시에 대륙 최고의 엔지니어가 이 배의 기관실을 지키고 있다는 사실을 고맙게 여겼다.

북극으로 향할수록 모든 물자가 부족해졌기 때문에 나머지 사용인은 제3 저탄소에서 내렸으므로, 배에는 빅토르의 비서인 블라이트와 하녀장 캔디스만이 남아 있었다.

스칼렛이 객실을 나와 기관실로 향하려는데 배를 한 번에 삼킬 것처럼 큰 파도가 다가왔다. 그 순간 빅토르가 한 팔로 그녀를 꽉 끌어안고 다른 손으로 배 여기저기에 달린 손잡이를 움켜쥐었다.

그녀가 무슨 일이냐고 묻기도 전에 배가 파도 위를 지나며 크게 기울어졌다. 파도가 그녀를 끌어안은 빅토르의 등으로 쏟아졌다. 빅토르가 그녀의 손을 꽉 쥐었다.

"데려다줄게."

스칼렛은 너무 놀라서 소리도 못 내고 고개를 끄덕였다. 그가 없었다면 이대로 미끄러졌을 것이고, 정말 운이 나빴다면 그대로 바다에 빠질 수도 있었다고 생각하니 온몸에 소름이 돋았다.

선원들의 말에 의하면 이 극지의 바다에 빠졌을 때, 장정도 3분 내에 구조하지 않으면 생존할 가능성이 희박하다고 했다. 그나마 그 3분도 바다에 빠지는 즉시 심장마비가 오지 않은 운 좋은 사람에게만 주어졌다.

파도는 배의 앞뒤, 양옆에서 몰아쳤다. 그 파도를 어느 정도나마 예상할 수 있는 것은 오랜 경험을 가진 뱃사람 중에서도 선장과 빅토르뿐이었다.

파도가 배를 덮치면 그대로 얼어붙었다. 얼음을 그대로 놔두면 배가 무거워지기 때문에 갑판원들은 거대한 파도가 입을 벌리고 있는 와중에도 곡괭이로 연신 배에 생긴 얼음을 깨고 있었다.

빅토르의 아귀힘에 의지해 스칼렛은 가까스로 기관실 문 앞에 섰다. 안쪽에서 블라이트와 캔디스가 빨리 들어오라고 성화하는데, 스칼렛은 빅토르를 돌아보았다. 그가 바닷물을 뒤집어쓴 것이 걱정스러웠기 때문이었다.

그러자 빅토르가 손목에 차고 있던, 스칼렛이 준 시계를 들어 보이며 말했다.

"아직 작동하는군."

"응?"

"영하 25도야."

빅토르의 말에 스칼렛이 시계를 바라보았다. 그는 스칼렛이 영하 20도기 넘어가면 시계를 보기 위해서 계속 온도를 확인하던 것을 알고 있었다.

빅토르가 미소 지었다.

"아주 좋은 시계를 만들었네."

불안해하는 자신을 달래려 그녀의 가장 큰 관심사를 꺼내는 빅토르에 스칼렛은 어쩐지 울음이 날 것 같았다.

그녀가 빅토르를 한 번 꼭 끌어안고 말했다.

"당신과 같이 와서 다행이야."

그리고 울음 섞인 목소리로 말을 이었다.

"이런 바다에 당신을 혼자 보내지 않아서. 정말 얼마나 다행인지 몰라."

그녀의 말에 빅토르가 드물게도 유쾌한 소리를 내며 웃었다. 그리고 스칼렛의 등을 쓰다듬으며 농담조로 말했다.

"고마운데, 당신이 다치면 내가 후회하게 될 테니 손잡이 꽉 잡고, 다치지 말고 있어."

그 후 그녀를 기관실로 밀어 넣었다. 기관실 문이 닫히고, 스칼렛은 계단을 밟고 조심스럽게 내려왔다.

기관실이라고 안전한 것은 아니었다. 날카로운 장치가 여기저기 있었으므로 배가 흔들릴 때 다치지 않게 계속 손잡이를 꽉 잡고 있어야 했다.

기관실 소음이 컸는데도 밖에서 선원들이 소리치는 것이 들렸다. 보통은 얼음을 깨는 걸 도와 달라는 소리였다.

그렇게 파도를 넘던 배는 어느 순간, 정말 어이없을 만큼 갑자기 출렁이는 것을 멈췄다. 폭풍 속을 벗어난 듯했다.

잠시 후 기관실 문이 열렸다. 스칼렛이 조심스럽게 계단을 올라가 갑판으로 나가 보니 작은 섬 같은 것이 보이고, 거기 좌초된 배가 보였다.

"아……."

살란티에서 극지로 향한 배는 스칼렛이 탄 이 배가 처음이 아니었다. 그러나 지금까지는 아무도 돌아오지 못했고, 그래서 여전히 미지의 세계로 남아 있었다. 지금의, 이전과 비교할 수 없이 압도적인 기술력을 가지게 된 살란티에에게도 여전히 바다는 위험하기 짝이 없었다.

스칼렛을 포함한 몇몇의 선원들이 잠시 배에서 내렸다.

좌초된 선박의 선원들이 구조선이 올 가망이 없는 이 극한의 땅에서 느꼈을 좌절에 쇄빙선의 사람들은 울적해했다.

그 사이 빅토르는 무심한 얼굴로, 선원들이 접근하기 전 우선 선박의 외관을 통해 얻을 수 있는 정보를 훑었다. 그와 동시에 선장에게 무언가를 이야기하자, 선장이 수긍한 듯 고개를 끄덕였다.

선장과의 대화를 마치고, 빅토르는 자신의 지시를 기다리는 선원들에게 말했다.

"유품과 연료가 있으면 전부 가져가지."

"예, 대장님."

선원들이 대답하고 좌초선에 올랐다.

스칼렛이 그에게 물었다.

"선장님과 무슨 이야기를 했어?"

그러자 빅토르가 대답했다.

"리트런드의 배인 것 같다는 말."

"그래?"

스칼렛의 눈이 커졌다.

살란티에는 산맥을 사이에 두고 인접국 베스티나와 맞닿아 있었다. 그리고 이 베스티나의 동북쪽에 있는 거대한 반도에 리트런드 공국이 있었다.

리트런드의 배가 여기에서 좌초되었다는 것은, 높은 확률로 그 땅이 가까워졌다는 의미였다. 그러므로 여기서부터 조금만 더 가면 다시 해도가 있는 항로가 나올 가능성이 컸다.

그것은 새로운 항로의 완성이었고, 동시에 이 탐험의 성공을 의미했다.

배에 선원이 들어간 후 얼마 지나지 않아, 선원 하나가 항해일지를 다급하게 흔들며 말했다.

"리트런드의 배입니다, 대장님!"

그러자 막내 선원이 자기도 모르게 만세를 했다. 그러나 고향에 돌아가지 못한 선원들을 앞에 두고, 다른 모든 어른이 동요하지 않음을 알고 얼른 손을 내렸다.

선원들은 다시 한번 사망한 선원들의 명복을 빈 후 유품을 수습했다.

일지를 확인하니 좌초된 지 반년 정도밖에 되지 않은 배였다. 선원들은 죽음을 예감하고 자신의 신분에 관한 정보를 목에 걸거나 손에 쥐고 있었다. 저체온증으로, 침낭 속에서 잠이 든 상태로 죽은 선원이 대부분이었다.

여름에도 영하인 곳이라 유해가 손상되지는 않았으나, 스칼렛 일행이 타고 온 배가 구조선이 아닌지라 그들을 실어서 돌아갈 수 없었다. 그래도 선원 중 그림을 잘 그리는 사람이 있어, 유품과 유해의 특징들을 상세하게 그려 두었다.

선장이 항해일지를 확인하더니 난처한 표정을 지었다.

"완전히 항로를 벗어났구만."

그 말에 스칼렛이 빅토르에게 물었다.

"왜 벗어난 거야? 사고로?"

"……음."

빅토르가 뜸을 들이자 뒤에서 눈치를 보던 2등 항해사 마르티노가 대신 이야기했다.

 "사고로 방향을 잃었을 가능성도 있습니다만, 선장이 더 많은 고기를 잡으려 벗어난 것일 수도 있습니다. 생각보다 어선들의 경쟁이 치열하거든요."

 "그래요?"

 "아무래도 보험 문제가 걸려 있으니까요. 어느 쪽이라고 확정 지을 수는 없습니다."

 "그렇군요……."

 "아마 보험료는 선주의 배상 책임으로 받을 수 있는 부분밖에 없었을 겁니다. 배가 항로를 벗어난 데다가 생존자도 증거도 없는 상황에서 배 자체에 흠이 있었다고 증명해 내기란 어려운 일일 테니까요."

 스칼렛이 고개를 끄덕거렸다.

 돌려 말하고는 있지만 대부분의 선원은 선장의 욕심으로 항로를 벗어났으리라 확신하고 있었다.

 그러나 그 확률이 100%는 아닌지라, 스칼렛이 만족하지 못한 표정을 짓고 있으니 빅토르가 물었다.

 "들어가 보고 싶어?"

 "그래도 돼?"

 빅토르는 안쪽에 유해가 있는 것을 잠시 염려했으나, 조금 더 생각해 보니 전쟁통에도 급하게 뛰어다니던 스칼렛을 그런 식으로 보호하는 것은 그녀의 공적을 훼손하는 태도 같았다.

 "물론."

 빅토르의 허락이 떨어지자 스칼렛은 방한복을 입고 좌초한 선박으로 향했다. 빅토르 역시 그녀와 함께 배에 올랐다.

스칼렛은 기관실로 직행해 여기저기를 살폈다. 빅토르는 항해는 잘 알아도 기관실에 대해서는 전혀 아는 바가 없어, 멀찍이 떨어져서 그녀를 보고만 있었다.

빅토르가 중얼거렸다.

"……구조도 모르면서 잘도 항해하고 다녔군."

그의 혼잣말을 들은 스칼렛이 자기도 모르게 실소했다가, 선원들의 혼이 주변에 남아 있을 것만 같아 다시 표정을 굳혔다.

그녀는 엔진 근처를 주의 깊게 살폈지만 아무런 이상도 보이지 않았다. 물론 임시방편으로 수리해 놓은 흔적들이 남아 있었지만 사고의 원인이 될 만한 것들은 아니었다.

스칼렛이 말이 없으니 빅토르가 짐작하고 물었다.

"문제가 없는 모양이지?"

"……응."

함께 기관실에 내려온, 같은 뱃사람으로서 선박에 문제가 있었기를 바라던 쇄빙선의 선장이 초연한 투로 말했다.

"바다에서 조금 욕심 더 내면, 어떤 날은 집을 살 만큼 돈을 벌게 해 주고, 어떤 날은 내가 데려온 사람들까지 다 삼켜 버린다니까."

스칼렛은 말없이 고개를 끄덕였다. 그리고 기관실을 나가기 전, 선원들이 기관실에 문제가 있을 때 어떤 식으로 응급조치를 취했는지를 자세히 확인하고 노트에 꼼꼼하게 적었다.

좌초한 선박을 빠져나온 그들은 유품을 챙겨 쇄빙선으로 돌아갔다. 잠시라도 멈추면 몸이 얼어붙어 버리는 영하 25도의 날씨 속에서 모든 사람이 빠르게 움직였다.

그러다 빅토르가 빙하가 있는 방향으로 고개를 돌리고 곧바로 총을 꺼내 들었다. 그러곤 쏘지 않고 그대로 그쪽을 겨누고 있었다.

하얀 털을 가진 곰으로 보였다. 다른 선원들이 총을 꺼내려 하자 빅토르가 말렸다.

"쏘지 마."

그런데 곰이 멈칫하더니, 들고 있던 생선을 던져 버리고 정신없이 달려오기 시작했다.

곰이 점차 가까워지자 선원들이 안절부절못하고 빅토르를 돌아보았다. 그러나 빅토르는 여전히 총을 내리도록 손짓했다.

형태를 알아본 후에야 사람들은 진심으로 총을 치워 버렸다. 달려오고 있는 것은 곰의 가죽으로 만든 방한복을 입은 리트런드의 선원이었다.

그는 자신이 헛것을 본 게 아니라 정말로 사람이 있다는 것을 확인하자마자 자리에 주저앉아 두 손으로 얼굴을 감싸고 울기 시작했다. 선원들이 서둘러 그 자리에 천막을 치고 그를 안으로 들여보냈다. 거기서 눈물을 그치게 한 후에야 이들은 다시 배로 돌아왔다.

쇄빙선에 오른 리트런드의 선원은 그들 공국의 말로 무언가를 정신없이 말했는데, 스칼렛은 전혀 알아들을 수 없었다. 다양한 언어 교육을 받은 빅토르만이 어느 정도 대화가 통했다.

선원의 말을 한동안 들어준 빅토르가 스칼렛에게 말했다.

"어선이 출발하기 전에 당신 이야기를 들었다더군."

"내 이야기?"

"베스티나에서 아주…… 유명해서 리트런드에도 알려졌다는데."

빅토르가 내키지 않는지 중간을 흐렸다가 말을 이었다.

"이 전쟁은 스칼렛 크림슨에게 진 것과 다름없다고 말한다더군."
"내가 유명하구나······."
스칼렛이 놀란 듯이 고개를 끄덕이더니 말을 이었다.
"어쩐지, 안드레이가 빨리 베스티나와 관계가 좋아져야 수출을 한다고 성화더라구. 나쁘게 유명한 것도 인지도라면서······. 돈에 미친 사람이야."
"······."
빅토르는 안드레이의 이름을 듣는 것만으로도 표정이 조금 굳어졌지만, 내색하지 않고 말했다.
"우리가 쇄빙선을 타고 극지를 탐험할 거라는 기사를 봤기 때문에, 언젠가는 누군가 자길 발견할 수도 있을 것 같아서 기다렸다는군."
이 선원의 이름은 헤건이었고, 그 추운 리트런드에서도 북쪽 끝 마을에서 왔다고 했다. 그 마을은 평균 기온이 영하 20도 정도이기 때문에, 다른 사람들이 저체온증으로 삶을 포기할 때도 배 안에서 버틸 수 있었다는 듯했다.
스칼렛은 그의 이야기를 들으면서, 살란티에로 돌아가 아이작에게 이 이야기를 하면 절대로 믿지 않을 거라고 생각했다.
이후 헤건으로부터 사고 경위에 대한 이야기를 듣자 쇄빙선의 선원들은 극도로 신경이 예민해졌다. 어선이 항로를 벗어나 여기까지 오게 된 것이, 해적선을 만나 도망치다가 방향을 잃었기 때문이라고 말했기 때문이었다.
살란티에의 앞바다와 달리 다른 바다에서는 여전히 해적들이 활개를 치고 있었다. 그중 어업으로 먹고사는 리트런드 공국은 특히 더 해적의 피해가 크다는 모양이었다.

살란티에의 쇄빙선이 여기서 조금만 더 동쪽으로 항해해 나가면 항로가 나올 것이다. 그러나 운이 나쁘면 해적과 마주치게 될 수도 있다는 말이었다.

"해적을 만나기라도 하면 어쩌려고 그러는 거야?"

"그래도 그 루비드호의 함장님이 타고 계시는데……."

"무기는 충분하잖소?"

"충분하진 않죠……. 하지만 그래도 전 계속 가고 싶습니다. 여기까지 왔는데."

선원들은 목소리가 크고 말씨가 거칠어 다투는 듯이 보였으나, 결과적으로는 계속 항해하기를 원했다.

리트런드까지 도달한다면 살란티에와 직통으로 무역항로가 뚫리게 된다. 그러면 좁은 해협으로 연결되는 이웃 대륙으로 가는 무역 길이 말할 수 없을 정도로 짧아진다.

지금은 대륙을 멀리 돌아 남쪽 바다를 이용하고 있었다. 하지만 베스티나와의 관계가 좋지 않기 때문에 늘 막대한 통행료를 지불해야 했고, 애초에 빈안을 이용할 수도 없었다.

북해의 항로를 개척하는 것은 살란티에에 막대한 수익을 가져올 수 있었고, 역사에 이름을 남기는 일이기도 했다. 무엇보다 살란티에를 삼키려 하던 나라에 더 이상 통행료를 지불하지 않아도 되리라는 기대감이 컸다.

이미 바다에서 수도 없이 많은 죽음의 고비를 넘긴 선원들은 영웅이 될 수 있는 이 기회를 놓치고 싶지 않았다.

그들의 이야기를 어렴풋이나마 이해하고 있던 헤건이 죽을힘까지 꺼내서 무언가를 이야기하기 시작했다. 자기가 목숨을 걸고 해적들의 미끼라도 될 테니 제발 리트런드까지 가 달라는 내용이었다.
 리트런드 역시 살란티에의 무역선이 지나며 발생하는 부수입만으로도 공국 경제에 큰 도움이 될 수 있었다.
 그러나 선원들은 여기서 아무리 떠들어 봤자 결국, 빅토르가 모든 것을 결정할 것이고 자신들은 그를 따르리라는 걸 알고 있었다. 그리고 그는 아무리 생각해 보아도 스칼렛에게 위험한 결정을 할 리가 없었다.
 선원들의 대화를 한동안 듣고 있던 스칼렛은 자신을 위해 함께 와 준 블라이트와 캔디스에게 먼저 동의를 구했다. 그리고 아무 말이 없는 빅토르에게로 향했다.
 "빅토르."
 그녀를 돌아보는 그의 표정은 굳어 있었다.
 스칼렛은 빅토르가 자신을 위해 배를 돌리고 싶어 한다는 것을 알았다. 그러나 동시에, 그는 그녀가 본인 때문에 배를 돌린다면 가만히 있지 않으리라는 것도 알고 있었다.
 빅토르는 해적들을 마주하며 수도 없이 많은 결정을 해 온 해군이었다. 절대다수를 구하기 위해 인질을 포기하는 결정을 몇 번이나 해 왔다. 그러나 제 아내의 앞에서만큼은 선뜻 결정을 내리지 못했다.
 그런 그의 마음을 알아차린 스칼렛이 맑은 목소리로 물었다.
 "보통 배에서 이런 결정은 당신이 하는 건가?"
 그러자 빅토르가 그녀를 한동안 바라보다가 입을 열었다.
 "……모든 항해는 선장이 결정하지."
 "그럼, 선장님이 결정하시면 되겠네."
 항해에 관한 최종 결정자는 선장임을, 해군의 아내로 2년 동안 살아 온 스칼렛이 모를 리 없었다. 이것은 질문이 아니라 권유에 가까웠다.

빅토르는 곧 희미한 미소를 지으며 선장을 향해 말했다.
"결정에 따르지."
그러자 선장이 말했다.
"솔직히 해적선 한두 척은 따돌릴 수 있지요. 거기에 그 루비드호의 함장님도 타고 계시고……."
선원 중에는 해군도, 해군 출신도 많았다.
선장이 아까부터 하고 싶어 근질거리던 말을 내뱉었다.
"가십시다. 리트런드로."
그 말에 빅토르가 허락의 의미로 고개를 끄덕이자 답을 기다리던 선원들이 일시에 환호했다.

―――◆◆◆―――

새로운 사람이 하나 등장한 것만으로도 쇄빙선은 어느 정도 활력을 얻었다.
특히 너무 오랜만에 사람을 보는 헤건은 얼마나 외로웠는지, 대화가 있는 곳이면 알아듣지도 못하면서 죄다 끼어들어 빙글빙글 웃고만 있었다. 거기에 쇄빙선에 타고 있던 막내와 동갑이었기에, 여기저기 잡일로 불려 다니기까지 했다. 원래부터 어선에 타던 뱃사람이었기 때문에 일을 시키면 대충 눈치로 알아듣고 일을 했다.
개중에서도 헤건은 빅토르를 가장 잘 따랐다. 세상 모든 해적이 가장 두려워한다는 빅토르 덤펠트는 리트런드에서도 유명한 존재였기 때문이다.
그 사실을 아는지 모르는지, 빅토르는 항해일지와 선원 명단을 통해 헤건의 신분을 명확히 대조한 후에야 헤건에게 일을 맡겼다. 그런 이후에도 항해에 관한 의견은 여전히 낼 수 없게 했다. 리트런드에 도착할 때까지는 그의 신분을 확실하게 신뢰하지 않는 것이었다.

아무도 올 수 없는 이 먼바다에 홀로 남겨져 있었음에도 빅토르는 바다에서 만난 상대를 신뢰하지 않았다.

늦은 밤에서야 해적에게 대응하기 위한 훈련이 끝났다.

빅토르가 책상 앞에 앉아 일지를 쓰는 스칼렛에게 다가왔다. 그는 허리를 숙이고 그녀를 뒤에서 끌어안으며 목덜미에 입을 맞췄다. 차가운 입술이 닿는 순간 스칼렛은 작게 신음을 내며 눈을 감았다가, 살며시 손을 뻗어 일지를 덮어 버렸다.

그런 그녀의 행동에 입술을 묻은 상태로 빅토르는 낮게 웃었다. 그리고 두 팔로 그녀를 안아 들고 침대로 향했다.

고작 몇 걸음을 걷는 중에도 그는 아내가 사랑스러워 견디지 못하고 반듯하고 예쁜 이마에 한 번 더 입을 맞췄다. 아내를 이렇게까지 못살게 굴면 안 되는 거라고 하도 잔소리를 들었기 때문에, 빅토르는 치미는 욕구를 짓누르고 그녀를 침대에 눕혀 준 후 자신도 같은 이불 속으로 들어갔다.

그렇게 마주 보고 누운 스칼렛이 막 생각났다는 듯이 물었다.

"있잖아, 해적들이 거짓말을 많이 해?"

"응?"

"헤건을 믿지 않는 걸 보니까."

"아."

한동안 말이 없던 빅토르가 덤덤한 목소리로 대답했다.

"니콜라우스의 손을 가져간 건 아홉 살짜리였어."

그는 스칼렛과 함께 수도로 향하던 비행선을 막은 니콜라우스의 의수에 관한 이야기를 꺼냈다.

"그 꼬마가 인질인 줄 알고 배에 태웠지. 정확한 신분 확인이 안 되는 상태라 격리했는데, 우리가 작전지역에 가는 중이라 격리된 채로 살란티에까지 돌아가는 보름을 보내야 하는 게 니콜라우스는 안타까웠던 모양이야. 그래서 중간에 몰래 꼬마를 찾아가 돌본 모양이더군."

"……그래서?"

"그 꼬마는 니콜라우스에게 장난감이 필요하다면서 나뭇조각이나 노끈을 얻었지. 그걸로 활을 만들고, 숨기고 있던 독을 발라 니콜라우스의 손목을 맞혔어."

"……."

"원래는 해군 최고의 저격수였으니 죽이는 게 맞았을 거야. 하지만 그 해적 꼬마도 마음이 약해진 모양이더군."

저격수가 손을 잃는 순간, 무비느호의 모든 작전은 취소되었고 빅토르는 배를 돌렸다.

"다행히 사망자는 없었지만 그 이후부터는 아홉 살이든, 아흔 살이든 신분이 보장되지 않으면 육지로 돌아갈 때까지 더 철저하게 격리해 놓게 됐지."

"응……. 이제 확실히 이해가 됐어."

아무리 해적의 아이였어도, 아홉 살짜리가 그런 일을 벌였다는 것에 충격을 받았던 스칼렛이 정신을 차리고 그의 품에 얼굴을 폭 묻었다.

그러자 빅토르가 미소를 지으며 중얼거렸다.

"계속 추웠으면 좋겠네."

그의 말에 스칼렛이 다시 고개를 들고 물었다.

"더우면 떨어져서 잘 거야?"

"당신만 괜찮으면, 아니."

"그럼 나는 여름에도 이렇게 잘래."

스칼렛이 말하고 다시 안겨 들자 빅토르가 저도 모르게 한숨을 쉬었다.

"……내 심장 상태를 고려해서 말해 주면 고맙겠는데."

그의 말처럼 스칼렛의 뺨에 닿아 있는 빅토르의 심장이 거칠게 박동하고 있었다.

그게 마냥 좋아서, 스칼렛이 대답 없이 고개를 젓자 빅토르가 실소하며 말했다.

"그래, 그럼 스스로 단련되도록 하지."

그의 말에 스칼렛이 웃음을 터트렸다.

―――――◆―――――

다음 날 아침은 여전히 추웠으나 모처럼 맑은 하늘에 뜬 해가 뱃사람들의 마음을 청명하게 만들어 주고 있었다.

리트런드의 배를 기울게 했던 유빙이 바다를 덮고 있었지만 살란티에의 쇄빙선은 그 얼음들을 부수며 느린 속도로 전진했다.

스칼렛은 객실을 나왔다가 선미 쪽에 서 있는 헤건을 발견했다. 그는 쇄빙선이 얼음 사이를 지나가며 만들어 내는 물길을 바라보고 있었다.

뒤따라온 캔디스가 스칼렛이 놓고 나온 장갑을 끼워 주며 안쓰럽다는 듯이 말했다.
"타고 온 어선이 이런 쇄빙선이었다면 사고가 나지 않았을 거라고 생각하는 모양이에요."
스칼렛이 고개를 끄덕였다.
그러다 쇄빙선이 쿵 소리를 내며 멈춰 서자 헤건이 벌떡 일어섰다.
스칼렛이 선수로 가 보니 앞을 막고 있는 얼음판이 너무 크고, 눈까지 쌓여 있어 깨지지 않는 모양이었다.
해군 두 사람이 먼저 배에서 내려 얼음판으로 향했다. 그리고 구멍을 파 얼음의 두께를 확인하기 시작했다.
가다가 멈추고, 가다가 멈추는 일이 반복되고 있지만 한동안 폭풍이 계속되던 때를 생각하면 지금의 여유는 즐길 만한 것이었다. 쇄빙선만이 사고 없이 지날 수 있는 유빙 지역을 넘어가면 언제 해적이 나올지 모르는 바닷길이 나올 테니까.
얼음의 두께를 확인하는 건 아주 많은 시간이 소요되었으므로, 빅토르는 원히는 신원은 배에서 내려 얼음판 위에서 쉴 수 있게 했다.
두껍게 쌓인 거대한 얼음판 위에 내린 선원들은 우선 리드(얼음이 갈라져 바닷물이 드러난 곳)가 없는지 확인한 후, 그곳에 천막을 치고 드러눕기도 하고 눈싸움을 하기도 했다.
스칼렛은 신나서 놀고 있는 선원들을 보고 웃다가, 낚싯대를 드리우고 있는 마르티노에게로 향했다. 그는 낚은 생선의 살을 근처에 있는 갈매기에게 한 점씩 던져 주고 있었다.
스칼렛이 물었다.
"니콜라우스 씨가 손을 다치던 날, 같은 배에 있었어요?"

"네, 그렇습니다."

"니콜라우스 씨가 제 남편에게 섭섭한 마음이 좀 있었던 것 같아요."

그녀의 말에 마르티노가 망설이다가 입을 열었다.

"그날 함장님께서…… 니코에게 말씀하셨죠. 자네가 해적에게 속아서 피해가 생겼으니, 해군을 떠나라고."

"……."

"원래 해군에서는 부상을 당해도 본인이 떠나길 원하지 않는 한 어딘가에 자리를 만들어서 남을 수 있었거든요. 그런데 함장님은 그렇게 많은 공을 세운 저격수를 그 자리에서 쫓아내 버리신 겁니다. 니코의 입장에서는 많이 섭섭했을 겁니다."

"왜…… 쫓아낸 거예요?"

"사실 그 상황에서는 저격수의 손만 잃은 게 천운이었죠. 독을 어떻게 쓰는지에 따라서 루비드호에 타고 있던 해군 전체가 위험할 수도 있었으니까……. 함장님은 니콜라우스를 정말로 아꼈지만, 개인이 아니라 전체를 생각해야 하는 분이니까요."

아홉 살 아이가 해적 노릇을 하려 들 줄 누가 알았겠냐마는, 거기에 속은 데다가 두 손까지 잃은 니콜라우스의 다정함은 해군을 위험하게 했다.

다행히 스칼렛과 함께 비행선을 추적하던 날 이후로는 모든 감정이 해소되었지만, 그전까지의 니콜라우스는 빅토르를 좋아하고 따랐던 만큼 배신감이 컸던 모양이었다.

마르티노와 대화를 마친 후, 스칼렛은 빅토르를 돌아보았다. 그는 오늘도 직업병 때문에 잠깐도 신경을 누그러뜨리지 못하고 모든 선원의 안전을 확인하고 있었다.

빅토르는 모든 사람이 언제든 자신을 미워할 수 있다고 생각했다. 부모의 미움 속에서 살았고, 미움받을 수밖에 없는 결정을 내리며 살았다.

스칼렛은 크게 심호흡을 한 번 하고, 몸을 숙여서 눈을 꾹꾹 뭉친 후 빅토르가 있는 쪽으로 힘껏 던졌다. 빅토르의 오른쪽 어깨에 맞은 눈덩이가 부서지고, 그가 뒤를 돌아보았다. 애초에 자신에게 이런 짓을 할 사람은 스칼렛밖에 없다고 생각했기 때문에, 돌아보는 그의 얼굴에 미소가 감돌고 있었다.

두 손으로 입을 감싸고 웃음을 참던 그녀가 빅토르와 눈이 마주치자 소리 내어 웃음을 터트렸다.

그 모습을 보고 있던 선원 하나가 빅토르에게 말했다.

"세상에 저렇게 대장님을 공격할 수 있는 건 부인뿐일 겁니다."

"맞는 말이군."

그런 그의 말투에 놀리는 투가 역력해서, 스칼렛은 빅토르를 흘기고는 또다시 눈을 뭉쳐 그에게 던졌다.

그게 재미있었는지, 두 사람은 어린애처럼 한참을 웃었다. 실컷 놀고 난 스칼렛이 눈 위에 그대로 드러누웠다.

그녀가 옆을 톡톡 두들기며 빅토르에게 말했다.

"잠깐 눕자. 해빙 위에 누워 보는 경험을 언제 또 해 보겠어?"

"음."

"당신은 늘 술로 긴장을 풀잖아. 술 없이도 긴장을 푸는 법을 배워야 해."

그렇게 말해도 그가 눕지 않으니 스칼렛이 '빨리' 하고 재촉했다.

그녀를 이기지 못하는 빅토르가 결국 곁에 눕자 스칼렛이 그의 손을 꼭 쥐며 소곤거렸다.

"눈이 두꺼우니까 포근해."

"그러네."

빅토르에게는 어린아이일 때도 해 본 적 없는 행동이었지만, 그녀와 함께하니 아주 어색하지는 않게 느껴졌다.

눈싸움을 하거나, 그냥 눈 위에 누워 버리는 것은 빅토르가 상상해 본 적 없는 세상이었다. 스칼렛은 빅토르의 손을 잡아끌며 그녀의 세상을 넓혀 가고 있었다.

그러므로 자신의 세상도 점점 넓어지리라는 것을, 그는 그녀가 잡아 준 손을 바라보며 생각하고 있었다.

쇄빙선은 여러 날에 걸쳐 유빙 지역을 빠져나왔다.

지금이 대게 철이기 때문에, 항로를 찾는다면 리트런드의 어선과 만날 확률이 높았다. 스칼렛은 부디 아무 문제 없이 대게잡이 배와 만나기를 간절히 바라고 있었다.

그렇게 항로를 찾기 시작하고 나흘째 아침, 항해일지를 확인한 마르티노가 소리쳤다.

"저 암초가 리트런드의 기록에 있었습니다, 대장님!"

좌초되었던 선박이 이곳을 지난 기록이 남아 있었다. 그러나 그 이후 유빙 지역에서 휩쓸린 뒤부터는 기록이 없는 걸 보니 거기서 방향을 잃은 모양이었다. 그렇다는 것은 리트런드의 배가 암초로부터 멀지 않은 곳에서 해적선을 만났을 가능성이 크다는 의미였다.

빅토르는 그 즉시 배 안의 선원들을 모두 철저하게 무장시켰다.

긴장된 분위기 속에서 망원경으로 항로를 살피던 선원이 마르티노를 향해 말했다.

"저기 배가 한 척 보입니다."

그의 말대로 저 먼 곳에서 한 척의 배가 다가오고 있었다. 그러나 그 배가 어선인지 해적선인지, 거리가 멀어 아직 구분할 수 없었다.

잠시 후 배를 예의 주시하던 마르티노가 말했다.

"대장님, 배가 세 척입니다."

빅토르가 헤건에게 손짓했다. 가서 저 배가 해적선인지, 어선인지를 보고 오라는 의미였다.

빅토르가 처음으로 자신을 믿어 주니 헤건은 정신없이 달려 올라가 망원경을 받아들고 신중하게 배를 살폈다. 쇄빙선은 잠시 자리에 멈춰 있었고, 세 척의 배도 이쪽을 발견해 쉽게 움직이지 않고 있었다.

헤건이 그 짧은 사이에 배운 살란티에의 단어로 말했다.

"해적, 어선, 해적."

세 척의 배 중 두 척이 해적선, 한 척이 민간어선이라는 말이었다.

헤건이 말한 이 세 단어로 인해 쇄빙선의 모든 사람이 혼란에 빠졌다.

헤건을 완전히 신뢰하지 않는 것은 빅토르뿐만이 아니라 나머지 다른 선원들도 마찬가지였다. 그가 혼자 반년을 살아남았다는 것이 가여워 잘해 주기는 했으나 유일한 생존자라는 것도, 생존 기간이 너무 길다는 것에도 어느 정도 의심은 하고 있었다. 거기에 공식 일지를 제외한 모든 일지가 리트런드 언어로 되어 있다 보니 무슨 일이 있었는지 해독할 수도 없었다.

어찌 되었든, 만약 헤건을 신뢰하는 쪽을 선택한다고 해도 두 번째 문제가 발생했다. 저 민간어선의 선원들을 구할 것인지, 구하지 않을 것인지에 따라서 전략을 달리 세워야 했다.

살란티에의 쇄빙선과 해적선으로 예상되는 배는 더 이상 가까워지지 않고 거리를 유지하고 있었다. 그러던 어느 순간, 배 한 척이 앞으로 나왔다. 가까워지는 좌측 배의 상갑판에 무릎을 꿇고 두 손을 머리 뒤에 올린 인질들이 보였다.

망원경으로 접근 중인 배를 살피던 헤건이 인질 중 누군가를 발견하고 다급하게 무언가 한 단어를 소리쳤다. 그러나 아무도 알아듣지 못하자 그는 빅토르에게 달려가서 장황하게 설명을 늘어놓았다.

다행히 그는 헤건이 하는 말을 대부분 알아차렸다.

접근하는 해적선의 인질 중에 헤건의 여동생이 있었다. 남매의 아버지도 바다에서 세상을 떠나고, 오빠까지 돌아오지 않으니 결국 여동생이 생계를 위해 남장하고 어선에 오른 모양이었다.

리트런드는 인질을 풀어 주는 대가로 돈을 기대할 만큼 부유한 나라가 아니었다. 그러므로 배를 빼앗고, 거기에 타고 있던 어민들을 노예로 끌고 가는 경우가 대부분이었다.

살란티에 해군은 살란티에의 어민을 지킬 의무를 가지고 있었다. 그러나 리트런드의 어민을 구할 의무까지 가진 것은 아니었다.

그래서 헤건은 혹시 이들이 배를 돌릴까 봐 두려워했다. 그러나 그의 예상과 달리 어느 누구도 배를 돌리자는 말을 하지 않았다. 전력은 열세였으나 수없이 많은 해전을 전승으로 이끌어온 빅토르 덤펠트에 대한 신뢰가 있었고, 무엇보다 국적이 다르더라도 같은 뱃사람으로서 그들이 해적에게 끌려가는 꼴을 보고만 있을 수는 없었다.

우선 마르티노가 기류 신호를 보냈다.

[본선은 살란티에의 해군 소속이다. 귀선의 소속을 알기를 원한다.]

해군이 먼저 소속을 밝히는 것은 국제법상 당연한 일이었다. 그래서 신호를 보냈으나 상대가 응답하지 않았다. 만약 어선이라면 바로 본인이 어선이라 밝혔을 테니, 무응답이라는 것은 저 배가 해적선이 맞다는 의미였다.

빅토르는 대답이 없다는 해군의 보고를 들으며 배의 우측으로 접근하는 한 척의 해적선을 주시하고 있었다. 그보다 조금 느리게 또 한 대의 해적선이 배의 좌측으로 접근했다.

빅토르는 함교로 향하기 전, 스칼렛에게 말했다.

"배가 공격당할 확률이 높으니 기관장과 기관실을 지켜 주겠어?"

"응."

스칼렛이 고개를 끄덕였다.

그녀는 곧바로 기관실로 향하다가, 갑자기 속력을 낸 해적선이 바로 옆으로 쿵 소리를 내며 붙자 비틀거리며 쓰러졌다.

"마님!"

캔디스가 계단 아래서 다급하게 손을 뻗었으나 스칼렛은 기울어지는 배에 앞으로 나가지 못하고 손잡이만 다급하게 붙잡았다.

혼란스러운 상황 속에서 배 위에 연막탄까지 떨어졌다. 해군이 선제공격하기 어렵도록 인질을 방패로 쓰며 접근한 해적들이 믿기지 않을 만큼 빠른 속도로 쇄빙선에 올라탔다.

그 순간, 총성이 들리더니 두 번째 연막탄이 터졌다. 스칼렛은 이번에는 그것이 살란티에의 선원이 터트린 것이란 걸 알아차렸다.

살란티에는 해무가 심한 곳이었다. 그러므로 연막이 있을 때 유리한 것은 살란티에 사람들이었다.

스칼렛은 감에 의지해 계단을 찾아 내려가다가 잠깐 빅토르의 모습을 보았다. 연기 속에서 보였다가 사라질 때마다 그의 손에 해적들의 숨이 끊어졌다. 그의 검은 장갑과 코트가 피를 뒤집어썼다.

계단으로 들어가 급하게 기관실 문을 잠근 스칼렛은 문에 등을 기대고, 떨리는 숨을 내쉬었다.

그로부터 얼마 지나지 않아, 다시 쿵 소리가 들렸다. 이번에는 반대편에서 해적선이 들이박은 모양이었다.

그때 기관장이 다급하게 소리쳤다.

"부인! 파이프가!"

엔진을 식히기 위해 바닷물을 퍼 올리는 파이프에 문제가 생겼다. 순식간에 바닷물이 배에 들어차기 시작했다. 기관장이 엔진을 끄고, 기관실에 문제가 있다는 의미로 벽에 붙어 있는 종을 연달아 다섯 번 쳤다. 그리고 순식간에 발목까지 잠길 만큼 차오르는 바닷물을 내려다보며 신중한 목소리로 말했다.

"배를 포기해야 합니다."

그러자 옆에서 블라이트가 말했다.

"여기서 내리면 해적들에게 붙잡히게 되잖아요."

"그렇다고 배와 함께 가라앉을 수는 없잖습니까!"

두 사람이 합의하지 못하고 다투기 시작하자, 캔디스가 버럭 소리쳤다.

"조용히들 좀 해요! 우리 마님이 결정하실 테니까!"

그녀의 말에 기관장과 블라이트가 바로 말을 멈췄다. 블라이트는 동그래진 눈을 하며 두 손으로 자기 입을 막아 보이기까지 했다.
스칼렛은 파손된 파이프를 찬찬히 바라보다가 입을 열었다.
"좌초된 리트런드의 배 기관실에 분명 이런 파손을 수리한 흔적이 있었어요."
그녀의 말에 기관장이 이해가 간다는 듯 고개를 끄덕였다.
"이 지역 해적들의 전형적인 수법이군요. 교묘하네요."
스칼렛은 그 배에서 가져온 파이프 수리 도구와 리벳을 꺼내 왔다. 그리고 심호흡을 한 후 기관장에게 물었다.
"배가 가라앉기까지 얼마나 걸려요?"
"세 시간 정도 걸릴 겁니다."
"수리할 수 있어요. 해 볼게요."
그녀가 말하고, 누가 대답하기도 전에 기관실에 있던 방한복을 꺼내 입었다. 그리고 바로 파손된 파이프로 향했다.
스칼렛은 파이프 옆 좁은 틈에 무릎을 꿇고 앉았다. 밖은 여전히 전투로 소란스러웠고, 바닷물은 서서히 차올라 앉아 있는 그녀의 허리까지 올라왔다. 엔진을 식히기 위해 끌어 올리던 물인데, 엔진을 꺼 두었으니 물은 얼음처럼 차가웠다.
캔디스가 못 견디고 말했다.
"마님! 그러다 큰일 나요!"
"이거 못 막으면 더 큰일 나!"
그녀가 말하며 계속해서 미끄러지는 손으로 파이프 수리를 이어 갔다. 방한복을 입고 있는데도 물이 가슴팍까지 차오르자 숨이 턱턱 막혔다. 물에 갑자기 빠지면 심장마비가 온다는 것이 무슨 말인지 알 것 같았다.

그때 빅토르의 지휘로 갑판 위 상황이 빠르게 종료되어 기관실 문이 열렸다. 블라이트가 밖으로 나가 상황을 보고하자 빅토르가 정신없이 계단을 내려왔다.

"스칼렛 크림슨! 나와!"

그가 소리쳤으나 스칼렛은 들은 척도 하지 않고 말했다.

"고칠 수 있어."

"스칼렛!"

"이거 못 고치면 당신이 더 위험한 싸움을 해야 하잖아!"

그녀가 소리치는 말에 빅토르가 멈칫했다.

그녀의 말대로, 빅토르는 이 배가 가라앉기 전에 보트로 해적선을 탈취하는 위험한 계획을 실행해야만 했다. 게다가 스칼렛은 다른 보트에 따로 태워 보호해야 할 테니 더더욱 위험한 전투를 치르게 될 수밖에 없었다.

스칼렛이 다시 수리에 집중하며 말을 이었다.

"당신이 위험한 게 너무 싫어서 그래. 나 믿어 줘."

그녀의 말에 빅토르가 한 손으로 제 얼굴을 감싸고 한숨을 내쉬었다. 서로가 서로의 안전을 위해 자신의 위험을 택하는 아이러니였다.

결국 그는 다시 갑판으로 올라가 선원들에게 말했다.

"기관실 물 퍼내. 조금이라도 아내의 몸이 바닷물에 덜 잠기게."

"예, 대장님!"

기관실을 나온 빅토르는 갑판 위에 쓰러져 있는 해적들을 바라보았다. 그리고 전투 시 부지휘관을 맡고 있는 마르티노에게 말했다.

"해적들은 바다에 던져. 배의 무게를 줄여야 하니까."

"생존자도 말씀이십니까?"

"전부."

"예, 대장님."

두 척의 해적선은 쇄빙선이 침몰할 때까지 기다릴 작정인지, 어느 정도 거리를 두고 떨어졌다. 그리고 그들을 위협하기 위하여 북을 두드리기 시작했다. 배에 탄 사람들을 초조하게 만드는 낮고 기묘한 북소리였다.

그사이 기관실에서는 선원들이 끊임없이 바닷물을 퍼내고 있었다. 그렇게 임시방편으로 버티고 있을 때, 캔디스가 기관실 밖으로 소리쳤다.

"엔진 다시 켜 보시래요!"

그녀의 말에 선장이 급히 달려갔다.

잠시 후 엔진이 다시 작동하고 기관실에서 환호성이 들렸다. 파이프에서 더 이상 물이 새지 않았다. 긴 시간은 어떨지 몰라도 지금 당장은 항해할 수 있었다.

빅토르는 남은 바닷물을 빼기 전에 우선 기관실로 들어가 스칼렛을 인아 들고 나왔다. 마지막 순간까지 어떻게 버틴 건지, 그녀의 숨이 약해져 있었다.

저체온 상태에서는 심장의 상태가 불안정하고 객실까지 갈 여유도 없었기 때문에, 빅토르는 미리 기관실 앞에 천막을 쳐 두게 했다. 그리고 배 안에 남아 있는 장작들을 모조리 가져다 불을 피웠다.

빅토르는 천막에 스칼렛을 눕히자마자 그녀의 몸에 얼어서 달라붙은 옷을 억지로 찢어 냈다. 스칼렛이 고통스러워하더라도 옷을 갈아입히지 않으면 여기서 목숨을 잃을 수도 있었다.

빅토르는 침착하고 빠른 손길로 스칼렛을 마른 옷으로 갈아입힌 후 다시 바닥에 눕혔다. 이제부터는 그녀의 낮아진 체온이 돌아오기를 기도하는 것만이 유일한 방법이었다.

빅토르가 숨을 힘겹게 몰아쉬는 스칼렛의 이마에 입을 맞추며 말했다.

"잘했어. 정말 잘했어. 당신 같은 엔지니어가 이 배에 있어서 얼마나 다행인지 몰라."

그리고 정신이 아득해져 가는 스칼렛의 머리칼을 쓰다듬으며 말을 이었다.

"스칼렛. 잠들면 안 돼. 나 보고 있어."

"……응."

그녀는 대답했지만 자꾸만 눈이 감기는 것을 견디기 힘들어했다.

빅토르가 떨림을 감추고, 애써 짓궂은 목소리로 말을 이었다.

"약속했잖아. 나 행복하게 해 준다며. 당신이 내 옆에 있어야 행복하지."

"으응……."

"스칼렛."

"…….'

"내가 당신을 얼마나 사랑하는지, 당신은 알까."

그의 말에 스칼렛이 무거움을 견디지 못해 감겼던 눈을 다시 떴다.

빅토르가 그녀를 바라보며 말을 이었다.

"당신이 없었으면 내 인생은 좀 더…… 단순했겠지. 일직선으로 흘러갔을 거야. 한 방향만 보면서. 울지도 않고, 웃지도 않고. 그것도 나쁘진 않았겠지만."

"……."

"나는 이제 그렇게 살고 싶지 않아. 당신 없이 하루도 못 살아. 그런 삶으로는 못 돌아가."

"……."

"스칼렛, 나를 사랑한다면 정신을 차려야 해. 나를 그렇게 불행하게 만들어서는 안 돼. 당신이 한 약속이야. 당신이."

스칼렛은 쏟아지는 잠을 이기지 못해도 괜찮지 않을까, 잠시 생각했다. 그러나 자신이 잠들면 빅토르가 너무 걱정할 것 같아서 억지로 눈을 떴다.

피까지 얼어 버린 것만 같은 기분이 들었다.

빅토르는 가장 오래 바닷물에 얼어 있었던 두 발을 손으로 조심스럽게 어루만졌다. 지금 스칼렛의 몸은 마치 유리 같아서 조금만 잘못 다루면 그대로 깨져 버릴 위험이 있었다.

빅토르가 천막을 열고 말했다.

"재미있는 이야기가 있으면 와서 해 봐. 아내가 잠들지 않게."

그러자 선원 하나가 달려와 천막 앞에 앉았다.

"제기 해 드리시요. 부서운 이야기도 괜찮으시다면 말입니다."

두 척의 해적선이 양쪽에서 대치한 상태에서, 쇄빙선 안에는 잠시 재미있는 이야기 대회가 열렸다.

체온이 오를 때까지 스칼렛이 잠들지 않게 하기 위해 선원들은 앞다투어 자기가 가진 이야기를 꺼내 놓았다.

"제 첫사랑 이야기가 진짜 기가 막힙니다. 아, 참고로 그 사람이 제 아내인데요."

"이건 저희 아버지가 산에서 만난 전설의 동물 이야기인데……."

"부인! 헤건이 이 지역 대게가 그렇게 기가 막힌답니다. 이건 한 번 꼭 드셔 보셔야 할 것 같습니다!"

"시끄러워요……."

"아, 시끄러운 거 싫어하시는구나. 잘됐습니다!"

그러더니 더더욱 시끄럽게 소리를 치기 시작하는 것이었다.

죽음도 멀어질 것 같은 소란스러움이었다. 가라앉으리라 예상하던 배가 가라앉지 않으니 침몰만을 기다리던 해적선에서도 의문을 가지기 시작했다.

그사이, 그녀의 발을 녹이던 빅토르가 잠깐 사람들 쪽을 보더니 결국 천막 밖에 있는 캔디스를 불렀다.

"아내가 다시 체온이 오르는 것 같은데. 그저 내 바람인가?"

"잠시만요!"

스칼렛을 제외하면 배의 유일한 여자인 캔디스가 달려왔다. 그리고 스칼렛의 발을 만져 보더니 울컥해서 고개를 끄덕였다.

"확실해요, 진짜로 열이 느껴져요."

그녀의 말에 잠시도 못 쉬고 경쾌한 척하며 노래하고 떠들던 선원들이 주저앉았다.

그러나 배의 어느 누구도 빅토르만큼 심한 감정 변화를 겪고 있지는 않았다. 그는 감정을 주체하지 못하고 고개를 떨구었다가, 이내 스칼렛에게 말했다.

"조금만 더 몸이 따듯해지면 자게 해 줄게."

"해적은……."

"괜찮아. 처리할 수 있어. 당신이 배를 구해 준 덕분에."

그의 공치사에 스칼렛이 배시시 웃었다. 그렇게 웃을 힘이 나는 걸 보니 살아났구나, 싶었다.

한번 열이 나기 시작하니 금방 체온이 돌아왔다. 빅토르는 그녀의 몸을 담요로 덮어 최대한 빨리, 미리 난방 해 둔 객실로 데려가 침대에 눕혔다.

"이제 됐으니 자고 있어. 곧 돌아올게."

"……응."

"고마워. 구해 줘서."

빅토르가 말하고 그녀의 이마에 입을 맞췄다.

그러자 스칼렛이 그의 옷소매를 쥐며 말했다.

"조심해."

"응."

"절대, 절대 다치면 안 돼."

그런 그녀의 말에 빅토르가 어처구니없어 실소하며 말했다.

"그렇게 하지, 환자분."

그의 놀림에 스칼렛이 얄밉다는 듯이 빅토르를 흘기고 다시 웃었다.

빅토르는 그녀의 손에 입을 맞춰 한 번 더 체온이 돌아오는 것을 확인한 후, 캔디스에게 간호를 맡기고 객실을 나섰다.

빅토르는 뱃사람들이 피우는 값싸고 독한 담배를 꺼내 입에 물고 불을 붙이려 했다. 그러나 손이 너무 떨려 라이터가 켜지질 않았다.

근처에 있던 헤건이 다급하게 두 손을 내밀었다. 빅토르가 라이터를 건네주자 그가 대신 불을 붙여 주었다. 빅토르는 극도의 긴장감을 풀기 위해 담배를 한 모금 깊게 피우고 난 후 입을 열었다.

"미끼가 되어도 된다고 했지?"

그 말에 헤건이 고개를 끄덕거리자 빅토르는 보트를 관리하는 3등 항해사를 불렀다.

"보트 한 대에 태워서 내려보내. 그물을 실어서 사람이 많이 탄 것처럼 보이게 하고."

"예, 알겠습니다."

잠시 후 헤건이 탄 보트가 바다에 내려졌다. 그 모습에 드디어 쇄빙선의 선원들이 배를 탈출한다고 생각했는지 해적선 한 척이 다시 쇄빙선 쪽으로 가까이 붙었다. 배가 완전히 가라앉기 전에 안에 약탈할 것을 찾으려는 것이었다.

또 한 척의 해적선은 보트로 향했다.

두 배가 서로 반대 방향을 향해 이동하기 시작하고, 한 척이 쇄빙선에 가까워지자 빅토르가 선장에게 손짓했다. 그러자 선장이 가까워지는 해적선을 얼음을 깨듯이 선수로 들이받았다.

엄청난 두께의 얼음을 깨고 달리던 쇄빙선에 충돌한 해적선이 크게 흔들렸다. 쇄빙선이 움직이지 못하는 줄 알았던 터라 그 충격이 더욱 컸다.

선장이 쇄빙선을 천천히 뒤로 뺐다가, 해적선을 치자 배가 기울며 해적 몇이 바다로 나가떨어졌다. 그렇게 기울어져 있는 상태에서 해군들이 해적선으로 건너갔다. 해군들은 전부 기울어진 갑판 위에서 싸우는 훈련을 받았으므로 해적들이 우왕좌왕하는 사이 빠른 속도로 해적선을 탈취할 수 있었다.

그사이 마르티노가 해적선 선장실에 들어섰다. 그리고 다른 한 척의 해적선을 향해 배를 몰기 시작했다.

스칼렛은 정작 빅토르가 떠난 후부터 잠들지 못하고 창밖을 내다보고 있었다.

해적선에 올라탄 빅토르는 날카로운 칼로 순식간에 해적들을 제압했다. 빅토르는 해적선 안에 있는 인질들을 구할 생각이 그리 크지 않았고, 해적들을 살려 줄 생각 역시 조금도 없었으므로 수월하게 그들의 목숨을 끊어 내고 있었다. 해적들은 물리적으로는 물론 정신적으로도 완벽히 압도당했다.

―·◆·―

마르티노는 쇄빙선을 지나쳐 또 한 척의 해적선을 향해 배를 몰았다. 그리고 쇄빙선이 한 것처럼 그대로 해적선을 들이받았다.

그 바람에 헤건이 탄 보트를 향해 날아들던 총알이 멈췄다. 쇄빙선 선원들이 사다리를 타고 급하게 보트 위로 손을 뻗어 헤건을 끌어 올렸다. 헤건은 해적들이 쏜 총에 다리와 옆구리를 다친 상태였다.

"헤건! 상처가 심하니까 움직이면 안 돼!"

"켈다…… 켈다!"

헤건이 정신없이 동생을 찾자 저 멀리서 남장한 어부 하나가 소리쳤다.

"헤건!"

"켈다!"

해군 하나가 빅토르를 보니 그가 일단 풀어 주도록 고개를 끄덕였다.

해군이 켈다를 풀어 주자, 그녀가 흐느끼며 달려가 죽은 줄만 알았던 오빠를 끌어안았다.

 그사이 쇄빙선의 선원들은 나머지 한 척의 해적선에도 올라탔다.

 잠시 후, 스칼렛은 창문 너머로 두 척의 배에 올라오는 살란티에의 국기를 볼 수 있었다. 남은 한 척의 어선에 남아 있던 해적들은 인질을 내세우며 자신들만은 살려 달라고 협상하려 했으나, 빅토르는 거기에 응하지 않았다.

 세 번째 배에서도 마찬가지로 격전을 벌인 끝에, 어선을 되찾았고, 빅토르는 선장을 제외하고 어선에 탄 선원들을 전부 격리했다.

 모든 상황이 종료되고, 마지막 어선에는 리트런드의 국기가 위로, 그 아래 살란티에 국기가 달렸다.

 국기가 올라가자 쇄빙선의 선원들은 물론, 어선의 선원들도 전부 승리의 환호성을 내질렀다. 나라도 구해 줄 수 없는 상황에 놓여 있던 그들에게 빅토르 덤펠트가 등장한 것은 기적이라 말할 수밖에 없었다.

 홀로 항해하던 쇄빙선의 뒤로 세 척의 배가 함께했다. 빅토르는 흐느끼며 감사의 인사를 전하는 리트런드의 선원들에게 건성으로 대응하고 곧장 스칼렛이 있는 객실로 향했다.

 그는 우선 피범벅이 된 코트와 장갑을 갑판에 아무렇게나 던져 버리고 객실 문을 열었다. 그러자 스칼렛을 돌보던 캔디스가 인사를 하고 객실을 나갔다.

 스칼렛은 예상외로 깨어 있었다. 빅토르가 그녀의 곁에 앉아 한숨을 푹 쉬며 중얼거렸다.

"바로 잠들 줄 알았더니."

"걱정돼서……. 아무튼 당신 덕에 체온이 금방 돌아왔어."

그녀가 말하고는 자랑하듯이 붕대로 칭칭 감긴 제 두 발을 들어 보였다.

"동상 치료도 했고."

"저런. 당신 같은 말썽쟁이가 답답하겠군."

그의 말에 스칼렛이 어처구니가 없어 웃음을 터트렸다.

빅토르가 같이 미소를 짓고는 그녀의 손을 두 손으로 감싸 쥐었다. 두려웠던 탓에 그의 손이 다시 떨리기 시작했지만 두 사람 다 거기에 대하여 말하지 않았다.

빅토르가 다시 입을 열었다.

"우리가 진작 같은 배를 탔으면, 내가 좀 더 빨리 해적을 소탕했을 텐데."

그런 그의 말에 스칼렛이 고개를 저었다.

"같이 싸움을 치러 보니 알겠어. 당신이 그렇게 결단력이 있는 사람이기 때문에 해적들을 소탕할 수 있었다는 걸. 그리고……."

그녀는 참혹하던 전투 속에서 보이던 빅토르 덤펠트의 모습을 떠올렸다. 열세 살 때부터 이렇게 배를 타고 싸워 왔으리라 생각하면, 지금 그가 이성적인 사람으로나마 남을 수 있는 게 놀랍게 느껴졌다. 스칼렛은 자신이 계속해서 그런 전투를 겪어 왔다면 예전에 미쳐 버렸을지도 모르겠다고 생각했다.

그녀가 나지막한 목소리로 말을 이었다.

"그런 상황을 계속해서 겪어 온 걸 생각해 보면, 당신은 좋은 사람이야."

"그렇게 생각해?"

"응. 확신해."

스칼렛이 크게 고개를 끄덕이며 대답했다.

피랍되었던 어선의 선장에게 기쁜 소식을 들었다. 여기서부터 기존 항로까지 반나절이면 도착하게 될 것이라는 이야기였다. 그리고 그 항로에 들어선 후, 열두 시간이면 리트런드에 도달했다.

동시에 선장은 쇄빙선 선원들이 배 터지게 먹고도 남을 만큼의 대게를 선물했다. 살란티에에도 대게가 아주 없는 건 아니지만 이쪽 지역에서 잡히는 것에 비하면 질이 많이 떨어졌다.

스칼렛이 일어난 것은 리트런드에 도착하기 3시간 전이었다.

살란티에 수도가 워낙 추운 곳이어서인지, 다행히 스칼렛은 푹 자고 일어난 것만으로도 기력이 돌아왔다. 동상이 걸린 곳이 많았지만, 쇄빙선에 함께 탄 의사는 아주 심각하지 않아 곧 나을 거라고 말했다.

실컷 잠을 자고 일어난 그녀 역시 대게를 포함한 다양한 해산물을 먹었다. 그녀는 평소에 해산물을 가리는 편이 아니었는데, 왠지 모르게 모든 선원이 여기서 살고 싶다고 할 정도로 맛있게 먹던 대게는 잘 먹지 못했다.

식사를 잘 하지 못하는 그녀를 신경 쓰여 하던 빅토르가 자리에서 몸을 일으켰다. 그리고 그녀를 즐겁게 해 줄 겸, 서랍에서 잘 접어 두었던 해도를 꺼내 객실 벽에 붙이고 압정을 꽂기 시작했다.

빅토르가 그 압정에 실을 감아서 이 쇄빙선이 지나온 길을 표시해 주자 스칼렛이 해도를 바라보며 즐겁게 말했다.
"우리가 그렇게 멀리까지 왔구나……."
"나도 신기하네."
새로운 항로.
스칼렛은 해도에서 눈을 떼지 못하다가, 이내 가져온 노트를 펼쳤다. 그리고 이 새로운 항로를 모티브로 한 시계를 그리기 시작했다.
빅토르는 그녀의 옆에 앉아 스칼렛이 그려 내는 시계를 바라보았다. 이 긴 항해가 고스란히 담겨 있는 시계였다.
스칼렛이 말했다.
"여기 이렇게, 다이아몬드로 빙하를 표현하려고."
"나는 마음에 들어."
"당신은 다 마음에 든다고 하니까 도움이 안 돼. 어차피 우리 덤펠트 저택에 살 때도 머리끝부터 발끝까지 전부 내가 좋아하는 걸로 사 버렸는데 잘 몰랐잖아."
"당신을 신뢰하는 거지."
"옷 비뀌는 것도 놀랐으면서 거짓말하지 마. 하여튼 저렇게 생겨서 그런가, 꾸미는 거에 별로 관심이 없더라."
물론 빅토르가 특별히 꾸민다고 해도 그게 눈에 잘 들어오지 않는 건 사실이었다. 그가 화려한 옷을 입든, 수수한 옷을 입든 눈에 들어오는 것은 얼굴뿐이었다.
그녀가 시계를 그리는 사이에 배는 점점 더 리트런드에 가까워졌다. 그리고 선원 하나가 소리치는 것이 들렸다.
"육지가 보인다!"
"리트런드다!"

드디어 리트런드에 도달한 것이다.

스칼렛이 일어서려다 동상 때문에 제대로 서지 못하니 빅토르가 그녀를 안아 들었다. 선원의 말대로 저 멀리 희미하게 리트런드가 보이고 있었다.

"와……."

스칼렛이 감탄하며 중얼거렸다.

"끝없이 바다만 있을 것 같았는데, 끝이 있네."

"그래서 다행이지. 이 항해에 끝이 있다는 게."

빅토르 역시 리트런드 반도를 바라보며 말을 이었다.

"돌아갈 곳이 없다는 게, 돌아갈 곳이 생긴 지금 생각해 보니 쓸쓸했어."

그의 말에 스칼렛이 빅토르를 보며 고개를 끄덕였다.

배는 리트런드의 수도로 향하고 있어 연안을 따라 네 시간 정도를 더 달렸다. 수도 항구에 들어서자 사람들이 웅성거리며 몰려왔다. 살란티에 국기를 단 네 척의 배가 들어오고 있으니 이상할 만도 했다.

지금까지 살란티에와 리트런드는 교류한 일이 없었다. 살란티에서 리트런드를 가려면 대륙을 크게 한 바퀴 빙 돌아야 했는데, 리트런드는 그렇게까지 찾아올 만큼 살란티에에게 매력적인 목적지가 아니었기 때문이다.

곧바로 리트런드의 해양 경찰들이 나타났다. 일행이 배에서 내리기 전에 그들이 쇄빙선에 먼저 올라타 신분 검사를 시작했다.

리트런드 어선의 선원들과 달리 경찰들은 대륙 공용어를 할 줄 알았다. 그들은 이 배가 북극항로를 따라서 여기 도착했다는 사실보다 여기 타고 있는 것이 빅토르 덤펠트와 스칼렛 크림슨이라는 사실에 더 놀랐다.

해양 경찰은 그들의 신분을 확인하자마자 곧바로 리트런드 공국의 지도자인 리트런드 공작가로 소식을 전했다.

북극항로가 열릴 수 있다는 소식이 들려오니 리트런드 공작가 역시 발칵 뒤집어졌다. 그들은 쇄빙선을 타고 온 살란티에 일행을 대접하기 위해 다급하게 준비에 들어갔다. 물론 명목은 피랍된 어선을 구해 줬다는 것이었지만, 앞으로 열릴 항로에 대한 기대감도 숨기지 않았다.

리트런드 공작가에서는 선원 모두에게 수도에서 가장 좋은 호텔의 방을 내주었다. 선원들은 호텔에 들어서며 입을 다물지 못했다.

"살면서 이런 곳에 와 볼 줄은……."

"정말 근사한 곳이네요. 대장님 덕에 호강합니다!"

살란티에와는 완전히 다른 화려한 모자이크 형식의 디자인을 즐기는 리트런드의 호텔은 매혹적이었다.

스칼렛과 빅토르 역시 근사한 방이 주어졌다. 스칼렛은 오랜만에 따뜻한 물로 목욕을 한 후 흔들리지 않고, 푹신하기까지 한 침대에 누워 행복감을 감추지 못했다.

"이렇게 좋을 수가……. 너무 좋다."

항해도 좋지만, 항해를 끝내고 쉬고 있는 건 더더욱 좋았다.

스칼렛이 포근한 베개에 뺨을 비비더니 빅토르에게 오라고 손짓했다. 빅토르가 그녀의 옆에 걸터앉아, 머리칼을 쓸어 주며 식탁에 차려져 있는 음식들을 턱짓했다.

"저녁 식사하고 자야지."

"좀 자고, 느지막이 먹으면 안 돼?"

그녀가 묻자 빅토르가 고개를 숙이고 그녀에게 물었다.

"그렇게 물어보면 내가 안 된다고 할 수 있겠어?"
"안 된다고 하지 마."
그녀가 조르듯이 하는 말에 빅토르가 픽 웃었다. 그리고 별수 없다는 듯이 그녀를 토닥여 재워 주었다.
스칼렛은 정작 잠을 청하니 생각 외로 바로 잠이 오지 않아, 눈만 감고 그에게 말을 걸었다.
"돌아가는 길에도 두 달이 걸리겠지?"
"전혀. 돌아가는 데는 한 달도 걸리지 않을 거야."
"정말?"
"응. 항로를 찾느라 오래 걸렸지, 멀리 돌 때도 있었으니. 이제는 해도가 있으니까 그럴 일이 없어. 하지만 겨울이 되기 전에 빨리 출발하는 게 좋겠지."
"그래도 배는 다 고치고 가야 돼."
"그럼. 고쳐야지."
빅토르가 대답하고 나서, 스칼렛은 고개를 끄덕이다가 곧 침대를 두 손으로 짚고 상체를 일으켰다.
"아무래도 배가 고파서 못 잘 것 같아."
그녀의 말에 빅토르가 어처구니없어 웃더니 식탁으로 향했다.
"뭐 가져다줄까."
"뭐 있어?"
"닭 구운 것도 있고, 생선이 대부분이고……. 당신은 안 먹지만 건조한 과일도 있군."
"아, 나 그거 먹을래."
"말린 과일? 안 먹잖아?"

"갑자기 먹고 싶어."

그녀가 말하며 두 손을 내밀자 빅토르가 약간 의아해하면서도 접시를 가져다 스칼렛에게 쥐여 주었다.

그것을 받아 든 스칼렛이 물었다.

"근데 내가 진짜 말린 과일 안 먹는 것 같았어? 나름 열심히 먹은 건데."

긴 항해에서 과일은 반드시 먹어야 한다고 해서, 스칼렛은 나름 먹는다고 먹었는데, 영 먹기 싫어하는 것이 빅토르의 눈에 보였던 모양이었다.

그녀가 말린 과일을 집어 입에 넣고 고개를 갸우뚱했다.

"왜 안 먹었지? 맛있는데."

그녀의 말에 빅토르의 미간이 좁아졌다.

"……갑자기 입맛이 바뀌면 건강에 문제가 있는 것 아닌가?"

"에이, 설마."

"의사를 불러야겠어."

"그 정도 이냐."

스칼렛이 말리려고 그를 붙잡다가 멈춰서 눈을 깜빡였다. 그러더니 한참이 지나서야 무언가 깨닫고 다급하게 말했다.

"아니다. 의사 불러야 해."

"어디가 안 좋아? 어떤 전공인 의사를 불러 줄까."

빅토르가 저도 모르게 초조함을 드러내자 스칼렛이 다시 두어 번 눈을 깜빡이더니 대꾸했다.

"……산부인과?"

빅토르가 길다시피 멈춰 있다가 되물었다.

"산부인과?"

"응."

"……그래."

그는 난처한 표정을 지으며 목덜미를 문지르더니 누구에게도 시키지 않고 자기가 직접 객실을 나갔다.

그가 떠난 사이에 스칼렛이 한숨을 쉬며 두 손으로 배를 감쌌다.

평소에 못 느끼던 비린내가 유난히 심하게 느껴지는 걸 입덧이라고 확신할 수는 없었다. 게다가 스칼렛은 원래 생리주기가 불규칙한 편이었다. 그러므로 아닐 가능성이 당연히 훨씬 크다고 생각했다.

스칼렛은 제가 얼음물 속에서 작업을 하느라 체온이 떨어졌던 것을 떠올렸다.

파이프를 수리하러 들어갔던 것을 후회하는 것은 결코 아니었다.

이번 전투로 해적선 두 척에 타고 있던 해적 중 상당수가 죽었고, 쇄빙선에 타고 있던 선원 중에서도 중상자가 있었다. 쇄빙선에 바닷물이 차오르던 그때 그녀가 파이프를 수리하지 않았다면 빅토르가 싸움에서는 이겼겠지만, 희생자가 생겼을 것이다. 어쩌면 누군가가 목숨을 잃었을지도 모르는 일이었다.

그러니 어떤 결과가 나오더라도 후회하지 말자고 스스로를 달랬다. 그러나 불안을 가라앉히는 것은 쉬운 일이 아니었다.

스칼렛은 임신을 의심한 순간부터 시작된 초조함에 내내 입술을 잘근잘근 깨물었다.

빅토르가 떠난 후로 한 시간 정도가 지난 후 의사가 객실에 도착했다.

산부인과 의사를 찾아 정신없이 타국을 헤맨 빅토르는 이 추운 나라에서 더위를 느껴 재킷까지 벗어 둔 상태였다.

빅토르가 물었다.

"나는 나가 있는 게 낫겠지?"

"응? 응……."

스칼렛이 얼떨결에 고개를 끄덕이자 빅토르가 객실을 나갔다.

그와의 결혼 초기에, 빅토르가 임신 소식을 들으면 어떤 반응을 보일지 상상해 본 적이 있었다.

덤펠트 저택에서 살던 때의 빅토르 덤펠트는 명예에 대한 집착이 너무나 크고, 전통적인 계승을 고수하던 사람이었으므로 아들이기를 드러내 놓고 원했을 것이 분명했다. 하지만 어찌 되었든 그는 분명히 임신 소식을 기뻐할 거라고, 그때 스칼렛은 생각했었다.

그런데 지금 빅토르를 보니 전혀 그런 기대를 하는 사람의 얼굴이 아니었다.

그녀가 의아해하는 사이 의사가 스칼렛을 진료하기 시작했다. 의사는 아주 친절한 태도로 대륙 공용어를 사용해 말했지만, 기초 교육을 받지 못했던 스칼렛이 전혀 알아듣지 못했기 때문에 캔디스가 옆에 함께했다.

스칼렛이 캔디스에게 다소 섭섭한 얼굴로 말했다.

"빅토르는 기대하는 표정이 아니더라. 나 혼자 기대하나 봐. 임신이 절대 아닐 거라고 생각해서 그런가……."

"네? 임신이요?"

"응…… 응?"

"아, 그래서……."

캔디스의 난처한 얼굴에 스칼렛이 눈을 깜빡거리며 물었다.

"그럼?"

"도련님이 거기까지는 생각을 못 하셔서……."

캔디스가 헛기침을 하며 말끝을 흐렸다.

스칼렛은 고개를 갸우뚱하다가 뒤늦게 빅토르가 왜 난처한 표정을 지었는지를 이해하고 얼굴이 새빨갛게 물들었다.

두 사람은 신혼이라는 빌미 속에서 많은 밤 동안 지나칠 정도로 몸을 섞었고 산부인과에서 하는 진료는 임신이 아니어도 많았다.

내내 아내를 그렇게 못살게 굴면 안 된다는 잔소리를 무수히 들어온 빅토르는 정말로 스칼렛이 무리를 했을까 봐 걱정이 된 모양이었다. 더 고개를 들 수 없는 것은 캔디스조차 빅토르가 당황하며 산부인과 의사를 찾는 모습에 그런 확신을 했다는 것이다.

캔디스가 서둘러 정신을 차리고 의사에게 스칼렛이 차가운 바닷물에 빠졌다는 것을 설명했다.

의사는 따뜻한 미소가 얼굴에 서려 있는 노년의 여성이었는데, 진료를 마친 후 걱정하지 말라는 듯이 스칼렛에게 이불을 덮어 주며 두어 번 토닥거렸다. 덕분에 스칼렛은 캔디스가 통역을 해 주기 전부터 좋은 예감을 가질 수 있었다.

캔디스가 의사의 말을 통역했다.

"두 분이 아주아주 단단한 씨앗을 심었으니 걱정할 것 없다고 하시네요."

"씨앗?"

"씨앗…… 씨앗인 것 같아요."

캔디스 역시 대륙 공용어가 아주 익숙하지는 않아 머뭇거렸으나 거의 확신하는 듯했다.

공학자들의 가문에서 나고 자란 스칼렛이 이야기를 확실하게 하려고 되물었다.

"그러니까 임신이라는 말이지?"

"아, 네. 맞아요. 하기야 도련님 피를 이었으면 아주 건강한 아기님이겠네요."

그녀의 말에 스칼렛이 크게 안도의 한숨을 내쉬며 말했다.

"다행이다……."

"다행인 건 아세요? 어휴, 사람들을 그렇게 걱정시키고."

"그래도 다들 무사하잖아."

"아기님 덕분인 줄 아세요."

"응."

스칼렛이 고개를 크게 끄덕이고 떨리는 목소리로 중얼거렸다.

"무서워서 혼났네."

"마님."

"응?"

"아기님이 오셨네요."

평소 쌀쌀한 편이던 캔디스의 함박웃음에 스칼렛이 고개를 들어 그녀와 의사를 번갈아 보았다. 그리고 활짝 웃으며 고개를 끄덕였다.

그녀는 캔디스에게 공용어로 고맙다는 인사를 배워 건넸고, 의사에게 리트런드의 말로도 고맙다는 말을 배운 후 그 말로 한 번 더 인사를 건넸다.

캔디스와 의사가 나간 후, 빅토르가 객실로 돌아왔다. 그는 죄책감을 다 감추지 못한 얼굴로 스칼렛의 곁에 와서 앉았다. 그리고 조심스럽게 머리칼을 만지작거리며 물었다.

"괜찮아?"

표정에는 잘 드러나지 않지만, 그가 얼마나 초조했는지가 헝클어진 옷매무시에 남아 있었다. 그렇게 단정하던 사람이 아내가 몸이 안 좋다는 말에 놀라서 저렇게 헤매고 다녔을 걸 생각하니 괜스레 안쓰러운 마음이 들었다.

평소에도 제 목숨이 아깝지 않을 만큼 그를 사랑하지만, 오늘은 유독 그가 아이 아빠로서도 마음에 들었다.

"임신이래."

그러자 빅토르의 손이 멈췄다.

스칼렛이 고개를 들고 그를 올려다보며 말을 이었다.

"이번에는 진짜야."

"……."

"거짓말 아니야."

그녀의 말에 빅토르는 잠시 말이 없었다.

그는 복잡한 생각을 정리하는 듯이 보였고, 곧 숨이 답답한지 몸을 일으켜 창문으로 향했다. 그러나 찬바람이 들어올까 봐 아내 걱정에 창을 열지 못하고 닫힌 창 앞에서 숨을 몇 번 내쉬며 호흡을 가다듬었다.

그리고 스칼렛을 돌아보며 물었다.

"아이?"

"응."

"우리 아이?"

"우리 아이라니? 그럼 남의 아이겠어?"

빅토르가 숨쉬기를 어려워하는 것 같아 스칼렛이 공연히 농담하며 핀잔하자 다행히 그가 희미하게 웃으며 고개를 저었다.
 그는 그동안 겪은 일련의 일들이 머릿속을 스쳐 지나가는 듯한 얼굴을 하고 있었다.
 빅토르가 다시 스칼렛에게 걸어가다가, 아내가 제가 곁에 오면 날아갈 깃털이라도 되는 듯이 불안해져 침대 아래 무릎을 꿇었다.
 그는 그녀의 손을 두 손으로 감싸고 무언가 말하고 싶어 했지만 쉽게 말하지 못했다.
 그러자 스칼렛이 고개를 숙이고 걱정스럽게 물었다.
 "안 믿겨서 그래? 이번엔 정말 거짓말 아니라니까."
 "아니, 그런 게 아니라."
 "그럼?"
 "이렇게 기쁘게 오는 게 맞는 건데."
 빅토르의 목소리가 떨려왔다.
 "이게 맞는 건데, 내가."
 "……빅토르."
 "미안해."
 "…….'
 "내가 잘못했어."
 그는 그녀를 잃는 순간 제 인생의 모든 온기와 빛을 잃으리라는 것을 알고 있었다. 그것이 두려워서, 오로지 자신만을 위하는 이기적인 마음으로 아이가 생기기를 원했다. 그녀와 저 사이를 접착시키는 용도로만, 스칼렛을 제 곁에 붙드는 족쇄로만 아이를 생각했었다.
 그러나 지금 이 순간, 정말로 아이가 생겼다는 말을 듣자 죄책감이 쏟아져 정신을 차릴 수 없었다. 심호흡한 후 돌아와 아내의 보드랍고 연약한 손을 잡고 나니 제가 도대체 무슨 질 나쁜 짓을 한 것인가 싶어 어지러워졌다.
스칼렛은 제 손을 잡고 떨고 있는 빅토르를 잠시 바라보다가 입을 열었다.
"알았어. 용서해 줄게."
그녀가 그렇게 말했으나 그는 한동안 고개를 들지 못했다. 그러나 곧 고개를 끄덕인 후에 고개를 들고 스칼렛을 바라보았다.
그의 아름다운 얼굴과 애처로운 눈빛을 잠시 마주 보던 스칼렛이 그에게로 몸을 숙이며 입을 열었다.
"단단한 씨앗이래."
그렇게 말하는 그녀의 입술을 바라보기만 할 뿐 빅토르가 대답이 없으니 스칼렛이 말을 이었다.
"아주 단단한 씨앗을 심었대, 의사가."
"……."
"당신 닮아서 튼튼한가 봐."
그녀의 말에 한동안 말이 없던 빅토르가 이내 크게 한 번 심호흡하더니 미소를 지으며 말했다.
"당신 닮은 것 같은데."
"그래?"
"응. 당신처럼 단단한 사람을 본 적이 없으니."
그런 그의 말에 스칼렛이 배시시 웃었다.
"그럼 우리 둘 다 단단한 걸로 하자."
"그래. 그런 걸로 하자."
그렇게 이야기하고 나서, 스칼렛은 분위기를 풀고 싶은 마음으로 자기 옆자리를 팡팡 쳤다.

빅토르가 옆에 앉으니 스칼렛이 그를 올려다보고 손을 깍지 껴서 잡은 후 말했다.

"좀 이르지만 아이 이름을 지어 볼까?"

기분 좋게 축하하고 싶은 아내의 마음을 알아차린 빅토르 역시 그녀 쪽을 보더니, 가까워졌을 때 늘 그랬듯이 쪽 소리가 나게 입을 맞췄다. 그리고 달콤하게 들리는 목소리로 말했다.

"오로라는?"

"아, 나도 그 이름을 생각했어. 그럼 일단은 그렇게 부를까?"

"좋지. 그리고 남자아이와 여자아이 두 이름을 지어 봐야겠군."

"응."

"천천히 시간을 들여서 지어야겠네. 배 이름 짓는 것처럼."

"그래, 배 이름을 짓는 것처럼 천천히 짓자. 시간은 많으니까."

기쁜 소식을 듣고 나니 안심이 되어 다시 졸음이 쏟아졌다.

스칼렛은 빅토르의 품에 반쯤 안겨 꾸벅꾸벅 졸기 시작했다. 그때 빅토르의 목소리가 귓가에 어렴풋하게 들렸다.

"……그러니까 최대한 빨리 쓸 만한 저택을."

"뭐?"

그의 말이 들리는 순간 잠이 확 달아났다.

빅토르가 담담히 다시 말했다.

"임신한 몸으로 항해를 다시 할 수는 없잖아."

"여기서 내년까지 지내자는 거야, 지금?"

"후년이지. 아이가 태어나고, 한 백일 정도까지는 배에 타기 어려울 테니."
"그러다 아이작의 가택 연금도 끝나겠어."
"그게 우리 아이랑 관계가 있나?"
"길다구. 너무. 따듯하게 하고 가면 되지."
"영하 30도까지 떨어지는 지역을 지나는데 어떻게 따듯하게 해. 그리고 배가 심하게 흔들릴 텐데 그건 어떡하고."
"……그럼 좀 안정기가 되면 출발하자."
"그래. 안전하게 후년."
"내가 단단하다며?"
"몸 말고, 정신이. 당신 몸이 어디가 단단해."
"……."
스칼렛이 난감한 표정을 지었다. 진심으로, 이러다 아이작이 가택 연금이 끝날 때서야 집으로 돌아가게 생겼다고 생각했다.
빅토르는 아내가 임신을 했다는 것을 받아들인 후부터 표정이 무섭도록 심각해졌다.
"만에 하나라도 배 위에서 몸이 안 좋아지면 어떡할 거야. 병원은커녕 사람도 없는 바다 한가운데서."
"……."
"아이는 그렇다고 쳐. 당신은 더 이상 아프면 안 돼."
다시 마음을 나눈 이후부터 스칼렛이 원하면 세상 무엇이든 가져다줄 것 같던 빅토르였으나 지금은 협상의 기미조차 보이지 않았다.
스칼렛은 부모님과 아이작이 함께하던, 평화롭고 웃음이 감돌던 가족을 그리워하고 있었다.
반면 빅토르의 머릿속에는 어떠한 이상으로 여기는 가족이 존재하지 않아, 그저 귀족가가 으레 그렇듯이 사랑이 없어도 결혼을 하고, 자식이라기보다는 후계를 만들어 내는 일을 기계적으로 생각하고 있었다.

그러므로 스칼렛이 보기에 지금 빅토르는 아이가 생겼다는 사실에 대하여, 여느 부모들이 자식이 생겼을 때 느끼는 기쁨을 누리고 있는 것 같지 않았다. 그저 그는 해결해야 할 일의 시작점에 들어선 것 같았고, 그나마도 만에 하나 스칼렛이 위험하다면 다시 취소해 버릴 작정으로 보였다.

——⋯✧⋯——

아이야 어찌 되었든 빅토르의 입장에서는 이 해산물로 가득한 땅에서, 그 해산물을 아예 입에도 대지 못하는 스칼렛을 위해 먹을 것을 마련하는 일이 시급했다.

과일에 긴 항해 동안 필요한 영양소가 풍부하게 들어 있다고는 하지만 그렇다고 과일만, 그것도 말린 것만 먹일 수는 없었다.

빅토르는 스칼렛의 지금 상태가 입덧의 최고조이기를 바랐으나, 그의 임산부에 대한 많지 않은 상식으로도 이건 전조에 지나지 않아 보였다. 게다가 스칼렛은 임신 기간 내내, 심지어는 아이가 태어날 때까지도 이 타지에서 지내야 한다는 것에 대하여 그리 내키지 않아 하고 있었다. 빅토르 역시 가뜩이나 힘든 아내를 말도 안 통하는 나라에서 꼼짝 못 하게 하는 것은 내키지 않았다. 안정기에 접어드는 세 달 후에는 여길 떠날 방법을 생각해야 할 것 같았다.

빅토르가 내내 딴생각에 빠져 있으니, 리트런드 공국의 지도자인 리트런드 공작이 염려스럽게 물었다.
"식사가 입에 맞지 않으시는지요?"
"괜찮습니다."
빅토르가 무덤덤하게 말하고 아내 쪽을 보니, 그녀는 리트런드가의 유일무이한 후계자이자 공작 부부의 딸, 이다 리트런드와 왠지 깔깔거리고 웃고 있었다. 다행히 이다는 여느 나라의 귀족들과 마찬가지로 다양한 언어 교육을 받아, 살란티에어 역시 할 수 있었다. 모처럼 말이 통하는 또래를 발견하니 스칼렛은 즐거워 어쩔 줄을 몰라 했다.
그렇게 사람을 걱정시키고, 정작 적응은 자신보다 아내가 몇 배 더 잘하고 있었다. 하기야 생각해 보면 아내는 사교성이 눈에 띄게 좋은 건 아니어도 어디를 가나 친구 하나씩은 꼭 만들 수 있는 사람이었다. 그런 걸 생각하면 당분간 리트런드에 살아야 한다고 했을 때 진짜로 외로움을 걱정해야 하는 건 자신이 아닌가 싶어졌다.
공작 부부는 대하기 어려운 빅토르와 달리 딸아이가 스칼렛과 금방 친해지는 모습에 안도하고 있었다.
살란티에 앞바다의 해적을 쓸어버린 빅토르 덤펠트에 대한 소문은 베스티나를 넘어 리트런드까지 날아왔다. 살육을 즐긴다는 소문부터 사실 별거 아닌 작자인데 그냥 국가적인 차원에서 이미지를 만들어 준 것뿐이라는 말까지, 그에 대한 이야기는 다양했다.
해적들이 볼 때야 어떨지 모르겠지만, 격식을 차린 만찬 자리에서 보는 빅토르는 눈이 부시게 아름답고 고상하기 짝이 없는, 뼛속까지 기득권인 사내였다. 그의 오만함이 주변 사람들의 기를 눌리게 했다. 그러나 종종 아내가 이 자리를 즐기고 있는지 염려되어 그녀 쪽을 볼 때에는 두 눈에서 꿀이 뚝뚝 떨어지는 듯했고, 이다와의 이야기가 재미있어 웃던 그녀와 눈이 마주칠 때면 사랑을 전하듯이 입꼬리를 조금 끌어 올려 미소를 지어 보였다.

기침과 사랑은 숨길 수 없다는 말이 그를 보면 느껴졌다. 그는 아내가 자신의 가장 큰 약점이라는 사실을 숨기지도, 숨길 생각을 하지도 않았다.

만찬을 준비하는 시간 내내, 리트런드 공작 부부는 계속해서 이 부부의 마음을 사로잡을 준비를 해 왔다. 두 사람 다 식사를 아주 즐기는 편은 아니라는 소문을 들었으므로, 살란티에서 보기 힘든 음식 위주로 준비했다. 맛보다는 성의를 표현하는 의미였다.

빅토르는 식사를 하는 동안 아내와 눈이 마주칠 때를 제외하고는 주변에 냉기가 흐를 정도로 무표정한 얼굴이었고, 스칼렛은 생각보다도 식사를 잘 하지 못했다. 거기에 자기가 못 먹는 걸 미안해하기까지 하니 리트런드 공작 부부는 가시방석에라도 앉은 기분이었다.

살란티에의 정세를 좌지우지할 수 있는 실세가 여기 와 있는 셈이었다. 베스티나의 영향권 안에 있는 리트런드 공국이 입징에서 오늘이 둘이 마음을 사로잡는 것은 너무도 중요한 일이었다.

리트런드는 베스티나와 독립된 경제 체계를 가지지 못했고, 그러므로 그 영향권에서 벗어나기 힘들었다. 이곳이 살란티에 무역의 교두보가 되기만 해도, 거기서 나오는 수익으로 베스티나에게서 경제적으로 어느 정도 분리될 수 있었다. 그러나 오늘 만찬이 영 성공적인 것 같지 않아, 그나마 딸아이라도 스칼렛 크림슨의 마음을 사로잡기를 바라고 있을 때였다.

빅토르가 사용인에게 손짓하더니 방금 준 디저트의 이름을 물었다. 그리고 고개를 끄덕인 후 돌려보냈다.

리트런드 공작 부인이 물었다.

"입에 맞으세요?"

그러자 빅토르가 귀부인을 위해 의식적으로 미소를 지어 보이며 말했다.

"아내가 요즘 식사를 잘 못하는데, 이건 잘 먹는군요."

"아, 다행이네요."

"감사합니다, 준비해 주셔서."

그렇게 말하는 빅토르의 얼굴에 안도감이 있었다. 다행히 부부가 신경 써서 준비한 음식들 중에 스칼렛이 맛있게 먹고 있는 디저트가 있었다.

리트런드 공작 부인이 반색하며 말했다.

"달콤한 빵의 겉면에 리트런드에서 자라는 다섯 가지 곡물을 골고루 묻힌 겁니다. 여기서는 축하할 일이 있을 때마다 모든 가정에서 만들어 먹는 빵이에요."

"아, 축하할 일이 있을 때."

"네. 특히 리트런드에서는 임산부들이 자주 찾는 음식이에요."

모처럼 빅토르가 먼저 말을 꺼내는 것이 자신이 특별히 신경 써서 준비한 전통 음식이었으므로 리트런드 공작 부인은 열심히 스칼렛이 먹고 있는 빵에 대하여 설명해 주었다. 그리고 만찬이 끝나고 돌아가는 길에는 이다 리트런드가 직접 나와 적당량의 새로 구운 빵을 종이 봉투에 담아 스칼렛에게 안겨 주기까지 했다.

"부인께서 맛있게 드시더라며 어머니가 챙겨 드리래요."

"와, 고마워요. 안 그래도 숙소에 돌아가면 생각날 것 같았는데."

이다 리트런드는 스칼렛에게 다음에 만날 약속까지 미리 잡아 놓고 돌아갔다.
 숙소가 멀지 않았기 때문에 두 사람은 산책도 하고, 거리 구경도 할 겸 걸어서 돌아가기로 했다.
 11월의 리트런드 수도는 눈이 많이 내렸다. 오히려 함박눈이 쌓여 있어 날씨는 포근하게 느껴졌고, 축제 기간이었기 때문에 살란티에에서는 볼 수 없는 알록달록한 모자이크 램프가 거리를 가득 채우고 있었다. 덕분에 스칼렛의 입에서는 한 걸음 뗄 때마다 감탄이 터져 나왔다.
 "빅토르, 저것도 보고 가자."
 "천천히, 천천히."
 빅토르는 홀린 듯이 제 팔을 잡아끄는 스칼렛의 손을 풀고 제 손으로 그녀의 팔을 붙잡았다. 길이 잘 정비되어 있기는 했지만 아주 적은 확률로라도 그녀가 미끄러지면 곧바로 부축하기 위함이었다.
 스칼렛은 벌써부터 살란티에에 가져갈 선물을 고르고 있었다. 그녀가 빅토르의 눈에는 하등 가치가 없어 보이는 알록달록한 유리 장식을 들어 보였다.
 "어때? 아이작이 좋아할까?"
 그러자 빅토르가 진지하게 대답했다.
 "당신이 사 왔다면 독약이어도 좋아할 사람이잖아."
 "객관적으로 봤을 때 말이야."
 "같은 남자로서 생각한다면, 글쎄."
 "별로야? 귀여운데."
 "그러니까, 귀엽잖아."
 빅토르의 말에 스칼렛이 잠시 생각하다 고개를 끄덕이며 백조 모형을 내려놓았다.

그러더니 빅토르에게 물었다.

"귀여운 거 싫어?"

"당신은 좋지."

빅토르의 말에 스칼렛이 그를 흘겼다.

"진지한 질문이었는데……."

"진지하게 대답했어."

빅토르의 대답에 스칼렛은 민망함을 감추지 못했다. 그사이 아내의 쇼핑에 적극적으로 참여하기 위해 신중히 고민하던 빅토르가 물었다.

"저 램프를 몇 개 사는 건?"

"아, 그러네. 램프 가게 찾아봐야겠다. 저렇게 알록달록한 향수병도 있으면 사고……. 당신도 선물 살 거지? 루비드호 사람들."

"하나 사 주면 다 사 줘야 할 텐데."

빅토르는 그렇게 말했으나, 스칼렛이 주변인들의 선물을 고르는 모습이 즐거워 보였기 때문에 머릿속으로 인원을 가늠하고 적정한 선물을 생각해 보기는 했다.

그가 잠시 생각에 잠기자 스칼렛이 물었다.

"200개 정도는 사야겠지?"

"응. 그 정도."

"내 생각엔 루비드호 사람들도 당신이 사다 주면 독약이어도 좋아할 것 같아."

그 경우는 충성심이고, 아이작 크림슨은 주인을 따르는 개처럼 맹목 그 자체라고 생각했지만, 빅토르는 굳이 말하지 않았다.

그 이후 좀 더 산책을 하며 램프도 사고, 향수병도 샀다.

그러다 추울까 봐 빅토르가 신경 쓰는 눈치라, 스칼렛은 서둘러 쇼핑을 마무리하고 마차를 탔다. 마차 안은 따뜻하게 데운 돌로 어느 정도 훈기가 돌았다.

스칼렛이 꽁꽁 싸매고 있던 목도리를 풀었다. 그러고는 잠시 마차 창밖으로 거리를 바라보았다. 리트먼드는 다양한 색감을 사용해 집이며 물건을 꾸미는 것으로 기나긴 겨울의 지루함을 이겨 냈다. 알록달록한 색유리를 사용한 향수병은 스칼렛의 마음을 단번에 빼앗았다. 만약 무역항로가 연결되면 이 향수병도 수입할 수 있지 않을까, 생각했을 정도였다.

어차피 배를 수리수리한 후에도 겨울이 끝나는 3월은 되어야 다시 항해를 시작할 수 있었다. 스칼렛은 숙소로 돌아가기 전 한 번 더 거리를 돌아보았다. 한동안 머물러도 좋을 만한 아름다운 곳이라고 생각했다.

───── ·◆· ─────

달이 지날수록 스칼렛은 점점 잠이 많아졌다.

그리고 빅토르는 스칼렛이 본격적으로 입덧을 시작한 후부터 아내에게서 눈을 떼지 못하고 안절부절못했다.

새벽, 빅토르는 스칼렛이 깨지 않도록 조심스럽게 일어나 호위를 단단히 세워놓고 선박 수리소로 향했다.

리트런드는 어업이 산업의 대부분을 차지하고 있기 때문에, 배를 수리하는 기술이 살란티에보다도 나았다.

그가 혼자 나타나자 선박을 확인하고 있던 마르티노가 달려와 물었다.

"부인께서는 안 오셨습니까?"

그러자 빅토르가 대답했다.

"소음도 심하고 공기도 안 좋을 것 같아서."

"아……."

스칼렛이라면 이 수리소에 와 보고 싶어 할 것이 분명했다. 그럼에도 빅토르 혼자 와 있는 것을 보며 마르티노는 그가 몰래 나왔을 가능성이 아주 높다고 생각했다.

해전으로 부서진 파이프를 새것으로 교체했고 배에 달라붙은 것들을 뜯어냈다. 다행히 전투를 치른 배치고는 상당히 손상이 적어 수리에 그리 긴 시간이 걸리지 않았다.

배는 이제 다시 바다로 향하기를 기다리고 있었다.

빅토르가 입을 열었다.

"본인은 원하지만, 아내가 한 달 동안 항해하며 살란티에까지 가는 것은 무리겠지."

그러자 마르티노가 대답했다.

"항로대로 간다면 큰 문제는 없을 겁니다. 그리고 리트런드에 올 때는 극지에서 부는 역풍을 맞으며 왔지만, 이번에는 그 바람이 배를 등 뒤에서 밀어 줄 겁니다. 그리고 부인의 안전이라면…… 리트런드에서 배와 의사들을 보내 주기로 했으니까요."

"……."

"부인의 마음을 생각하면 돌아가는 게 좋을 것 같습니다."

그의 말대로였다.

리트런드에 도착한 이후 스칼렛은 아이작과 안드레이에게 편지를 보냈다.

얼마 지나지 않아 두 사람 모두에게서 답장이 왔다. 편지를 읽어 보니 아이작은 아무 문제 없으니 안전하게만 돌아오라고 적었고, 안드레이는 아이작이 소식이 없는 스칼렛이 걱정되어 이미 앓아누웠다고 적어 놨다. 진짜 아픈 건지, 스칼렛을 빨리 불러들이려는 사업가적 계략인지는 알 수 없으나 이 편지로 스칼렛은 마음이 너무나 급해져 얼음이 녹는 3월에는 이곳을 떠나야 한다고 주장했다.

2월 말이 되자, 슬슬 얼음이 녹기 시작했다. 배의 수리는 이미 끝난 지 오래였고, 스칼렛의 주치의도 지금이 가장 안정된 시기라고 말했다.

리트런드 공작가에서는 마차와 기차를 이용해 베스티나를 관통하는 방법을 내놓았지만, 이 대륙에서 가장 그 방법이 안 통하는 게 빅토르 덤펠트와 스칼렛 크림슨이었다.

빅토르는 자신들이 베스티나로 들어서는 순간 자신은 죽고, 스칼렛은 기술력을 빼내기 위해 끌려가리라는 것을 확신했다. 그렇다면 결국 쇄빙선을 타고 다시 저 길을 지나야 한다는 의미였다.

빅토르는 배를 한참 동안 바라보다가, 별수 없이 입을 열었다.

"가야지. 고향으로."

그런 그의 말에 마르티노의 표정이 밝아졌다.

그러자 최근 성격이 다소 누그러진 빅토르가 농담조로 말했다.

"그렇게 돌아가는 게 좋다면 배 수리가 끝나자마자 돌아갔어야지."

빅토르는 이미 배의 수리가 끝나고, 겨울이 지나는 대로 자신들 없이 먼저 수도로 돌아갈 것을 허락했다.

그러나 불규칙한 바다를 두려워하는 선원들은 빅토르 덤펠트를 태워야만 사고 없이 돌아갈 수 있다는 강한 믿음을 가지고 있었다. 그들에게 빅토르는 항해를 수호하는 어떤 미신적인 존재에 가까웠다.
　이전에 빅토르와 함께 배를 탄 적 있는 마르티노는 그런 선원들의 마음을 누구보다 잘 알고 있었다. 빅토르는 어느 누구보다 항해를 잘 알았고, 바다에 익숙했으나 결코 바다에 대항하지 않았다. 적의 앞에 서는 돌진할지언정, 궂은 날씨에는 전진하기보다 안전을 추구했다.
　감정에 잘 휩쓸리지 않는 면이, 빅토르는 스스로의 단점이라고 생각하는 듯했지만 그와 함께하는 선원들에게는 아니었다.
　폭풍우 속에서도 그는 모든 선원을 보고 있었다. 그러므로 배에서 떨어져 추락하는 경우가 빅토르가 대장으로 있는 배에서는 거의 일어나지 않았다. 거기서 비롯된 믿음은 선원들이 자신의 자리에서 제일에 보다 열중하게 만들었다.
　마르티노가 미소 지으며 고개를 저었다.
　"대장님께서 안 계신 배를 타고 돌아갈 생각이 없습니다. 다들."
　"왜지? 자네를 믿고 가면 될 텐데."
　빅토르는 핀잔인지 칭찬인지 알 수 없는 말을 한 후, 마르티노에게 돌아가는 날짜를 선원들과 상의할 것을 명령한 후 자리를 떠났다.

─────◆◆◆─────

　귀한 손님을 호텔에서 계속 지내게 하면 안 된다고 리트런드 공작 부부가 펄쩍 뛰었던 탓에 부부는 수도 남쪽, 언덕에 있는 소담한 저택에서 지내고 있었다.
　겨울을 이겨 낸 꽃들이 저택 주변에 앙증맞게 피어 있었다. 스칼렛은 금방 이 집에 푹 빠졌다.

빅토르가 언덕을 올라오는 모습을 본 스칼렛이 그를 흘겼다.
"선박 수리소에 다녀왔다며? 나도 가고 싶었는데."
"너무 시끄러워서 안 된다니까. 작은 소리에도 놀라면서."
빅토르가 말하고는 잠깐 떨어져 있는 것도 힘들었다는 듯이 그녀의 뺨을 어루만지며 물었다.
"뭐 좀 먹었어?"
"이제 먹으려구."
"그래도 하나는 잘 먹으니 다행이군."
다행히 스칼렛은 입덧하는 내내, 다른 모든 음식에 비위 상해 하다가도 리트런드의 전통 빵만은 유난히 잘 먹었다. 거기에 처음에는 공적이었던 리트런드 공작 부부가, 이제는 마치 부모라도 되는 듯이 사적인 영역에서까지 임신한 스칼렛을 돌봐 주고 있었다. 심지어 아이가 태어나면 꼭 보러 가겠다고 약속까지 했다.
그 모습을 보니 빅토르는 어쩌면 바다의 신이 그녀를 이 땅까지 오게 한 것일지도 모르겠다는 생각이 들었다.
지금까지 그에게 바다의 신이란 성의의 여신만큼이나 어느 한쪽으로 감정을 기울이지 않는 존재였다. 바다는 그저 존재할 뿐이고, 인간을 죽이는 것도 살리는 것도 어떠한 감정에서 그러는 것은 아니리라 여겼다. 그러나 지금은 생각이 좀 달랐다. 아무리 바다의 신이라도 제 아내를 사랑하지 않을 수는 없으리라는 확신이 들었던 것이다.
스칼렛이 남은 잠까지 쫓기 위해 기지개를 켜는 모습에 그의 생각은 더욱 견고해졌다. 요즘 들어 그 역시 자신이 좀 비정상적으로 아내의 모든 모습을 사랑스럽게 여긴다는 것을 인지하고 있었으나, 그게 나쁜 건 아니라고 생각했다.

빅토르가 스칼렛의 머리칼을 어루만지며 그녀에게 나지막이 소식을 전달했다.
"살란티에로 출발하자. 3월 안에."
드디어 그가 마음을 바꿨다는 소식에 스칼렛의 눈꼬리가 휘어졌다. 그러더니 발꿈치를 들어 쪽, 그의 턱에 입을 맞춘 후 말했다.
"그럴 줄 알았어."
"음."
"좋아. 가자."
해사하게 웃는 그녀의 말에 빅토르가 저도 모르게 따라 웃으며 말했다.
"속이 너무 빤한 남자라 재미없겠군."
그런 그의 말에 얼굴이 재미있으니까 괜찮다고, 스칼렛은 생각했으나 그가 민망해할 테니 생략하기로 했다. 그녀가 고개를 저으며 말했다.
"재미있어."
"내가?"
"응."
스칼렛이 고개를 끄덕이더니 자기 두 뺨을 손으로 꾹 누르며 말했다.
"이것 봐. 지금도 웃고 있잖아."
"그냥 내가 좋아서 웃는 게 아니었나?"
"아, 그거다."
그의 농담조를 받아치는 스칼렛의 대답이 귀여워서 빅토르는 잠깐 고개를 돌려 습관적으로 웃음을 참았다가, 결국 못 견디고 소리 내어 웃고 말았다. 그러다가 도중부터 한숨을 쉬고 손으로 제 얼굴을 감쌌다.

요즘 들어 그는 자주, 저렇게 웃다가도 불안한 표정을 짓곤 했다. 스칼렛이 얼굴을 감싼 그의 손을 잡아떼며 물었다.

"왜 그렇게 한숨이 많아, 요즘?"

그녀가 걱정스러워하니 빅토르가 별수 없다는 듯이 대답했다.

"아이가 생기면 당신 몸이 약해질 거라는 생각을…… 미리 해야 했는데."

그는 먹는다고 먹어도, 결국 제대로 된 식사는 아직 잘 하지 못해 야위어 버린 아내의 몸을 두 팔로 조심스럽게 끌어안았다.

최근 드문드문, 그는 스칼렛이 힘겨워할 출산 순간에 대한 공포에 휩싸이곤 했다. 그런 두려움 때문에 그는 아직 바다로 나가고 싶지 않았으나, 아내가 원하는 것을 꺾는 것은 제 마음이 어떠하든 불가능한 일이었다.

───── ·•◦✤◦•· ─────

그로부터 일주일 뒤, 쇄빙선을 타고 온 살란티에 사람들은 모두 출항 준비를 마쳤다. 리트런드의 공작 부부가 제공한 한 대의 상선과 한 대의 해군 함선이 함께였다.

스칼렛은 쇄빙선으로부터 천천히 멀어지는 리트런드를 바라보았다. 그동안 친해진 사람들을 두고 가려니 섭섭했다. 안 그래도 요즘 눈물이 많아져 울어 버릴까 봐 주먹을 꾹 쥐는데 새로 고용한 사용인 하나가 와서 스윽 손수건을 내밀었다. 그녀는 스칼렛 일행이 구조했던 헤건의 여동생 켈다로, 은혜를 꼭 갚아야 한다며 이 배에 함께 오른 참이었다.

심지어 켈다는 함께 배에 탈 마음으로 그사이 살란티에어를 열심히 공부해 어느 정도 말을 할 줄 알게 되었다.

"추워요."

"켈다 추워?"

"아니! 스칼렛이요!"

켈다가 고개를 휘휘 저으며 말하자 스칼렛이 이제 알아들었다는 의미로 고개를 끄덕거렸다.

손수건을 받아 든 스칼렛이 배웅하듯이 배 주위를 날고 있는 갈매기를 바라보며 말했다.

"어선도 아닌데 갈매기가 따라오네."

그러자 켈다가 말했다.

"어부가 죽으면 갈매기가 된대요."

"정말?"

"아마 헤건 구해 준 거 고마워서 따라와요."

켈다의 말에 스칼렛이 배시시 웃었다.

어부들이 갈매기를 영물로 여긴다더니 틀린 말이 아닌 듯했다.

쇄빙선은 부드럽게 밀어 주는 바람을 타고 순항했고, 날씨도 걱정만큼 나쁜 날은 별로 없었다. 덕분에 살란티에 수도 항구에 도착한 건 한 달도 채 되지 않은 28일째 되는 날이었다.

배가 수도에 들어서자 항구 주변에 사람들이 웅성거리며 모여들었다.

출항하고 반년 만에 돌아오는 길이니, 그사이 살란티에 사람들 사이에서는 사실 저 배가 침몰해 버렸다는 헛소문까지 돌고 있던 와중이었다. 그런데 그 배가 리트런드의 배 두 척과 함께 나타나니 놀랄 수밖에 없었다.

스칼렛은 지나친 환대에 당혹스러워하면서도 환호하는 사람들에게 열심히 인사를 하며 마차에 올랐다. 그리고 함께 탄 빅토르에게 말했다.

"그럼 나는 아이작에게 먼저 가 볼게."

"그래. 시계 가게에도 갈 건가?"

"응. 그러려고."

"데리러 갈게."

빅토르의 말에 고개를 끄덕인 후 그녀는 먼저 크림슨가로 향했다.

마차가 들어서는 소리가 들리자마자, 아이작이 정신없이 포치로 달려 나왔다. 이제 가택 언금이 얼마 남지 않았음에도 그는 매일같이 다 때려치우고 스칼렛을 찾으러 가야 할지를 고민하던 차였다.

마차에서 내리던 스칼렛은 잠깐 사이에 비쩍 말라 버린 아이작에 놀라서 눈이 휘둥그레졌다.

"아, 아이작! 왜 이렇게 마른 거야?"

"스칼렛……."

아이작이 힘없이 그녀를 찾자 스칼렛이 얼른 가서 그를 꼭 끌어안았다.

아이작은 임신 소식을 들었던 터라 스칼렛을 꽉 틀어 안고 싶은 마음을 참고 두 팔을 축 늘어뜨렸다.

"보고 싶었어. 네게 무슨 일이라도 난 줄 알고……."

"무슨 일 많았는데? 들려 줄 이야기가 산더미야."

스칼렛이 장난꾸러기처럼 말하며 아이작의 등을 토닥거리고 달랬다.

스칼렛이 없는 반년 동안 아이작은 표정 변화는커녕 하루에 말 한두 마디도 잘 하는 법이 없었다. 그래서인지 크림슨가에서 일하는 모든 사용인이 당혹스러운 표정으로 힐끔거리고 있었다. 아이작은 그런 타인의 반응에 아랑곳 않고 조심스럽게 스칼렛의 배 근처에 손을 가져갔다가 뒷짐을 졌다.

"아이가 생겼다고?"

"응. 지난주까지는 태동이 몇 번 느껴졌는데 이번 주는 잠잠하네……."

처음이라 모든 것이 염려되어 스칼렛이 저도 모르게 걱정스러운 표정을 짓다가, 금방 싱긋 웃어 보이며 말했다.

"분명히 곧 느껴질 거야. 태동."

"그렇구나."

아이작이 고개를 끄덕거리더니 힘이 쭉 풀려 바닥에 털썩 주저앉아 버렸다. 그러더니 못 가게 하려고 스칼렛의 발목을 손으로 부드럽게 쥐며 말했다.

"말도 안 돼. 네가 아이를 가졌다니. 아무리 생각해도 믿기지가 않아."

"그건 빅토르도 마찬가지더라고."

그래서 더욱, 스칼렛은 어서 태동을 느끼고 싶었다.

지금 빅토르의 머릿속에는 오로지 스칼렛의 안전과 건강밖에 없었다. 임신 자체가 지나치게 염려스럽다 보니 아이를 그렇게까지 달가워하는 것 같지도 않았다.
 스칼렛은 푹 한숨을 쉬고 나서 주저앉은 아이작의 머리를 슥슥 쓰다듬으며 말했다.
 "선물도 사 오고, 해 줄 이야기도 엄청 많아."
 "선물 있어?"
 "응."
 스칼렛이 웃더니 가방 속에서 유리로 만든 백조 모형을 내밀어 보였다.
 "짠."
 "와."
 아이작이 감탄하며 두 손으로 그것을 받아 들었다. 그리고 너무나 행복한 얼굴로 말했다.
 "너무 예뻐. 고마워."
 "……음, 그 반응이 아닌데."
 스칼렛이 눈을 가늘게 뜨고 말하자 아이작이 천사 같은 얼굴로 고개를 갸우뚱하며 물었다.
 "이 반응이 아냐? 나 정말 좋은데."
 스칼렛은 그때가 되어서야 아이작이 독약을 받아도 기뻐할 거라는 빅토르의 말이 신경 쓰였다. 그래서 빅토르가 공인한 '아이작이 별로 안 좋아할 만한' 선물을 내밀었는데 그는 이미 이 선물에 만족하고 있었다.
 스칼렛이 돌려 달라고 두 손을 내밀며 말했다.
 "사실 이건 내 거야. 내 방에 두려고."
 "그랬어? 그럼 더 좋은 선물이네."

아이작의 말에 스칼렛이 물었다.

"내 방에 두는 게 왜 더 좋은 선물이야?"

"네가 좋아하면 나도 좋으니까?"

"……."

아이작이 당연한 것 아니냐는 듯이 되묻는 말에 스칼렛의 표정이 심각해졌다. 하지만 오빠를 아끼는 마음은 자신도 못지않다고 생각했기 때문에 일단 넘어가기로 했다.

두 사람은 아직 완전히 날씨가 풀리지 않아 밤에 지폈던 온기가 조금 남아 있는 벽난로 앞에 앉아서 진짜 선물을 뜯었다. 아이작이 휘둥그레진 눈으로 물었다.

"이게 다 내 거야?"

"응. 예쁘지?"

그녀가 연 큼지막한 상자 가득 온갖 색의 유리공예로 만든 향수병이 들어 있었다. 어느 것 하나 깨지지 않도록 스칼렛이 정성 들여 포장해 온 향수병에 아이작은 입술을 잘근 깨물었다.

"……눈물 날 것 같아."

"그렇게 마음에 들면 울어도 되구."

스칼렛이 우쭐해서 말하고는 민망한지 까르륵 웃었다.

장난치는 그녀와 달리 아이작의 눈에는 정말로 눈물이 고여 들었다. 아이작이 소매로 눈물을 닦은 후 말갛게 웃으며 말했다.

"팔라고 가져다 준 거지?"

"응. 이제 무역선이 오갈 테니까 더 필요하면 얼마든지 구할 수 있을 거야."

"어떡하지. 한 개도 못 팔겠는데."

"이렇게 많은데?"

"응. 그래도 다 네가 고른 거잖아."

아이작이 말하더니 향수병을 조심스럽게 손가락으로 쓰다듬었다. 이제야 정말로 그의 마음에 드는 선물인 게 분명한 반응이었다.

그렇게 앉아서 잠깐 이야기하고, 간식도 먹다가 시계 가게에 가볼 시간이 되었을 때 아이작이 말했다.

"오로라가 태어날 때까지 여기서 지내지 않을래?"

"여기서?"

"응. 부모님 몫까지는…… 어렵겠지만, 최대한 잘해 줄게. 마음 편하게 있을 수 있도록."

아이작의 말에 스칼렛이 잠시 고민하더니 이내 웃으며 대답했다.

"생각해 볼게."

"응. 꼭이야."

아이작이 힘주어 대답했다.

아이작의 상태를 확인했으니 이번엔 시계 가게였다.

스칼렛은 반년 만에 자신이 돌아왔으니 안드레이가 도대체 얼마나 많은 잔소리를 할지 벌써부터 한숨이 나왔다. 그나마 다행인 것은 이번 여행에서 안드레이조차 시간 낭비라고 여길 수 없을 정도로 많은 영감과 실험 결과를 얻었다는 것이다.

그녀는 제 몸통만 한 작업 노트를 안고 가게에 들어섰다. 그리고 반가워하는 직원들에게 잠깐만 조용히 해 달라고 부탁하고 조심스럽게 안드레이의 사무실로 향했다.

안드레이의 사무실에는 가게용 전화가 놓여 있었다. 전화가 있다는 것은 부유한 가문이라는 의미였고, 그러므로 저 전화를 통해 받는 예약은 주로 최상위 브랜드나 특별한 제작 주문이었다. 안드레이가 고급화 전략을 위해 전화를 사야 한다고 할 때는 무슨 소린지 몰랐는데, 이제 이해가 갔다.

조금 열린 문틈으로 보니 안드레이는 펜을 빙빙 돌리며 전화를 받고 있었다. 안드레이는 조용히 사무실에 들어온 스칼렛을 보고도 놀라지 않고 전화를 이어 갔다.

예상했던 반응이었다. 스칼렛이 그 반응에 그냥 웃어 버리고, 테이블 앞에 앉아 기다리고 있으니 안드레이가 곧 전화를 끊었다.

그가 뭐라 잔소리하기 전에 스칼렛이 테이블 위에 자료를 내려놓았다.

"일 많이 했어."

"아이가 생기셨다면서요?"

사장이 이렇게 가게를 오래 비우면 어떡하냐고 한 소리 할 줄 알았는데, 안드레이의 얼굴에는 보기 드문 흥분한 미소가 지어져 있었다.

스칼렛이 주춤하는데 안드레이가 빠르게 다가왔다.

"분명 두 분을 닮은 아기님이겠죠?"

"그, 그렇겠지?"

"그렇다면 역시 이 크림슨 시계에 새로운 얼굴이!"

"뭐, 뭐어?"

스칼렛이 정색하며 고개를 저었다.

"안 돼! 아직 태어나지도 않은 아기를 모델로 쓰겠단 거야?"

"네. 분명히 세상에서 제일 귀여울 테니까요."
"그 정도는 아닐 수도 있어."
"아뇨. 제가 머릿속으로 두 분의 얼굴을 적절히 합쳐 봤는데 완벽합니다. 그 아기를 보면 손님들의 지갑이 녹아내릴 거라구요."
"아니, 남의 지갑을 왜 녹이려는……."
"저는 이미 모든 마케팅 계획을 짜 놨습니다. 순산하시기만 하면 됩니다."

안드레이가 협상이 가능할 것 같지 않은 쌀쌀하고 또박또박한 말투로 말하고 그녀가 가져온 결과물들을 확인하기 시작했다. 그러다가 잠깐 황당한 얼굴로 자신을 보고 있는 스칼렛을 보며 물었다.

"더 하실 얘기 없으면 가시죠? 건강하게 아기님을 출산하시려면 많이 쉬셔야죠."

"……으, 으응."

반년 만에 봤는데 관심이 있는 건 그녀의 결과물과 아기였다. 뭐 두 번째도 결과물이라면 결과물이니 그냥 결과물 하나.

반년 만에 보든, 백 년 만에 보든 아이작도 안드레이도 참 한결같다는 생각이 들었다. 그 사실을 은근히 마음에 들어 하며 사무실을 나서던 스칼렛이 가게의 쇼윈도 너머로 빅토르가 마차에서 내리는 모습을 발견했다.

"와, 오로라, 아빠 왔네."

스칼렛이 그렇게 말하며 웃다가 그대로 얼었다. 그러더니 마차에서 내려 자신과 눈이 마주친 빅토르에게 빨리 들어오라고 손짓했다.

무슨 일이라도 생겼나 철렁해서 빅토르가 들어서자 스칼렛이 그의 손을 붙잡아 자기 배에 올렸다.

그러자 빅토르가 다급하게 장갑을 벗고 온기가 있는 손을 그녀의 배 위에 다시 올렸다. 그의 손에서도 태동이 느껴졌다.
 부부는 그 순간, 서로 같은 감정을 느꼈다. 행복이었다.

―――◆◆◆―――

 처음 태동을 느낀 빅토르가 손을 못 떼고 있자 직원들이며 상점 안 손님들도 행복으로 둘러싸인 부부 쪽에 모든 신경이 쏠렸다.
 스칼렛이 자신과는 비교도 할 수 없을 정도로 얼어 버린 빅토르에게 말했다.
 "아빠를 알아봤나 봐. 당신이 보이는 순간 오로라가 움직였어."
 "……."
 "빅토르?"
 "아."
 빅토르는 아내가 제 이름을 부른 후에야 다시 정신을 차렸다.
 시계 가게 안 사람들이 너무 관심을 가지고 보고 있었기 때문에, 스칼렛은 서둘러 빅토르의 팔을 잡아끌고 가게를 나왔다.
 시계 가게에서 가까운 타운하우스로 천천히 걸어가는 동안 빅토르가 제 손을 바라보며 입을 열었다.
 "……힘은 좋은 것 같군."
 "건강하다는 뜻이겠지?"
 "응. 확실히."
 "진짜로 힘은 당신 닮았나 봐. 그 바다에서도 잘 버텨 주고."
 "그런가."

빅토르는 그렇게 대답은 꼬박꼬박 하고 있었으나, 타운하우스까지 가는 내내 어딘가에 정신을 뺏긴 사람처럼 보였다.

두 사람은 집을 떠난 지 반년 만에 타운하우스에 들어섰다.

빅토르가 출발 전부터 도착 예정 날짜와 지시 사항을 적어 보냈기 때문에 집은 이미 완벽하게 꾸며져 있었다. 특히 그는 아내를 위하여 타운하우스가 최대한 따뜻한 느낌이 들도록 꾸밀 것을 지시했는데, 사용인들이 전문적으로 관리한 파릇파릇한 식물들이 집안 곳곳을 생기 넘쳐 보이도록 만들었다.

항해 중에는 하기 힘들던 긴 목욕을 하고 나서, 스칼렛은 침대 등받이에 놓인 쿠션에 등을 기대고 앉았다.

안락의자에서 책을 읽으며 아내를 기다리던 빅토르가 그녀의 곁에 앉아 입을 열었다.

"이제 오로라도 자려나. 시간이 늦었는데."

내내 빅토르가 아이보다 산모의 건강에만 관심이 있어 걱정했는데, 아까의 태동 이후 그도 어느 정도 아이의 존재에 대하여 인지하게 된 것 같았다.

스칼렛이 눈꼬리를 휘어 웃으며 말했다.

"궁금하면 불러 봐."

"뱃속의 아이를?"

"그러엄. 당신이 부르면 알걸?"

그녀의 확신에 빅토르가 스칼렛의 배에 다시 조심스럽게 손을 올려 보았다.

"아가야."

그가 부르는 걸 정말로 알았는지, 신기하게 다시 태동이 느껴졌다.

스칼렛이 눈이 초롱초롱해서 그에게 말했다.
"당신 알아보는 거 맞지?"
"……."
빅토르는 이 두 번이 모두 우연의 일치라고 생각하면서도, 머릿속 어딘가에서는 희미하게 정말 아기가 자신을 알아보는 건지도 모르겠다는 생각을 했다.
그는 한동안 말이 없었고, 스칼렛은 몸을 기울여 그의 얼굴 쪽을 보며 입을 열었다.
"빅토르, 무슨 생각해?"
그녀의 질문에 빅토르가 나지막이 대답했다.
"아이가 날 좋아할까, 하는 생각."
그러곤 이내 아이에게 말을 건넸다.
"물론 네가 날 어떻게 생각하든지, 나는 널 사랑하겠지만."
그런 그의 다짐 같은 말에 스칼렛은 빅토르가 단 한순간도 부모의 사랑을 받지 못하고 자라 왔던 것을 떠올렸다.
그에게는 어릴 때의 좋은 기억이 조금도 없었기 때문에, 부부가 함께 머무는 이 타운하우스를 오로지 스칼렛의 어릴 적, 그녀의 행복하던 집에 대한 기억만으로 꾸몄다. 이곳은 오로지 스칼렛의 행복만을 위해 가꾼 집이었다.
스칼렛은 빅토르가, 자신이 나쁜 아버지가 될 것을 두려워하고 있다는 것을 알았다. 빅토르의 기억 속에 남아 있는 것은 어린 그의 목을 조르던 어머니와 항상 연민에 빠져 울거나, 다른 여자를 만나던 아버지뿐이었다.
그런 그의 마음을 아는 스칼렛이 말했다.

"해군들에게 물어봐. 당신이 어떤 아버지가 될 것 같은지. 백이면 백 다 좋은 아버지가 될 거라고 말할걸?"

"글쎄."

"나는 이번에 당신이랑 항해하기를 정말 잘했다고 생각했어. 바다에 다녀오니까 당신이 예전보다 더 많이 좋아졌거든."

빅토르는 그런 그녀의 말을 완벽히는 이해하지 못한 눈으로 스칼렛을 바라보았다.

그녀가 빅토르의 뺨을 두 손으로 감싸며 말을 이었다.

"아이에게 어떻게 대할지 잘 모르겠으면, 당신이 해군들에게 하듯이 해. 그거면 충분해."

"딱딱할 텐데."

"내가 안 딱딱하게 할게."

"그럼 정말로 충분하겠군."

"그리고 사랑할 때는, 이번 항해에서 나에게 해 준 것의 반만 해 주면 될 거야. 그것만으로도 넘칠 테니까."

그녀의 다성한 말에 빅토르는 슬며시 미소를 지었다.

그는 임신한 아내를 제가 보살펴야 하는데, 오히려 그녀가 자신을 보살피고 있다고 생각했다. 그게 약간은 자괴감을 느끼게 했으나, 지나칠 정도로 좋아서 거부할 수 없었다.

빅토르는 아내의 품에 잠깐 얼굴을 기댔다가, 입을 맞추고 떨어졌다. 그러자 스칼렛이 그의 목을 끌어안았다. 그리고 묘한 눈빛으로 자신을 바라보자 빅토르가 방금 전과 달리 단호한 투로 말했다.

"안 돼."

"……왜 안 되는데?"

스칼렛이 불만스럽게 물었지만 빅토르의 단호해진 태도는 풀리지 않았다.

임신 후 스칼렛의 감정이 이리저리 날뛸 때마다 빅토르는 은근히 반가워하는 눈치였다.

스칼렛이 느끼기에 그는 다소 독점욕이 있는 사람이었다. 그러므로 스칼렛이 본인의 감정 변화에 힘들어할 때 곁에서 위로해 주고, 짜증을 받아 주는 일을 기쁘게 받아들였다. 그것만이 자신이 아내의 임신과 출산에 도움을 줄 수 있는 일이라 여겼기 때문이었다. 반면 자신이 어찌할 수 없고, 도움도 줄 수 없는 육체적 고통에 있어서는 아무것도 해 줄 수 없다는 사실에 괴로워했다.

문제는 잠자리였다. 임신 초기에는 성욕이 완전히 사라졌던 스칼렛이 지난주부터는 자꾸만 빅토르를 끌어안고 싶고, 나가려던 사람도 붙잡아다 침대로 끌고 가고 싶은 심경에 휩싸여 있었다.

그래서 빅토르에게 그 마음을 드러냈더니 그가 정색하며 거절했다. 임신 이후 남편이 처음으로 입힌 마음의 상처였다.

빅토르가 설득하듯 말했다.

"그게 당신 몸에 좋을 리가 없잖아."

"괜찮을 것 같단 말이야."

"의사 소견이야?"

"그걸 의사한테 어떻게 물어봐? 먼저 말해 주지 않는 한."

스칼렛이 정색하고 되묻자 빅토르가 납득하며 '아' 하고 소리를 냈다. 그리고 말을 이었다.

"아무튼 안 돼. 위험해."

"……."

그의 단호함에 스칼렛이 눈을 가늘게 뜨고 흘기자 빅토르가 고개를 기울이며 물었다.
"왜, 그렇게 보면 당신이 원하는 대로 될 것 같아?"
"……응."
스칼렛이 고개를 끄덕였다. 그러더니 그의 어깨를 두 손으로 감싸서 제 쪽으로 당겨 목에 입을 맞추고 떨어졌다.
그 순간에 그녀의 몸을 감싸고 있던 빅토르의 손에 힘이 들어가 힘줄이 불거졌다.
그녀는 자신이 계속해서 유혹하면 결국 빅토르가 넘어오고 말 거라는 생각을 하고 있었다.
그러나 빅토르는 입장이 달랐다. 그는 이미 온몸이 더울 만큼 끓고 있는 성욕을 의지로 강하게 억제하고 있었다. 그러므로 이제 와서 아내가 앞에서 무슨 귀여운 짓을 해도 참고 넘어갈 마음의 무장이 끝나 있었다. 비록 최근 그의 눈에 아내가 천사거나 최소한 뭐 그런 비슷한 것으로 보이고 있었지만, 그것이 그의 의지를 흔들지는 못했다.
아내는 시슴 임신으로 인한 변화를 겪고 있는 것뿐이었고, 나중에 섭섭함이 남을지 몰라도 지금은 조금이라도 그녀의 몸에 염려되는 일은 하고 싶지 않았다.
그렇다고는 해도 아주 달래 주지 않을 수는 없는 일이었다.
몇 번 자기가 먼저 입을 맞춰도 반응이 없으니 그를 당기던 스칼렛의 손에서 힘이 풀렸다. 그러자 빅토르는 아내의 다리를 끌어다 제 무릎 위에 격자로 앉혀 놓고 한 팔로 단단히 몸을 끌어안은 후 그녀에게 말했다.
"당신이 걱정돼서 그래."

"……."

그리고 영 불만인지 대답이 없는 스칼렛의 이마와 콧등, 입술에 번갈아 입을 맞췄다.

스칼렛이 성에 차지 않아 입도 맞추지 말라는 듯이 그의 입을 손으로 틀어막았다. 그러자 그는 그녀의 손을 붙잡고, 손바닥과 손목에도 몇 번이고 입을 맞췄다.

그녀의 기분이 풀릴 때까지 달래고 입을 맞추니 드디어 스칼렛이 살며시 웃었다.

그 웃음에 빅토르의 의지력이 잠깐 흔들렸으나 그는 다시 마음을 다잡았다. 그리고 다시 그녀의 볼에 입을 맞추고 다정히 물었다.

"뭐 먹고 싶은 거 없어? 가지고 싶은 거나."

"음……. 없어."

"좀 더 생각해 봐. 지금 가지고 싶은 거 못 가지면 나중에 생각난다던데."

"……평소에도 당신이 다 해 주는데도?"

"그래도."

그의 말에 스칼렛이 잠깐 고민하더니 말했다.

"아무리 생각해도 지금 원하는 건 하나밖에 없어."

그런 그녀의 말에 빅토르가 희미하게 미소를 짓자 스칼렛이 욱해서 말했다.

"웃지 마. 심각해."

"그래, 그래."

그는 그렇게 말하며 스칼렛을 두 팔로 감싸 끌어안고 중얼거렸다.

"그래도 내가 더 심각해."

"……."

"당신과 비교도 안 될걸."

그런 그의 말에 스칼렛이 힐끔 빅토르를 보았다.

그는 스칼렛의 몸을 손으로 어루만지다가 낮게 신음하며 목덜미에 얼굴을 묻었다.

"이렇게 기다리고 있지만, 나도 괴로워."

"……알았어, 봐줄게."

그녀의 말에 빅토르가 고개를 끄덕였다. 그리고 괴로움을 달래려 그녀를 바짝 끌어안고 다시 입을 맞추기 시작했다.

사실, 스칼렛도 그의 몸이 뜨거워지고 있다는 것을 진작부터 알고 있었다.

스칼렛은 아마도 임신을 하면 심술이 느는 모양이라고 생각했다. 그녀가 자극하는 것을 정신력으로 버티느라 괴로워하고, 몸에 힘이 들어가 신음하는 그의 모습이 마음에 들어 더 괴롭히는 것도 없지 않아 있었기 때문이다.

―•◈•―

출산할 때가 다가오자 빅토르는 하루하루를 견디는 것이 일이었다. 그녀가 곁에 보이기만 해도 마음이 좀 놓일 텐데, 아이작이 툭하면 골골거리며 옆에 있어 달라고 붙잡는 통에 아내는 출산이 가까워지며 더욱 자주 크림슨가에서 머물었다.

아이작은 원래 임신을 하면 본가에 머무는 거라고 주장했는데, 거기에다 빅토르가 뭐라 반박할 수 있는 말이 없었다.

살란티에 수도에는 짧은 여름이 시작되고 있었다. 원래 수도는 무더위라는 것이 없는 곳이었지만, 출산일이 가까워진 스칼렛은 여느 해와는 달리 무척이나 더위를 느끼고 있었다.

아내가 없는 며칠을 못 견딘 빅토르는 결국 크림슨가로 향했다. 그러자 여느 때와 다름없이 그를 그리 좋아하지 않는 아이작이 먼저 나왔다.

아이작이 스칼렛에게서는 느껴지지 않는 냉정한 눈빛과 목소리로 말했다.

"출산 때까지 그냥 한곳에 머물게 하는 게 어떨까요? 안 그래도 힘든데 자꾸 왔다 갔다 하게 하지 말고."

"음, 그렇다고 아내가 본가에 못 가게 할 수는 없지 않소."

빅토르가 무덤덤하게 말하고, 대화가 길어지는 게 싫다는 듯이 스칼렛이 있는 방으로 가기 위해 계단을 올랐다.

스칼렛은 침실에서 곤히 잠들어 있었다. 그래도 해가 질 시간이 되어 침실 안은 덥지 않았고, 은은한 노을이 집 안에 부드럽게 흩어져 있었다.

빅토르는 그 속으로 걸어가다, 한 손으로 테이블 앞의 의자를 들어 침대 옆에 조용히 내려놓았다. 그리고 거기 앉아서 잠든 스칼렛을 가만히 바라보고 있었다.

이렇게 아내를 바라보고 있을 때면 그는 제 인생에서 가장 큰 행복이 무엇인지 다시금 알게 되곤 했다.

빅토르가 깨우지 않으려고 가만히 보고만 있는데 스칼렛의 감긴 눈이 천천히 뜨였다. 그녀의 아름다운 와인색의 눈동자가 보이는 순간, 빅토르가 저도 모르게 중얼거렸다.

"……예쁘네."

자다 깨자마자 들리는 그의 나지막한 목소리에 스칼렛이 부끄러운지 이불을 들어 머리끝까지 올렸다.

그러자 빅토르가 미소를 지으며 이불을 끌어당겼다.

"얼굴 보여 줘."

"민망하게."

그래도 스칼렛은 천천히 다시 얼굴을 보여 주었고, 빅토르는 그녀 쪽 가까이로 몸을 숙였다.

"잘 잤어?"

"응, 잘 잤어. 잘 지냈어?"

"당신이 옆에 없어서 별로였어."

그런 소소하기 그지없는 대화가 두 사람에게는 더없이 소중하게 느껴졌다.

그렇게 이야기하던 스칼렛이 표정을 찡그리며 허리를 붙잡았다.

빅토르가 놀라서 의사를 부르려 하자 그녀가 말렸다.

"괜찮아, 이러다 또 금방 괜찮아져."

빅토르는 고개를 끄덕였으나, 스칼렛이 아파할 때마다 심장이 여러 갈래로 찢어지는 것 같은 기분이 들었다.

두 사람이 마차에 타기 전, 아이작은 스칼렛을 못 가게 하려고 온갖 애교를 부리던 평소와 달리, 오늘은 쉽게 스칼렛을 보내 주었다. 만삭인 그녀가 오래 서 있는 것만으로도 힘들다는 걸 알았기 때문이었다.

그렇게 타운하우스로 돌아왔을 때, 스칼렛이 또다시 몰아치는 진통에 빅토르의 팔을 붙잡았다. 점점 진통이 잦아지고 있는 것 같았다.

그런데 이번에는 도저히 견딜 수가 없었다. 스칼렛이 비명을 지르자 빅토르가 다급하게 그녀를 두 팔로 안아 들었다. 그리고 계단을 오르며 다급하게 말했다.

"누가 의사 좀 불러와!"

출산 예정일이 얼마 남지 않아, 빅토르는 그녀가 있는 곳에 늘 의사와 산파가 함께 상주하게 했다.

그가 부르자 의사와 산파가 바로 달려왔다.

스칼렛을 깨끗한 침대 위에 눕히자, 그녀를 살핀 산파가 말했다.

"바로 출산 준비를 해야겠어요."

그녀의 말에 스칼렛은 얼굴이 하얗게 질려 빅토르의 팔을 붙잡았다.

"아플까? 당연히 아프겠지?"

이렇게 아픈 것을 무서워하는 사람이 전장에서 그렇게 다쳤다는 사실에 빅토르는 몇 배로 정신적인 타격을 입었다. 그러나 일단은 그녀를 위해 억지로 미소를 지었다. 그 후 의사에게 얼마나 아픈지, 아프지 않게 할 수 있는 방법은 없는지에 대해서 물었다.

하지만 쓸 만한 답은 없었다.

산파가 청결을 위해 침대 주변을 흰 천으로 둘러막으며 말했다.

"잠시 나가 계세요. 이따가 부를 때 들어오시고요."

"아."

빅토르는 알아듣는 것 같았으나, 꽉 잡은 스칼렛의 손을 바로 놓지 못했다.

잠시 후, 사용인들과 함께 빅토르도 방을 나섰다.

그는 수없이 마음의 준비를 해 왔지만 정작 출산이 닥치자 그 자리에 굳어서 꼼짝도 하지 못하고 있었다. 아파하는 스칼렛의 얼굴 위로 그녀가 추락한 비행기와 함께 심정지가 왔던 것을 떠올렸다.

 그녀는 지금까지 여러 번 죽음의 고비를 넘겨 왔다. 만에 하나 그때 운을 다 쓴 것이기라도 하면 어떡하나, 하는 불길한 생각까지 들었다.

 빅토르는 복도 벽에 기대 꼼짝도 하지 못하고 앉아 있었다. 그때 안에서 그를 부르는 소리가 들렸다.

 그는 서둘러 일어나 방 안으로 들어갔다. 고통에 땀범벅이 된 스칼렛이 흐느끼고 있었다.

 빅토르는 그녀의 손을 두 손으로 꽉 붙잡았다. 내내 겁에 질려 있던 그는 그녀의 얼굴을 보는 순간 정신을 차렸다. 강해지거나, 최소한 그녀에게만큼은 강하게 보여야만 했다.

 "가 실컷 때려. 불만 있었던 만큼."

 "지금 농담이……."

 스칼렛이 말을 다 잇지 못하고 비명을 질렀다. 그리고 말을 들은 김에 빅토르의 팔을 할퀴고 마구 때려댔다.

 아내가 이렇게 때릴 힘이 있다는 사실에 빅토르는 진심으로 감사하고 있었다.

 영원히 끝나지 않을 것만 같던 진통 끝에, 우렁찬 울음소리가 들렸다. 그 사이로 산파의 목소리도 들렸다.

 "아휴, 아버지 닮아서 따님이 아주 훤칠하네."

산파의 말에 빅토르가 처음으로 아내에게서 눈을 떼고 아이 쪽을 보았다. 반면 스칼렛은 울음소리가 들린 순간부터 이미 아이 쪽을 보고 있었다.

산파의 말대로 우량아였고, 울음소리만 들어도 힘이 넘친다는 것을 두 사람 모두 알 수 있었다.

잠시 후, 산파와 의사가 출산 직후 조치와 간단한 건강 확인을 한 후 스칼렛의 품으로 딸아이를 안겨 주었다.

스칼렛이 말을 못 잇고 아이와 빅토르를 번갈아 보았다.

그녀와 마찬가지로 빅토르 역시 아무 말도 하지 못하고 아기를 바라보고 있었다.

세상에 이렇게 황홀한 것이 있나.

두 사람은 갓 태어난 아이를 바라보며 그렇게 생각하고 있었다.

한참이 지나서야 빅토르가 입을 열었다.

"에피."

"응. 에피."

여자아이면 에피, 남자아이면 라예르로 하기로 했다.

빅토르도 스칼렛도 각자의 가문을 이어야 했으므로, 두 가지 성을 모두 사용할 수밖에 없었다. 그러므로 아이도 마찬가지였다.

스칼렛이 에피의 얼굴을 행복하게 바라보다가, 고개를 들어 빅토르를 보았다.

그는 아내가 무사히 아이를 낳았다는 사실에 크게 만족한 듯했다. 그래서 아이 쪽에서 시선을 떼고 탈진한 스칼렛의 땀을 닦아 주다가 그녀가 건네는 통에 아이를 안아 보았다.

산파의 말을 들어보니 상당히 우량아인 모양인데, 그의 눈에는 너무 작고 가냘파서 이 세상에 내놓기 무서울 정도였다.
 빅토르가 태어나서 첫 번째 잠에 빠져들기 시작한 에피에게 말했다.
 "에피. 내 딸."
 그가 그렇게 중얼거리고는 한동안 말이 없다가, 잠들어 자신을 볼 수도 없는 딸아이를 위해 미소를 지으며 말을 이었다.
 "좋은 아버지가 되도록 노력할게."
 "아, 나도 그럴게."
 스칼렛이 덧붙이자 빅토르가 웃었다.
 초보 부모가 된 부부는 한동안 아이의 작은 움직임에도 깜짝깜짝 놀라며 바라보고 있었다.

 에피가 태어난 이후 타운하우스에는 오로지 사용인만이 드나들 수 있었다. 그러다 한 달을 채우고 나서야 드디어 타운하우스에 손님들이 찾아왔다.
 한 달 내내 스칼렛과 딸아이 옆에만 있던 빅토르는 손님들이 자신을 매우 어려워한다는 것을 알고 있었기 때문에, 밀린 업무를 해결할 겸 집을 나가 주었다.
 제일 먼저 온 손님은 안드레이와 빵집 딸인 리브였다. 리브는 산더미만큼 빵을 구워 왔고 에피를 발견하자마자 함박웃음을 지었다.
 "너무 귀여워, 말도 안 돼!"
 그사이 스칼렛이 빵을 집어 들다가, 심각한 얼굴로 에피를 유심히 보고 있는 안드레이에게 핀잔했다.

"모델은 안 돼. 알겠어? 아기가 사진을 찍는 동안 가만히 있을 리도 없……."

"사진이라뇨?"

안드레이가 인상을 쓰며 말을 이었다.

"사진기는 영혼을 뺏어요."

"응?"

안드레이가 평소라면 절대 하지 않을 말을 하더니, 믿기지 않는다는 듯이 중얼거렸다.

"제 상상보다 더 귀엽네요. 아기님의 안전을 위해서 모델 계획은 접겠습니다."

"……안드레이, 지금 돈벌이 계획을 접은 거야?"

그러자 스칼렛이 내준 과일을 집던 리브까지 정색하며 물었다.

"뭐? 안드레이 씨가 돈 벌 계획을 접었다고?"

"그런 것 같은데……."

"아냐, 스칼렛이 뭔가 잘못 안 거야."

두 사람이 소곤거리거나 말거나, 안드레이는 에피의 통통한 손에 홀려 있었다. 돈밖에 모르던 사람이지만, 새로운 생명보다 중요하진 않은 모양이었다. 스칼렛에게도 리브에게도 믿기지 않는 사실이었다.

오후에 찾아온 다음 손님은 아이작이었다.

오늘로 드디어 가택 연금이 끝나, 조카를 보러 온 아이작의 얼굴에는 행복감이 가득했다. 스칼렛이 아이작을 와락 끌어안았다.

그렇게 가택 연금이 끝난 것을 축하하고 나서, 아이작은 에피를 '눈에 넣어도 안 아프다는 게 무슨 말인지 알겠다.'라고 표현했다.

저녁 식사를 함께하고 아이작이 돌아간 후 스칼렛은 깊은 잠에 빠졌다. 그리고 잠깐 눈을 떠보니 퇴근한 빅토르가 에피를 안고 창틀에 기대 서 있었다.

아이가 태어나기 전에는 별 반응이 없더니, 에피가 태어나고는 저렇게 눈만 마주쳐도 냉정하던 얼굴에 미소가 번졌다.

살란티에는 이제 어느 정도 안정을 찾아가고 있었다. 다만 의회에서는 매일 치고받고 싸움이 일어나는 듯했고, 그럴 때 빅토르가 나타나면 모든 게 쉽게 정리되었다. 어찌 되었든, 살란티에의 정세에는 지속적으로 그가 필요했다.

빅토르는 아내가 깬 걸 알고, 장난스러운 투로 에피에게 말했다.

"늦게까지 노는 걸 들켰네. 이제 그만 자, 에피."

그렇게 하는 말에 스칼렛이 웃음을 터트렸다.

빅토르는 능숙하게 아이를 재워서 요람에 눕힌 후 스칼렛에게 돌아왔다. 그리고 침대를 한쪽 무릎으로 누르고 그녀에게 입을 맞췄다.

자다 깨서 따끈따끈한 그녀와 입을 맞춘 빅토르가 말했다.

"……정말로 행복하게 해 주네, 당신이."

그런 그의 말에 스칼렛이 발갛게 웃으며 물었다.

"행복해?"

"응."

"얼마나?"

그녀의 질문에 빅토르가 고개를 기울여 스칼렛의 볼에 한 번 더 입을 맞추고 대답했다.

"미래가 두렵지 않을 만큼."

그런 그의 대답에 스칼렛이 고개를 끄덕이더니 와락 빅토르의 목을 끌어안고 다정한 목소리로 말했다.

"나도 똑같은 생각을 했어."

에피 덤펠트-크림슨은 스칼렛 크림슨의 연한 금빛 머리칼과 빅토르 덤펠트의 푸른 눈을 가지고 태어났다. 부모를 골고루 섞어 놓은 듯한 생김새였다.

스칼렛은 한 달 전 에피의 두 번째 생일에 받아 두고도 여전히 다 풀지 못한 선물들을 바라보고 있었다.

스칼렛의 일터가 가까운 탓에 부부는 늘 타운하우스에 머물렀으므로 선물도 전부 이곳으로 전해졌는데, 이 집의 크기에 비해 그 양이 너무 많았다.

"다 뜯어 봐야 하는데."

아내의 목소리에 거실 소파에서 에피를 무릎에 앉히고 동화책을 읽어 주던 빅토르가 곧바로 고개를 돌렸다.

"중요한 건 다 뜯어 봤잖아."

"선물은 다 중요해."

스칼렛이 그렇게 대답하고는 양쪽 허리에 두 주먹을 각각 올리고 심각하게 선물을 살폈다. 빅토르가 그런 아내에게 시선을 뺏기자 에피가 두 손으로 책을 착 소리가 나게 때리며 말했다.

"아빠, 보석 물고기는?"

"아, 그래. 보석으로 된 물고기가 어떻게 되었는지 볼까?"

빅토르가 다시 동화책으로 시선을 옮겼다.

그는 오늘 중요한 일정이 있었기 때문에, 몸에 완벽하게 맞춘 정장을 차려입고 머리를 손질한 후였다. 또래에 비해 힘이 좋은 에피가 마구 잡아당겨 옷을 구겨 놓았지만 그는 오히려 그것을 기껍게 여겼다.

스칼렛은 살란티에 앞바다의 해적들을 벌벌 떨게 만들던 남자가 다정히 아이에게 책을 읽어 주고 있는 모습을 즐겁게 바라보았다.

에피는 아버지를 닮아서인지 바다에서 일어나는 이야기를 가장 좋아했다. 빅토르가 책을 다 읽어 준 후에도 에피는 책 속의 바다 그림에 홀려서 신중한 얼굴로 책을 보고 있었다.

스칼렛이 빅토르의 옆에 앉아 그에게 작게 물었다.

"에피가 무슨 생각을 하는 걸까?"

그러자 빅토르가 그녀의 입술에 짧게 입을 맞춘 후 대답했다.

"바다에 나가고 싶다는 생각을 하겠지?"

"······그런가?"

그렇게 대답하는 스칼렛의 목소리가 다소 쓸쓸했다.

쇄빙선을 타고 리트런드에 다녀온 것을 마지막으로 그는 더 이상 바다에 나가지 않았다. 대신 해군부의 수장이 되어, 해군을 보조하는 일을 하고 있었다. 빅토르 덤펠트가 들어오니 힘없는 부처였던 해군부의 위세가 월등히 상승한 것은 사실이지만, 그래도 그 일이 사무직이라는 것에는 변함이 없었다.

지금 자신은 하고 싶은 일을 마음껏 하며 살고 있기 때문에, 남편이 바다에 나가고 싶을 거라는 생각이 들면 마음이 아파졌다.

그녀의 표정을 읽은 빅토르가 말을 돌렸다.

"에피는 커서 어부가 되고 싶다더군."

"어부?"

"응, 어부가 되어서 보석 물고기를 찾으러 간다는데."
"……그리고 그 물고기를 먹는다는 건 모르지?"
"어른이 될 때까지 비밀로 해야겠군."
빅토르의 말에 스칼렛이 작게 웃으며 고개를 끄덕거렸다. 그리고 에피에게 말했다.
"에피, 이제 아빠 일하러 가게 내려올까?"
"안 돼!"
에피가 말하며 고개를 획 젓자 스칼렛이 물었다.
"그럼 아빠랑 일하러 갈래?"
"엄마는?"
"엄마는 시계 가게 가야지."
스칼렛의 말에 에피가 혼란스러운 표정으로 빅토르와 스칼렛의 사이에 비집고 앉아서, 두 사람의 손을 꼭 잡고 말했다.
"일하면 안 돼, 안 돼."
에피의 단호한 말에 빅토르도 스칼렛도 웃음이 터졌으나 꾹 참았다. 스칼렛이 에피와 눈을 마주치며 말했다.
"오늘은 엄마랑 시계 가게 가자. 거긴 안드레이랑 아이작이랑 리브도 있는데 아빠 일은 재미없잖아."
"음…… 응."
에피가 변심해 아빠 손만 놓아 버리자, 빅토르가 아쉬운 시늉을 하며 스칼렛에게 말했다.
"내 일은 재미없나?"
"아직 에피가 이해하긴 어렵지 않을까?"
"그건 그렇군."

외출 준비를 시키기 위해 유모가 와서 에피를 안아 들고 떠났다.

두 사람만이 남게 되자, 빅토르는 기다렸다는 듯이 아내의 머리칼을 손으로 쓸어 넘겨 가까이 당기고 입을 맞추기 시작했다.

그러다 잠깐 입술이 떨어졌을 때, 스칼렛이 말했다.

"빅토르, 혹시 바다에……."

"싫어."

스칼렛이 무언가 말하기 전에, 빅토르가 대답했다. 그리고 머뭇거리는 아내에게 다시 입을 맞추고 한 번 더 말했다.

"당신에게서 떨어지기 싫어."

"……."

"나는 평생 당신과 에피를 지킬 거야. 혼자 바다에 나가고 싶지 않아."

그의 태도가 단호했음에도 스칼렛은 확신을 가지지 못하는 얼굴이었다.

빅토르가 실소하며 말했다.

"스칼렛."

"응……."

"나에게 수천 개의 바다를 준다고 해도, 이 행복과는 안 바꿔."

"……."

"스칼렛. 스칼렛 크림슨."

빅토르가 그녀를 한 팔로 꽉 끌어안으며 말을 이었다.

"나에게 두려운 건 파도가 아니라 이 행복이 사라지는 거야. 당신이 없는 거야."

그의 말에 스칼렛이 옅은 미소를 지으며 말했다.

"내가 사라질 일은 없으니까 걱정하지 마."
"아프지도 말고."
"에피 태어나고는 별로……."
"매해 감기에 걸리고 계시지?"
그의 놀리는 듯한 말에 스칼렛이 눈을 가늘게 뜨고 말했다.
"에피도 걸렸잖아, 감기."
"에피는 아기고. 당신은 어른이잖아. 좀 더 튼튼해야지."
"운동…… 하고 있다니까, 산책."
"으응, 그랬어?"
"……."
"왜."
"당신 지금 에피한테 말하는 것처럼 말하고 있어."
"……."
에피에게 말할 때처럼 느리고 달래듯이 말하던 빅토르가 멈칫했다. 그러더니 스스로 생각하기에도 어이가 없는지 중얼거렸다.
"저런, 나도 모르게."
"왜, 딸 둘 키우는 기분이야?"
"아주 부정하긴 어렵군."
스칼렛도 완전히 부정하기는 어려워 뭐라 말할 것처럼 입술을 오물거리다가 그냥 받아들였다.
빅토르가 아내의 얼굴에서 눈을 못 떼고 말을 이었다.
"그나저나 둘 다 건강했으면 좋겠는데, 하나가 덜 건강해서 걱정이네."
"에피?"

"너지, 당연히."

빅토르의 대답에 스칼렛이 인상을 쓰고 그를 흘겼다.

웃음이 터진 빅토르가 그녀의 어깨에 얼굴을 묻고 한동안 웃었다. 그의 웃음이 유쾌해 스칼렛 역시 따라서 웃음을 터트리고 말았다.

― ※ ―

빅토르는 덤펠트가를 완전히 이어받을 준비를 하고 있었다.

평생 명예를 바라던 그에게는 이제 본인 스스로도 감당할 수 없는 명예가 생겼다. 그는 해적에게서 한 번, 전쟁에서 한 번 살란티에를 구해 냈다. 그리고 아내와 함께 연결한 북극항로는 그가 예상한 것 이상으로 살란티에에 어마어마한 수익을 가져왔다.

빅토르는 오랜만에 도착한 덤펠트 영지의 연회장에 들어섰다. 한동안 아무도 사용하지 않은 연회장은 작위 승계 같은 큰 행사를 치르기에 지나치게 공허했다.

그의 비시인 블라이트가 말했다.

"죄송합니다, 미리 준비를 해 뒀어야 했는데……."

"아내 허락 없이 준비를 하면 그게 더 문제 아닌가?"

"그건 그렇지만……."

스칼렛이 사교계에 전혀 관심이 없는 것은 아니었다. 지나치게 사무적이고 빅토르의 야망을 위해 달성해야 하는 목표가 있는 파티가 힘들었던 것이지 그냥 좋아하는 사람들과 어울려 웃고 이야기하는 것, 특별한 날 좋은 드레스를 입거나 보석을 걸치는 것은 더없이 좋아했다.

다만 그것보다 더 좋아하는 일에 푹 빠져 있어, 사교계에 관심을 돌릴 여력이 없었다. 거기다 빅토르는 옷이며 보석에 관심이 전무했기 때문에 작위 계승식을 위해 뭐부터 준비해야 하는지 감이 잡히지 않았다.

이런 행사는 그냥 생략해 버리고 서류만 처리해 버리면 좋을 것 같다는 생각도 들었으나, 어려서부터 원치 않게 그의 뼈에 새겨진 '가문을 이어야 한다는 가정 교육'이 결국 이 행사를 진행하게 했다.

번거로운 일을 앞둔 그에게 그나마 유일하게 기쁜 일은 그날 입을 아내의 드레스와 보석을 마음껏 고를 수 있으리라는 것뿐이었다.

―――◆◆◆―――

시계 가게의 한쪽에는 리브의 빵집, 다른 한쪽에는 얼마 전 아이작이 연 향수 가게가 있었다.

오늘 두 사람은 시계 가게에 가기 전에 향수 가게에 들를 예정이었다. 스칼렛과 함께 타운하우스에서 이곳까지 아장아장 걸어오는 내내, 활발한 성격의 에피는 7번가의 거의 모든 가게 주인들에게 손을 흔들며 인사했다.

두 사람이 향수 가게 앞에 서니, 문 앞에서부터 이미 좋은 향이 났다. 에피가 까치발까지 들어 가며 향을 깊이 마시고 배시시 웃었다.

"향기 좋아!"

"아이작이 만든 거야. 이런 향기가 나게."

"진짜? 마법이야?"

"응, 마법 같은 거야."

그렇게 이야기하는데, 막 가게를 나서는 손님에게 인사하던 아이작이 두 사람을 발견하고 활짝 웃었다.

에피가 두 손을 번쩍 들었다.
"아이작, 안녕!"
"에피!"
아이작이 서둘러 가게 밖으로 나와 에피를 번쩍 안아 들었다. 그러자 에피가 기다렸다는 듯이 재잘거렸다.
"마법이지?"
"응?"
"향기 나는 게!"
"아, 응. 마법 같은 거야."
아이작이 웃으며 스칼렛과 똑같이 대답한 후 제 동생에게 말했다.
"스칼렛, 어서 들어가자. 체리파이를 구워 놨어."
"아, 나 체리파이 엄청 먹고 싶었는데."
스칼렛이 군침을 삼키며 그를 따라 향수 가게에 들어섰다.
가게 안에는 리트런드산 향수병에 담긴 향수가 진열되어 있었다. 손님 개개인에게 맞춘 향수를 주로 만들어 팔았지만, 이렇게 그의 시그니처 향수들도 꽤 잘 팔렸다.
에피는 아직 체리파이를 그리 좋아하지 않았다. 아마 함께 체리파이를 만들어 보면 좋아하게 될 거라고 생각하며 스칼렛이 한입 가득 파이를 물고 우물거리는데 아이작이 에피에게 이야기하는 것이 들렸다.
"리트런드라는 아주 먼 나라에서 스칼렛이 선물로 사다 준 게 향수병이었어. 내 보물이야."
"우와아······."
에피가 초롱초롱한 눈으로 향수병을 보았다. 그 눈망울에 스칼렛은 오늘 에피의 꿈이 어부에서 조향사로 바뀔지도 모르겠다고 생각했다.

스칼렛이 입술에 묻은 체리를 닦아 내며 혼잣말했다.
"……시계 만드는 사람은 안 되고 싶으려나?"
그런 그녀의 혼잣말을 들었는지 아이작이 돌아보며 물었다.
"왜? 에피가 시계 만드는 사람은 되기 싫대?"
혼잣말이었는데, 유난히 청각이 예민한 아이작의 귀에 들린 모양이었다.
스칼렛이 대답했다.
"에피는 어부가 되고 싶대."
"그 부분은 아버지를 닮았나 봐."
"그러니까."
아이작이 안아 든 에피에게 눈웃음을 지어 보이며 말했다.
"음, 하지만 우리 에피가 똑똑한 건 크림슨 가문 혈통 같은데?"
"나 에피 덤펠트-크림슨인데!"
"정말? 나도 크림슨인데, 신기하네."
장난스러운 목소리로 그렇게 말하며 에피를 보는 아이작의 눈빛에 사랑이 가득했다.
스칼렛은 그가 저토록 행복해 보인다는 사실에 기쁜 표정을 지었다.

에피는 향수 가게에서 이것저것 캐묻고 놀다가 기운을 다 썼는지, 시계 가게에 들어설 즈음에는 반쯤 잠이 든 상태였다.
스칼렛이 에피를 안고 가게에 들어서는 걸 본 안드레이가 슬쩍 아이를 받아 들었다. 그리고 2층에 여전히 놓아 둔 침대로 향하는데 에

피가 말했다.

"안드레이랑 놀아야 되는데……."

"지금은 자고 나중에 노는 게 더 효율적으로 놀 수 있는 방법이에요, 아기님."

"으응?"

"푹 주무세요. 일어나면 본격적으로 시계 놀이를 해 드리죠."

"나 시계 놀이 좋아."

에피가 말하며 안드레이의 목을 와락 안았다가 침대에 눕는 순간 그대로 잠들어 버렸다.

스칼렛이 이불을 잘 덮어 주며 말했다.

"에피가 안드레이가 만든 시계 놀이를 정말 좋아하더라고."

그러자 안드레이가 무슨 소리냐는 듯이 까칠하게 핀잔했다.

"당연하죠. 제가 아기님의 흥미를 끌 수 있는 방법을 연구해서 고안한 놀이인데요."

그런 그의 말에 스칼렛이 웃으며 말했다.

"안드레이가 이렇게 에피와 잘 놀아 줄 줄 몰랐어. 고마워."

비록 안드레이가 사장에게는 직원의 성공을 위해 더 열심히 해야 한다고 당근 없이 채찍질만 하지만 그녀의 딸인 에피에게는 늘 친절했다.

스칼렛은 그래도 함께 일한 정이 있어서, 이 돈 좋아하는 안드레이가 에피를 아끼는 모양이라고 생각했다. 그가 돈밖에 모르는 사람인 줄 알고 있던 스스로를 자책하는데, 안드레이가 에피가 잠든 것을 슬쩍 확인하고 스칼렛에게 소곤거렸다.

"잘 생각해 보세요. 지금 아이는 하나, 가문은 두 개 아닙니까."

"……으응?"

"물론 작위가 두 개인 사람들도 있으니 두 가문을 다 잇는 것도 가능하겠습니다만은, 이 크림슨 가문이 어떤 가문입니까. 인생을 오로지 시계에 바치고 헌신해도 대업을 이루기 힘든 가문이라고요."

"……응. 그래서?"

"부군께서는 마음만 먹으면 원하는 건 다 손에 넣을 수 있는 분 아닙니까. 미리 아기님께서 크림슨가를 이을 마음이 들도록 조기 교육을 시작하지 않으면 위험하단 말입니다."

어쩐지 돈 안 되는 일은 안 하던 안드레이가 며칠 동안 고심해 시계놀이를 만들어 왔다, 했다. 아까 아이작도 크림슨 가문 이야기를 한 것이 내심 저런 마음이었던 모양이다.

스칼렛이 안드레이에게 핀잔했다.

"나는 앞으로도 한참 더 일할 거야. 벌써 후계자를 걱정할 필요는 없어. 그리고 애초에 크림슨 가문은 장손이 아니라 실력으로 승계되는 거야."

"아니, 그래도……."

"그래도라니? 사업을 생각하면 더욱 그래야지. 그러지 않으면 내가 아이작에게 이유 없이 작위를 뺏은 게 되잖아."

그녀는 자신이 가진 작위의 무게를 무겁게 느끼고 있었다.

뒷짐을 지고 서 있던 안드레이가 힐끔 그녀를 보더니 어깨를 으쓱였다.

"이렇게 귀여운 아기님을 두고도 가문을 물려주고 싶은 욕심이 안 생기십니까?"

"응. 내가 에피를 사랑하기 때문에 더 확실하게 해야 할 문제야."

그렇게 단호히 대답하는 스칼렛의 눈동자가 가문과 시계 기술에 대한 자부심으로 반짝였다.
안드레이가 그런 그녀의 눈빛에 대수롭지 않은 투로 말했다.
"뭐, 그래서 제가 사장님을 따르는 거긴 합니다만."
그런 그의 말에 스칼렛은 살짝 웃었지만, 곧 억울한 시늉을 하며 말했다.
"안드레이가 언제 날 잘 따랐어?"
"제 예전 상사들에게 물어보시죠. 지금 절 보면 노예계약이라도 했냐고 기함할 테니까. 아, 다들 감옥에 있어서 못 물어보시겠구나."
안드레이가 그렇게 말하고 농담이라는 듯이 유쾌하게 웃었다.
스칼렛은 어처구니가 없었지만, 본인 혼자 왕실경찰에서 탈출한 것이 진심으로 만족스러워 보였기 때문에 그냥 함께 웃어 주었다.

─────◆◆◆─────

저녁이 가까운 시간, 스칼렛은 유모에게 에피를 맡겨 놓고 덤펠트 가로 향했다.
빅토르는 덤펠트 가문의 작위 승계에 관한 것은 본인이 전부 해결할 테니 와 볼 필요 없다고 말했다. 하지만 그녀 입장에서는 그래도 남편의 작위 계승식인데, 아무것도 안 하고 손 놓고 있을 수만은 없었다.
스칼렛은 오빠인 아이작에게서 작위를 뺏는 것 같은 기분이 들어 작위 계승식을 하지 않고 좋아하는 사람들과 모여 소소하게 축하를 했다. 그러나 남편은 달랐다.
그는 아주 어릴 때부터, 물질적으로만큼은 무엇 하나 부족함 없는 환경에서 자랐다. 거기에 어머니 마리나 왕녀의 피해의식 때문에 나라 안 어느 누구보다 '귀족답기 위한' 노력을 해 왔다. 심지어 뺏는 기분만 드는 스칼렛과 달리, 빅토르는 실제로 제 어머니의 작위를 뺏었다. 그러므로 정통성을 보이기 위해 더욱 화려한 행사를 치르는 것은 그에게 필요한 일이 될 것이라 스칼렛은 생각했다.

스칼렛은 덤펠트가의 영지 안 연회장에 멈춰 섰다.

여기 이 크고 화려한 연회장은 그 규모가 아까울 정도로 아주 적은 수의 파티밖에 열리지 않았다. 이제 와서 뒤늦게 그녀는 남편이 좀 더 사교계에 밝은 사람과 결혼을 했다면 이미 왕족의 일원이 되었으리라는 생각을 했다. 그러나 지금의 빅토르는 왕족이 되기를 바라던 때와 비교도 되지 않을 정도로 행복해 보였으므로, 스칼렛은 머릿속에서 그런 생각을 지워 버리기로 했다.

"내가 더 행복하게 해 줄 테니까."

다짐하듯 혼잣말을 중얼거리는 그녀에게는 그런 자신감이 있었다.

빅토르가 있을 연회장 문은 닫혀 있었다.

스칼렛은 장난기가 발동해, 빅토르를 놀라게 해 주고 싶은 마음이 들어 옥외 계단을 올랐다. 그리고 연회장이 내려다보이는 2층 난간으로 걸어갔다. 그렇게 몰래 들어왔음에도 신기하게, 1층에서 작위 계승식을 진행해 줄 사제와 이야기하던 빅토르가 어떻게 알고 고개를 들어 그녀를 보았다.

그런 그의 표정에 반가움 대신 난처함이 번졌다.

예상한 표정이 아니라서, 스칼렛이 고개를 갸우뚱하고 연회장을 살폈다. 그리고 뒤늦게 중요한 사실을 알아차렸다.

연회장에 걸려 있는 것은 덤펠트 가문이 아닌 크림슨 가문의 문장이었다. 그리고 연회장 벽에는 국경 상관없이 대륙에서 내로라하는 시계공 가문들의 이름이 걸려 있었다.

아내의 시선이 그것을 확인하고 있다는 것을 안 빅토르가 사제에게 양해를 구하고 계단으로 향했다. 그리고 곧 그녀의 곁으로 다가왔다.

스칼렛이 말문이 막혀 자신을 바라보자 빅토르가 입을 열었다.

"놀라게 해 주려고 했는데 들켰네. 이런 것도 해 본 사람이 잘하는 모양이야."

"이게……."

"당신처럼 명예로운 사람이, 제대로 된 작위 계승식도 없이 지나간 건 아무래도…… 내가 배워 온 기준으로는 안 될 일이더군."

"……."

"너무 늦어서 이상하게 보이리라는 거 알아. 하지만 찾아보니 지금까지 크림슨가의 작위 계승식에는 살란티에의 많은 시계 기술자들이 모였더군."

스칼렛이 멍해져 있자, 빅토르가 농담조로 말을 이었다.

"그런 시계계의 큰 행사를 그냥 넘어갈 순 없지. 안 그래? 시계를 사랑하는 사람으로서."

"당신은……."

"아, 나는."

빅토르가 금방 못마땅한 표정을 지으며 말을 이었다.

"우선 어머니를 어르고 달래서 모셔 올 생각을 하니 끔찍해. 생각만으로도 기분이 나쁘다가, 당신에게 작위 계승식을 해 줄 생각을 하니 기분이 좋아졌어."

"……."

"물론 당신이 바라던 게 아니란 거 알아. 하지만 이건 나에게 중요한 일이야."

그렇게 말하던 빅토르의 입가에 미소가 번졌다. 그리고 눈꼬리를 휘어 웃으며 그녀에게 말했다.

"내가 바다에 나가고 싶다고 하면 보내 줄 생각이었지?"

"……응."

"그럼 그 허락을 여기에 써 주겠어?"

그런 그의 말에 스칼렛이 울컥해 바로 대답을 못하고 입술을 깨물다가 고개를 끄덕였다. 그리고 빅토르를 와락 끌어안았다가, 그를 놓고 바로 서서 크게 심호흡했다.

그녀가 이내 맑고 선명한 눈빛으로 그를 바라보며 말했다.

"이 의식이 당신에게 얼마나 중요한 일인지 알아. 그래서…… 엄청 기뻐."

"기뻐?"

"응. 당신에게 중요한 건, 나에게도 중요한 일이니까. 당신에게 중요한 걸 나에게 선물해 준다는 게, 그게 너무 기뻐."

어느 순간, 스칼렛이 보기에 빅토르는 스스로의 삶을 지독할 정도로 부정하고 있었다. 자신이 아내를 고치겠다는 생각으로 그녀 본인도, 관계도 완전히 망가뜨렸던 것에 대한 두려움 때문이었다.

스칼렛은 빅토르가 그녀를 되찾기 전까지의 제 모든 부분을 실패이고, 버려야 할 것으로 여긴다는 사실이 염려스러웠다. 그러다 이제 그가 이 작위 계승식을 그녀에게 선물하려는 것을 알고 나니 더없는 행복에 젖어 들었다.

빅토르는 스칼렛이 그런 이유로 이 작위 계승식을 기뻐하리라고는 상상도 하지 못했기 때문에 순간 말문이 막혔다.

그녀에게 중요한 일이 그에게 우선이듯이, 그에게 중요한 일도 그녀에게 중요한 일이었다. 제가 그녀를 사랑하는 것처럼, 그녀도 그를 사랑했기 때문이었다.

그것을 지금 이 순간 알아차리고 나서, 빅토르는 아내를 두 팔로 와락 끌어안았다.

빅토르는 품에 안긴 스칼렛에게 몇 번이고 사랑한다는 말을 속삭였다.

그 후 그가 사제와 하던 이야기를 마무리 지을 때까지, 스칼렛은 잠시 저택 안에서 차를 마시고 있었다.

빅토르가 저택에 들어서자 스칼렛이 찻잔을 내려놓았다.

"그럼 이제 집에……."

그녀의 말이 채 끝나기도 전에 빅토르가 허리를 굽혀 입을 맞췄다. 스칼렛은 당혹스러워하면서도 그의 목을 끌어안았다. 그렇게 입을 맞추다가 빅토르의 어깨를 밀어내고 몸을 일으켰다. 그러곤 몇 번 눈을 깜빡인 후 빅토르의 손을 잡아끌었다.

빅토르가 그녀를 따라가 보니 침실 앞이었다.

스칼렛은 빅토르를 안으로 떠밀어 놓고, 문을 소리가 나지 않게 조심조심 잠그며 말했다.

"……좀 늦게 가지, 뭐."

그녀가 그렇게 말하고 돌아서는데 빅토르가 그대로 입을 맞추기 시작했다.

문에 등을 기댄 스칼렛이 그의 셔츠 깃을 두 손으로 움켜쥐자 빅토르의 팔이 그녀의 허리를 감았다.

그는 천천히 입술을 떼고, 스칼렛을 뚫어지게 바라보며 한 손으로 그녀의 블라우스 단추를 풀었다. 그의 눈빛이 이상하게 부끄러워서, 스칼렛은 괜히 그의 넥타이에 시선을 고정했다.

빅토르는 그녀가 고른 넥타이에, 그녀가 고른 넥타이핀, 커프스 링크, 셔츠, 서스펜더, 심지어 그녀가 만든 시계도 차고 있었다. 어느 것 하나 스칼렛이 고르지 않은 것이 없었다.

고개를 숙여 보니 그가 신고 있는 구두도 그녀가 골라 준 것이었다. 유일하게 빅토르가 고른 건 물려받은 것 중에 선택한 결혼반지 하나였다.

스칼렛이 제 왼손으로 빅토르의 왼손을 잡아 겹쳤다.

"반지만 당신이 고른 거네."

그러자 빅토르가 낮게 웃으며 물었다.

"새로 맞출까? 이번엔 당신이 고르게 해 주지."

스칼렛이 그의 손가락에 입을 맞추고, 빅토르를 올려다보았다.

"아니."

그리고 고개까지 저어 보인 후 말을 이었다.

"그냥, 반지를 보면 좋아. 당신이 내 거 같고, 내가 당신 거 같아서."

그렇게 말하는 그녀의 목소리가 달콤했다.

빅토르는 터질 듯한 감정을 견디기 어려워 그녀와 부드럽게 이마를 맞대고, 앓는 소리를 냈다.

그러고는 블라우스를 말아 넣은 치마 안쪽으로 검지를 넣어 제 쪽으로 바짝 당겼다. 그리고 스칼렛이 그가 매고 있는 타이를 느슨하게 당기는 사이 그녀의 목과 어깨에 입을 맞췄다.

두 사람 다 몸이 뜨거워질 대로 뜨거워져 있었기 때문에, 누가 먼저랄 것도 없이 서로의 옷을 붙잡아 벗기고 끌어안았다.

-----◆-----

 작위 계승식 준비를 들키고, 스칼렛의 허락도 떨어졌으니 빅토르는 이제 아주 노골적으로 자본을 퍼부어 가며 그녀의 옷과 보석을 준비했다.
 스칼렛은 작위 계승식 한 달 전부터 마리나 이렌이 사용하던 거대한 드레스룸을 통째로 이용해 만들기 시작한 드레스에 약간의 압박감까지 느꼈다.
 드레스 한 벌에 다섯 명의 장인이 붙어서 보석을 하나하나 이어붙이고 있었는데 다들 시간이 얼마 남지 않았다며 초조해할 정도의 양이었다.
 스칼렛이 드레스룸 바닥에 넓게 펼쳐진 레이스를 바라보며 눈을 깜빡깜빡하다가 진행 상황을 확인하러 온 빅토르에게 말했다.
 "여왕도 이렇게 화려한 건 안 입겠어."
 그러자 빅토르가 미간을 좁히고 그녀에게 말했다.
 "당신이 여왕보다 화려한 걸 입어야지."
 그의 목소리가 워낙 완고해 스칼렛은 반박할 말을 잃었다.
 애초에 이미 드레스가 많이 진행이 되어 있었기 때문에 이제 와서 그녀가 참견할 수도 없었다. 그래도 햇빛이 쏟아질 때마다 오색 빛으로 눈부시게 반짝이는 드레스가 아름다운 것은 사실이었다.
 빅토르와 함께 산책을 하러 정원으로 나서며 스칼렛이 말했다.
 "잘 보관해서 나중에 에피도 입으면 좋겠어."

"좋은 생각이네."

그렇게 대화하던 중에 이상하게 갑자기 눈물이 왈칵 나서 스칼렛이 자리에 멈춰 섰다.

빅토르 역시 걸음을 멈추고 그녀 쪽을 돌아보더니 몸을 숙이고 물었다.

"왜?"

"몰라, 갑자기 눈물 나."

그렇게 말하더니 정말로 갑작스럽게 눈물을 쏟으며 울기 시작했다.

빅토르는 여느 때처럼 큰 당황 없이, 스칼렛을 부드럽게 팔로 감싸고 등을 쓰다듬으며 그녀를 달랬다. 그러다 어느 정도 울음이 그치자 그가 몸을 숙이고 물었다.

"무슨 생각 했어?"

"……부모님 생각."

그녀의 말에 빅토르가 말없이 고개를 끄덕였다.

에피에게 드레스를 물려줘야겠다고 생각하니까, 부모님 생각이 났다. 스칼렛이 울음이 섞인 목소리로 간신히 말했다.

"에피를 정말로 많이 사랑하셨을 텐데……."

빅토르는 말없이 고개를 끄덕이며 장갑을 벗고 그녀의 눈물을 손으로 훑었다. 그리고 이마에 부드럽게 입을 맞춘 후 말했다.

"실컷 다 울고 가."

그의 말에 스칼렛이 젖은 눈으로 배시시 웃었다. 그러더니 두 손으로 제 얼굴을 감싸고 물었다.

"계승식 중에 눈물이 나면 어떡하지? 부모님 생각이 나거나, 아이작의 얼굴이 보이면 정말로 울 것 같아."

"울면 안 돼?"
"안 되지, 엄숙한 자리에서."
"그런 게 어디 있어. 당신이 울고 싶으면 우는 거지."
빅토르가 당연하다는 듯이 그렇게 말하자 오히려 눈물이 좀 그쳤다. 가끔 남편이 다정함을 넘어서 저렇게 제 아내는 하고 싶은 걸 다 하는 것이 당연한 일이라는 듯이 오만한 태도를 보일 때는 낯선 기분이 들었다. 그렇다고 그게 싫은 것은 아니지만.
스칼렛이 눈물을 다 닦아 낸 후 다시 웃어 보이려는데 또 눈물이 쏟아졌다. 그녀가 당혹스러워 어쩔 줄 몰라 하며 말했다.
"미치겠네, 진짜. 요즘 자꾸 이래."
"부모님 생각이 많이 나?"
그러자 스칼렛이 고개를 저었다.
"부모님 생각은…… 원래 자주 했어. 그래도 막 이렇게 눈물은 안 났거든? 근데 요즘엔 수시로 눈물이 나니까……. 당신이 너무 잘해 줘서 마음이 약해졌나?"
"그럴 리가."
"진짜 그럴지도 몰라. 독립심을 키워야겠어."
그녀의 말에 빅토르의 표정이 조금 비틀리더니, 이내 낮게 한숨을 쉬고 중얼거렸다.
"반대인 것 같은데."
"으응?"
"당신이 독립심을 키우겠다는 말이, 나와 같이 있지 않겠다는 말로 들려서 철렁하니까."
그는 정말로 심장 부근이 뻐근해 손으로 한 번 꽉 누르고 말을 이었다.

"나야말로 자중해야겠군."

스칼렛이 그렇게 말하는 빅토르의 얼굴을 빤히 올려다보았다.

그녀의 눈이 눈물 때문에 맑다 못해 빛나는 듯이 느껴졌다. 그러더니 이내 눈꼬리를 휘어 사랑스럽게 웃어 보였다. 그녀는 아무 말도 하지 않았는데, 그 미소에 빅토르는 독립심이라는 말에 느끼던 묘한 불안감을 완전히 잊었다.

"왜 이렇게 예쁘게 웃어?"

"그래?"

"응. 설레."

그가 말하며 스칼렛의 손을 들어 제 가슴에 올렸다. 그녀의 미소만으로도 빅토르의 심장은 여지없이 강하게 뛰었다.

그런 그의 박동을 느끼던 스칼렛이 이상하게, 또 울컥해서 입술을 우물거렸다. 그러더니 이내 '아' 하고 탄성을 뱉더니 중얼거렸다.

"임신이려나?"

"응?"

에피를 임신했을 때도 스칼렛은 감정이 요동쳤다. 다만 그때는 항해 중이라 그 감정을 밖으로 쏟아 내지 못했다.

그러나 지금, 빅토르와의 행복한 결혼 생활 속에서 건강하게 자라는 에피를 키우며 그녀에게는 인생에 다시없던 안정감이 찾아왔다. 그러자 그 요동치는 감정이 밖으로 드러나 눈물로 쏟아지기 시작했다. 그것이 조금도 제어가 되지 않아 생각해 보니 아무래도 임신 같았다.

빅토르가 난처해하더니 급하게 그녀에게 말했다.

"의사를 데려올 테니 잠깐 누워 있어."

"싫어, 우리 집에 가서 누울래."

"그래, 그럼 우리 집 가야지."

빅토르가 바로 말을 바꿨다. 사실 그 역시, 덤펠트가에는 그리 좋은 기억이 없어 아까부터 계속 아내와 빨리 집에 돌아가고 싶다는 생각을 하던 차였다.

두 사람은 곧바로 마차에 올랐고, 두 시간 후 타운하우스에 도착했다. 그리고 곧 스칼렛이 둘째 아이를 임신했다는 것을 확인했다.

그로부터 일주일 뒤. 작위 계승식 당일 새벽에서야 드레스가 완성되었다.

아침 일찍부터 스칼렛은 작위 계승식 준비를 시작했다.

빅토르는 임신한 아내가 이렇게 긴 시간 서 있는 것에 상당한 초조함을 느끼고 있었다. 그러므로 스칼렛은 그가 도중에 모든 걸 중단할 것을 걱정해 빅토르를 드레스룸 근처에 얼씬도 하지 못하게 했다.

일찌감치 단장을 마친 빅토르는 에피를 안아 들고 드레스룸 앞 복도를 서성였다.

그러다 드디어 문이 조금 열리고 캔디스가 얼굴을 내밀었다.

"준비 다 됐어요."

"……오래도 걸리는군."

"마음의 준비를 하시는 게 좋을 거예요. 제가 봐도 이렇게 눈이 부신데, 주인어른께는 진짜로 심장이 위험할 수도 있거든요."

"……."

"죄송하지만 에피 아가씨, 달려가시면 안 돼요. 이제 다 컸으니까 참을 수 있으시죠?"

에피가 얼떨결에 고개를 끄덕거렸다.

캔디스의 신중한 엄포가 끝나고 잠시 후, 사용인들이 양쪽으로 드레스룸 문을 열었다.

드레스는 세상에 다시없이 화려한 공정을 거쳤으나, 언뜻 보기에는 그 화려함이 과하지 않아 그녀의 사랑스럽고, 달콤한 아름다움이 있는 얼굴로 시선이 꽂히게 했다. 그러다가도 그녀의 작은 몸짓마다 그 숨은 화려함이 우아하게 쏟아져 내렸다.

에피와 빅토르가 똑같은 표정으로 스칼렛 쪽을 보았다. 그러자 스칼렛이 웃음을 터트렸다.

"와, 이렇게 보니 누가 봐도 부녀네."

똑같이 멍한 표정을 짓고 있어서인지, 스칼렛의 눈에 두 사람이 유난히 닮아 보였다.

빅토르가 언제나처럼 낮고 담담한 목소리로 에피에게 물었다.

"에피, 살면서 저렇게 예쁜 사람을 본 적 있니?"

그러자 에피가 고개를 도리도리 저었다.

"못 봤어!"

"······나도 못 봤어."

두 사람의 조용한 호들갑에 스칼렛이 웃음을 터트렸다.

스칼렛은 태어나 처음 사랑에 빠진 사람처럼 구는 빅토르의 몸을 돌려세웠다.

"들어가 있어."

"······."

빅토르가 그녀와 떨어지고 싶지 않아 대답하지 않자 에피가 정신 차리라는 듯이 소리쳤다.

"아빠!"

"……그래."

딸아이가 채근하니 빅토르가 별수 없이 뒤로 물러났다. 그러면서도 부드럽게 잡은 스칼렛의 손을 놓지 않아, 두 사람의 손이 닿지 않게 될 거리가 되어서야 서로의 손끝이 떨어졌다.

잠시 후 작위 계승식이 시작되었다.

스칼렛은 혼자 연회장 문 앞에 섰다. 둘째 아이를 임신한 이후로 부모님을 떠올리면 그리웠고, 갑자기 몸이 시릴 정도의 외로움이 느껴졌다. 그때마다 빅토르가 달래 주지 않았다면 매일 울며 보내야 했을지도 몰랐다.

그러나 다행히 오늘은 남편이 옆에 없어도 괜찮았다. 지금은 눈물이 나지 않았다. 그저 지금 이 순간에는 자신이 크림슨가와 그 기술을 잇는다는 사실에 가슴이 벅찰 뿐이었다.

크림슨가에 대한 자부심으로 그녀의 눈은 별처럼 빛났고, 다문 입술에서 강한 의지가 느껴졌다. 그녀는 제 일을 사랑하는 만큼, 그 기술을 이어 온 가문을 사랑했다.

엄숙한 의식에 맞는 엄숙한 표정을 짓고 있던 스칼렛은 이내 마음을 바꿨다. 아이작은 동생이 아파도 웃는 것에 대하여 걱정했지만, 스칼렛은 오늘 웃기로 결정했다.

그녀는 그때 자신이 웃었던 것이 자신의 강함이라고 생각했다. 고통스럽던 순간에도 오빠를 위해 웃을 수 있던 그 힘은 분명, 제 안에 있는 강함에서 나왔던 것이리라고.

그러므로 그녀는 문 안으로 걸어 들어가는 순간 활짝 웃었다.

그 웃음에 연회장 안에 있던 손님들이 웅성거렸다. 그러나 스칼렛이 아랑곳하지 않고 경쾌하게 웃으며 힘 있게 카펫 위를 걸어가자 사람들이 환호하기 시작했다.

사제는 지금까지 본 적 없는 분위기에 당황한 표정을 지었지만 얼마 지나지 않아 분위기에 동화되어 함께 은은한 미소를 지었다.

에피 역시 즐거운 분위기에 어울려서 열심히 박수도 치고 까르륵까르륵 웃기도 했다.

그러다 작위 계승식이 끝나갈 때, 의자에서 내려서서 빅토르를 보며 결심했다는 듯이 말했다.

"엄마한테 갈래."

"음."

"갈래!"

빅토르는 몸을 숙여서, 평소에 발랄하기는 해도 떼는 잘 쓰지 않던 딸아이와 눈을 마주했다. 왜 스칼렛에게 가고 싶다고 하는지 알고 싶었다.

아이는 빅토르와 같은 눈동자 색을 가지고 있었음에도, 눈빛은 분명 스칼렛 크림슨의 것이었다.

그는 아내가 요즈음 부모님 생각에 종종 울던 것을 떠올렸다. 부모님이 손녀를 보셨다면 얼마나 기뻐하셨을까, 하고.

오늘 이 순간을 크림슨 선대 가주 부부가 하늘에서 지켜보고 있을 거라고 빅토르는 믿었다. 그러니 손녀를 보여 드리기 좋은 자리인지도 모른다.

어차피 빅토르가 처음 예상한 작위 계승식은 스칼렛이 활짝 웃으며 등장했을 때부터 이미 완전히 틀어졌다.

아내 쪽을 보니, 눈이 마주친 그녀가 손을 흔들었다. 빅토르가 입

모양으로 에피가 그쪽으로 가고 싶어 한다고 알렸더니 스칼렛이 고개를 크게 끄덕거렸다.
 빅토르는 스칼렛이 나가는 길에 뿌리도록 준비했던 꽃잎 바구니를 아이에게 건네주며 말했다.
 "그럼 부탁하지."
 "응!"
 그가 허락해 주자마자 에피가 스칼렛에게 달려갔다.
 아이가 달려오자 스칼렛은 물론 손님들도 함박웃음을 지었다.
 에피는 이 상황이 무슨 상황인지 이해하지 못했음에도 어른스러운 자세로 사제의 말에 집중했다. 그러다가 한 번씩 꽃바구니를 든 걸 떠올리고 자그마한 손으로 열심히 한 움큼을 쥐어 힘껏 스칼렛을 향해 뿌려 주었다.
 꽃잎이 스칼렛의 무릎 높이 정도까지 올라왔다가 떨어질 때마다 사람들은 귀여워서 터지려는 웃음을 꾹 참아야 했다.
 빅토르는 살면서 정말로, 이런 작위 계승식을 본 적이 없었다. 애초에 작위 계승식에 작위와 상관없는 가문의 사람들이 이렇게 많이 온 경우도 본 적이 없었다.
 그가 생각하는 이상적인 예식과는 정반대의 분위기였으나, 빅토르는 이쪽이 아내와 잘 어울린다고 생각했다.
 스칼렛 크림슨은 가문을 사랑하는 명예로운 가주였다. 가문에 자부심을 가지는 사람은 많이 봤지만, 저토록 애틋하게 여기는 사람은 본 적이 없었다. 그녀의 그런 애정이 표정에 드러나 있었기 때문에 여기 참석한 사람들이 즐거워하며 진심으로 축하해 주고 있는 것이리라 빅토르는 생각했다.

그가 그렇게 생각하고 있을 때, 사제의 말이 끝나 사람들이 손뼉을 치기 시작했다. 빅토르 역시 손뼉을 치려다가 제 쪽으로 달려오는 스칼렛에 그만두고 두 팔을 벌렸다. 스칼렛이 그의 품에 와락 안겨들었다. 그러더니 품에서 얼굴을 떼고 그를 올려다보며 말했다.

"고마워. 재미있었어."

그런 그녀의 말에 빅토르는 어처구니가 없어서 웃기 시작했다. 스칼렛이 고개를 갸우뚱하며 물었다.

"왜 웃어?"

그러자 빅토르가 고개를 숙여 그녀와 눈을 마주치며 말했다.

"작위 계승식이 재미있었다는 사람은 처음 봐서."

"……그럼 안 되는 거였어?"

"뭐. 이렇게 시끌시끌한 게 흔하진 않지만."

빅토르가 미소를 지으며 말을 이었다.

"형식이 곧 명예는 아니라는 걸 보여 준 부분이, 개인적으로 아주 마음에 드는군."

그런 그의 말에 스칼렛이 그를 흘기며 말했다.

"형식은 엉망이었단 소리네?"

"음, 사실 그렇지."

그의 농담 섞인 대답에 스칼렛이 소리 내어 웃음을 터트렸다.

───◆◆◆───

둘째 라예르는 사내아이였고, 에피처럼 우량아는 아니었으나 아주 건강하게 태어났다. 아이는 아버지를 닮은 검은 머리칼에 크림슨가의 상징인 와인색의 눈동자를 가지고 있었다.
 아이들은 7번가의 타운하우스에서, 모든 7번가 사람들의 사랑을 듬뿍 받으며 자랐다.
 타운하우스는 자주 문이 열려 있었다. 7번가 사람들은 툭하면 드나들며 아이를 돌보기도 하고, 스칼렛과 웃고 떠들기도 했다.
 빅토르는 거기 낄 생각이 전혀 없어 보였지만, 그렇다고 손님이 오는 것을 꺼리지도 않았다.
 라예르가 세 살, 에피가 여섯 살이 되던 해 가을.
 살란티에 해군은 새로운 쇄빙선을 건조했고, 진수식이 예정되었다. 이 쇄빙선은 앞으로 북극항로를 지키고, 위기에 처한 배를 구조할 임무를 맡았다.
 해군은 항로를 개척한 부부에게 진수식을 축하해 줄 것을 부탁했다. 동시에 두 아이에게는 특별히 해군사관학교 교복을 제작해 선물했다.
 빅토르가 교복을 입은 아이들의 옷매무시를 정리하다가 스칼렛에게 물었다.
 "내 눈에만 귀여운 거야, 남들 눈에도 귀여운 거야?"
 "남들 눈이 뭐가 중요해. 우리한테 귀여우면 됐지."
 "맞는 말이군."
 빅토르가 말하고 한 팔로 라예르를 안아 든 후, 다른 손으로 에피의 손을 잡았다.
 스칼렛이 에피의 반대 손을 잡자마자 에피가 물었다.
 "엄마, 나 해군사관학교 가? 아빠처럼?"
 "우리 에피가 가고 싶으면 가야지? 에피는 바다를 좋아하지?"
 "엄청, 엄청, 엄청 좋아해!"

눈을 질끈 감고 힘까지 줘 가며 말하는 딸 덕에 스칼렛은 귀여워 웃고, 빅토르는 짐짓 만족스러운 표정을 지었다.
그때 겁먹은 라예르가 빅토르의 목을 끌어안으며 말했다.
"아빠, 나는 안 갈래……."
그러자 빅토르가 아들의 이마에 입을 맞추고 말했다.
"안 가도 돼. 걱정할 것 없어."
"정말?"
"물론이지. 에피가 바다를 좋아하는 것처럼, 라예르도 좋아하는 걸 찾아보자."
그 말에 라예르가 안도해서 폭 한숨을 쉬자 에피가 폴짝폴짝 뛰어오르며 말했다.
"라예르는 똑똑하니까 엄마처럼 시계를 만들 수도 있어."
그러자 라예르가 곰곰이 생각하더니 배시시 웃으며 대답했다.
"응. 좋아."
동생의 말에 에피가 함박웃음을 지으며 스칼렛에게 말했다.
"엄마, 라예르는 시계 만드는 거 좋대!"
"우와!"
"잘됐네, 잘됐어."
에피가 어른처럼 말하며 고개를 끄덕거렸다.
즐겁게 이야기를 이어 가며 네 사람은 항구에 도착했고, 그 즉시 해군들이 달려왔다.
지금 루비드호의 함장, 에번이 에피와 라예르를 보고 멈춰서 손으로 얼굴을 감쌌다.
"예상은 했지만 그래도 너무 심하게 귀여우신 거 아닙니까?"

뒤이어 다른 해군들도 몰려들었다. 해군들은 그렇게 동경하던 빅토르 덤펠트의 모습이 스칼렛과 부드럽게 섞여 있는 두 아이가 귀여워 어쩔 줄을 몰라 했다.

두 아이의 성격은 정말로 달라서, 에피는 씩씩하기 짝이 없었지만 라예르는 사람이 많은 게 무서워서 빅토르의 품에 얼굴을 묻어 버리고 고개도 들지 않았다. 거대한 배가 진수되는 중에도, 에피는 눈을 떼지 못했지만 라예르는 좀 지루했는지 중간에 잠이 들었다.

많은 구경꾼이 몰린 가운데 배가 무사히 바다에 진수되었다. 성공을 알리는 해군의 대포 소리에 깬 라예르가 눈을 동그랗게 떴다. 그러나 이어서 하늘로 쏘아 올려지는 폭죽을 보고 배시시 웃었다.

"예뻐."

그러자 에피가 말했다.

"엄청 예쁘지?"

"응!"

아이들은 황홀해하며 폭죽을 바라보았다.

진수식이 끝나고, 가족은 모처럼 덤펠트가로 향했다. 그리고 영지 안 삼나무 숲 서쪽에 정박해 두었던 작은 범선에 올랐다.

에피는 빅토르에게 항해하는 법을 배우고, 라예르는 스칼렛에게서 지금 계절에 보이는 별자리에 얽힌 이야기들을 들었다.

아이들은 배 위에서 보내는 시간에 즐거워 잠들고 싶지 않아 했으나, 워낙 시간이 늦어 졸음을 못 견디고 결국 잠이 들고 말았다.

잠이 든 두 아이에게 담요를 덮어 준 빅토르는 재킷을 벗어 스칼렛의 어깨에 걸쳐준 후 손을 잡고 곁에 앉았다. 그러자 스칼렛이 그의 어깨에 머리를 기댔다.

달도 별도 흐드러지게 피어 있었고, 바다는 더없이 잔잔했다. 한동안 그렇게 아내와의 여유를 즐기던 빅토르가 입을 열었다.
"스칼렛."
"응?"
스칼렛이 고개를 들고 그를 바라보자, 빅토르가 물었다.
"날 사랑하지?"
확신하며 묻는 그의 표정에서 잔잔한 행복이 느껴져, 스칼렛이 작게 소리를 내며 웃더니 고개를 크게 끄덕였다.
"응. 사랑해."
"얼마나?"
"음……. 처음 반했을 때보다 더 많이."
그런 그녀의 대답에 빅토르가 미소를 지었다. 그리고 잠든 아이들을 바라보며 말했다.
"나도 그래."
"처음 반했을 때보다 더?"
"응. 그때보다 더 많이 사랑해."
설렘이 가득한 그의 목소리에 스칼렛이 웃더니 두 팔을 벌려서 그를 와락 끌어안았다.
그런 그녀를 따라 빅토르도 소탈하게 웃었다. 아내가 사실, 제가 살아가며 원하던 모든 것이었음을 알게 되어 다행이라고 생각했다. 그녀가 제 사랑이자, 생명이자, 명예라는 것을 알게 되어서.

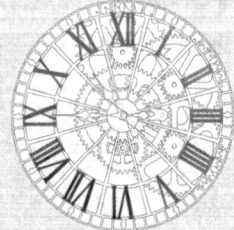

빅토르는 아이들과 작은 배를 타고 낚시를 즐기거나, 자신을 동경해 해군을 꿈꾸는 딸 에피에게 항해를 가르쳐 주기는 하였으나 정작 함선에 오르는 일은 없었다.

그것을 인지할 나이가 된 후 에피는 바다에 가고 싶다는 말을 쉽게 하지 않았다. 아이는 아버지가 바다를 그리워하리라 여기고 있었다.

얼마 전 일곱 살 생일이 지난 에피는 마차 앞에 서서 사용인들이 짐을 나르는 것을 보고 있었다.

빅토르가 어릴 때와 달리, 이제는 사관학교에 입학 가능한 나이가 열 살 생일 이후로 바뀌었다. 대신 여름 동안 사관학교에서 예비 생도들의 캠프가 만들어졌다.

하녀장 캔디스가 에피의 엉망진창인 머리칼을 급하게 매만지며 말했다.

"어쩌면 금방 이렇게 헝클어 놓으실까."

"엄마 닮아서."

"음."

캔디스는 동의하며 미소를 지었고 에피도 씩 따라 웃었다.

그동안 정원 쪽에서 누나가 한동안 해군사관학교로 떠난다는 사실에 울기 시작한 라예르를 안아 달래던 빅토르가 말했다.

"두 달이면 돌아올 거야."

빅토르의 말에 손가락 열 개를 꼼지락거리며 60일 밤을 세던 라예르가 다시 울음이 터져 두 손으로 얼굴을 감싸고 빅토르의 품에 얼굴을 묻었다.

"너무 긴데…… 그럼 누구랑 놀아……."

"친구들이랑도 놀고, 아빠랑도 놀면 되지."

빅토르가 등을 토닥이며 달래 주자 라예르는 겨우 다시 진정했다. 에피가 힘차게 달려와 라예르의 손을 잡으며 말했다.

"두 달 뒤에 맨날 놀자, 라예르. 내가 캠프에서 배워 온 것들 알려줄게. 수영도 배우고, 낚시도 배운대!"

"정말?"

"응! 그리고 또 뭐 배워, 아빠?"

빅토르는 에피의 말에 바로 대답하는 것이 어려웠다. 모든 것이 지금과 달랐기 때문이었다. 그때는 앞바다에 해적이 득시글거리고 있어, 늘 바로 뒤에서 쫓아오는 숙음을 피해 달려야 했다.

반면 현재 살란티에 해군은 대륙에서 가장 힘 있는 집단이라고 해도 과언이 아니었다. 대륙 곳곳에서 내로라하는 가문의 아이들이 몰려 입학이 치열했다.

에피가 라예르에게 의욕으로 빛나는 눈빛으로 말했다.

"사관학교 입학은 너어어어무 어려우니까 미리미리 준비해 놔야 한다고 했어."

에피가 얼마나 해군이 되고 싶어 하는지 아는 라예르는 그 말에 울음을 애써 참고 고개를 끄덕끄덕했다.

반면에 에피 옆에 있던 모든 어른은 전부 같은 생각을 하고 있었다.
'빅토르 덤펠트의 딸'이라는 것은 살란티에 해군이 관여된 세상 모든 질문의 답이 될 수 있었다. 그러나 굳이 의욕 넘치는 아이에게 그 말을 꺼내지는 않았다.
그때 2층 작업실에서 스칼렛이 급하게 달려 내려왔다. 그 모습에 빅토르가 라예르를 내려 주고 아내에게 달려갔다. 그리고 계단에서 달리는 그녀 앞을 몸으로 막아섰다.
"부탁이니 집에서 달리지 마."
"당신도 달려왔잖아?"
"긴급 상황에서 이 정도 위반은 허용되지."
"나도 긴급 상황이었어. 알람도 안 울리고……."
"울렸어, 여러 번. 당신이 집중하느라 못 들은 거지."
"……그럼 불러 주지."
스칼렛이 민망해하며 말하자 빅토르가 대꾸했다.
"에피가 엄마 일하는 거 방해하면 안 된다잖아."
그러자 스칼렛이 저도 모르게 에피를 흘기며 말했다.
"두 달이나 해군사관학교에 가는데, 하마터면 인사도 못 할 뻔했잖아."
그러자 에피가 어깨를 으쓱이며 대답했다.
"어제도 백 번쯤 했잖아."
"하여튼……."
스칼렛이 이번에는 빅토르를 흘겼다. 널 닮아서 애가 좀 매정한 면이 있다는 의미였다. 빅토르는 그 눈빛의 의미를 완벽하게 이해했지만 그저 귀여워하며 미소를 지었다.

스칼렛은 딸에게 다가가 두 팔로 꼭 끌어안았다. 그러자 에피가 한숨 쉬며 말했다.

"이래서 그냥 가려고 했단 말이야. 엄마랑 인사하면 가기가 힘들어."

"알았어, 알았어."

스칼렛이 울음을 꼭 참고 말하자 에피가 빅토르에게 말했다.

"아빠, 나 대신 엄마 잘 돌봐 줘야 돼!"

그러자 빅토르가 무뚝뚝한 투로 대답했다.

"그러지."

"그럼 이제…… 엄마, 나 가야 돼."

스칼렛은 고개를 끄덕거리고 에피를 놓아 주었다. 품에서 애지중지 키우던 아이를 두 달 동안 떠나보내야 한다는 사실에 스칼렛의 눈에 눈물이 그렁그렁했으나 이내 활짝 웃으며 말했다.

"잘 다녀와. 친구 많이 사귀고, 건강이 제일 중요해."

"난 아빠 닮아서 원래 건강해."

에피가 말하고 씩씩하게 마차에 올라탔다. 아이는 타고나길 독립적인 성격을 가지고 있다.

마차가 출발하기 전, 미련이 뚝뚝 떨어지는 스칼렛이 인사를 끝낸 후, 빅토르가 한동안 고민하던 마지막 인사말을 건넸다.

"너는 내 첫 번째 아이다, 에피. 해군사관학교에서는 그 사실이 널 편안하게 만들겠지만, 동시에 혼란스럽게 할 테지."

"응."

그럴 때의 마음가짐을 이야기하리라, 에피도 스칼렛도 생각했으나 빅토르의 입에서는 다른 말이 나왔다.

"그럴 때 아빠에게 연락해. 바로 달려갈 테니까."

"······응!"

에피가 힘차게 고개를 끄덕이고 웃었다. 그사이 결국 스칼렛은 눈물을 떨구었고, 출발하는 마차를 몇 걸음 따라 걸어가며 손을 흔들었다.

에피는 마차 창밖을 보았다가 뒤늦게 울컥해서 눈물이 날 것 같아 두 주먹을 꾹 쥐었다. 그리고 엄마가 마음을 다잡을 때 하듯이 심호흡을 크게 한 번 하고 가방을 내려다보았다.

가방 안쪽에는 두 가지 고대어가 자수로 놓여 있었다.

[바다를 두려워하라]
[더 높이, 더 멀리, 더 오래]

살란티에의 최대함, 루비드호에 적힌 문구와 살란티에 공군의 모든 비행기에 적힌 문구였다.

하나는 빅토르를, 하나는 스칼렛을 상징하는 말이기도 했다.

"······이렇게 부담스러운 부모님을 가진 예비 생도는 나밖에 없을 거야."

에피는 심각한 목소리로 중얼거리며 다시 가방을 닫았다. 이걸 보고 나니 눈물이 쏙 들어갔다.

말 그대로, 부담스러울 만큼 대단한 부모였다. 그러므로 따라잡으려면 고작 가족과 떨어진다는 이유로 울고 있을 시간이 없었다. 두 사람이 지킨 살란티에의 앞바다를 이제는 자신이 지킬 차례였다.

해군사관학교 캠프에 에피 덤펠트-크림슨이 도착했다는 소식에 학교 전체가 들썩거렸다.

에피를 드러내 놓고 주시하는 사람은 없었지만, 여기 해군사관학교 교내 모든 사람의 관심이 자신에게 쏠려 있다는 것을 느끼기에는 부족함이 없었다.

캠프에 참여한 아이들의 절반은 괜찮은 가문의 아이였고, 나머지 절반은 실력이 뛰어나게 좋은 아이들이었다. 그런데도 해군사관학교 입학 정원의 세 배가 넘었다.

사관생도들의 인솔을 따라 안내를 받는 사이, 이미 아이들은 그 두 무리로 나누어졌다. 에피는 어느 쪽에도 끼지 않기 위해 사관생도의 말에만 집중했다.

그러나 아버지의 이름이 나올 때마다 그 집중력이 번번이 깨졌다. 학교에는 빅토르 덤펠트에 대한 정보가 너무나 많았다.

"이 배가 바로 빅토르 함장님께서 처음 오르신…… 흠흠."

무심코 빅토르에 대한 동경을 드러내던 사관생도는 에피가 있다는 것을 떠올리고 헛기침했다.

내내 꾹 참고 참던 사관생도가 기숙사에 도착해서는 못 참고 입을 열었다.

"그리고 세 개의 기숙사 중에 여기가 바로! 빅토르 함장님께서 사관생도 시절 계속해서 쓰시던 방입니다. 함장님께서는 언제나 우등생이셨기 때문에 단 한 번도 이 방을 내준 적이 없으셨죠. 해군사관학교의 전설입니다."

세 개의 기숙사는 매 학기, 성적과 태도 점수로 정해졌다. 예비 생도 역시 예외가 없어, 두 주에 한 번씩 테스트를 통해 기숙사가 바핀다.

숙소 배정에 앞서 사관생도가 캠프 전 테스트 결과를 발표했다.

"에피 덤펠트-크림슨."

이름이 불리는 순간 캠프 참가자는 물론, 에피 체감에는 저 멀리 바닷가에 있는 생도들까지 귀를 쫑긋 세우고 집중하는 것처럼 느껴졌다.

"3등급."

그 말에 모든 학생들이 놀라서 에피를 돌아보았다.

에피는 아무렇지도 않게 예비 생도의 짐을 받아 3등급 기숙사로 향했다. 얼떨결에 에피와 함께 가게 된 예비 생도, 타라가 말했다.

"아, 안녕! 저기 내 이름은……."

"응. 타라라고 했지? 반가워."

제 이름을 기억해 주자 타라가 부끄러워하며 배시시 웃었다.

두 사람은 함께 3등급 기숙사로 향했다.

모든 기숙사는 깔끔하게 관리되어 있었지만 위치가 좋지 않았다.

같은 방에 배정된 타라와 맞은편에 짐을 푼 에피가 창문을 열었다.

사용인 없이 자기 손으로 이렇게 많은 일을 해 본 건 오늘이 처음이었다. 타라가 만족스러운 얼굴로 창밖을 바라보는 에피에게 조심스레 물었다.

"에피, 너…… 일부러 3등급을 받은 거지?"

"어떻게 알았어?"

"수영……. 네 바로 옆에 있었는데 네가 일부러 멈추는 걸 봤어."

"그렇구나."

에피가 고개를 끄덕였다. 그리고 입을 열었다.

"사실 아빠는 처음에 3등급을 받았대."

"뭐어?"

"성적은 아주 좋았는데, 태도 점수가 나빴나 봐."

"그랬구나……. 처음 들어."

"처음에는 납득할 수 없었는데, 금방 자기가 다른 사람과 전혀 어울리지 못하기 때문이라는 걸 알았대."

그리고 사관학교에서 동료와 함께 항해하는 법을 배웠다고 했다. 배에 타고 있는 모든 사람의 위치를 확인하는 습관을 길렀고, 그것이 나중에 루비드호의 함장이 되는 데 가장 큰 도움이 되었다고.

"에피, 나는 해군사관학교에서 한 번, 그리고 내 사랑을 만나서 또 한 번 내가 가진 모든 가치관이 바뀌었어. 나는 스칼렛을 만나고 나서야 내가 정말로 원하는 게 무엇이었는지 알게 되었다. 너는 나를 많이 닮아서, 너도 네가 정말 좋아하는 것을 알기까지 시간이 걸릴지도 모르겠다는 생각이 드는구나.

그 기숙사는 열등생을 가둬 놓는 곳이 아니었다. 강의실과는 멀게 느껴지겠지만 바다와 가장 가까운 곳이며, 가장 많은 사람이 오가는 곳이다.

나 역시 바다와 가까운 그곳에서 바다를 사랑하게 되었고, 그랬기 때문에 아내를 만나는 순간 알 수 있었어. 나에게 바다보다 더 사랑하는 사람이 생겼다는 것을.

계속해서 바다를 보렴. 군인이 되는 법은 학교가 가르치겠지만, 뱃사람이 되는 법은 그 기숙사가 가르쳐 줄 거야. 그렇게 너는 내가 세상에서 가장 사랑하는 해군이 될 테지."

──────◆──────

어느 해의 결혼기념일.

아이들을 유모와 아이작에게 맡기기로 하고 스칼렛과 빅토르는 모처럼 두 사람만의 데이트를 준비했다.

모처럼이라고는 하지만 저녁 식사 이후에도 함께하는 데이트가 없었다뿐이지, 함께 사교 행사에 가거나 노천카페에서 차를 마시는 일은 자주 있었다. 그래도 결혼기념일처럼 온전히 두 사람만의 하루를 보낼 수 있는 날은 드물었다.

작년과 재작년 결혼기념일은 모처럼 있는 대로 힘을 줘서 꾸민 상대방의 모습에 홀려 누가 먼저랄 것도 없이 곧바로 예약해 둔 호텔로 향했기 때문에, 올해는 그러지 말자고 서로 몇 번이나 다짐을 한 상태였다.

스칼렛은 단장의 마무리로 장갑을 끼고 드레스룸을 나섰다. 그녀는 오늘, 머리칼을 곱슬곱슬하게 말고 금과 레이스로 장식했다.

계단 아래에서 기다리던 빅토르가 그녀의 구두 소리에 고개를 들고 아내를 올려다보았다. 그는 매우 만족스러운 동시에 홀린 듯한 얼굴을 하고 있었다. 그 역시 긴 시간을 들여 머리를 다듬었고, 몸에 맞춘 늘씬한 턱시도를 입고 있었다.

스칼렛이 절반 정도 계단을 내려왔을 때, 마주 올라오던 빅토르와 만나 손을 깍지 껴 잡았다.

빅토르가 못 참고 그 자리에서 입을 맞추기 시작하자 스칼렛이 살짝 밀어내며 말했다.

"오늘은 꼭 저녁 다 먹고, 연극도 끝까지 보는 거야."

"응."

"연극 중간에 내 쪽 보지 말구."

"그건 장담 못 하지."
"약속해."
"연극이 미치도록 재미없으면?"
"그건 그때 가서 생각하시구요."

스칼렛이 핀잔하며 먼저 계단을 내려서 손을 당기자 빅토르가 실소하며 그녀를 따라 걸음을 옮겼다. 그리고 여느 해와 마찬가지로 아이들에게 가서 이른 밤 인사를 건넸다.

아이들은 늘 작업복을 입고 다니던 스칼렛의 화려한 모습을 매해 신기해했고, 눈을 떼지 못했다.

스칼렛이 타운하우스를 나선 뒤 먼저 마차에 오르며 말했다.
"좀 자주 꾸밀까 봐. 에피랑 라예르가 좋아하는데."
"뭐 하러. 가끔 꾸미니까 특별하게 생각하는 건데."

마차에 타서 문이 닫히자마자 빅토르는 스칼렛이 제 쪽을 보게 몸을 돌리고 허리를 끌어안아 바짝 당겼다.

스칼렛이 그의 팔에 완전히 기대고 빅토르의 머리칼을 만지작거리며 말했다.

"당신은 항상 꾸며도 항상 근사하던데."
"설레기도 한가?"
"왜? 설렜으면 좋겠어?"
"응. 난 당신 보면 자주 그러거든. 심장이 쿵, 하고."

아이를 키우다 보니 빅토르는 말에 의성어를 섞는 경우가 가끔 생겼다. 그게 빅토르의 지극히 싸늘한 얼굴과 너무도 어울리지 않아, 놓치지 않고 스칼렛이 웃음을 터트렸다.

빅토르가 심각한 척 미간을 좁히며 물었다.

"왜?"

"쿵, 했어?"

스칼렛이 놀리듯 묻는 말에 빅토르가 슬쩍 웃더니 이내 태연히 대답했다.

"응. 쿵, 했어."

그의 능청스러운 대답에 스칼렛이 이제는 아주 소리를 내며 웃었다.

빅토르는 그녀가 해맑게 웃는 모습을 사랑스러워 어쩔 줄 몰라 하며 바라보고 있었다.

두 사람은 먼저 연극을 보고 나서, 저녁 식사를 하기로 한 노천 레스토랑에 닿았다.

두 사람이 레스토랑에 들어설 즈음부터 노을이 지며 부부의 테이블 위로 주홍빛이 한 겹 덮였다. 이곳은 두 사람이 결혼기념일마다 찾는 곳이었다.

처음에는 빅토르가 레스토랑 전체를 빌렸지만 이제는 그러지 않았다. 해가 지기 시작하면 악사들이 음악을 연주하고, 사람들이 춤을 추기 시작하는 분위기를 스칼렛이 즐거워했기 때문이었다.

빅토르는 이런 곳에서 어울려 춤을 추는 사람이 결코 아니었다. 반면에 스칼렛은 누구든 손짓해 불러내면 망설이다가도 이내 일어서곤 했다. 그럴 때마다 빅토르는 자리에 느긋하게 앉아 아내가 사람들과 어울려 춤을 추고 웃는 것을 바라보고 있었다.

전쟁에서 민간인의 피해가 적어, 비교적 빠른 속도로 살란티에는 일상으로 돌아왔다. 그러나 빅토르는 떠나간 해군들의 이름을 하나하나 기억하고 있었다.

그 사실은 그가 이렇게 평화로움을 느끼고 있을 때, 종종 그에게

다가왔다. 그러고 나면 그는 곧 이 평화의 관망자로 바뀌고 말았다.

그 속에는 마지막까지 뭐라도 해 보려 들던 아내가 아니었다면, 자신이 전쟁을 일으킨 베스티나로 넘어갔을지 모른다는 생각도 있었다. 베스티나에는 그의 힘이 필요했으므로, 그들이 괜찮은 대우를 해 주었으리라는 것을 빅토르는 알고 있었다.

그런 생각을 하다 보면 갑자기 자신이 이 평화를 누리고 있을 자격이 없다는 죄책감마저 찾아왔다.

빅토르가 그렇게 생각하며 와인을 한 모금 마셔 마른입을 축이는데, 춤을 추던 스칼렛이 그에게로 돌아왔다.

상기된 얼굴로 자리에 앉은 그녀는 빅토르의 얼굴을 빤히 바라보았고, 빅토르도 그녀 쪽으로 몸을 기울여 마주 보았다.

"왜 그렇게 봐?"

빅토르가 다정한 목소리로 묻자 스칼렛이 대답했다.

"무슨 생각했어?"

"평화롭다는 생각."

"표정이 별로 평화로워 보이지 않는데……."

스칼렛이 중얼거리고 그의 눈빛을 가만히 살폈다. 그러나 빅토르는 쉽게 입을 열지 않고, 손을 뻗어 스칼렛의 손을 꽉 붙잡기만 했다.

그렇게 눈싸움을 하듯 잠시 시간이 흐른 후, 빅토르가 입을 열었다.

"이렇게 지나치게 평화로운 기분이 들 때는 가끔씩…… 당신이 아니었으면 나는 지금 베스티나에 있을지도 모르겠다는 생각을 해."

"안 갔잖아."

"그냥 가정을 하는 거지. 당신이 그렇게 순수하고…… 나쁘게 말하면 맹목적으로, 선하기만 하지 않았으면 어땠을까."

"……."

"나는 그때 온갖 생각을 했어. 나에게 이득인 방향을 선택하려 했지. 살면서 당신에게 물들어 그때의 나에게 죄책감을 느끼게 된 것뿐이지, 나는 원래 그런 놈이야."

빅토르가 말하더니 목이 타 와인잔을 비웠다.

빈 잔을 본 직원이 다시 와인잔을 채우고 떠난 후, 스칼렛이 입을 열었다.

"그때는 잘 몰랐는데."

그녀가 담담히 말을 이었다.

"한참 시간이 지나서, 이제 와서 생각해 보니까. 당신은 그때…… 무서웠겠더라."

예상하지 못한 말에 빅토르가 고개를 조금 기울이며 물었다.

"무슨 의미야?"

"나는 그때 딱 내 시야에 들어오는 것들만 보고 있었거든. 내가 사랑하는 사람들과 내 일상을. 그런데 당신은 살란티에의 모든 앞바다…… 심지어는 대륙 전체를 생각해야 했고, 좋은 사람이 반드시 이기지도 않을뿐더러, 애초에 세상에 절대선이란 게 있는지 의심이 갈 정도로 많은 것을 보며 살아왔잖아."

"……."

"당신은 실패할 가능성이 높다고 생각하면서도 여기 남는 걸 선택했고, 나는 그게 진짜 대단하다고 생각해. 내가 좀 더 세상을 알 나이가 되고 보니."

스칼렛의 말에 빅토르가 픽 웃었다. 그리고 와인잔을 내려놓고, 스칼렛을 바라보며 입을 열었다.

"나는 그냥 당신을 선택한 거야."
"……."
"그때도 지금도, 나는 당신이 날 미워하는 것 말고는 그리 무서울 게 없으니까. 그래도 당신이 말하는 게 무슨 의미인지는 알겠어."
 빅토르는 그렇게 말하고 부드러운 미소를 지었다. 그리고 이내 말을 이었다.
"나도 비슷한 생각을 했었어, 그때."
"그래?"
"응. 결론은 달랐지만."
"어떤 의미에서?"
"나는 당신 말처럼 우리의 선택이 어떤 결과로 돌아올지도 알고, 악인이 승리하는 걸 지긋지긋할 정도로 봐 왔으니까. 어쩔 수 없이 많은 부분에서 타협하는…… 말하자면 평범한 어른이 되었지."
"평범한 어른?"
"응. 내가 지금까지 봐 온 흔하디흔한 어른."
 빅토르는 그렇게 말하다 와인으로 다시 목을 한 번 축이고 말을 이었다.
"그러다 보면 왜, 기다리게 되잖아. 세상 어딘가에 있을지 모르는 진짜 괜찮은 어른. 태생적으로 나보다 나은 사람. 겁에 질려 있으면서도, 순진하게 정도를 걸으려 하는 사람. 나 같은 사람들이, 무모하고 비합리적이라고 평가하게 되는 그런…… 세상에 있을까 싶은 순진한 사람이."
"……."
"그런 사람이 내 바로 옆에 있었을 줄은 몰랐어. 알아보지 못한 내가 한심하면서도 신기하고, 당신이 놀라웠어."

빅토르는 맑간 눈으로 자신을 바라보며 이야기를 듣고 있는 스칼렛을 사랑이 가득한 눈빛으로 바라보고 있었다. 그 눈빛은 따듯했고, 스칼렛으로 하여금 그가 다정히 끌어안아 등을 토닥이는 듯한 기분을 느끼게 했다.

스칼렛이 말이 없으니 빅토르가 말을 이었다.

"그러니까 당신은 나에게, 정말로 기적적인 존재야."

"……그래?"

"응. 기적 그 자체야."

그때 야외 테이블로 빗방울이 하나둘 떨어지기 시작했다. 함께 온 사용인들이 급하게 우산을 꺼내 와 두 사람에게 씌웠다.

레스토랑 직원들이 천막을 친 직후부터 본격적으로 비가 쏟아지기 시작했다. 두 사람은 잠깐 비가 그칠 때까지 기다릴 예정이었는데, 식사가 끝나고 한참 후에도 쉽게 그치지 않아 결국 도중에 자리에서 일어났다.

비가 쏟아지는 거리를 바라보던 스칼렛이 잠깐 생각하더니 빅토르를 돌아보며 말했다.

"그냥 달릴까?"

"우산 안 쓰고?"

"응."

스칼렛이 말하며 내미는 손을 빅토르가 감싸 쥐었다.

그가 손을 잡자마자 스칼렛은 빗속을 달리기 시작했다.

빅토르는 그녀의 그런 행동의 이유를 바로 파악할 수 없었지만, 쏟아지는 비를 맞는 게 재미있는지 웃음이 터진 아내를 보며 말없이 따라서 미소를 짓기만 했다. 그러다 얼마 달리지 않아 지쳐서 멈춰서 버리는 스칼렛을 보고 빅토르가 혀를 차며 말했다.

"겨우 이거 달리고 지쳐?"

"힘들어……."

"그렇다면 걱정이군."

빅토르가 말하며 그녀의 머리 위에 손을 가져가 비를 막았다. 손이 커서 그녀의 얼굴에 떨어지는 비가 제법 줄어들었다. 그래도 방울방울 뺨에 맺히는 빗물을 바라보던 빅토르가 중얼거렸다.

"비 오랜만에 맞네."

"그러니까."

스칼렛의 뿌듯한 목소리에 빅토르가 '아' 하고 중얼거리며 이내 웃음을 터트렸다.

배 위에서는 우산보다 레인코트를 이용했다. 그리고 바닷물과 비가 뒤섞여 날아드는 그곳에 서서 어떻게 바다를 뚫고 나갈지를 생각했었다.

그때는 비를 맞고 있다는 생각조차 못 하고 있었는데, 여기 이렇게 쏟아지는 비를 맞고 서 있으니 배 위에 있는 것 같은 기분이 들었다.

"……기분 좋다."

빅토르가 중얼거리는 말에 스칼렛이 해맑게 웃었다. 그러자 빅토르가 그녀를 바라보며 말을 이었다.

"당신과 같이 비를 맞아서 그래."

"그래?"

"응. 바다 위에 있는 것 같네."

빅토르가 말한 후 그녀를 끌어당겼다.

그리고 멀찍이서 뒤따라오던 사용인에게 손짓해 우산을 가져오게 했다.

스칼렛이 투정하듯 말했다.

"비 더 맞고 싶어."

"조금만 더 튼튼해지면 그렇게 하자."

"……알았어."

스칼렛은 마지못해 그의 우산 속으로 들어섰다.

두 사람은 곧 예약한 호텔의 욕실에서 함께 목욕을 한 후 노곤해진 몸으로 창틀에 기대앉았다.

바다가 가까운 곳이었다. 늦은 밤 창문이 비로 뒤덮여 있었으나 등대의 불빛 덕에 물기에 뭉개진 바다가 보였다.

스칼렛은 바다를, 빅토르는 그녀를 바라보고 있었다.

빅토르는 자신이 사랑하는 여자가 곁에 있다는 사실과 그녀가 남편이 사랑한다고 믿는 바다를 유심히 살피고 있다는 사실에 만족감을 느꼈다.

빅토르는 고개를 숙여서 그녀에게 입을 맞추었고, 스칼렛이 고개를 들자 그녀의 두 손을 제 어깨에 하나씩 잡아 올려놓았다. 스칼렛은 두 손을 포개 잡고 눈을 스르륵 감았다.

빗소리 속에서 잠들었던 스칼렛은 다음 날 오전 빗소리에 다시 눈을 떴다. 늦은 시간에 잠들었기 때문에 눈을 떴을 때도 느지막한 시간이었다. 아직 어두워 아침이 온 것을 실감하지 못했다.

침대 옆이 비어 있어 두리번거리는데 곧 문이 열리고 꽃다발을 든 빅토르가 침실로 들어섰다.

스칼렛은 잠시 자리에 앉아서 물끄러미 그를 바라보고 있었다. 우산을 써도 날아드는 비에 옷이 조금 젖은 빅토르는 태도가 다정해진 것과 무관하게, 여전히 호랑이 같은 서늘한 얼굴을 하고 있었다.

그는 스칼렛 쪽으로 다가와서 몸을 숙이며 물었다.

"무슨 생각해?"

"당신에게 첫눈에 반했을 때 생각."

"그래?"

"응. 내가 그때 정말 얼굴만 보고 당신을 좋아했구나, 하는 생각이 드네."

"……."

그녀의 지나치게 솔직한 말에 빅토르가 다소 어이없어하며 헛웃음 지었다.

스칼렛이 멋쩍어하며 말을 이었다.

"지금 당신이 꽃다발을 들고 들어오는데 처음 만나자마자 반했던 게 떠올랐어. 그땐 당신의 성격이고, 살아온 과정이고. 심지어는 뭘 좋아하고 뭘 싫어하는지 아무것도 몰랐는데도."

빅토르는 '얼굴만 봤다'는 말이 영 마음에 들지 않는 듯한 표정으로, 더 말해 보라는 듯이 스칼렛을 바라보고 있었다.

스칼렛이 그런 그를 위해 덧붙였다.

"지금은 얼굴 말고도 좋은 게 많은데, 그땐 그랬다구."

"아는데, 그래도 그 말도 해 줘야 내가 안심하지?"

말투는 전혀 그렇지 않지만 어쨌든 투정이라, 그게 귀엽게 느껴져 스칼렛이 웃음을 터트렸다. 그리고 빅토르가 준 꽃다발을 안아 들었다. 그녀가 좋아하는 노란 꽃을 가득 모아 만든 꽃다발이었다.

스칼렛이 행복한 표정으로 꽃을 바라보다가 빅토르를 올려다보며 말했다.

"올해도 고마워."

그러자 빅토르가 그녀의 옆에 걸터앉아 이마에 입을 맞추고 말했다.

"내가 당신보다 하루 정도 더 살았으면 좋겠어."

"왜? 당신 나 없으면 하루도 못 살잖아?"

그녀의 너무나 당연하다는 듯한 표정에 빅토르는 곧바로 웃음이 터졌다. 그가 그녀를 와락 끌어안아 버리자 스칼렛이 눈동자를 데굴데굴 굴리며 물었다.

"왜에?"

"알아주니 고마워서."

"이렇게 티를 내니까."

그녀가 놀리듯 말하는 것이 사랑스러워 입가에 미소가 남은 빅토르가 말을 이었다.

"그래도 하루는 어떻게 버틸 수 있어. 그냥. 당신 떠날 때도 옆에 있어 주고 싶어서."

"그럼 당신은?"

"당신 보러 간다는 생각으로 기쁘게 죽겠지."

"음."

스칼렛이 잠시 생각하더니 말했다.

"응. 그렇게 하자. 마음에 드는 계획이야."

그런 스칼렛의 말을 들으며 빅토르는 저도 모르게 더운 한숨을 내

쉬었다. 그리고 몸을 조금 떼서 그녀를 바라보며 물었다.

"결혼기념일 두 번 챙기면 안 되나? 우린 사실 결혼을 한 번 더 한 것과 다름없잖아."

"꽤 논리적이긴 한데 안 돼."

"왜 안 될까."

빅토르는 두 아이와 북적거리는 것도 좋아했지만, 지금 아내와 단둘이 달콤한 이야기를 속삭이고 있는 순간과는 비교할 수 없었다.

그의 아쉬워하는 얼굴을 보며 스칼렛은 웃고, 아이 달래듯 그의 이마에 입을 맞췄다.

―――――◆―――――

스칼렛의 시계 가게는 빠른 속도로 성장하고 있었다. 대륙 여기저기에 지점이 생겨났지만, 그들 가족은 변함없이 7번가 타운하우스에서 살고 있었다.

타운하우스의 문은 자주 열려 있었다.

빅토르는 아이들이 자랄수록 스칼렛이 타운하우스 문을 자주 열어 둔 이유를 이해했다. 물론 언제나 아이들에게 경호가 붙어 있기는 했지만, 여기 7번가에서 아이들이 뛰어다니며 놀 때는 늘 마음이 편안했다. 온 동네에서 에피와 라예르를 모르는 사람이 없었기 때문에, 어딜 뛰어다녀도 환영을 받았다.

새로운 지점을 축하하기 위한 파티가 시작되었다. 타운하우스에 들어선 손님들이 자녀들을 데려오자 두 아이는 신이 나서 친구들과 뛰어나가 놀기 시작했다.

스칼렛은 북적거리는 타운하우스를 둘러보았다. 7번가 사람들과 크림슨 시계의 모든 직원, 해군과 해군부에 소속된 사람들로 온 집 안이 북적거리고 있었다.

스칼렛이 어쩐 일로 시계 홍보 대신 얼굴이 익은 사람들과 웃고 떠들고 있는 안드레이에게 소곤거렸다.

"웬일이야? 요즘은 아무 데서나 시계 홍보 안 하네."

그런 스칼렛의 말에 안드레이가 기가 막힌다는 듯이 말했다.

"이제 사장님의 사업이 궤도에 오르지 않았습니까? 시계 하면 뭡니까. 스칼렛 크림슨이죠."

"……그 정도는 아닌데."

"아뇨. 그 정도죠. 그러니까 이제 우리는 홍보의 방향을 브랜드의 가치를 높이는 것으로 가야 한다는 겁니다."

"음."

스칼렛이 잠시 생각하다 입을 열었다.

"안드레이, 나는 많은 사람이 크림슨 시계를 썼으면 좋겠어."

그녀의 다정함 속에는 늘 여간해서는 끊어지지 않을 힘줄이 있었다. 안드레이가 그녀의 말을 바로 알아듣고 대꾸했다.

"싼 거 여러 개보다 비싼 거 몇 개 파는 게 사장님도 편하실 텐데요."

"나는 비싼 시계가 아니라 좋은 시계를 만들 거야. 물려주고, 또 물려줘도 될 정도로 튼튼하고, 그 값어치를 하는 시계."

그런 스칼렛의 말에 안드레이가 어쩐지 못마땅한 표정을 지으며 말했다.

"제가 이렇게 안 맞는 사장님 밑에서 지금까지 일하고 있다는 게 기적적이네요."

"나는 내가 안드레이 밑에서 일하고 있는 기분이었는데……."
 스칼렛의 진지한 중얼거림에 안드레이가 억울한 표정을 했다. 그러나 곧 아주 드물게, 선량한 미소를 지으며 말했다.
 "예. 사장님이 그러시다면 별수 없죠. 고려하겠습니다."
 "그렇게 자본주의적이지 않은 미소를 짓는 안드레이는 처음 봐. 그래서인지 좀 무서운데……."
 "무섭다니요? 제가 이렇게 수용적인 자세를 가진 사람입니다."
 "진짜 수용하는 거지? 안드레이도 이제 충분히 부유하잖아."
 "이제 시작입니다. 크림슨 시계도 마찬가지고요."
 안드레이가 핀잔하는 투로 말한 후 다시 홍보를 시작하러 인파 속으로 사라졌다.
 이러니저러니 해도 결국은 제 편인 안드레이의 뒷모습에 고마움을 느끼던 스칼렛은 이내 후원에서 술잔을 기울이고 있는 사람들 쪽을 보았다. 거기서 빅토르가 해군들과 무언가 이야기를 나누고 있었다.
 여전히 살란티에 해군은 빅토르의 의견을 절대적으로 여겼고, 중요한 결정은 그에게 부탁했나.
 지금도 스칼렛과 두 아이를 제외한 대륙의 모든 사람들은 그를 동경하면서도 두려워했다. 그가 살란티에 미치는 영향은 오히려 그가 해군이던 때보다 강해졌다. 빅토르는 그 사실에 대하여 지나칠 정도로 무관심했고, 그저 해군부에서의 자신의 역할에 충실할 뿐이었다.
 스칼렛은 그가 세상 어디에서 태어났어도 권력을 움켜쥐었을 사람이라고 생각했다. 사실은 그의 그런 면 역시 사랑하고 있다는 것을 스칼렛은 부정할 수 없었다.
 그녀가 다가오자 빅토르도 술잔을 내려놓고 몸을 일으켰다. 해군들은 그가 아내에게 가 버리는 것에 익숙해져 있었으므로, 별말 없이 대화를 멈추고 스칼렛이 그를 돌려보내 주기를 기다렸다.

그 사실을 알고 있는 스칼렛이 재촉했다.

"빨리 갔다 오자."

"천천히 돌아가도 돼."

"표정 못 봤어? 붙잡고 싶은데 못 붙잡고 있잖아, 다들."

"그랬나."

빅토르의 태연자약한 말에 스칼렛은 황당해하면서도 그의 손을 잡아끌었다.

스칼렛은 그녀의 작업실로 빅토르를 데려갔다.

그녀의 작업대는 복잡한 듯 보였으나 나름의 규칙을 가지고 있었다. 어느 누구도 그녀의 허락 없이 작업실에 들어올 수 없었으므로, 사용인들의 손이 닿지 않은 유일한 곳이었음에도 먼지 한 톨 찾을 수 없을 정도로 깨끗했다.

시계를 만들 때 베젤에 먼지가 들어가지 않게 하기 위해, 스칼렛이 예민하게 신경을 곤두세우고 작업실을 관리하고 있었기 때문이다.

스칼렛이 작업대 위에서 스칼렛 크림슨 시계의 상징인 보라색 벨벳으로 된 상자를 열어 보였다. 그 안에 두 개의 시계가 들어 있었다.

빅토르는 먼저 좀 더 작은 시계를 꺼내 스칼렛의 손목에 채워 주고, 또 하나는 제 손목에 찼다.

빅토르는 스칼렛이 갓 만들어 낸 예술적이며 기술적으로도 뛰어난 시계를 감상했다. 그리고 스칼렛은 그런 빅토르를 바라보며, 안드레이의 말이 맞을 때가 있다는 사실에 좀 불만을 가졌다.

안드레이는 늘 최고의 광고는 '빅토르 덤펠트가 아내가 만든 시계를 차는 것'이라고 말했다. 그의 말대로, 그녀가 만든 시계를 찬 빅토르 덤펠트는 항상 어마어마한 판매량을 안겨 주었다.
 빅토르가 시계를 보며 중얼거렸다.
 "당신은 천재야."
 "매번 그 소리네."
 "매 순간 생각이 나서."
 빅토르가 말하며 계속 시계를 바라보고 있으니 안드레이에게 별수 없이 조금씩 동화된 스칼렛이 재촉했다.
 "얼른 가서 사람들에게 보여 줘야 홍보가 되지."
 "잠깐만."
 빅토르는 바로 나가려는 스칼렛의 손을 부드럽게 당기고 그녀에게 입을 맞췄다. 그리고 눈꼬리를 휘어 웃으며 말했다.
 "사랑해."
 "……."
 "당신은?"
 "사랑해."
 "그리고?"
 바로 대답해 주지 않은 게 불만이었는지 빅토르의 눈이 가늘어졌다. 스칼렛이 그런 그를 바라보며 말했다.
 "꼭 나보다 하루만 더 살아야 해."
 "……."
 "기다릴 테니까 얼른 와. 나도 당신 없이 혼자 있기 싫어."
 그런 그녀의 말에 빅토르의 눈동자가 파도가 이는 듯이 출렁거렸다. 스칼렛이 그 파도를 바라보고 물었다.

"알았지?"

"응."

빅토르가 못 견뎌 그녀를 끌어안으며 떨리는 목소리로 대답했다.

"곧바로 당신에게 달려갈게. 곧바로……."

스칼렛은 자신을 끌어안은 빅토르의 떨림과 심장 박동으로, 그가 방금 자신이 한 말에 얼마나 행복해하는지를 확인했다. 제 진심이 그에게 기쁨이라는 것이 행운으로 느껴졌다.

아마도 네 잎 클로버를 열심히 찾아다닌 덕일까.

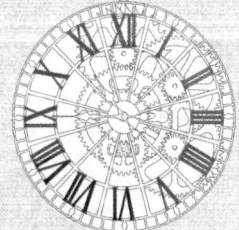

"나는 유치하게……. 아주 유치하게 사랑하고 싶었어. 당신과 결혼 생활 동안 단 하루라도……. 당신이 보고 싶어서 당신의 침실을 찾아가는 밤이면, 당신이 내 방으로 돌아가려는 나를 붙잡고, 좀 더 같이 있고 싶다고 말해 주길 바랐어. 당신이 그럴 사람은 아니란 건 알아. 그렇다고 해도…… 그게 그렇게 욕심이야?"

유치한 사랑.
빅토르는 평생 자신이 가장 못하던 것을 스칼렛이 원했음을 기억하고 있었다.
이번 일주일.
딸과 아들이 모두 캠프에 간 이 절호의 기회에 빅토르는 자신이 한없이 유치해질 수 있는 사람이라는 것을 보여 주고 싶었다.
그러나 어린 시절을 모조리 가정교사와 부모에게 학대당하며 자란 빅토르에게는 유치함을 떠올리는 데서부터 막혀 버렸다.

해군부 각료가 대놓고 딴생각에 빠져 있으니, 그를 찾아온 하원의 원 조지프 펠릭스가 한숨을 푹 내쉬며 말했다.

"장관님, 제 말 듣고 계신 겁니까?"
"안 듣고 있소만."
빅토르의 태연한 대답에 조지프가 울상이 되어 말했다.
"들으셨잖습니까. 정치를 하셔야 한다고."
"싫다고 여러 번 말했는데."
"싫어도 해야 하는 일이 있는 겁니다."
"물론 해야 하는 일은 하지. 그게 내 일이 아니니 안 한다는 거요."
아내와 있고 싶어서 배에서 내려 무력해 보이는 곳에 들어앉았다. 사실 그렇게 결정할 때, 빅토르는 스스로도 자신이 어느 정도의 위력을 가졌는지 잘 모르고 있었다. 그 선택이 해군부를 이토록 눈에 띄게 만들 줄은.

현재 살란티에 해군은 '부강하다'라는 말이 잘 어울리는 집단이 되어 있었다. 살란티에 공과대학 기술의 집약체인 데다, '그' 빅토르 덤펠트가 장관으로 앉아 있기 때문이었다.

심지어 빅토르는 여전히 젊었고, 건강하기까지 했다. 그가 존재하는 한 해군은 부강할 텐데, 그 존재도 엘프만큼 살 것 같았다. 아니, 어느 날 빅토르가 본인이 실제로 그런 종족이라고 자기 입으로 밝혀도 조지프는 놀랄 것 같지 않았다. 이렇게 마주한 지가 몇 년인데, 여전히 그는 같은 종족 같지가 않았다.

조지프가 한숨을 한 번 더 쉬고 물었다.
"일단, 무슨 생각을 하시느라 내 말을 그렇게 흘려들으시는 건지나 좀 압시다."
"고집이 지나치시군."
빅토르는 무시하려다가 힐끔 조지프를 보았다.

빅토르보다 나이가 배로 많은 그는 여전히 건강했고, 금슬이 좋은 것으로도 유명했다. 빅토르는 그의 긴 부부 생활 속에 배울 점이 있을 것 같아 입을 열었다.

"아내가 유치한 연애를 하고 싶어 하면, 뭘 해 주면 좋겠소?"

그런 그의 말에 조지프가 대답했다.

"뭐, 역할극이라도 하시지요?"

그 대답에 빅토르가 픽 비웃자 조지프가 울컥해서 말했다.

"먼저 질문한 사람이 누군데!"

"아, 역할극. 알겠소. 그리고?"

"음…… 캠핑 같은 걸 좋아하실 수도 있지요."

캠핑.

그러고 보니 스칼렛과 낚시를 했던 기억이 났다. 그녀는 그때 자신과 이혼한 사실을 잊고 있던 시기였고, 그래서 제대로 캠핑을 했다고는 절대로 말할 수 없었지만……. 그때를 제외하면 항상 아이들과 함께였다.

빅토르는 나쁘지 않은 생각 같아, 블라이트에게 캠핑 준비를 맡기려고 적어 두었다. 그가 긍정적으로 반응하자 조지프가 기회를 놓치지 않고 말을 이었다.

"정치합시다, 장관님."

"다시 말하지, 싫소."

"그러니까 왜 싫은지 말이나……."

"아내와 보내는 시간이 줄어드니까."

빅토르는 당연한 것 아니냐는 듯이 말하고 나가버렸다. 조지프는 한숨을 푹푹 쉬었다.

스칼렛은 신문에 실린 빅토르의 사진을 가만히 바라보고 있었다.
확실히 그는 최고의 모델이었다. 빅토르가 아내가 만든 시계를 착용하고 공식 석상에 서는 날이면 가게로 제품명 문의가 빗발쳤다.
"조금…… 마음에 안 드네."
스칼렛이 눈을 가늘게 뜨고 중얼거린 후, 싱글벙글한 얼굴로 매출을 확인하던 안드레이를 돌아봤다. 그녀의 간절한 시선을 무시하던 안드레이가 마지못해 물었다.
"뭐가 마음에 안 드는지 물어봐 드려요?"
"응."
"진짜 관심 없습니다."
"안드레이는 어떻게 그렇게 한결같이 매출에만 관심이 있어?"
"제가 참 많은 것에 빨리 질리는 편이지만…… 정말이지, 매출만큼은 질리길 않습니다. 이 아름다운 **숫자**를 좀 보십시오. 역시 **숫자**란 크면 클수록 좋은 겁니다."
매출의 아름다움을 찬사한 안드레이가 봐줬다는 듯한 얼굴로 말했다.
"그래서. 뭐가 마음에 안 든다는 겁니까? 우리 크림슨 시계 최고의 홍보 모델이."
"이 사진 말이야."
"네."
"너무 노골적이야."

스칼렛의 말대로, 그 사진은 노골적이었다. 아니, 이 사진만이 아니라 신문에 실리는 빅토르의 대부분 사진들이 그랬다. 어떻게든 그를 아름답고, 성적인 매력이 넘쳐흐르게 표현하려고 기자들이 앞다투어 경쟁이라도 하는 것 같았다.

빅토르는 물론, 스칼렛에게 그녀가 그를 얼마나 온전히 소유하고 있는지에 대하여 말해 주었지만 충분하지 않았다.

처음 보았을 때에도 지금도. 스칼렛은 그를 사랑했고, 욕망했다. 빅토르가 자신을 얼마나 많이 사랑하는지 알지만 그래도 그 역시 조금 더 노골적이기를 바랄 때가 있었다.

다만 그 부분은 성장 과정에서부터 빅토르가 잃어버린 부분이라 스칼렛도 더 바랄 수가 없다는 걸 알았다. 그러니까, 말하자면 자기 자신을 놓아 버리는 일 같은 것.

아무튼 그런 어떤 면에서는 금욕적인 빅토르에게서 이런 사진들을 뽑아내는 기자들이 고마우면서도, 동시에 질투가 날 때가 있었다.

스칼렛이 그렇게 신문을 불만스럽게 읽고 있을 때. 가게 앞에 마차가 도착했다. 스칼렛은 일주일을 함께 보내기 위해 빅토르가 왔음을 알고 안드레이에게 말했다.

"다녀올게."

"네네."

안드레이는 다시 매출의 아름다움에 빠져 사장에게 건성으로 인사했다. 스칼렛은 저 한결같음에 혀를 내둘렀다. 하지만 기자들과 마찬가지로, 그녀에게 부를 안겨 준다는 점에서 뭐라 할 수가 없었다. 물론 안드레이의 경우에는 본인도 크림슨 시계 덕분에 부를 누적하고 있지만.

스칼렛이 가게를 나와 보니 빅토르가 그녀의 시계 가게 바로 옆, 아이작의 향수 가게에 잠시 들렀다가 나오고 있었다. 그를 따라 나온 아이작이 스칼렛을 보며 인사했다.

"캠핑 간다며? 잘 다녀와."

그의 말에 스칼렛이 놀란 눈으로 빅토르를 보았다. 표정이 밝아진 스칼렛이 아이작에게 손을 흔들며 말했다.

"도토리 주워 올게."

"도토리?"

아이작은 그 말이 귀여웠는지 말갛게 웃었다. 빅토르는 여전히 그런 아이작을 묘하게 지켜보다가 스칼렛과 함께 마차에 올랐다.

그렇게 마차에 타서 스칼렛이 물었다.

"진짜로 캠핑?"

"응. 꼬마들도 갔으니까, 우리도 가자. 괜찮아?"

"너무 좋아."

스칼렛이 말하며 빅토르를 와락 끌어안았다.

빅토르가 캠핑 장소로 선택한 숲은 얼마 후 개방이 결정된 왕실 소유의 사냥터 중 하나였다. 왕가의 힘이 약해지면서 의회에 의해 강제로 개방된 참이었다.

30여 분 걸려 사냥터에 도착하자, 모든 사용인이 그곳을 떠나 버렸다.

스칼렛은 멀어지는 사용인들의 마차를 멍하니 보다가 빅토르를 돌아보며 말했다.

"다 사냥터 밖으로 나간 거야?"

"응, 전부. 당신 사용인 부리는 거 힘들어하잖아. 내 아내로 몇 년을 살았는데, 아직도."

빅토르가 말하더니 사냥터의 유일한 건물인 왕실 별장으로 스칼렛을 안내하며 말했다.

"세 밤 자고 돌아올 거야."

"음, 세 밤."

예전에는 '사흘 뒤'라고 했을 텐데, 두 아이의 아버지가 된 이후에는 저렇게 손가락까지 펴 가며 '세 밤'이라고 알려 주게 되었다. 그런 남편의 변화에 새삼 스칼렛이 웃음을 터트리자, 빅토르가 물었다.

"왜 웃어?"

"귀여워서."

"귀엽다고?"

빅토르는 기가 찬 표정이었지만 그렇다고 싫어하는 것 같지 않았다. 그는 스칼렛의 손을 잡고 별장을 향하며 중얼거렸다.

"귀엽다니……."

"뭐야, 귀엽다는 게 그렇게 신경 쓰여?"

"아니."

빅토르가 멈춰서더니 스칼렛 쪽을 돌아보며 말했다.

"왜 기분이 좋지?"

그러자 스칼렛이 이번엔 아예 소리까지 내어 웃었다.

그는 귀엽다는 말이, '당신이 사랑스러워 못 견디겠다'라는 의미를 담고 있다는 것을 느낀 모양이었다.

이 드넓은 숲에 단둘.

스칼렛은 마지막 마차까지 떠난 후부터 느껴지는 묘한 긴장감에 힐 끔 빅토르를 살폈다.

쇄빙선을 타고 항해하던 무렵이 문뜩 떠올랐다. 침실에서 나가지 않았던 그때의 시간들.

지금 떠올려 보니 그때 침실 밖에서 사람들이 무슨 생각을 했을 까, 하는 생각에 얼굴이 화끈거렸다.

별장은 크지는 않았고, 민가를 본떠 만든 건물이었다. 그러나 소박한 시늉을 하는 모든 물건들이 극도의 고급품이었고, 잘 관리되어 윤 까지 나고 있었다.

그러나 명색이 캠핑이라, 잠은 빅토르가 지금 설치하고 있는 천막 안에서 잘 생각이었다. 스칼렛은 창문 밖으로 빅토르를 내다보았다.

아이들이 캠핑을 긴디고, 빅토르는 미리 에피와 라에르를 데리고 캠핑 준비를 했었다. 아이들과 천막을 설치하고, 야외에서 불을 피워 요리하는 모습을 스칼렛은 즐겁게 바라보고 있었다. 거기서 스칼렛 의 역할은 관찰과 응원이었다. 캠핑 마무리를 할 때, 아이들에게 자기 임무를 잘 수행한 대원이라고 상도 받았다.

스칼렛은 그때의 행복과 지금의 행복이 이토록 달리 느껴지는 것이 새삼 신기했다. 그때의 행복은 평온했고, 지금의 행복은 설렜다. 둘 다 놓치고 싶지 않은 행복이었다.

그렇게 천막을 설치하고, 빅토르가 더워졌는지 겉옷을 벗어 창틀에 대충 걸치고 스칼렛에게 물었다.

"배고파?"

"조금."

"그런데도 굶게 하면 너무 나쁜 남편인가."

"뭐 하려고?"

왜 그런 말을 하는지 뻔히 알면서 스칼렛이 물었는데, 빅토르가 그녀를 안아 들어 창밖에 내려놓았다.

그가 입을 맞출 때, 습관적으로 빅토르의 목을 끌어안았다가 곧 그를 밀어냈다.

"잠깐만. 그러니까 지금 배고프다는 아내를 굶기겠다?"

"응."

"와, 너무 나쁜 남편 아니야?"

"너무 나쁜 남편이지."

그는 그렇게 말하면서도 식사를 하러 스칼렛을 보내 주기는커녕, 오히려 그녀를 안아 들어 창틀에 앉히고 두 다리로 제 허리를 감게 했다. 빅토르가 그녀의 턱을 부드럽게 잡아 제 쪽으로 당기며 말했다.

"이래야 눈높이가 맞네."

그의 말에 스칼렛이 눈을 가늘게 뜨며 그를 흘겼다. 그 눈빛 때문인지, 빅토르의 목울대가 움직였다. 군침을 삼킨 듯했다. 스칼렛이 그의 목울대에 손가락을 올렸다. 그의 허기는 식사로 채울 수 있는 것이 아닌 듯했다.

한동안 아내를 현재 과학 기술로는 만들 수 없을 정도로 얇은 유리라도 되는 듯이 대하던 빅토르가 오늘은 힘으로 그녀를 움켜쥐고 있었다.
아무래도 오늘은 평소와 다른가 보구나.
스칼렛은 생각하며 그런 그를 빤히 올려다보았고, 빅토르가 입을 열었다.
"그런…… 역할극을 하려고 하는데, 싫으면 말해 줘."
"무슨 역할극?"
"음. 여기선 널 구해 줄 사람이 없는…… 그런?"
그런 그의 말에 스칼렛이 기가 막혀서 허 웃었다. 그녀가 그를 흘겨보며 말했다.
"캠핑인 줄 알았더니."
"저거 만들었잖아. 캠핑 끝."
"저것밖에 안 만들었잖아? 나는 관찰과 응원을 열심히 했는데 직무……."
그렇게 말하던 스칼렛의 눈이 감겼다. 빅토르의 손이 엉덩이를 꽉 움켜쥐었기 때문이었다.
"직무유기?"
"……."
"그러니까, 싫으면 싫다고 하라니까."
스칼렛이 눈도 뜨지 않고, 대답도 없으니 빅토르가 입술이 닿을 정도로 고개를 숙이며 말했다.
"허락을 해 줘야 내가 널 마음대로 하지."
그녀는 천천히 눈을 떴고, 그렇게 말하는 빅토르를 노려보았다. 그러자 그의 입꼬리가 저절로 올라갔다.
"그런 눈빛은 오랜만에 받아 보네."

"무슨 눈빛?"

"혼내는 눈빛."

"근데 왜 좋아해?"

"당신이 날 사랑하는 걸 아니까."

그런 그의 말에 스칼렛의 입술이 삐죽였다. 곧 고민하는지 입술을 잘근잘근 깨물더니 스칼렛이 대답했다.

"……좋아."

하여튼 빅토르가 알기로, 그녀는 좀 야한 걸 좋아했다.

게다가 거기에 있어서 솔직한 편이라는 것이 빅토르는 아주 마음에 들었다. 그가 다리로 제 허리를 감게 하는 바람에 거의 다 걷혀 있던 치맛자락을 완전히 들어 올리고 손으로 속옷을 당겨 내렸다. 스칼렛이 당혹스러움이 담긴 와인빛의 눈으로 주변을 살폈다. 사람이 없는 걸 아는데도 신경이 쓰여서.

그런 그녀가 외부를 신경 쓰지 못하게 하려는지, 빅토르가 다시 그녀의 턱을 잡아 자신만을 보게 했다.

"나에게서 시선 떼지 마."

스칼렛이 고개를 조금 젖혀, 그를 보았다. 빅토르는 그런 그녀의 눈을 주시하며 말을 이었다.

"나 말고는 아무것도 생각하지 마, 스칼렛."

"……응."

그건 평소에 빅토르가 가지고 있던 열망이라는 걸, 스칼렛은 거의 본능으로 알았다.

그는 좋은 일꾼, 좋은 아버지였지만.

그 어느 무엇보다 그녀의 남편이기를 원했다.

그는 숨이 가빠오는 스칼렛을 움켜쥐며 말했다.
"내 생각만 해. 내가 당신을 생각하듯이. 내가 당신을 사랑하듯이……."
스칼렛은 저도 모르게 교성을 내며 고개를 뒤로 젖혔다.
그를 사랑했다.
아마도 그가 자신을 사랑하는 만큼.

천막 안에는 푹신한 매트가 깔려 있었다.
 여기서 정말로 자게 될 줄은 몰랐는데, 스칼렛은 어느 순간 까무러치듯 잠들었다가 다음 날 아침 빅토르가 입을 맞추며 제 아래로 끌어당기는 통에 깼다. 쇄빙선에서 지낼 때는 그래도 외부인들이 신경 쓰일 때가 있었는데, 이번에는 부르는 사람도 없고 심지어는 이 섬에 둘밖에 없으니 더더욱 마음껏 서로를 탐했다.
 스칼렛은 아이들에게 신경이 쏠리는 동안, 빅토르에게 채우지 못했던 것이 있음을 알았다. 놀라온 것은 자신도 마찬가지였다는 사실이었다.
 그래도 쇄빙선에서 '아내를 너무 굶기면 안 된다'라는 것을 배운 빅토르는 그녀에게 먹을 것을 해서 먹이기는 했다. 나름 요리 실력이 늘어 있다는 게 신기했다.
 빅토르의 품에 안겨 숨을 고르던 스칼렛이 상체를 일으키며 말했다.
"단 거 먹고 싶어."
"가져다줄게."

또 천막에서 못 나가게 하려고.

스칼렛이 원망이 담긴 눈으로 그를 흘기자 빅토르가 못마땅해하며 말했다.

"가자."

"옷."

스칼렛이 저 멀리 널브러져 있는 제 옷을 달라고 손을 뻗자, 빅토르가 태연히 그 옆에 구겨져 있던 그의 셔츠를 돌려주었다. 스칼렛의 불만스러운 눈빛에 그가 말했다.

"그거라도 줄 때 입어."

"당신 이런 남자였구나. 또 새삼 놀라네."

"어떤 남자."

"유치해."

그러자 빅토르가 대꾸했다.

"최고의 칭찬이네."

"뭐어?"

"이번 캠핑의 목표거든. 유치해지는 거."

그는 언제나처럼, 사랑의 근원처럼 보이는 눈으로 그녀를 보고 있었다.

"당신이 예전에 그랬잖아. 아주 유치하게 사랑하고 싶었다고."

"……응."

"그래서 유치해지고 싶었어. 당신이 원하는 거, 내가 할 수 있는 한에서."

빅토르가 아내의 말을 잘 기억하는 남편이라는 걸 스칼렛은 그동안의 결혼 생활로 충분히 알았다.

그런데도 그 남자가, 그가 가장 못 하는 일까지도 해 주고 싶어 한다는 사실에 조금 울컥하고 말았다.
다행히 감정을 추스르는 건 쉬웠다. 그가 준 셔츠를 보니 어처구니가 없어 웃음만 나왔다.
"아무리 봐도 당신 원하는 거 하는 중인 것 같은데?"
"당연히 나도 원하지. 한쪽만 행복하면 그게 어떻게 부부야."
"와, 진짜 유치해."
"응, 고마워."
유치하다는 말이 칭찬이 되어 버려서, 스칼렛은 결국 웃음을 터트리고 말았다. 빅토르 역시 그녀를 따라 즐거운 미소를 지었다. 그 미소가 행복해 보여서, 스칼렛은 덩달아 큰 행복감을 느꼈다.
여전히 설렘을 동반한 행복이었다.

마지막 날, 두 사람은 부지런히 캠핑다운 캠핑을 했다. 캠핑에서 뭘 하고 왔냐고 했을 때 아이들에게 해 줄 말이 필요했기 때문이었다.
사용인도 없이 있는 식량 적당히 먹고, 옷은 안 입고, 심지어는 천막에서도 안 나오는 생활만 하고 돌아갈 수는 없는 일이었다.
희귀 동물들이 사는 곳에서 식생을 관찰하고, 채집 비슷한 것도 해 보고, 마지막 끼니는 불을 피워 바비큐도 했다. 그때서야 두 사람은 끼니다운 끼니를 먹을 수 있었다.
그렇게 캠핑을 마칠 때가 되니 사용인들이 탄 마차가 멀리서부터 돌아오는 것이 보였다.
다시 사용인들을 마주하니 빅토르는 완전히 평소의 그 남자로 돌아왔다. 언제나처럼 온몸에 예의범절이 에티켓 사전처럼 배어 있으면서, 동시에 함선을 호령하며 살아온 남자로.

"……아쉽다."

그녀의 말에 빅토르가 답했다.

"나도 아쉬워. 당신과 더 있고 싶다."

"나는……."

스칼렛은 빅토르의 셔츠를 조금 잡아 제 쪽으로 당기며 말을 이었다.

"유치한 사랑 말이야."

"응."

"또 하자."

그녀의 솔직한 반응에 빅토르는 고개를 조금 돌리며 웃음을 터트렸다. 그가 웃으니 스칼렛은 얼굴이 빨개져서 빅토르의 팔을 퍽퍽 때리고, 그는 한참 맞아 주다가 한 팔로 아내를 꼭 끌어안았다.

사랑은 유치하고, 삶은 다채로웠다.

─────◆─────

캠핑에서 돌아온 스칼렛은 활력이 가득했다.

늘 안드레이의 압박 속에서 시계에 매진하던 그녀의 뺨에 장밋빛이 돌고 있으니, 아이작이 기쁜 표정을 지었다.

"캠핑이 많이 재미있었나 봐."

"응. 재미있었어. 꽃 관찰도 많이 했어."

스칼렛이 말하며 가져온 스크랩북을 내밀었다.

아이작이 받아서 열어 보니 꽃을 그리고 적은 기록이 가득 담겨 있었다. 아이작이 말문이 막힐 정도로 감격해 하자 스칼렛이 민망해하며 말했다.

"캠핑에서 내 가장 중요한 임무가 관찰이거든? 그런데 처음 보는 꽃이 정말 많더라. 혹시 향수를 떠올릴 때 도움이 될까 해서."

"그래도 그렇지, 놀러 간 건데……."

아이작이 금방 울기라도 할 것 같아서, 스칼렛이 그를 웃겨 주려고 애쓰고 있을 때 손님들이 들어왔다.

결국 스칼렛이 가 보겠다고 하기도 전에 문 쪽에서 왜 안 돌아오냐는 표정의 안드레이가 나타났다. 스칼렛이 한숨을 푹 쉬며 아이작에게 소곤거렸다.

"여전히 안드레이가 사장 같아."

그러자 아이작이 겨우 웃으며 말했다.

"그래도 저렇게 채근해 주는 사람이 있어서 좋지?"

"……절대 안드레이한테 말하지 마. 알겠지?"

"절대 말 안 해."

아이작이 그렇게 약속해 주고서야 스칼렛이 안도하며 향수 가게를 나왔다. 안드레이가 스칼렛을 에스코트하며 투덜거렸다.

"이럴 줄 알았습니다. 7번가에 향수 가게를 낸다고 할 때 제가 좀 더 최선을 다해서 막았어야 했다고요. 툭하면 이렇게 가서 노닥거리실 줄 알았는데."

"잠깐 있었어, 잠깐."

"빈도에 문제가 있습니다."

"어휴. 사장이 마음대로 돌아다니지도 못하고."

"사장님은 그냥 사장이 아닙니다. 시계 장인이면서, 사장이란 말입니다. 이 브랜드의 시작과 끝. 근본이죠."

"일 시키려고 부담 주네."

"예, 아직도 일 시키려면 부담을 줘야 한다는 게 믿기지 않습니다. 알아서 분골쇄신하시란 말입니다."

그렇게 티격태격하며 시계 가게로 돌아온 스칼렛은 잠시 문 앞에서 가게를 올려다보았다.

이 정도까지 규모를 키울 생각이 아니었는데. 안드레이의 수완이 좋아도 너무 좋았다.

명품화를 주장한 안드레이와 보편화를 주장한 스칼렛의 의견은 결국 모두 충족되었다. 안드레이가 그렇게 되게 했다.

시계는 뛰어나고, 튼튼했다. 옆에서 안드레이도 스칼렛과 함께 키워 낸 시계 가게를 보며 감탄했다.

"그래도 제 꿈에 반걸음은 근접했습니다."

그러자 스칼렛이 기겁해서 물었다.

"반? 이만큼 키웠는데도 반걸음이란 말이야? 도대체 꿈이 얼마나 큰 거야?"

"세계 정복입니다."

"시계로 어떻게 세계를 정복해?"

"다 계획이 있습니다."

스칼렛은 너무 어처구니가 없어 웃어 버리며 시계 가게로 들어섰다.

곧바로 작업실로 향하려는데, 안드레이가 주변에 사람이 없는 것을 확인하고 그녀에게 말했다.

"오늘도 해군부에 조지프 팰릭스가 다녀갔답니다. 하원의원이요."

"싫다는 사람한테 왜 자꾸 정치를 하라는 거야."

"어쩔 수 없지 않습니까? 두 분은 이 살란티에서 평화의 상징이며, 수호자입니다. 이곳의 모든 시민이 사랑하고 의지하죠. 해군부에 있는 한, 정치계는 계속해서 빅토르 경을 부를 거고, 결국은 어느 정당이든 들어가게 되실 겁니다."

"……"

"정치인의 아내는 또 다른 영역입니다. 대비를 하셔야 해요."

안드레이의 말에 스칼렛이 잠시 생각하더니 미소를 지었다.

"그럴 필요 없어."

"예?"

"남편은 내가 뭘 원하는지 알 테니까."

어떤 삶을 원하는지, 빅토르는 알았다.

그러므로 스칼렛은 그의 결정은 반드시 자신에게 해가 되지 않을 것을 알고 있었다.

그리고 그가 어떤 사람인지도, 그녀는 잘 알고 있었다.

―――◆―――

놀라서 해군부로 달려온 조지프 펠릭스는 빅토르와 마주한 후엔 결국 웃고 말았다.

"그래서 결국…… 해군부조차 그만두시겠다?"

그러자 정복에 달려 있던 배지를 떼던 빅토르가 고개를 조금 까딱이는 것으로 대답을 대신했다. 조지프 펠릭스가 허탈하게 말했다.

"그 정도로 정치가 싫은 겁니까?"

"그 정도로 내 일이 아니라고 생각하는 거요."

빅토르가 말하며 뗀 배지를 기다리던 해군부 관료에게 넘겨주었다. 관료가 인사 후 떠나고, 둘만 남게 되었을 때. 조지프 팰릭스가 말했다.

"루비드호의 함장이던 빅토르 덤펠트라면 도망치지 않았을 겁니다."

"그자라면 애초에 배에서 내리지도 않았겠지."

"결국 가족들 때문입니까?"

그런 그의 말에 빅토르가 무덤덤하게 대답했다.

"내가 군인이기 때문이오."

"……."

"물론 가족 때문이기도 하고."

그는 그렇게 말한 후 해군부 집무실을 나갔다. 조지프 팰릭스는 복도로 따라 나와, 큰 보폭으로 벌써 저만치 가고 있는 그에게 소리쳤다.

"왕정이 뿌리까지 사라질 기회를 놓치는 겁니다!"

"때가 되면 사라지겠지. 말했지만, 내 일이 아니오."

"빅……."

그를 부르려던 조지프 팰릭스는 밖에서 들리는 환호성에 창가로 고개를 돌렸다. 그리고 창문으로 걸어가 낮게 한숨을 내쉬었다.

해군부에서 나오는 빅토르를 배웅하기 위해, 그 앞에 엄청난 숫자의 해군들이 모여 있었다.

그는 여전히 해군들의 우상이며, 그들에게 가장 강력하게 영향을 주는 존재였다.

"……틀린 말은 아니지."

그는 너무나 강한 빛이었으므로, 그가 머무는 곳이 결국 경쟁자들

외전 | 459

의 빛을 죽이고 말았다. 해군이 지나치게 강해진 지금, 해군부를 떠나는 그의 선택이 틀렸다고 볼 수도 없었다.

너무 강한 빛이라 한곳에 머물 수 없다니.

어쩌면 빅토르 덤펠트가, 일생의 안식을 얻은 제 가정을 사랑하는 것은 당연한 일일지도 몰랐다.

―・◆・―

며칠 뒤 부부는 공군 비행장에 다녀왔다. 새로운 비행기의 시험비행을 함께하는 자리였다.

그의 행동 하나하나가 정치적 행보처럼 보이는 것을 아는 빅토르는 내내 그런 자리를 거절했었다. 그러나 해군부를 그만둔 지금은 스칼렛이 그토록 보고 싶어 하던 공군 비행장 행사에 갈 수 있었다.

성공적인 시험비행을 보고 나서, 부부가 함께 마차를 타고 가는 길에 스칼렛이 빅토르에게 물었다.

"은퇴하고 뭐 하고 싶어?"

"음. 아이들 키우고, 책 읽고. 당신 얼굴 보고 있고."

"당신은 해군이 되지 않았으면 하루 종일 서재에서 책만 읽었을 거야."

"그럴 것 같군."

스칼렛은 결국 해군부도 그만두게 된 빅토르에게 고개를 기댔다.

그는 결국 그가 그토록 사랑하던 해군을 완전히 떠나게 되었다. 이유는 아는데, 감정이 궁금했다. 결혼하고 꽤 지났음에도 여전히 그의 속을 빤히 들여다볼 수는 없었다.

제 기분을 알고 싶어 하는 스칼렛의 눈빛에 결국 웃음이 터진 빅토르가 말했다.

"내가 일을 그만둔 건 온전히 내 문제야. 내가 당신을 사랑하는 것과 완전히 별개의 문제니까 그런 표정할 것 없어."

"음……."

"진짜야."

스칼렛은 눈을 가늘게 떠서 빅토르의 얼굴에서 진위를 파악했다. 그러더니 결국 웃으며 말했다.

"뭐. 믿어 줘야지."

"그래?"

"응. 당신 선택이니까."

그렇게 말하는 스칼렛을 바라보는 내내 빅토르의 입가에서 미소가 사라지지 않았다. 그런 그를 마주 본 스칼렛이 말했다.

"하여튼, 당신 주변 사람들은 다 당신이 안 웃는다는데."

"으음?"

"이상하네. 날 볼 땐 항상 웃고 있던데."

우쭐한 시늉을 하는 그녀가 사랑스러워 빅토르가 웃으며 스칼렛의 뺨과 눈가, 입술에 입을 맞췄다.

그렇게 시간 가는 것을 모르고 있다 보니 마차가 멈췄다. 스칼렛에게 정신을 완전히 빼앗겼던 빅토르가 이성을 되찾고 있을 때 마차 문이 열렸다.

마차에서 내린 빅토르는 예상 못 한 장소에 도착했다는 것을 알아차렸다. 사관학교 인근이었다. 빅토르는 훅 풍겨 오는 바다 냄새에 자리에 멈춰 섰다. 두 눈에 새파란 바다가 한가득 들어왔다.

"……."

당장 바다로 달려가고 싶었다. 정말로, 죽을 만큼.

빅토르는 한동안 바다를 피했다. 캠핑도 섬과 숲이라는 선택지 중에 숲을 골랐다. 제가 바다를 얼마나 사랑했는지에 대하여 아예 생각하지 않으려 했다.

스칼렛은 그의 손을 끌어당겼고, 빅토르는 얼떨결에 그녀를 따라 걸었다. 스칼렛은 바다가 아주 잘 보이는 곳에 지어지고 있는 집을 손으로 가리켰다.

"은퇴 선물."

"응?"

"아니……."

스칼렛은 해풍에 날아갈 것 같은 모자를 두 손으로 꾹 누르며 말을 이었다.

"어차피 에피는 해군사관학교에 갈 거잖아."

"……."

"당신이 날 위해서 7번가에 집을 지어 줬듯이, 나도 바다가 가까운 곳에 별장을 선물해 주고 싶었어. 우리 여기 오자. 와서 바다도 보고 배도 타자."

빅토르는 그렇게 말하는 스칼렛을 바라보고 있었다. 바다가 보이는 풍경 속에서, 그녀가 맑게 웃으며 말을 이었다.

"있잖아, 빅토르."

"응."

"처음에는 몰랐지만, 이제는 알아. 내가 시계를 사랑한다는 걸 알게 되었기 때문에, 당신 인생에서도 바다를 빼놓을 수 없다는 걸 알게 되었어."

"……."

"당신이 나를 나로 살 수 있게 해 줬듯이, 나는 당신이 당신으로 살기를 바라니까. 그런데 바다를 떠나서는, 어떻게 당신이 되겠어."

빅토르는 천천히 바다를 보았다. 그리고 자기도 모르게 잠시 눈을 감았다. 바다가 느껴졌다.

"……내가 바다를 사랑했구나."

그는 중얼거렸다.

스칼렛이 그의 시선을 따라 바다를 보며 짓궂게 말했다.

"게다가 아주 놓을 수는 없잖아. 해군사관학교에서 당신에게 주기적으로 학생들을 가르쳐 달라고 요청했었고 말이야. 당신이 거절했지만."

"가르치는 건 소질이 없어서."

"무슨 말도 안 되는 소리야. 어디 당신 배에 탄 해군들에게 그렇게 말해 봐."

그녀가 정색하고 하는 말에도 빅토르는 웃고 말았다.

그 순간에, 그는 그녀를 너무 사랑하여 스스로가 어떠한 사랑의 덩어리, 혹은 결정체가 되어 버린 것만 같은 기분이 들었다.

그녀가 자신을 온전히 사랑한다는 사실이, 그 안에 바다가 포함되어 있다는 사실이 날아갈 듯 행복했다.

스칼렛이 손을 내밀었다.

"갈까?"

"당신이 가는 곳이라면 어디로든."

빅토르가 화답하며 그녀의 손을 잡았고, 스칼렛은 언덕을 제법 빠르게 걸어 내려가기 시작했다. 빅토르는 아내를 따라 걸으며 제가 웃고 있는 줄도 몰랐다.
 그는 드디어 스스로를 알고, 인정하게 되었다. 그녀가 있음으로 인하여.

〈처음이라 몰랐던 것들〉
외전 완결